WILLI KELLER

Finstergrund

BEDROHLICH So haben sich Alban Berger und Tammy Bieger den Aufbau einer Cold-Case-Abteilung nicht vorgestellt: Zwar können sie gemeinsam mit weiteren Kollegen schnell zwei alte Verbrechen aufklären, der dritte Fall erweist sich jedoch von Anfang an als rätselhaft. Er führt sie zu einem einsamen Hof in der Moos, einem dicht bewaldeten Gebirgszug in der Ortenau. Bei einem Besuch des Bauernguts werden die Kommissare angegriffen. Was für eine Rolle spielt der ehemalige Soko-Leiter Firner, der sich überraschend auf dem Hof aufhält? Zunächst scheint sich alles um ihn zu drehen, doch als es wenig später zu einem tödlichen Vorfall in der Nähe des Polizeipräsidiums in Offenburg kommt, wendet sich das Blatt. Verzweifelt versuchen Berger und Tammy, durch das Dickicht des Falles zu dringen. Mit Unterstützung von Tammys Lebensgefährten Falco Gmeiner erkennen sie, dass die Lösung in dem einsamen Hof zu finden ist, der eine bewegte Vergangenheit hat …

© privat

Willi Keller – Autor und ehemaliger Nachrichtenredakteur des SWR – sammelt Sagen, die er seit den 1980er-Jahren in mehreren Büchern veröffentlicht hat. Er liebt das Erzählen, die Fantasie und die Ortenau. Mit »Finstergrund« legt er seinen dritten Kriminalroman vor.

WILLI KELLER

Finstergrund

SCHWARZWALDKRIMI

GMEINER

Die automatisierte Analyse des Werkes, um daraus Informationen
insbesondere über Muster, Trends und Korrelationen gemäß § 44b UrhG
(»Text und Data Mining«) zu gewinnen, ist untersagt.

Immer informiert

Spannung pur – mit unserem Newsletter informieren wir Sie
regelmäßig über Wissenswertes aus unserer Bücherwelt.

Gefällt mir!

Facebook: @Gmeiner.Verlag
Instagram: @gmeinerverlag

Besuchen Sie uns im Internet:
www.gmeiner-verlag.de

© 2024 – Gmeiner-Verlag GmbH
Im Ehnried 5, 88605 Meßkirch
Telefon 0 75 75 / 20 95 - 0
info@gmeiner-verlag.de
Alle Rechte vorbehalten
1. Auflage 2024

Herstellung: Mirjam Hecht
Umschlaggestaltung: U.O.R.G. Lutz Eberle, Stuttgart
unter Verwendung eines Fotos von: © Thomas Wolter / Pixabay
Druck: CPI books GmbH, Leck
Printed in Germany
ISBN 978-3-8392-0590-7

1

Der Regen eröffnete auf dem Dach ein Trommelfeuer, das bis in den Morgen anhielt.

Er war schon auf dem Weg zum Bett, machte aber noch einmal kehrt und ging zurück ins Badezimmer. Was ihn lenkte, wusste er nicht. Er schob am Fenster den Vorhang zur Seite und zog langsam den Rollladen hoch. Eine Weile stand er unentschlossen da, schließlich öffnete er das Fenster und sog die Luft ein, die leicht nach Räucherspeck roch. Er hatte den Eindruck, dass sich die Nacht schwärzer färbte als schwarz. Starken Regen und dichte Bewölkung hatten sie vorausgesagt. In der Nachbarschaft waren bereits alle Lichter gelöscht. Die Straßenlampen durchdrangen die Schwärze nur schwach. Ein letztes Mal füllte er die Lunge mit der würzigen Nachtluft, schloss das Fenster, ließ leise den Rollladen herunter und zog den Vorhang zu.

Das Trommeln der Tropfen ließ ihn lange nicht einschlafen. So blieb ihm nichts anderes übrig, als das zu tun, was er in seinen dunklen Zeiten am besten konnte: grübeln. Das »verstörende Ereignis«, wie er das Geschehen vor drei Tagen nannte, war in seinem Gedächtnis hinterlegt wie ein Film in einer Mediathek, jederzeit in voller Länge abrufbar.

2

Drei Tage zuvor …

Sie fuhren in zwei Autos zu dem Hof tief im Mooswald. Kriminalhauptkommissar Alban Berger und der junge Kollege Waldo Kerkoff in dem einen, die Kommissarinnen Tammy Bieger und Mela von Erlenbach, die erst vor ein paar Tagen in ihr Team gekommen war, im anderen. Mehr als eine Stunde brauchten sie vom Polizeipräsidium in Offenburg bis zu ihrem Ziel.

Sie hatten mit einem alten Hof gerechnet. Doch das, was sie sahen, als sie ankamen, war ein riesiges Bauernhaus mit Walmdach, stilgetreu erneuert von der Grundmauer bis zum Giebel. Auf der linken Seite, nicht weit entfernt, befand sich ein großes Ökonomiegebäude mit geschlossenem Tor, das ebenfalls renoviert worden war.

Es war alles ruhig auf dem Hofgelände. Sie stiegen aus, alle vier bewaffnet. Berger hatte vor Beginn der Fahrt Tammy, Mela und Waldo gemahnt, die Dienstwaffe mitzunehmen. Als Waldo gefragt hatte, warum, hatte Berger geantwortet, bei diesem Cold Case habe er mehr als nur ein ungutes Gefühl. Wie ein Prophet hatte er verkündet, man müsse auf alles gefasst sein.

Waldo war ein sorgloser Draufgänger und ideenreicher Schnüffler, ihm fehlten die Erfahrung und die Fähigkeit, Situationen und Entwicklungen gründlich abzuwägen. Und Mela, die Neue, konnte Berger schlecht einschätzen. Sie war sehr zurückhaltend, was nicht unbedingt gegen sie sprach. Manchmal kam sie ihm allerdings unecht vor.

Ob sich die Fahrt zu diesem Hof lohnte, der wie eine Tonsur inmitten des Mooswaldes wirkte, wussten sie nicht. Sie ließen sich von ihrem Instinkt leiten. Der Hof war nur ein Mosaikstein in diesem Fall. Ein merkwürdiger Fall, den Berger zunächst nicht hatte bearbeiten wollen. Merkwürdig deshalb, weil alles offen war. Vielleicht gab es gar keinen kriminellen Hintergrund. Oder ganz im Gegenteil, und jede Spur führte in einen Abgrund. Tammy, Waldo und Mela hatten ihn jedoch gedrängt, an dem Fall dranzubleiben. Weil er so eine geheimnisvolle Aura verbreitete oder eine besonders große Herausforderung war? Berger wusste es nicht. Auch fragte er sich, warum der Fall bei den unerledigten Akten gelandet war. Lediglich vage und zum Teil widersprüchliche Zeugenaussagen und Andeutungen sprachen in Ansätzen für Mord. Mit was hatten sie es hier zu tun? Mit einer Familientragödie, einem tragischen Unglück, einem vertuschten Doppelmord?

Der Hof und seine Umgebung wirkten verlassen. Und der Wald schwieg. Die Haustür stand einen Spalt offen. Es musste also jemand da sein. Links und rechts vom Haus keine Spur von Bewohnern. Berger machte sich Gedanken, warum keine land- und forstwirtschaftlichen Geräte zu sehen waren. Bei so einem Hof war doch davon auszugehen, dass er bewirtschaftet wurde, selbst wenn er nur im Nebenerwerb betrieben wurde. Vielleicht befand sich alles im großen Ökonomiegebäude.

Die vier entschlossen sich, in das Haus zu gehen. Vorsichtig stiegen sie die Treppe aus Buntsandstein hoch. Den ausgetretenen Stufen sah man das Alter an. Berger schaute auf das Türschild: Annalotta und Roman Plenther. Der ungewöhnliche Familienname war ihm schon beim Aktenstudium aufgefallen. So ein Name war ihm in seinem Berufsleben noch nie begegnet. Der Vorname des Hofeigentümers, den sie aus den Unterlagen kannten, stand nicht auf dem Türschild, der Nachname war derselbe. Ob er noch hier wohnte?

Berger drückte auf die Türklingel und wartete. Als sich nichts regte, stieß er die schwere Holztür etwas weiter auf und rief: »Hallo, ist da jemand?«

Keine Antwort.

Berger winkte den anderen und öffnete die Tür vollends. Ein breiter, dunkler Flur lag vor ihnen. Rechts sahen sie eine geschlossene Tür, die wahrscheinlich in die Stube führte. Die Tür links stand nur einen Spalt offen wie vorhin die Haustür.

Berger rief noch einmal: »Hallo, ist da jemand?«

Als wieder keine Antwort kam, öffnete er die Tür auf der linken Seite ganz weit und blickte in eine riesige Küche, im Landhausstil eingerichtet. Sie sah neu und unbenutzt aus. An der Wand gegenüber der Tür stand der Herd, ein moderner Holzherd, in dem ein kleines Feuer knisterte. An der langen Fensterfront zum Hof befand sich eine große Doppelspüle mit einer Ablage für das Geschirr.

Als Berger sich zur anderen Küchenseite umdrehte, blieb ihm fast das Herz stehen. Am Ende eines massiven rechteckigen Holztisches saß Firner, der ehemalige Soko-Leiter, in einem Korbstuhl. Hubert Firner, der so lange nicht erreichbar gewesen war, verschwunden zu sein schien. Nicht einmal beim LKA Stuttgart, wohin er abgewandert war, wussten sie, wo er steckte. Er habe sich krankgemeldet, hieß es dort. Der robuste Firner, der

Mann, der in seiner Zeit beim Offenburger Polizeipräsidium kaum ausgefallen war, der so oft für sein Durchhaltevermögen und seinen eisernen Willen gelobt und bewundert worden war, sollte sich krankgemeldet haben? Daran hatte Berger nicht geglaubt. Doch jetzt saß Firner an einem langen Küchentisch in einem abgelegenen Hof, tief im Wald. Ungesund sah er aus, blass, die Wangen eingefallen. Wie eingefroren und bis zur Brust eingehüllt in eine beige Wolldecke hing er im Korbstuhl und bewegte sich nicht. Offenbar fror er, obwohl es in der Küche warm war.

»Firner, was machen Sie hier?«

Berger hätte sich die Frage sparen können. Firner antwortete nicht und blieb regungslos im Korbstuhl sitzen. Von dem dynamischen Firner, den er kannte, war nichts mehr zu sehen und zu spüren. Was hatte ihn in so kurzer Zeit verändert? Zweimal hatten sie seit Firners Weggang zum LKA nach Stuttgart am Telefon miteinander gesprochen. Da war er noch der alte Firner gewesen.

Firner richtete sich leicht auf. Wollte er etwas sagen? Er blickte in die Runde und zuckte kurz zusammen. Auf was oder wen hatte er reagiert? Auf Mela? Die müsste er aus der Abteilung Internes kennen. Ahnte oder befürchtete er etwas? Spürte er eine Gefahr? Mela verhielt sich so, als würde sie Firner nicht kennen, was Berger seltsam vorkam. Er trat näher an den Korbstuhl und beugte sich zu Firner hinunter. Ein seltsamer Geruch ging von ihm aus. Hatte er Medikamente eingenommen, Psychopharmaka etwa? Aus eigener Erfahrung wusste Berger, dass bestimmte Antidepressiva den Körpergeruch und auch den Mundgeruch veränderten, nicht unbedingt zum Vorteil.

»Firner, brauchen Sie einen Arzt?«

Firner bewegte seine Lippen. Berger beugte sich noch weiter zu ihm.

»Ich habe Sie doch gewarnt, Berger«, flüsterte Firner. Und er sagte noch mehr.

Jeder Satz, jedes Wort brachte Berger fast aus der Fassung.

Die anderen hatten offenbar nichts gehört, denn Waldo fragte: »Hat er was gesagt?«

Berger schüttelte wahrheitswidrig den Kopf. »Er hat nur die Lippen bewegt. Ich habe jedenfalls nichts gehört.« Firner korrigierte Bergers Aussage nicht.

»Wir müssen einen Arzt rufen«, meinte Tammy. »Firner sieht ziemlich schlecht aus.«

Tammy, Mela und Waldo hielten sich mit einigem Abstand hinter Berger. Sie schienen mit der Situation überfordert.

Plötzlich hallten Schüsse vom Waldrand vor dem Küchenfenster her. Sie galten ganz sicher dem Hof, trafen aber die Gebäude nicht. Es hörte sich an, als kämen sie aus verschiedenen Gewehren. Den Schussgeräuschen nach mussten es mindestens zwei Schützen sein.

Berger, Tammy, Mela und Waldo zogen ihre Waffen und brachten sich in Position. War er zu einem Hellseher geworden, fragte sich Berger. Trat jetzt ein, was er befürchtet hatte? Berger und Waldo stellten sich links und rechts an der Fensterfront auf. Tammy stellte sich schräg hinter Waldo. Mela zog sich – von der Tür aus gesehen – nach rechts hinten zurück.

Nach einer kurzen Pause waren wieder Schüsse zu hören, aber keine Einschläge zu vernehmen. Die vier sahen auch niemanden. In kurzen Abständen folgten jetzt Salven. Mehrere Kugeln pfiffen knapp über das Dach. Alle sahen gespannt zum Waldesrand, konnten jedoch keinen Schützen entdecken.

Berger fragte sich, ob es sich lohnen würde, zu schießen, wenn sie die Angreifer nicht orten konnten. Mit einer
Handbewegung deutete er den anderen an, vorerst ruhig
zu bleiben. Im Stillen beantwortete er seine Frage selbst:
Würden sie zurückschießen, böten sie den Angreifern gute
Ziele. Um einen Gegenangriff zu starten, müssten sie die
Fenster öffnen oder aus dem Haus gehen und die Distanz
zu den Angreifern verringern. Sie hatten ja nur ihre Dienst-
pistolen, die eine geringere Schussweite hatten. Beide Möglichkeiten waren in diesem Augenblick zu riskant.

Niemand achtete auf Firner, der reglos im Korbstuhl saß.

Plötzlich war ein Schuss im Raum zu hören. Berger fuhr
herum und sah gerade noch, wie Firner in seinem Stuhl
zusammensank. Aus seiner linken Schläfe tropfte Blut. Die
Wolldecke war zurückgeschlagen. Mela ging auf Firner zu.

»Sind Sie verrückt? Warum haben Sie auf ihn geschossen?«, brüllte Berger. Für ihn bestand daran kein Zweifel.

»Schreien Sie mich nicht so an! Firner hat seine Waffe
gezogen und auf Sie gezielt. Wenn ich nicht reagiert hätte,
wären Sie jetzt tot. Und wir anderen vielleicht auch.«

»Warum hätte er auf mich schießen sollen? Und selbst
wenn, hätten Sie ihn nur kampfunfähig zu machen brauchen.«

»Ihre Belehrung können Sie sich sparen«, giftete ihn
Mela an. »Ich habe seitlich von Firner gestanden und mich
auf die Fensterfront konzentriert. Aus dem Augenwinkel
habe ich eine Bewegung gesehen. Als ich zu ihm geschaut
habe, hielt er die Waffe gezielt auf Sie gerichtet und hatte
den Finger am Abzug. Es ist mir keine andere Wahl geblieben, als reflexartig zu reagieren. Sie wissen doch genauso
gut wie ich, dass man in solchen Situationen keine Zeit
zum Abwägen hat.«

Berger schaute fassungslos auf den toten Firner, dessen Kopf auf die rechte Seite gekippt war. Er hielt tatsächlich eine Waffe in der rechten Hand. Niemand hatte mitbekommen, dass Firner, unter der Decke versteckt, eine Waffe bei sich gehabt hatte. Sie hatten das auch gar nicht in Betracht gezogen bei Firners angeschlagenem Zustand. »Danke«, sagte Berger leise zu Mela. »Alles Weitere wird sich später klären.« Mehr brachte er nicht heraus, so geschockt war er. Er drückte den Mittel- und Zeigefinger der linken Hand auf Firners Halsschlagader. Es war nichts zu spüren.

Wieder waren Salven aus dem Wald zu hören. Dieses Mal wurden Ziegel direkt über der Küche getroffen. Alle vier warfen sich auf den Boden. Berger kam das Liegen auf dem Küchenboden wie eine Ewigkeit vor.

Als nach einiger Zeit keine Schüsse mehr die Stille zerrissen, stand er vorsichtig auf und spähte aus dem Fenster. »Ich glaube, den Angriff haben wir überstanden. Tammy, ruf im Präsidium an. Da kommt was auf uns zu. Ein Angriff, ein toter LKA-Beamter …« Er hoffte, dass sie hier oben Netz hatten. Allerdings meinte er, unterwegs in unmittelbarer Nähe zum Hof einen Umsetzer gesehen zu haben. Und hatte Mela nach dem Aussteigen aus dem Auto nicht telefoniert? Vielleicht war es am besten, sich bei diesem Fall über nichts zu wundern.

Solange sie auf die Verstärkung und die Techniker warteten, blieben sie in der Küche und beobachteten die Umgebung.

»Wir dürfen uns nicht unnötig in Gefahr begeben«, riet Berger.

Waldo schien Bedenken zu haben. »Müssten wir nicht das Haus durchsuchen?«, fragte er. »Es kann doch sein, dass sich hier drin jemand versteckt und uns angreifen will.«

»Wir bleiben vorerst in der Küche. Wir müssen aber auf jedes Geräusch achten. Und wir sollten kurz besprechen, was seit unserer Ankunft passiert ist.« Berger schaute Tammy und Mela an, die zunächst nichts sagten. Sie schienen keinen Einwand gegen seinen Vorschlag zu haben. Im Gegensatz zu Waldo. Er hatte oft Zweifel und hinterfragte viel. Berger hatte sich mit der Zeit darauf eingestellt.

»Geht das überhaupt?«, wollte Waldo wissen. »Sich auf Geräusche im Haus konzentrieren und gleichzeitig über die Entwicklung seit unserer Ankunft sprechen? Das eine lenkt doch vom anderen ab. Außerdem, ist eine Einschätzung der Lage so kurz nach dem Angriff sinnvoll?«

»Ich glaube, wir sind trainiert genug, um die Situation schon jetzt zu analysieren. Uns werden sicher viele Fragen gestellt. Darauf müssen wir vorbereitet sein.« Berger wollte erst gar keine Diskussion aufkommen lassen, obwohl er innerlich zugeben musste, dass Waldo durchaus recht hatte. Aber nun kam es darauf an, zur Ruhe zu kommen und überlegt vorzugehen. Bei Tammy war er sich sicher, dass sie mit der Situation zurechtkam. Ob Mela und Waldo schon Ähnliches erlebt hatten, wusste er nicht. »Also, was haben wir vorgehabt?«

Als Erster antwortete Waldo. »Wir wollten uns im Zusammenhang mit dem aktuellen Fall diesen Hof anschauen und mit den Bewohnern sprechen.«

»Aber keine Spur von Bewohnern«, schloss sich Tammy an. »Wir gehen vorsichtig ins Haus und entdecken in der Küche unseren ehemaligen Kollegen Firner. Als wir mit ihm ins Gespräch kommen wollen, fallen draußen Schüsse. Es ist eindeutig, dass das Ziel der Hof ist. Wir nehmen unsere Positionen ein.«

»Plötzlich fällt hier in der Küche ein Schuss. Als ich

mich umdrehe, sehe ich, wie Firner zusammensackt«, sagte Berger.

»Den Schuss habe ich abgegeben. Ich musste das tun, weil Firner eine Waffe zielgenau auf Sie, Berger, richtete. Ich hatte keine andere Wahl.«

»Sie müssen sich nicht entschuldigen, Mela. Nochmals danke.«

Tammy stellte die entscheidenden Fragen: »Wo sind die Bewohner? Warum hat Firner sich hier aufgehalten? Und wieso hat er eine Waffe auf dich gerichtet, Alban? Weshalb wird der Hof zu dem Zeitpunkt angegriffen, als wir im Haus sind? Wem hat der Angriff gegolten? Firner? Oder uns? Falls er uns gegolten hat – woher haben die Angreifer gewusst, dass wir herkommen?« Sie schaute in die Runde, als ob sie prüfen wollte, ob jemand etwas zu verbergen hatte. Doch die Gesichter verrieten nichts, und niemand gab eine Antwort.

»Und wieso haben die Angreifer so schlecht geschossen?« Waldo sprach einen weiteren wichtigen Punkt an.

»Genau das habe ich mich auch gefragt«, warf Berger ein.

»Aber die Einschläge sind zuletzt immer zielgenauer geworden«, sagte Mela. »Vielleicht haben sie sich zunächst in der Position vertan. Oder uns nur Angst einjagen wollen.«

Melas Hinweis war nicht zu leugnen, dachte Berger.

»Was mich wundert, ist die Tatsache, dass die Salven jetzt urplötzlich aufgehört haben«, bemerkte Waldo.

Tammy nickte und ergänzte: »Möglicherweise sind die noch ganz in der Nähe und warten, bis wir uns aus dem Haus wagen. Wenn nicht, müssen wir auch daran denken, dass das Ganze ein Ablenkungsmanöver sein könnte. Fragt sich nur, von was.«

»Tammy, wir müssen uns gedulden«, meinte Berger. »Sobald die Verstärkung da ist, können wir das klären.«

Sie blieben in der Küche, bis eine SEK-Einheit angerückt war und den Hofbereich sicherte. Berger wunderte sich, dass das SEK das Haus nicht durchsuchte. Während ihrer Wartezeit hatten sie keine verdächtigen Geräusche gehört. Sie bemühten sich, keine Spuren zu verändern, und mieden den Bereich um den Küchentisch, an dessen Ende der tote Firner saß.

Der Polizeipräsident und die neue Kripochefin Lydia Gallheimer, die die Leitung des Kommissariats von Hajo Winker übernommen hatte, waren inzwischen eingetroffen und zeigten sich überrascht von dem, was auf dem Hof geschehen war. Sie hatten bereits mit dem LKA in Stuttgart telefoniert und berichteten, dass man dort sehr wütend sei. Sie müssten sich jetzt warm anziehen, meinte die Kripochefin.

Berger sagte aufgebracht: »Was heißt hier ›warm anziehen‹? Wir sind hierhergefahren, um zu ermitteln. Und plötzlich ist die Situation außer Kontrolle geraten. Noch ist nichts geklärt. Oder wissen Sie oder das LKA schon mehr?«

Kleinlaut antwortete Lydia Gallheimer, die merkte, dass sie zu weit gegangen war: »Sie haben ja recht, Berger. Allerdings kommt ein größeres Problem auf uns zu. Das LKA wird die Ermittlungen übernehmen. Eine Gruppe ist schon unterwegs. Wir sind gebeten worden, nichts zu unternehmen.«

»Dieses schnelle Vorgehen des LKA ist doch merkwürdig. Finden Sie nicht auch? Innerhalb von gerade mal zwei Stunden wird uns der Fall entrissen. Haben Sie sich darüber mal Gedanken gemacht?«

»Davon können Sie ausgehen, Berger.«

»Dann sind wir hoffentlich auf einer Linie. Haben die Stuttgarter ihr Vorgehen begründet?«

»Nein. Aber vermutlich hängt es mit Firner zusammen.«

3

Als der Film vom Angriff auf dem Hof in der Moos abgelaufen war, startete ein neuer in Bergers Kopf-»Mediathek«. Er drehte und wälzte sich im Bett, kam jedoch einfach nicht zur Ruhe.

Der Film, der nun in seinen Gedanken ablief, war ein Ereignis, das sich einige Zeit vor dem Drama auf dem Hof abgespielt und ebenfalls mit Hubert Firner zu tun hatte: Er hatte sich mit Berger bei der Heidenkirche in der Moos treffen wollen, hatte den Termin aber nicht eingehalten. Grund für das Treffen war die Mordakte »Albert Firner« gewesen. Diese Akte hatten Tammy und er gefunden, als sie mit der Abteilung Cold Case betraut worden waren und im Archiv nach ungelösten Fällen gesucht hatten. Fast im selben Moment war ihnen die Akte vom LKA Stuttgart genommen worden – angeblich für die Internen. Berger hatte daraufhin mehrmals versucht, Firner beim LKA zu erreichen. Als er ihn endlich ans Telefon bekommen hatte, hatte Firner ihn angeschrien: »Lassen Sie die Finger von den Fällen! Sie reißen alte Wunden auf und noch viel mehr. Aus dieser Geschichte werden Sie als gebrochener Mann gehen!« Berger war gar nicht zu Wort gekommen, hatte sich jedoch gewundert, warum Firner von »Fällen« gesprochen hatte. Er selbst hatte nur die Akte erwähnt.

Tage später hatte Firner sich erneut gemeldet und ein Treffen bei der Heidenkirche in der Moos angeboten, an einem Mittwochnachmittag um 15 Uhr. Berger müsse allein kommen und dürfe niemanden einweihen. Den Bedingungen hatte Berger zunächst widersprechen wollen, sich dann jedoch gefügt, weil er gehofft hatte, so an Informationen über die verschwundene Akte zu kommen.

4

Vor mehreren Wochen an der Heidenkirche …

Gegen 14.30 Uhr erreichte Alban Berger den Parkplatz auf dem Löcherwasen. Er musste sich beeilen. Die Heidenkirche befand sich in zwei Kilometer Entfernung. Er sah sich um. Auf der anderen Seite des Parkplatzes stand Firners Wagen mit Lahrer Kennzeichen. Vermutlich war er schon unterwegs zur Heidenkirche. Es war kalt hier oben. Berger zog seine Jacke zu, die links leicht ausgebeult war vom Schulterhalfter und seiner Dienstwaffe.

Der Weg zog sich eben dahin und gabelte sich nach etwas mehr als einem Kilometer. Er musste die rechte Abzweigung nehmen, die an der Fridolinhütte vorbeiführte. Nebelschwaden waren auf der linken Seite zu sehen. Von rechts schien die Sonne durch die Bäume und blendete ihn immer wieder. Er kam beim Anstieg zum Ziel ins Schwitzen.

Am Vormittag hatte Berger sich über die Heidenkirche, einen mystischen Ort, informiert. Im Internet hatte er sich Bilder von der Felsenmasse aus zusammengewürfelten Buntsandsteinblöcken angesehen, die man Schiff, Kanzel und Haus nannte. Er war gespannt auf das Naturdenkmal, das er schon lange nicht mehr besucht hatte. Damals hatte er sich nicht mit der Mythologie dieses Ortes befasst. Heute Vormittag allerdings hatten sich die Sagen, die sich um diese Felsenformation rankten, in sein Gedächtnis eingebrannt und ließen ihn nun auf dem Weg zum Treffen nicht mehr los. Sie erzählten, dass eines Tages die Riesen in der Gegend den Himmel stürmen wollten. Sie schleppten Felsblöcke herbei und schichteten sie zu Bergen auf, am Platz der Heidenkirche waren es mächtige Buntsandsteine. Auf der Kanzel opferten sie Menschen und Tiere. Zur Zeit Karls des Großen waren irische Mönche in den Schwarzwald vorgedrungen und verbreiteten den christlichen Glauben. Bald darauf geriet die heidnische Stätte in der Stille des Waldes in Vergessenheit. In Kriegszeiten kamen die Talbewohner jedoch zur Heidenkirche, um sich selbst sowie ihr Hab und Gut in Sicherheit zu bringen.

Es hieß, auch die letzten Wodanpriester hätten ihre Kultgegenstände aus Gold und Silber in einer Höhle unter den mächtigen Sandsteinfelsen versteckt. Ein großer schwarzer Hund bewache die Schätze und zerreiße jeden, der es wage, sie zu rauben.

Je näher Alban Berger der Heidenkirche kam, desto mehr stieg seine Anspannung, aber nicht aus Furcht vor dem schwarzen Hund. Vielmehr fragte er sich, was Firner mit ihm besprechen wollte. Und warum gerade hier oben? Und warum hatte er seine Meinung geändert?

Endlich sah er das Ziel. Auf seiner Seite warf die Sonne einen Glanz auf die bemoosten Riesensteine, und auf der anderen Seite krochen Nebelkrieger den Wald hoch und schluckten auf ihrem Weg alles, was ihnen in die Quere kam. Berger schaute auf seine Armbanduhr. Es war jetzt genau 15 Uhr. Von Firner keine Spur. Früher hatte er bei Besprechungen und sonstigen Terminen doch immer streng auf Pünktlichkeit geachtet.

Der Wald war menschenleer. Kein Wanderstiefel war zu hören, kein Mountainbike, kein Lachen, kein Gespräch. Wo war Firner? Berger lief langsam ein Stück weiter und beschloss, das Gelände um die Heidenkirche abzusuchen.

Als er auf den Weg zurückkehrte, hörte er Schritte. Instinktiv öffnete er seine Jacke und kontrollierte Schulterhalfter und Dienstwaffe. Die Schritte kamen von unten her und wurden immer schneller. Berger zog seine Waffe aus dem Schulterhalfter. Endlich sah er den Menschen, dessen Schritte zu hören waren, und wurde ein weiteres Mal enttäuscht. Es war nicht Firner. Ein keuchender Mann mit großem Schlapphut, langem, abgeschabtem Mantel und Rucksack, den Kopf gesenkt vor Anstrengung, lief auf ihn zu. In der rechten Hand hielt er einen großen, knorrigen Holzstock. Seine langen Beine waren etwas krumm. Berger schätzte den imposanten Mann mit Spitzbart auf etwa 50 Jahre.

Der Mann stoppte erschrocken, als er Berger und seine Waffe sah. Berger steckte sie schnell wieder in das Schulterhalfter und zog seinen Dienstausweis aus der Jacke.

»Sie haben mich fast zu Tode erschreckt«, schnaufte der Mann.

»Entschuldigung. Tut mir leid.«

»Verfolgen Sie jemanden?«

»Nein. Ich suche jemanden.«

»Und dafür brauchen Sie eine Waffe?«

»Das hat einen bestimmten Grund.«

»Den Sie mir natürlich nicht nennen dürfen.«

»Richtig. Aber vielleicht können Sie mir helfen. Woher kommen Sie gerade?«

»Vom Parkplatz.«

»Ist Ihnen unterwegs ein Mann begegnet oder aufgefallen?« Berger beschrieb ihm das Aussehen Firners.

Der Mann schüttelte den Kopf. »Aber Moment mal, als ich auf den Parkplatz gefahren bin, haben sich dort zwei Männer erregt unterhalten.«

»Erregt?«

»Die haben wild gestikuliert. Es hat nach Streit ausgesehen. Der eine hat dem anderen mit dem Zeigefinger der rechten Hand mehrmals auf die Brust getippt. Wobei das fast schon eine Untertreibung ist. Ich habe gedacht, die gehen gleich aufeinander los. Einer von denen könnte der Mann gewesen sein, den Sie suchen. Und zwar der, der bedrängt worden ist. Als sie mich gesehen haben, sind sie schnell in ihre Autos gestiegen und weggefahren.«

»Können Sie sich an die Autos erinnern?«

»An das eine in etwa, an das andere nicht.« Die folgenden ungefähren Hinweise des Mannes deuteten darauf hin, dass das eine Auto Firner gehörte.

»Haben Sie sich die Kennzeichen gemerkt?«

»Das eine hatte LR für Lahr. Beim anderen bin ich mir nicht ganz sicher, ich meine, ein S gesehen zu haben.«

Wenn das zutraf, was der Wanderer eben gesagt hatte, war Firner offensichtlich von einem Mann unter Druck gesetzt worden. Wahrscheinlich war er deswegen nicht zum Treffpunkt gekommen. Wer war dieser Mann? Hatte Firner sich mit ihm auf dem Parkplatz verabredet gehabt, bevor er Berger treffen wollte?

»Wie hat der andere Mann ausgesehen?«

»Der ist so gestanden – verdeckt hinter der Person, die Sie suchen –, dass ich Ihnen dazu nichts sagen kann. Erstaunlich, dass die Einzelheiten nach so kurzer Zeit schon so verschwommen sind.«

»Das erleben wir täglich. Zeugenaussagen sind nicht immer verlässlich. Verstehen Sie das bitte nicht als Vorwurf. Ich danke Ihnen. Sie haben mir sehr geholfen.«

»Bitte. Und erschrecken Sie niemanden mehr. Es reicht, wenn der Moospfaff hier oben herumgeistert.« Der Wanderer fing an zu lachen. »Der hat auch vor bewaffneten Polizisten keinen Respekt«, sagte er und ging weiter.

Der Moospfaff? Er hatte den Namen schon mal gehört. Wer war das nur? Berger schaute dem Wanderer verwirrt nach.

Plötzlich hörte er hinter sich ein Geräusch und drehte sich um. Er horchte aufmerksam und blickte konzentriert in die Richtung, aus der das Geräusch gekommen zu sein schien. Doch da war nichts. Als er sich erneut umwandte, war der Wanderer wie vom Erdboden verschluckt.

Da fiel Berger wieder ein, was es mit dem Moospfaff auf sich hatte. Er hatte vor vielen Jahren in einem Buch, das im Bücherschrank seiner Eltern prominent platziert gewesen war, von ihm gelesen. »Wilhelm Straub – Sagen des Schwarzwaldes« hatte es geheißen. Der Moospfaff geisterte ruhelos in der Moos umher und führte Menschen in die Irre. Um ihn rankten sich unterschiedliche Erzählungen. Einmal wurde dieser Geist als ehemaliger Mönch aus dem berühmten Kloster Allerheiligen beschrieben, der auf einem Versehgang eine Hostie verloren hatte und seither umging. Ein andermal hieß es, er sei ein betrügerischer Abt des Klosters Gengenbach gewesen, der mit einem Meineid ein Stück Wald ergaunert habe. In beiden Varianten ging es um Schuld, die zu Lebzeiten nicht abgetragen worden war.

Berger sah sich um. Die Moos, dieser lange Bergwald, war ein ideales Gebiet für allerlei unheimliche Sagen. Man konnte sich hier gut finstere Gestalten vorstellen.

Als hätte die Natur seine Gedanken gelesen, kam plötzlich Wind auf, der die Bäume und Sträucher in Bewegung versetzte. Es rauschte, ächzte und knackte geheimnisvoll. Berger lief es kalt den Rücken hinab, und er bekam eine Gänsehaut. Schnell machte er sich auf den Weg zu seinem Auto. Auf der anderen Seite hatten die Nebelkrieger schon den ganzen Wald bis zur Höhe eingenommen. Es würde nicht mehr lange dauern, bis sie auch diese Seite in Angriff nahmen.

Berger ärgerte sich, dass er in die Irre geführt worden war, nicht vom Moospfaff, sondern von Firner. Als er am späten Nachmittag ins Präsidium zurückkehrte, versuchte er Kontakt zu Firner aufzunehmen. Es gelang ihm nicht. Auch in den nächsten beiden Tagen blieben seine Versuche erfolglos.

Immer wieder kamen ihm Firners Worte in den Sinn: »Lassen Sie die Finger von den Fällen! Sie reißen alte Wunden auf und noch viel mehr. Aus dieser Geschichte werden Sie als gebrochener Mann gehen!« Im Gegensatz zu früher hatte Firners Stimme verzweifelt und flehentlich geklungen, als er das gesagt hatte. Wer oder was hatte aus dem selbstbewussten und zielstrebigen Firner ein menschliches Wrack gemacht? Und welche Schuld hatte er auf sich geladen?

In seiner Zeit im Kriminaldauerdienst hatte sich Berger nicht so viele Gedanken gemacht über Schuld. Seine Aufgabe war es gewesen, Tatorte zu sichten und einzuschätzen. Seit er jedoch die Abteilung Cold Case aufbaute, rückte die Frage nach der Schuld erstaunlich oft in den Vordergrund, obwohl Gerichte darüber zu entscheiden hatten. Was bedeutete dieser Wandel in seiner Arbeit als Kriminalist?

5

Das Trommelfeuer auf dem Dach ließ allmählich nach. Berger drehte sich noch einmal um, fand aber keine Ruhe. Er fühlte sich zerschlagen, richtete sich langsam auf und schlug die Bettdecke zurück. Ariane war schon aufgestanden. Warum hatte er es nicht mitbekommen? War er doch kurz eingenickt? Er schaute auf seine Armbanduhr. Es war Zeit zum Aufstehen. In zwei Minuten würde der Wecker klingeln. Er stellte ihn aus und saß eine Weile unentschlossen auf der Bettkante. Der Schlafanzug, der vom Nachtschweiß noch feucht war, klebte kühl und unangenehm auf seiner Haut.

Endlich zerbrach der lähmende Ring um ihn, der ihn an der Bettkante festgehalten hatte. Er stand mit einem Ruck auf, zog den Schlafanzug aus, warf ihn im Bad in die Wäschetruhe und stieg in die Dusche. Das Wasser, das in feinen Perlen auf die Haut traf, erlöste ihn von der Schwere der Nacht.

»Hast du schlecht geschlafen?« Ariane sah ihn fragend und voller Sorge an. Sie hatte den Tisch gedeckt, ihm ein Müsli zubereitet und Schwarztee gekocht. Für sich hatte sie lediglich Kaffee gemacht. Sie wollte ein bisschen schlanker werden, obwohl viele ihre Figur bewunderten. Seit rund zwei Wochen verzichtete sie deshalb auf ein Frühstück.

»Ja. Du musst dir aber keine Gedanken machen. Es wird keinen Rückfall geben.« Dass er die vergangene Nacht so unruhig verbracht hatte, würde ihn nicht aus dem Gleichgewicht bringen, redete er sich ein. Kurz vor seinem letzten Fall war er nach längerer Auszeit in den Dienst zurückgekehrt. Der Tod seines Kollegen hatte ihn ziemlich aus der Bahn geworfen.

»Es ist doch sicher etwas vorgefallen. So habe ich dich schon lange nicht mehr erlebt. Du hast dich ständig hin und her gewälzt. Ich bin davon immer wieder aufgewacht.«

»Wann bist du nach Hause gekommen?«, wollte Berger wissen, denn seine Frau war mehrere Tage unterwegs gewesen.

»So gegen Mitternacht. Ich habe noch einen Sauvignon blanc getrunken. Danke, dass du eine Flasche kalt gestellt hast. Danach bin ich ins Bett. Da warst du noch ruhig.«

»Dann habe ich wohl doch für kurze Zeit geschlafen. Sonst hätte ich dich gehört.«

»Darfst du mir erzählen, was passiert ist?«

»Wenn du alles für dich behältst. Es ist bisher nichts an die Öffentlichkeit gelangt. Falls es publik wird, wird es sicher für Unruhe sorgen.«

»Dann muss es etwas Besonderes sein.«

»Ist es leider auch.« Berger erzählte emotionslos in übersichtlichen Sätzen, so, wie seine Frau es von ihm gewohnt war, was sich auf diesem seltsamen Hof in der Moos zugetragen hatte. Einiges musste er allerdings aussparen. »Wir sind angegriffen worden. Und unsere junge Kollegin Mela hat Hubert Firner erschossen.«

»Was?« Sie schaute ihn verblüfft an. »Das ist doch der ehemalige Soko-Leiter, mit dem du dich immer gezofft hast.«

»Ja, aber wir haben uns nicht ständig gestritten.«

»Hat sich aber so angehört damals.«

»Gut, in den letzten zwei Jahren sind wir oft unterschiedlicher Meinung gewesen. Doch ich habe ihn immer respektiert. Er ist ein exzellenter Ermittler gewesen. Nur, als bekannt geworden ist, dass ich als Leiter der neuen Ermittlungsgruppe ›Cold Case‹ vorgesehen bin, hat er sich plötzlich abweisend verhalten. Nicht direkt mir gegenüber. Aber im Hintergrund hat er sich negativ über die Entscheidung geäußert, mich zum Leiter der Cold-Case-Abteilung zu machen. Den genauen Grund kenne ich nicht. Jedenfalls hat Mela mir wohl das Leben gerettet. Sie sagt, Firner habe seine Waffe auf mich gerichtet und gerade abdrücken wollen. In dem Moment hat sie ihn erschossen.«

Ariane, die vor Schreck mitten im Kaffeetrinken innegehalten hatte, setzte die Tasse wieder auf den Unterteller ab. Sie rang sichtbar um Fassung. »Ich habe gedacht, du hast jetzt mehr oder weniger einen Bürojob!«

»Natürlich sitzen wir oft stundenlang am Schreibtisch und wälzen alte Akten, studieren Berichte, Protokolle von Vernehmungen, Fotos, Beweismittel, digitalisieren Archivmaterial. Wir schreiben Unklarheiten auf und schauen, ob bei den Ermittlungen Fehler gemacht worden sind. Aber wir müssen auch Tatorte besuchen, Wege, Entfernungen, Sichtfelder einschätzen, Zeugen befragen, mit Experten reden, Forensiker einschalten, moderne Technik nutzen, wenn es zum Beispiel um Haare und Blutspuren geht. Wenn wir Tatorte inspizieren, haben wir unsere Waffen dabei. Als reinen Bürojob kann man die neue Tätigkeit wirklich nicht bezeichnen. Außerdem werden wir auch zu anderen Einsätzen gerufen. Das ist in der Kriminaldirektion so geregelt.«

»Aha.« Die einzelnen Schritte, die notwendig waren, um einen Fall zu lösen, schienen sie nicht sonderlich zu interessieren. »Was hat Firner denn auf dem Hof zu suchen gehabt?«

»Das wissen wir noch nicht. Und dass unser Team nun Teil der Ermittlungen ist, verkompliziert das Ganze.«

»Gegen dich wird ermittelt?«

»Nicht so, wie du denkst. Wir werden befragt, was auf dem Hof passiert ist, wieso wir ihn besucht haben, warum Mela Firner erschossen hat. Das ist Routine und geht so in Ordnung. Ich bin trotzdem gespannt, wie das alles ausgeht.« Er wollte nicht weiter über diesen Fall sprechen. »Und was ist mit deiner Arbeit? Du siehst auch nicht gerade frisch aus. Hast du viel zu tun?«

»Schon, besser gesagt: mächtig. Manchmal fürchte ich, es wächst mir alles über den Kopf. In den Augen der Kolleginnen und Kollegen bin ich taff, aber dem ist nicht so. Außerdem habe ich Ärger am Hals, weil ich gemeinsam mit anderen Lektorinnen ein Grundsatzpapier für eine femininere Linie des Verlags geschrieben habe. Das ist beim Verleger nicht gut angekommen. Er hat unsere Linie sofort als radikal-feministisch attackiert, obwohl wir das gar nicht anstreben. Wir haben stundenlang debattiert und an vielen Beispielen versucht zu verdeutlichen, wie wichtig es unter anderem ist, die Frau in der Gesellschaft und gerade in der katholischen Kirche anders zu sehen und Autorinnen zu gewinnen, die sich mit dieser Thematik auseinandersetzen. Es ist leider noch nichts entschieden worden. Zurzeit gestaltet sich vieles zäh, obwohl die Verlagsspitze weiß, dass wir uns umstellen müssen, sonst verlieren wir große Teile der Leserschaft. Da hilft auch Digitalisierung oder ein modernes Layout nichts.« Sie trank einen großen Schluck Kaffee, bevor er vollends erkaltete. »Gestern Abend habe ich unterwegs einen interessanten Anruf aus München bekommen, von einem Großverleger. Er hat mir ein sehr gutes Angebot als Cheflektorin gemacht.«

Überraschenderweise versetzte die Neuigkeit Berger keinen Stich. Weil er so etwas schon erwartet hatte. »Heißt das, dass du dann nur am Wochenende hier bist?«

»Zugesagt habe ich ihm noch nicht, obwohl mich das Angebot sehr reizt. Er hat angedeutet, dass ich viel im Homeoffice arbeiten könnte. Ich habe ihm klargemacht, dass ich es mir nicht vorstellen kann, für längere Zeit oder ganz nach München zu ziehen. Daraufhin hat er mehrfach betont, dass wir sicher einen guten Kompromiss finden. Natürlich müsste ich mehrmals im Monat in München präsent sein. Aber zu deiner Beruhigung: Ich habe ihm gesagt, dass ich alles in Ruhe mit dir besprechen will.«

Nach den schwierigen Zeiten in der Vergangenheit hatten sie sich geschworen, offen miteinander umzugehen, Probleme mit gegenseitigem Respekt zu lösen und dem anderen nicht im Weg zu stehen, wenn sich berufliche Änderungen und Chancen ergaben.

Allerdings verschwieg Ariane ihrem Mann in diesem Moment etwas. Sie hatte den Großverleger auf einer Tagung in München kennengelernt und wäre dem Charme dieses Mannes beinahe erlegen. Das war in der Zeit gewesen, als ihre Beziehung durch Albans Krise an Stabilität verloren hatte und fast in die Brüche gegangen wäre. Ariane war bewusst, dass sie mit einer neuen Charmeoffensive des Münchner Verlegers rechnen musste, wenn sie auf sein Angebot, das Cheflektorat zu übernehmen, einging. Ob er wirklich nur an ihr als Lektorin interessiert war? Sie musste gelegentlich mehr über ihn herausbekommen, um vor Überraschungen sicher zu sein. In Gedanken lachte sie über ihre Situation. Zusätzlich amüsant fand sie es, dass sie gerade ein Manuskript lektorierte mit dem Titel »Und führe uns nicht in Versuchung«. Der provokante Untertitel versprach noch mehr: »Nonnen zwischen Gott und Teufel.« Das, was sie bisher bearbeitet hatte, las sich spannend und mitunter ergreifend. Ariane hoffte, dass der Verleger wie versprochen das Werk drucken ließ. Befand sie sich persönlich auch zwischen Gott und Teufel? Auf ihre Lage zugeschnitten müsste es eher heißen: »Zwischen Treue und Aufbruch.« Oder spielte sie einfach nur mit dem Feuer?

»Haben sich unsere Töchter mal wieder gemeldet?«, wollte Berger wissen und riss Ariane damit aus ihren Gedanken.

Die Frage, die er in unregelmäßigen Abständen stellte, ging ihr auf die Nerven. Beide Töchter riefen immer sie an, nie ihn. Sie musste ihnen mal deutlich machen, dass das so nicht ging. Allerdings war Alban an dieser Entwicklung nicht ganz unschuldig. Doch das wollte sie ihm heute nicht unter die Nase reiben. Alban hatte sich während ihrer Brustkrebserkrankung in sein Schneckenhaus verkrochen, wofür ihre Töchter nicht viel Verständnis gehabt hatten. Sie hatten, wie Ariane auch, zunächst nicht begriffen, dass er sich in einem seelischen Notstand befand. Und jetzt verhielten sie sich so, als könne man ihn nicht mit Problemen behelligen, weil er noch immer nicht stabil genug sei.

»Laura will mit ihrem Freund zusammenziehen«, antwortete Ariane.

»Das geht aber schnell. Und was macht ihr Germanistikstudium?«

»Sie kommt gut voran. Im nächsten Jahr wird sie wahrscheinlich fertig sein.«

»Hat sie schon Pläne?«

»Zurzeit tendiert sie zum Verlagswesen. Sie ist sich aber noch nicht ganz sicher. Und Beata hat gesagt, sie wolle nach dem Medizinstudium noch Rechtsmedizin dranhängen.«

»Hat sie sich das gut überlegt?«

»Du weißt ja, wenn sie sich etwas vornimmt, zieht sie es durch.« Ariane beschloss, die Gelegenheit zu nutzen und ihren Mann doch auf das Telefonieren anzusprechen. »Willst du Laura und Beata nicht mal anrufen? Es darf sich nicht einschleifen, dass sie nur mit mir Kontakt halten, weil sie Angst haben, dass du nicht belastbar bist.« Es klang nicht vorwurfsvoll, aber sie sah Alban an, dass ihm dieses Thema nicht behagte.

Er schlürfte seinen Tee und konzentrierte sich auf sein Müsli. Und schwieg. Wie so oft.

6

Berger, Tammy und Waldo saßen zu dritt in ihrem Arbeitszimmer, blätterten in Akten, gaben wichtige Erkenntnisse in ihren Computer ein, folgten ihrem Digitalisierungsplan. Die Akte, in der der seltsame Hof in der Moos mit dem Namen Schwedengrundhof eine Rolle spielte, hatten sie seit dem Tod von Hubert Firner nicht angerührt. Der Fall beschäftigte sie dennoch. Vor allem berührte sie die Frage, was Firner mit dem Hof zu tun gehabt hatte und warum das Landeskriminalamt sie von den Ermittlungen ausschloss.

»Ich glaube, Mela kommt«, sagte Berger, ohne aufzuschauen.

»Hast du etwas gehört?«, fragte Waldo.

»Nein, aber ich kann ihr Parfüm riechen.«

»Du bist eben der beste Schnüffler im Präsidium«, lachte Tammy.

In diesem Moment ging die Tür auf und Mela kam herein. Alle schauten zu ihr und kamen aus dem Staunen über das Outfit ihrer Kollegin nicht mehr heraus.

Mela trug einen engen schwarzen Hosenanzug und hielt einen kleinen schwarzen Koffer in der Hand. Sie grüßte kurz mit einem »Hallo«, setzte sich an ihren Schreibtisch, stellte das Köfferchen ab, fuhr den PC hoch und starrte konzentriert auf den Bildschirm, während ihr Parfüm den ganzen Raum einnahm. Es war ein teures Parfüm mit intensivem Rosenduft, das aus Damaszener Rosen gewonnen wurde, wie sie Berger einmal erzählt hatte. Manchmal trug sie zu viel davon auf, immer dann, wenn etwas Besonderes anstand, durchfuhr es Berger. Vielleicht wollte sie so Stress abbauen.

»Auf welchen Laufsteg gehst du denn heute noch?«

Waldo bekam keine Antwort auf seine Frage, nur ein unbestimmtes Lächeln.

Für Berger sah Mela eher aus wie eine Agentin oder Killerin in einem Thriller. Für wen hatte sie sich so in Schale geworfen, fragte er sich. Hatte sie einen wichtigen Termin? Wollte sie jemanden beeindrucken? Ihre erste Befragung nach dem Angriff auf den Schwedengrundhof und der Tötung Firners hatte sie hinter sich. Sie hatte danach einen zufriedenen Eindruck gemacht, sich aber nicht zur Befragung geäußert. Stuttgarter Kollegen aus dem Landeskriminalamt, Abteilung Internes, hatten die Befragung übernommen. Berger hielt diese Vorgehensweise für fragwürdig und nicht korrekt. Mela und Firner hatten in der Abteilung Internes eng zusammengearbeitet, wie er inzwischen erfahren hatte. Dennoch hatten sie auf dem Hof so getan, als wären sie sich fremd. Hatten sie etwas miteinander gehabt und es war ihnen peinlich gewesen?

Tammy, Waldo und Berger waren auch »vernommen« worden, hatten aber nicht viel klären können. Es hatte sich ja alles hinter ihrem Rücken abgespielt. Die Kollegen aus Stuttgart hatten die Befragung routiniert abgewickelt und nicht nachgebohrt, was Berger misstrauisch gemacht hatte. Waldo, Tammy und er hatten mehrmals über den Ablauf des Geschehens in der Küche des Schwedengrundhofes diskutiert und festgestellt, dass einiges für Melas Version sprach, dennoch könnte es auch anders gewesen sein, als sie behauptete. Sicher waren sie sich in dem Punkt, dass Firner zu weit weg von der Fensterfront gesessen hatte, um sie bei der Abwehr des Angriffs zu unterstützen. Was ihn jedoch dazu bewogen hatte, seine Waffe auf Berger zu richten, darauf fanden sie keine überzeugende Antwort. Firner! Der Mann war für Berger plötzlich zum Rätsel geworden. Und er musste feststellen, dass er Firner überhaupt nicht gekannt hatte.

Alle vertieften sich nach Melas berauschendem Auftritt wieder in ihre Arbeit. Waldo begann mit der linken Hand sein Spiel mit dem Kugelschreiber, das er, seit er den James-Bond-Film »Golden Eye« gesehen hatte, professionell beherrschte. Wie der Hacker Boris Grishenko wirbelte er das Ding herum, ohne dass es seinen Fingern entglitt. Er schien das Spiel fast besser zu beherrschen als Grishenko. Jedenfalls war ihm der Kugelschreiber bisher kein einziges Mal runtergefallen. Sie hatten schon überlegt, eine Wette abzuschließen. Mit der rechten Hand blätterte Waldo in seinen Unterlagen oder tippte auf der Tastatur, wenn er wichtige Fakten festhalten wollte.

Mela stand auf, nahm ihr Köfferchen und sagte: »Ich bin kurz auf der Toilette.«

Ein paar Minuten später kam sie mit rot geschminkten Lippen zurück und hatte offenbar das Parfüm noch einmal aufgefrischt. Im Stehen tippte sie etwas in ihren Computer, schob das Köfferchen mit ihrem linken Fuß behutsam unter den Tisch und setzte sich in ihren Stuhl.

Berger überlegte, ein Fenster zu öffnen, um dem Parfümduft im Büro die Schwere zu nehmen, entschied sich aber dagegen. Irgendwann wollte er sie darum bitten, die Parfümmenge dem beengten Raumvolumen anzupassen. In dem ohnehin nicht großen Zimmer war vor lauter Akten fast kein Durchkommen mehr.

Der Fall um den Schwedengrundhof lag noch auf Bergers Schreibtisch, auch wenn sie momentan von den Ermittlungen ausgeschlossen waren. Die Entscheidung, ob sie diesen Fall endgültig ans LKA abgeben mussten, stand noch aus. Der Polizeipräsident und die Kripochefin verhandelten weiter über den Verbleib der Akte und wollten, dass die Cold-Case-Gruppe die Ermittlungen fortsetzte. Sie hatten dem Landeskriminalamt angeboten, dass Stuttgarter Ermittler parallel an dem Fall arbeiten könnten. Inzwischen war der Polizeipräsident so genervt, dass er das Innenministerium als Vermittlungsinstanz einschalten wollte.

Berger wurde in seinen Gedanken gestört, als Mela einige Papiere ordnete und auf die Seite legte, sich von ihrem Platz erhob, den Computer herunterfuhr und sagte: »Macht es gut, ihr drei.« Und an Berger gewandt: »Ich habe einen wichtigen Termin. Die Stunden hole ich nach.«

Manchmal sprühte sie vor Charme, aber meist wirkte sie wie eine verschlossene Auster oder wie ein Mensch, der etwas zu verbergen hatte. Ihr schwarzer Hosenanzug verstärkte diesen geheimnisvollen Zug.

Wie die anderen wünschte Berger Mela einen schönen Tag und fragte sich, was für ein wichtiger Termin das wohl war.

Fast katzenhaft verließ Mela den Raum. Ihr Duft blieb zurück.

Berger versuchte, sich wieder auf die Arbeit zu konzentrieren, als ihn ein Geräusch aufschreckte. Waldo war der Kugelschreiber aus der Hand geglitten und auf den Boden gefallen. Zum ersten Mal, seit er hier angefangen hatte.

Waldo bückte sich nach dem Kugelschreiber. »Mela hat ihr Schminkköfferchen stehen lassen. Vielleicht erreiche ich sie noch.« Er griff nach dem kleinen Koffer und rannte zur Tür.

Berger nutzte die Gelegenheit und öffnete die Fenster.

»Danke!« Tammy reckte den rechten Daumen nach oben. »Das wird wohl dauern, bis dieser Duft verschwindet.«

Berger wollte gerade antworten, als Tammys Telefon läutete.

»Hallo?«

»Ich bin's, Sakura. Hast du kurz Zeit?«

Wenn Sakura, ihre Kollegin aus dem Bereich »Cybercrime und Darknet«, ein Gespräch so einleitete, hatte sie in der Regel etwas Wichtiges mitzuteilen.

»Ja, um was geht es?«

»Die richtige Frage lautet: Um wen geht es?«

»Um eine Person also. Kennen wir die?«

»Ist jemand bei dir?«

»Im Moment nur Berger. Mela hat sich zu einem Termin verabschiedet, und Waldo ist ihr nachgerannt, weil sie ihr Schminkköfferchen vergessen hat.«

»Also, pass auf. Ich habe einen Tipp bekommen, dass

irgendetwas mit Mela nicht stimmt. Näheres weiß ich noch nicht.«

»Das ist alles? Hast du nicht ein bisschen mehr?«

»Ich muss mich zurückhalten. Es hat sich herumgesprochen, dass Mela bei einem Einsatz Firner erschossen hat. Und jemand hat mir angedeutet, dass sie sich auch in Stuttgart schon seltsam verhalten habe. Mehr hat dieser Jemand nicht sagen wollen, jedoch betont, man müsse im Umgang mit Mela sehr vorsichtig sein. Es hat sich so angehört, als sollte man ihr nichts anvertrauen.«

»Haben wir bisher auch nicht. Wir studieren gemeinsam Akten, suchen nach fallbezogenen Lösungen. Privatgespräche mit ihr kannst du eh vergessen. Sie redet nur das Notwendigste.«

»Hört aber offenbar gut zu. Und mit ›vorsichtig‹ hat meine Quelle nicht das Private gemeint, sondern die Ermittlungen.«

»Dann kann es wohl nur um unseren jetzigen Fall gehen.«

»Das glaube ich auch.«

»Hast du in den letzten Tagen mal was über Firner gehört? Du weißt ja, dass nach seinem Weggang zum LKA die Mordakte ›Albert Firner‹ angefordert worden ist.«

»Ja, davon hast du mir erzählt. Aber ich weiß nicht viel. Nur dass jeder sich fragt, in was der reingeraten ist.«

Ein heftiger Knall schreckte Tammy und Berger hoch.

»Was war das denn?«, fragte Sakura. »Hast du das auch gehört?«

»Ja, das muss hier ganz in der Nähe gewesen sein. War das eine Explosion?«

»Wird doch nichts bei der Bahn passiert sein!«

»Wir werden es sicher gleich erfahren.«

»Also, ich lege auf. Ich halte dich auf dem Laufenden.«

»Gut. Bis bald.«

»Ich schau mal nach, was da passiert ist.« Berger stand auf und drückte seinen Rücken durch. Die lange Arbeit am Schreibtisch machte sich allmählich bemerkbar. Demnächst sollte er sich wieder mal behandeln lassen.

»Wo bleibt Waldo eigentlich?«

»Wahrscheinlich hat ihn die Neugier gepackt. Oder er unterhält sich noch mit Mela.«

Berger verließ den Raum, während Tammy ihre Notizen am PC überprüfte. Eine seltsame Unruhe erfasste sie, die ihren Puls beschleunigte. Sie war versucht, Berger zu folgen, entschied sich jedoch dagegen. Schließlich hielt sie es nicht mehr aus und stand doch auf.

Als sie das Büro verließ und Richtung Hauptausgang lief, hörte sie am Lärm, der von den Straßen gegen das große Polizeigebäude brandete, dass das Ausmaß der Explosion schlimm sein musste. An der Pforte stauten sich die Kolleginnen und Kollegen, die wissen wollten, was es mit dem Knall auf sich hatte. Aus den Wortfetzen schloss Tammy, dass ein Auto an der Ecke Prinz-Eugen-Straße und Rammersweierstraße in die Luft geflogen war. Offenbar waren einige Kolleginnen und Kollegen bereits am Explosionsort, um ihn abzusperren und die Ermittlungen aufzunehmen. Sicher war die Bereitschaftspolizei schon informiert. Entsprechende Töne, die nach Polizei- und Feuerwehreinsatz und Krankenwagen klangen, ließen darauf schließen.

Tammy suchte an der Pforte nach Berger, konnte ihn aber nicht ausfindig machen. Das hieß, dass er sich draußen aufhielt. Sie steuerte den Ausgang an, blieb dann aber stehen, als die Kripochefin versuchte, sich Gehör zu verschaffen, und sich mit Mühe durch die Leute kämpfte. Nach mehreren Anläufen wurde es endlich still.

»Kolleginnen und Kollegen, wie ihr mitbekommen habt, ist draußen etwas Schreckliches passiert. Ein Auto ist explodiert. Das ist das Einzige, was wir sicher wissen. Die Ursache ist noch unklar. Möglicherweise sind Opfer zu beklagen. Wir werden Sie in rund einer halben Stunde kurz auf den neuesten Stand bringen. Ich bitte alle, zunächst an den Arbeitsplatz zurückzukehren.«

Ohne größeres Murren löste sich die Versammlung auf.

Tammy folgte der Aufforderung. An ihrem Schreibtisch wollte sie sich wieder auf ihre Arbeit konzentrieren, doch es gelang ihr nicht. Die Ungewissheit machte es ihr unmöglich.

Sie stierte schon gefühlte zehn Minuten auf ihren Bildschirm, als die Tür aufging und Berger hereinkam, mit einem Gesichtsausdruck, der das Schlimmste befürchten ließ.

»Bist du draußen gewesen?«

Er brauchte Zeit, bis er heiser antwortete. »Ja.«

»Und?«

»Schrecklich! Vorne an der Straße ist ein riesiges Loch. Und überall liegen Autotrümmer herum. Es ist vermutlich das Auto von Mela.«

»Was? Und wo ist Waldo?«

Wie ein alter, gebrechlicher Mann setzte sich Berger auf seinen Stuhl. »Ich habe ihn nirgends gesehen.«

»Denkst du, dass er …?«

»Möglich.«

»Und Mela?«

»Wenn sie im Auto war, mit Sicherheit.«

Tammy begann zu schluchzen. Hatten sie schon wieder einen Kollegen verloren? Und eine Kollegin? Sie sah Berger an, dass er ähnliche Gedanken hatte. »Alban, war diese Explosion ein schrecklicher Zufall oder böse Absicht?«

Noch bevor sie die Frage beendet hatte, kam Berger ein furchtbarer Verdacht. Der Schminkkoffer! War darin eine Bombe gewesen? »Tammy, wir müssen zur Chefin«, sagte er. »In dem Schminkkoffer von Mela könnte eine Bombe gewesen sein, was bedeuten würde, dass sie die Täterin ist.« Er stand auf, ging zur mittlerweile heftig zitternden Tammy und zog sie hoch. »Wir müssen mit der Chefin reden, bevor die Ermittlungen in eine falsche Richtung laufen. Ich könnte schwören, dass alles mit unserem aktuellen Fall zusammenhängt. Wir müssen dranbleiben, sonst entgleitet uns alles. Das sind wir Waldo schuldig.«

Tammy konnte sich kaum auf den Beinen halten, so geschockt war sie. Für Berger schien klar zu sein, dass Waldo tot und Mela die Täterin war. Sie musste sich noch einmal kurz setzen, während Berger bereits das Büro verließ. Sekunden später hatte sie sich einigermaßen gefasst und lief Berger hinterher.

Im Vorzimmer der Kripochefin wurden sie abgeblockt. Frau Gallheimer habe keine Zeit, sagte die Sekretärin. Sie sei im Gespräch mit dem Polizeipräsidenten. Berger fragte, ob es um die Explosion gehe. Die Sekretärin nickte.

»Dann müssen wir rein«, forderte Berger ungewöhnlich laut. Er klopfte an die Tür der Kripochefin und trat ein.

Tammy wischte sich schnell die Augen trocken und folgte ihm.

Der Polizeipräsident und Lydia Gallheimer schauten missmutig auf die beiden Eindringlinge.

Berger hielt sich nicht an Höflichkeitsregeln und legte gleich los. »Wir haben gehört, dass Sie über die Explosion sprechen, und haben dazu eine wichtige Information. Die

Explosion könnte von einer Bombe verursacht worden sein, versteckt in einem Schminkköfferchen.«

»Seit wann wissen Sie das?«, fuhr der Polizeipräsident dazwischen.

»Wir haben gerade eins und eins zusammengezählt.«

»Und das bedeutet?«

»Mela von Erlenbach hatte heute ein solches Köfferchen dabei! Und es ist ihr Auto, das explodiert ist.«

»Sprechen Sie von Ihrer Kollegin in der Cold-Case-Abteilung?« Der Polizeipräsident machte einen ungläubigen Eindruck.

Und die Kripochefin sah aus, als sei ihr auf einen Schlag alles fremd geworden.

Ohne Umschweife berichtete Berger, was sich in den letzten Stunden in der Cold-Case-Abteilung abgespielt hatte.

Kaum hatte er geendet, mischte sich Tammy ein, die sich offenbar erholt hatte. Jedenfalls ließ sie sich nicht anmerken, dass die neueste Entwicklung sie so mitgenommen hatte. »Kurz nachdem Mela sich verabschiedet hat, habe ich einen interessanten Anruf bekommen.«

»Darf man erfahren, von wem?« Lydia Gallheimer hatte die Sprache wiedergefunden.

»Zum jetzigen Zeitpunkt nicht. Ich muss meine Quelle schützen.« Tammy hatte keine Lust, Sakura in Schwierigkeiten zu bringen. Sie gab alles so wieder, wie Sakura es ihr am Telefon gesagt hatte.

Der Polizeipräsident blickte die Kripochefin ratlos an.

»Interessant ist auch noch folgendes Detail«, schloss sich Berger an. »Mela von Erlenbach hat sich im Schwedengrundhof so verhalten, als habe sie Hubert Firner noch nie gesehen. Obwohl beide bei den Internen in Stuttgart gearbeitet haben. Irgendetwas stimmt nicht mit ihr.«

»Wenn das alles zutrifft, haben wir ein gewaltiges Problem«, bemerkte der Polizeipräsident. »Ich muss bald an die Öffentlichkeit. In der Hand habe ich bislang nichts. Das, was Sie, Berger und Kollegin Bieger, gerade berichtet haben, kann ich auf keinen Fall erwähnen. Und am Explosionsort haben wir mit der Untersuchung noch nicht einmal begonnen.«

»Berger, wir müssen aufpassen, dass wir nicht voreilig falsche Schlüsse ziehen aus dem, was passiert ist«, betonte Gallheimer. »Die Explosion kann auch eine andere Ursache haben.«

»Bieten Sie mir eine brauchbare Erklärung!«

»Sie wissen genau, dass ich zu diesem Zeitpunkt nichts beisteuern kann. Und Ihre Theorie ist eine reine Vermutung. Wenn Sie nachvollziehbare Beweise haben, dann bitte ich um mehr Informationen.«

»Ich bleibe dabei. Ich gehe sogar davon aus, dass die Bombe unserer Abteilung gegolten hat.«

»Oder den Akten in unserem jetzigen Fall«, meinte Tammy. »Mela von Erlenbach hatte ihren Schminkkoffer schon öfter dabei, sie hat ihn meist auf die Fensterbank gelegt. Aber heute hat sie ihn unter den Tisch gestellt. Das ist doch ein Indiz.«

»Allein dass Sie ›meist‹ sagen, schwächt das Indiz«, warf die Kripochefin ein.

»Das abweichende Verhalten von Mela ist ein wichtiger Hinweis.«

»Natürlich müssen wir das beachten«, sagte Gallheimer. »Aber für eine fundierte Beurteilung des Ganzen fehlt uns zu viel. Insofern will ich an dieser Stelle die Überlegungen unterbrechen.«

Berger brannte noch eine andere Sache unter den Nägeln.

Und wo er schon mal hier war … »Was ist jetzt eigentlich mit unserem aktuellen Fall?«

Lydia Gallheimer schüttelte den Kopf. »Es gibt immer noch ein Gezerre. Endgültig entschieden ist nichts. Ich hoffe, dass wir den Fall nicht abgeben müssen.«

Der Polizeipräsident ergänzte: »Nach den jetzigen Erkenntnissen, die ich von Ihnen gehört habe, plädiere ich beim Landeskriminalamt dafür, dass der Fall hier in Offenburg weiterverfolgt wird. Ich denke, wir haben Oberstaatsanwalt Stenglenz auf unserer Seite.«

»Und wir hätten gerne die Mordakte ›Albert Firner‹ zurück«, sagte Berger.

»Was meinen Sie damit?«

Der Polizeipräsident war über diesen Punkt offenbar nicht informiert. Tammy brachte ihn auf den neuesten Stand.

»Glauben Sie, dass es einen Zusammenhang zwischen dem Cold Case und dem Fall Schwedengrundhof gibt?«

»Möglicherweise.«

»Frau Gallheimer, kümmern Sie sich darum. Ich muss mich noch mit Oberstaatsanwalt Stenglenz absprechen.« Der Polizeipräsident verabschiedete sich und ließ die drei allein.

»Ich muss gestehen, dass mir die Mordakte ›Albert Firner‹ im Moment auch nichts sagt.«

»Uns auch nicht wirklich, Frau Gallheimer.« Tammy schien sich weitgehend beruhigt zu haben. »Die Akte ist kurz nach Beginn unserer Aufbauarbeit in der Cold-Case-Einheit vom LKA Stuttgart angefordert worden. Und zwar von der Abteilung Internes. Wochen zuvor ist der Kollege Hubert Firner nach Stuttgart zum LKA gegangen, in die Abteilung Internes.«

»Haben Sie sich die Akte angeschaut?«

»Nein, dazu haben wir keine Gelegenheit gehabt. Wir sind durch Zufall auf die Akte gestoßen. Es fällt halt auf, dass auch in unserem aktuellen Fall des Schwedengrundhofs der Name Firner erwähnt wird. Ob die Mordakte ›Albert Firner‹ mit Hubert Firner zu tun hat, ist unklar. Dass der Name Firner in zwei Fällen eine Rolle spielt, kann auch Zufall sein.«

»Gut, ich schau mal, was sich machen lässt. Ob ich das in den nächsten Tagen klären kann, weiß ich nicht. Die Explosion und die Hintergründe werden uns ziemlich beanspruchen. Halten Sie mich auf dem Laufenden über jede Einzelheit, die Ihnen auffällt. Und falls Sie psychologische Unterstützung oder eine Auszeit brauchen, scheuen Sie sich nicht. Die Belastung der letzten Tage ist sicher sehr groß für Sie gewesen.«

»Wir schätzen es sehr, dass Sie uns Hilfe anbieten, aber ich denke, dass wir diese Krise durchstehen. Das siehst du doch auch so, Tammy, oder?«

Sie nickte, konnte aber nicht verhindern, dass ihr erneut die Tränen kamen.

Lydia Gallheimer ging spontan auf Tammy zu und umarmte sie. Berger war überrascht, dass die Kripochefin so viel Empathie zeigte. Das hätte er ihr nicht zugetraut.

Sein Handy meldete sich. Es war Ariane, er nahm das Telefonat an. »Hallo, ist etwas passiert?«, fragte er beunruhigt, denn sie rief selten im Dienst an.

»Bin ich froh, dass ich deine Stimme höre. Eben ist in SWR3 eine Eilmeldung gekommen, dass am Offenburger Polizeipräsidium eine Bombe explodiert ist. Stimmt das?«

»Ja, aber wir wissen noch nicht viel. Die ersten Ermittlungen laufen.« Er behielt sein Wissen und seine Vermutungen aus guten Gründen für sich. »Du, ich kann gerade nicht telefonieren, hier ist die Hölle los, wie du dir vorstellen kannst.« Es stimmte, was er sagte, und doch war es ein Vorwand, um nicht zu viel zu verraten.

»Dann bis heute Abend«, verabschiedete sie sich mit besorgter Stimme.

7

Der Polizeipräsident und Oberstaatsanwalt Stenglenz trafen sich wie verabredet am Explosionsort. Die Detonation hatte größeren Schaden angerichtet als vermutet. Die Prinz-Eugen-Straße, die am Polizeipräsidium vorbeiführte, und die Rammersweierstraße waren gesperrt. Kriminaltechniker suchten im Loch, das die Detonation gerissen hatte, nach Spuren, Leichen und DNA. Autoteile lagen verstreut herum. Am Eckgebäude an der Prinz-Eugen-Straße waren Fenster geborsten und Mauerstücke abgeplatzt. Hinter den Absperrungen hatten sich zahlreiche Neugierige versammelt. Einige fotografierten ständig mit ihren Handys. Bereitschaftspolizisten mussten die Leute immer wieder zurückdrängen.

»Wie viele Opfer haben wir zu beklagen?«, fragte Oberstaatsanwalt Stenglenz.

»Vermutlich zwei«, antwortete der Polizeipräsident. »Die Kommissarin Mela von Erlenbach und Kommissar Waldo Kerkoff. Außerdem ist dort drüben eine Fahrradfahrerin von einem großen Splitter getroffen worden. Sie befindet sich im Ortenau Klinikum. Ansprechbar ist sie zurzeit nicht. Ein vorbeifahrendes Auto hat ebenfalls einen Splitter abbekommen. Der Fahrer ist vor Schreck nach links ausgewichen, in den Gegenverkehr geraten und mit einem anderen Wagen zusammengeprallt. Beide Autos stehen dort drüben. Sie werden später untersucht, wenn die Spurensicherung hier fertig ist. Zum Glück sind beide Fahrer unverletzt geblieben. Von den Straßen- und Gebäudeschäden wollen wir vorerst nicht reden. Wir sind froh, dass zum Zeitpunkt der Explosion auf den Straßen nicht so viel los gewesen ist.«

»Es ist wahrscheinlich zu früh, nach Belastbarem zu fragen?«

Der Polizeipräsident zog Stenglenz ein paar Meter weg vom Explosionsort, wo es keine Mithörer gab. »Ich muss Ihnen etwas sagen, das noch nicht für die Öffentlichkeit bestimmt ist. Es geht um einen ungeheuren Verdacht.« Er vergewisserte sich mit einem Rundumblick, dass ihn niemand hörte.

»Sie machen es aber spannend. Was für einen Verdacht meinen Sie?«, fragte der Oberstaatsanwalt.

»Die Explosion ist möglicherweise von einer Bombe ausgelöst worden. Und zwar von einer Bombe, die sich im Schminkköfferchen von Mela von Erlenbach befunden hat.«

»Das heißt, dass jemand einen Anschlag auf die Kommissarin verübt hat?«

46

»Es sieht eher danach aus, dass Mela von Erlenbach die Täterin ist. Möglicherweise hatte sie die Absicht, die Bombe an ihrem Arbeitsplatz hochgehen zu lassen.«

»Diese Informationen haben Sie sicher von Alban Berger?«

Der Polizeipräsident nickte und gab alles weiter, was ihm Alban Berger und Tammy berichtet hatten.

»Und die Hintergründe?«

Der Polizeipräsident zuckte mit den Achseln. »Keine Ahnung. Ich bin überfragt. Ich weiß nicht, ob sie ihre Kollegen umbringen wollte oder ob es um etwas anderes gegangen ist. Alban Berger und Tamara Bieger schließen nicht aus, dass Mela von Erlenbach Akten vernichten wollte.«

»Was für Akten?«

»Vom Fall Schwedengrundhof zum Beispiel. Es können natürlich auch andere Akten sein.«

»Wir sind noch nicht einmal ansatzweise beim Todesfall Hubert Firner vorangekommen. Und nach dem, was Sie mir eben über Mela von Erlenbach gesagt haben, müssen wir den Tod von Firner vielleicht aus einem anderen Blickwinkel betrachten. Was bedeutet das Ganze, wenn Berger und seine Kollegin recht haben mit ihrer Einschätzung? Dieser neue Fakt wird die Wahrheitsfindung noch schwieriger machen.«

»Ist ja auch kein Wunder, wenn aufseiten des LKA gemauert wird. Ich habe mit dem LKA-Präsidenten geredet, aber er hält sich sehr zurück, obwohl wir uns sonst ganz gut verstehen. Er hat durchblicken lassen, dass er den Tod von Hubert Firner als tragischen Unfall bei einem Einsatz verstanden haben will. Das ist merkwürdig. Vorhin habe ich mit ihm auch kurz über die Explosion gesprochen. Und in diesem Fall ist er ebenfalls nicht sehr zugänglich.«

»So geht's mir mit unseren alten Fällen auch. Hinsichtlich des Anschlags auf den Landrat blockiert das LKA, wo es nur geht. Als hätte es etwas zu verbergen. Ich hätte die Anklage längst abschließen können, wenn ich mehr Informationen über den Schützen bekommen hätte. Unter uns – möglicherweise will das Landeskriminalamt Verstrickungen einzelner Beamter in den Fall verdecken. Es deutet ja alles darauf hin, dass der Schütze Informant des Landeskriminalamts war. Dass das LKA hier so dichtmacht, wirkt sich sogar auf die Ermittlungen gegen die christliche Terrorgruppe aus, die uns in den letzten beiden großen Mordfällen auf Trab gehalten hat. Wir wissen immer noch nicht, wie sich die Verbindungen des Schützen zur christlichen Terrorgruppe entwickelt haben. Der Generalbundesanwalt ist ziemlich verärgert, dass es nicht vorwärtsgeht.«

Der Polizeipräsident schüttelte den Kopf. »Das alles zerstört das Vertrauen in Polizei und Justiz. Der LKA-Chef schickt übrigens niemanden zur Pressekonferenz. Die nächste Merkwürdigkeit: Er hat mich dringend gebeten, die Explosion vorerst wie ein örtliches Problem zu behandeln. Er hat natürlich Angst, dass die Explosion und Hubert Firners Tod zu sehr in die Schlagzeilen geraten. Und vor allem: dass sie verknüpft werden. Das hat er durch die Blume angedeutet. Dass er nicht will, dass beides in Zusammenhang gebracht wird, ist schon verdächtig.«

»Wenn das LKA bei der PK dabei ist, wird den Medien klar, dass die Explosion eine größere Dimension hat. Und das soll wohl verhindert werden. Oder?«

»So sieht es aus. Aber aus welchem Grund?«

»Ich kann mir vorstellen, dass das mit Mela von Erlenbach zu tun hat. Dass eine LKA-Beamtin einen Bombenanschlag verübt haben könnte, ist ungeheuerlich! Das mag man sich gar nicht ausmalen! Ich im Moment auch nicht. Wissen wir mehr über ihre beruflichen und privaten Hintergründe?«

»Sie ist vor der Übernahme überprüft worden. Sie hat einen guten Ruf. Von der Cold-Case-Abteilung habe ich auch nichts Negatives über sie gehört.«

»Aber wenn Berger und seine Kollegin so schnell zu der Einschätzung kommen, dass Mela von Erlenbach für die Bombe verantwortlich sein könnte, müssen sie schon früher an ihr gezweifelt haben.«

»Wie auch immer. Wir dürfen uns keine Illusionen machen, denn der LKA-Präsident ist in engem Kontakt mit dem Innenminister. Und der will auf jeden Fall einen Skandal vermeiden. Wenn Einzelheiten in die Öffentlichkeit dringen, muss sich das Landeskriminalamt sehr unangenehmen Fragen stellen. Wir natürlich auch. Wenn ich nur an Firner denke! Dieser Mann lässt mich an meiner Menschenkenntnis zweifeln.« Der Polizeipräsident schüttelte erneut den Kopf, bevor er fortfuhr: »Ich habe den LKA-Chef um Lösungen gebeten, wie ein Skandal verhindert werden könnte. Er sagte, er müsse zunächst auf höchster Ebene sondieren, auf was zu achten sei. Im Prinzip geht es darum, die Politik vor Beschädigungen zu schützen. Und wir müssen dafür den Kopf hinhalten, niemand sonst. Bevor wir auseinandergehen: Wie verhalten wir uns jetzt in der Pressekonferenz? Am liebsten würde ich sie verschieben.«

»Gegen eine Verschiebung hätte ich nichts einzuwenden.« Oberstaatsanwalt Stenglenz wirkte erleichtert.

»Gut. Ich denke, dann laden wir für morgen um 18 Uhr ein. So bleibt uns genügend Zeit. Wir müssen uns auf intensive Fragen gefasst machen. Eine solche Explosion ist nicht alltäglich. Die letzte, die uns ein bundesweites Echo gebracht hat, ist die am Bahnhof gewesen.«

»Der Anschlag der christlichen Terrorgruppe auf das Erotikkino an der Unionbrücke.«

»Richtig. Versuchen wir also, die Öffentlichkeit bis zur PK morgen hinzuhalten.«

Oberstaatsanwalt Stenglenz war für Offenheit im Umgang mit der Presse. Aber in diesem Fall musste man zurückhaltend sein, das sah er genauso wie der Polizeipräsident. Wenn alles bekannt werden würde, wäre eine ruhige Ermittlungsarbeit nicht mehr möglich. Stenglenz drückte dem Polizeipräsidenten zum Abschied die Hand. »Noch eine Bitte, beziehen Sie Alban Berger und Tammy Bieger in die Ermittlungen ein.«

»Habe ich bereits mit unserer Kripochefin geklärt. Offiziell können Berger und Bieger nicht in die Soko, die wir jetzt bilden. Sie sind mehr als befangen. Gallheimer sucht jedoch nach einer inoffiziellen Lösung. Es besteht die Gefahr, um es einmal vorsichtig auszudrücken, dass das Landeskriminalamt die Ermittlungen sowohl im Fall Firner als auch bezüglich der Explosion vollständig an sich reißt. Dann können wir die Soko vergessen. Begründen wird das LKA es damit, dass Firner ihr Mitarbeiter war und Mela von Erlenbach eine Leihgabe.«

»Leihgaben haben es manchmal in sich, vor allem, wenn sie nicht rechtzeitig zurückgegeben werden.«

Sie gingen auseinander. Nach wenigen Metern stoppte der Oberstaatsanwalt und lief dem Polizeipräsidenten nach. »Ich habe etwas vergessen! Mir ist vorhin ein Gedanke gekommen. Der Explosionsschaden ist doch beträchtlich. Kann eine in einem Schminkköfferchen versteckte Bombe einen so großen Schaden anrichten?«

»Diese Frage haben wir uns auch gestellt. Die Techniker können noch nichts sagen. Lassen wir uns überraschen.«

8

Die Einladung zur Pressekonferenz löste, wie nicht anders zu erwarten, ein großes Echo aus. Weil mit einem großen Andrang zu rechnen war, wurde sie in die Reithalle am Offenburger Kulturforum verlegt. Auf dem Podium saßen der Polizeipräsident, Oberstaatsanwalt Stenglenz, Kripochefin Lydia Gallheimer, eine erfahrene Pressesprecherin des Präsidiums, die auch die Moderation übernahm, und der Oberbürgermeister der Stadt.

Die Kripochefin musste den Hauptpart vor den Medienvertretern spielen. Routiniert und sachlich trug sie ihre Informationen vor. Alleiniger Punkt der Pressekonferenz war die Explosion. Gallheimer ließ in ihrem Vortrag die Vermutung von Berger und Tammy weg und erwähnte auch nicht, dass Waldo Kerkoff bei der Explosion vermutlich getötet worden war. Sie konnte sich lebhaft ausmalen, welche Fragen dieser Hinweis provoziert hätte. Ihr sowie dem Polizeipräsidenten und Oberstaatsanwalt

Stenglenz war klar, dass die Spekulationen ins Kraut schießen würden.

Stenglenz klärte über mögliche Anklagepunkte auf, ohne sich festzulegen. Über das weitere Vorgehen informierte der Polizeipräsident und vermied es dabei, von der Bildung einer Soko zu sprechen.

Der Oberbürgermeister, der versuchte, nicht als Statist zu erscheinen, unterstrich mehrfach, dass Offenburg eine sichere Stadt sei. Das stelle auch die noch ungeklärte Explosion nicht infrage. Die Verwaltung werde alles tun, um die Polizei und die Staatsanwaltschaft zu unterstützen.

Das Hauptinteresse der Medien galt der Frage, wer für die Explosion verantwortlich war und gegen wen sie sich richtete. Manche Journalisten erwähnten den Anschlag auf das Erotikkino an der Unionbrücke und wollten wissen, ob es einen Zusammenhang mit dem neuen Fall gebe.

Gallheimer warnte vor Spekulationen. Man habe bisher keine belegbaren Anhaltspunkte für einen Anschlag. Es grenze an Fahrlässigkeit, in dieser Situation von Fakten zu sprechen. Das Einzige, was man gesichert wisse, sei, dass eine Explosion stattgefunden habe. Bei der Zahl der möglichen Opfer fange das Problem schon an. Die Untersuchungen des Explosionsortes dauerten an. Man müsse mit zwei weiteren Tagen rechnen, bis man vorläufig Gewissheit habe. Es könne sein, dass niemand ums Leben gekommen sei.

Die Kripochefin hoffte, dass nun keine weiteren Fragen mehr kamen. Doch da lag sie falsch, denn die Nähe des Explosionsortes zum Polizeipräsidium wurde von den Journalisten nun auf jede erdenkliche Weise ausgeleuchtet.

Gallheimer verwendete die üblichen Floskeln, wenn Ermittlungen in der Schwebe waren oder durch Einzelheiten die Arbeit erschwert wurde.

Plötzlich stand ein Mann auf. Er sagte seinen Namen so leise, dass ihn niemand verstand. Für welches Medium er arbeitete, unterschlug er. Die Pressesprecherin unterließ es, nachzuhaken. Der Mann stellte nur eine Frage: »Haben Sie schon nachgezählt, ob Sie noch alle Mitarbeiterinnen und Mitarbeiter haben?«

Manche im Raum lachten. Ihnen war offenkundig nicht bewusst, wie unangebracht ihr Verhalten war. Andere spürten die Ernsthaftigkeit der Frage und begannen miteinander zu tuscheln.

Gallheimer war irritiert. Der Mann stellte einen Zusammenhang zwischen den möglichen Opfern und dem Polizeipräsidium her. Wie war er darauf gekommen? Hilfe suchend blickte sie den Polizeipräsidenten und den Oberstaatsanwalt an, die ebenfalls verblüfft waren. Gallheimer fragte sich, ob der Mann einen Informanten im Präsidium hatte. Wusste er etwas über den vermutlichen Tod von Waldo Kerkoff, oder wollte er ihnen durch eine Provokation Informationen entlocken? Wie konnte sie dem Mann kontern?

Der Polizeipräsident hatte sich als Erster gefasst und nutzte die Gelegenheit. »Wenn keine weiteren Fragen gestellt werden, schließe ich hiermit die Pressekonferenz. Ich wünsche Ihnen noch einen guten Abend.«

Der Mann, der die ungewöhnliche Frage gestellt hatte, war bereits verschwunden.

9

»Ich habe mit unserer Kriminaltechnik geredet und mir das Auto von Mela, vielmehr das, was davon übrig ist, angesehen.«

Berger schaute Tammy überrascht an. »Ich denke, wir haben keinen Zugang zu den Trümmern?«

»Eigentlich nicht. Aber die Räumlichkeiten unserer Kriminaltechnik sind ja kein ›Parc fermé‹ wie in der Formel 1. Morgen wird angeblich alles abgeholt und nach Stuttgart zum LKA gebracht. Ich habe nichts anrühren dürfen. Aber ich habe etwas entdeckt.«

»Ist da überhaupt noch etwas erkennbar?«

»Ein Nummernschild! Ich habe mir nicht anmerken lassen, dass ich es gesehen habe. Es hat eine Stuttgarter Nummer. Die habe ich abrufen lassen. Der Wagen gehört einer Autovermietung.«

»Jetzt kommt sicher etwas Besonderes.«

»Ja, Mela hat es für drei Monate gemietet.«

»Für drei Monate nur?«

»Richtig.«

»Es hat doch geheißen, dass sie mindestens ein halbes Jahr bei uns bleiben wird, wenn nicht noch länger. Was bedeutet das?«

»Das könnte bedeuten, dass sie mit einem Auftrag zu uns gekommen ist, der innerhalb von drei Monaten erledigt sein muss. Interessant ist auch, dass sie die drei Monatsmieten für das Auto in bar bezahlt hat. Ich habe den Autovermieter gefragt, ob das öfter vorkommt. Wenn es um weniger als einen Monat geht, schon, meinte er. Bei drei Monatsmieten sei das seltener. Meist werde mit Kreditkarte bezahlt. Mela habe jedoch einen seriösen Eindruck gemacht. Die Papiere seien in Ordnung gewesen.«

»Sie hat also das Geschäft so abgeschlossen, dass die Rückverfolgung des Geldflusses schwierig wird. So bekommen wir nicht heraus, von wem sie das Geld hat.«

»Aus eigener Tasche wird sie das Auto nicht bezahlt haben, wenn sie beruflich hier zu tun hatte.«

»Hatte sie in Stuttgart ein eigenes Auto?«

»Nein. Das haben jedenfalls Kollegen vermutet.«

»Und wo hat sie gewohnt?«

»Weiterhin in Stuttgart. Nicht weit von ihrer Dienststelle. Die kann man gut zu Fuß erreichen.«

»Wurde die Wohnung schon überprüft?«

»Das LKA hat verlauten lassen, das werde gemacht.«

»Diese Erklärung kennen wir zur Genüge. Wir können davon ausgehen, dass wir nichts erfahren. Umso interessanter, dass du so viele Informationen bekommen hast.«

»Ich gehe davon aus, dass die Quellen ganz schnell versiegen.«

»Hast du mitbekommen, was auf der Pressekonferenz abgelaufen ist?«

»Ja. Sehr seltsam. Angeblich weiß niemand, wer dieser Mann ist und bei welchem Medium er arbeitet. Ich habe vorhin gehört, dass unsere Pressestelle bestürmt wird. Alle wollen herausfinden, ob ein Polizeibeamter bei der Explosion umgekommen ist.«

Sie waren beide gespalten, als die Kripochefin ihnen mitteilte, dass sie unbedingt in der »Soko Schminkkoffer« mitarbeiten müssten.»In einer besonderen Position«, betonte sie, um ihnen die Mitarbeit schmackhaft zu machen.

Es fehle ihnen an Objektivität, da sie seit einiger Zeit mit den beiden Opfern, mit Mela von Erlenbach und Waldo Kerkoff, eng zusammengearbeitet hätten, gaben Berger und Tammy zu bedenken.

Lydia Gallheimer ließ das Argument nicht gelten. Sie beide hätten mehr Wissen als alle anderen in der Soko. Falls sie zu emotional an die Aufklärung herangingen, würden sie von den anderen gebremst werden. Auf ihren Sachverstand wolle niemand verzichten, vor allem nicht der Polizeipräsident und Oberstaatsanwalt Stenglenz. Obwohl beiden die problematische Gratwanderung bewusst sei, hätten sie auf ihr Mitwirken bestanden.

Weil die Platzverhältnisse im gesamten Polizeipräsidium immer noch beengt waren, konnten Berger und Tammy in ihrem Büro bleiben und separat arbeiten. Das war ihnen auch lieber. Bis auf die Sache mit Firner beziehungsweise dem Schwedengrundhof, der möglicherweise eine Rolle in der »Soko Schminkkoffer« spielte, mussten sie alle anderen »kalten Fälle« wohl auf die Seite schieben.

Und Tammy konnte ihre Zusatzaufgabe als Super-Recognizerin vorerst vergessen. Sie hoffte inständig, dass die »Soko Schminkkoffer« den Fall bald lösen würde. Auch weil sie ihr Studium der Rechtspsychologie nicht gefährden wollte, das sie neben ihrer Tätigkeit als Kommissarin gerade absolvierte. Vielleicht musste sie sich in ihrem Leben sowieso in absehbarer Zukunft umstellen. Irgendetwas stimmte nicht mit ihr. Am Morgen hatte sie sich bei ihrer Frauenärztin angemeldet, denn sie hatte den Verdacht, schwanger zu sein. Falls dem so wäre, müsste sie mit einem Schlag alle Planungen überdenken. Es könnte aber auch sein, dass die Ereignisse der letzten Wochen ihr nicht nur psychisch, sondern auch körperlich zusetzten. Doch was, wenn sie wirklich schwanger war? Sie war nicht auf sich allein gestellt. Falco Gmeiner, ein Volkskundler, den sie bei ihrem letzten Fall kennen- und lieben gelernt hatte, war inzwischen ihr Lebensgefährte. Eine Schwangerschaft müsste also nicht zwangsläufig eine Katastrophe bedeuten. Sie hatte schon so viele Herausforderungen bestanden. Und Ereignisse überstanden, die ihr Leben verändert hatten. Noch stand ja nichts fest. Tammy versuchte, sich wieder auf die Arbeit zu konzentrieren.

Das Pensum war jetzt, da Mela und Waldo fehlten, umso höher, doch ihnen war bereits Unterstützung zugesagt worden. Bald schon sollte ihnen eine Kollegin als Ersatz für Waldo Kerkoff und Mela von Erlenbach zugeteilt werden. Waldo könne man nicht ersetzen, hatte Tammy bitter angemerkt. Zu Mela von Erlenbach hatte sie sich nicht geäußert. Waldos Tod war nun ebenfalls gewiss und hatte eine tiefe Trauer in ihr ausgelöst. Waldo hatte eine offene Art gehabt, war meist gut gelaunt gewesen und hatte vor Ideen gesprüht. Ihm war es zu verdanken, dass sie ihren ersten Fall in der Cold-Case-Abteilung so schnell geklärt hatten.

Es war um eine Frau gegangen, die vor 32 Jahren spurlos verschwunden war. Sie hatte in einem mehrstöckigen Mietshaus in der Rheinebene gewohnt. An einem Septemberabend hielt sie sich bei ihrer Freundin im ersten Stock auf und trank dort ein Glas Sekt. Als sie in ihre Wohnung gehen wollte, versuchte die Freundin sie zum Bleiben zu überreden und bot ihr ein Nachtquartier an, um ihrem gewalttätigen Ehemann wenigstens für ein paar Stunden zu entkommen. Die Frau, 36 Jahre alt, zweifache Mutter, lehnte das Angebot ab und verließ die Wohnung der Freundin gegen 21 Uhr. In ihrer Wohnung im dritten Stock sei sie nie angekommen, behauptete vier Tage später ihr Ehemann. So lange hatte er auf seine Frau gewartet, bevor er zur Polizei gegangen war und sie als vermisst gemeldet hatte. Das machte ihn sofort verdächtig. Umfangreiche Ermittlungen begannen, Nachbarn, Freunde und Bekannte der Vermissten wurden befragt. Als einziger Verdächtiger blieb schließlich der Ehemann übrig, der sich öfter mit seiner Frau gestritten und sie geschlagen hatte, selbst vor ihren Kindern. Er war ein eifersüchtiger und misstrauischer Mensch, der Probleme mit Alkohol lösen wollte. Alles sprach gegen ihn. Doch er beteuerte immer wieder, mit dem Verschwinden seiner Frau nichts zu tun zu haben. Es wurden keine Leiche, keine Tatwaffe und auch sonst keine Spuren gefunden. Allerdings hatte es Spekulationen gegeben, dass sie aus Angst vor ihrem Mann untergetaucht sei. Der Ehemann war weder in Untersuchungshaft gekommen noch angeklagt worden. Sein Leben war allerdings zerstört.

Waldo hatte, als sie nach 32 Jahren den Fall erneut bearbeiteten, eine glänzende Idee gehabt. Zu dritt, Mela war noch nicht bei ihnen gewesen, waren sie zum Wohnhaus der Frau gefahren und langsam das Treppenhaus hinaufgestiegen. Vor der Wohnung im dritten Stock fragte Waldo: »Was ist auf diesem kurzen Treppenabschnitt, was ist in diesen wenigen Augenblicken passiert?«

Auf diese Fragen konnten sie zunächst keine Antwort geben, neigten aber zu der Ansicht, dass die Frau spontan das Haus verlassen hatte. Sie veröffentlichten Fotos der Verschwundenen, zeichneten ein Bewegungsprofil der Frau, suchten nach Zeugen, mussten jedoch feststellen, dass sich nach so langer Zeit niemand mehr an etwas erinnern konnte, das zu einer Lösung des Falles beigetragen hätte.

Waldo ließ sich davon nicht entmutigen. Die verzweifelte Suche nach einer entscheidenden Spur spornte ihn eher an. Er schlug vor, zwei Videos zu dem Fall über Facebook zu veröffentlichen. Schon nach kurzer Zeit meldete sich eine junge Frau, die den Fall kannte, und berichtete, dass ein Onkel von ihr damals in dem Mietshaus gewohnt habe. Vielleicht habe der etwas bemerkt. Der Onkel erklärte ihnen, er habe die Frau an jenem Abend nach 21 Uhr vor dem Haus gesehen. Sie habe auf einer Bank gesessen. Die Frau war also nicht zu ihrem Mann zurückgekehrt, sondern aus dem Haus gegangen. Warum diese Spur damals nicht verfolgt worden war, blieb ein Rätsel. Ebenso rätselhaft war, was draußen vor dem Haus geschehen war. Bei einer erneuten Befragung von Leuten in der Umgebung erzählte eine Nachbarin von einem Sexualstraftäter, der einige Jahre in dem Mietshaus gewohnt habe. Sie besuchten den Mann, der wieder mal im Gefängnis gelandet war, und sprachen ihn auf die Frau aus dem dritten Stock an. Er wurde nervös und verstrickte sich in widersprüchliche Aussagen.

Nach zwei Stunden hatte er die Tat gestanden und erzählt, was er mit der Leiche gemacht hatte. Es war schockierend gewesen, das zu hören. Die Überreste des Skeletts hatten sie in den Rheinauen gefunden.

Ohne Waldo wären sie in dem verzwickten Fall nicht weitergekommen. Waldo hatte so viel Potenzial gehabt – und war jetzt nur noch eine Erinnerung.

10

Ihren dritten Tag in der »Soko Schminkkoffer« hatten sie fast schon hinter sich, als im übertragenen Sinn die zweite Bombe platzte.

Die Kripochefin legte in der Besprechung am Nachmittag aufgeregt den Bericht über die Untersuchung des Explosionsortes vor. »Wir haben nur ein Opfer zu beklagen: Waldo Kerkoff. Das hat die kriminaltechnische Untersuchung ergeben.«

»Dann lebt Mela noch?«, fragte Berger perplex.

»Davon ist hundertprozentig auszugehen. Außerdem haben wir inzwischen die Aussage einer Zeugin, die bei der Explosion verletzt worden ist.«

»Und was sagt die?« Wieder war es Berger, der fragte. Er klang aggressiv.

»Sie hat gesehen, wie ein junger Mann mit einem Köfferchen in der rechten Hand auf das parkende Auto vorn an der Ecke Prinz-Eugen-Straße/Rammersweierstraße zugelaufen ist. Der Motor lief. Plötzlich sei die Fahrertür aufgestoßen worden, und eine Frau in schwarzer Kleidung sei ausgestiegen und davongerannt. Der junge Mann, also Waldo Kerkoff, habe noch geschrien: ›Mela, warum läufst du weg? Was soll das? Du hast dein Schminkköfferchen vergessen!‹ Und plötzlich habe es eine heftige, seltsame Detonation gegeben. Was danach geschehen sei, daran könne sie sich nicht mehr erinnern. Die Zeugin ist von einem Splitter getroffen worden und bewusstlos umgefallen. Ihre Aussage bestätigt, dass Mela von Erlenbach noch am Leben ist.«

»Wenn das so ist, muss sie unbedingt zur Fahndung ausgeschrieben werden«, forderte Berger barsch.

»Berger, ich kann Ihre Emotionen verstehen. Und ich kann Sie beruhigen: Selbstverständlich werden wir Mela von Erlenbach zur Fahndung ausschreiben, die Vorbereitungen laufen schon. Allerdings, und darauf muss ich hinweisen, ist das hochbrisant. Wir müssen uns mit dem Landeskriminalamt und anderen Dienststellen absprechen. Und wir kommen nicht umhin, die Öffentlichkeit über einige Punkte aufzuklären. Dazu gehört auch, dass unser Kollege Waldo Kerkoff bei der Explosion getötet worden ist. Was das bedeutet, können Sie sich nach dem ungewöhnlichen Ausgang unserer Pressekonferenz ausmalen. Das wird nicht heiter. Vor allem wissen wir sehr wenig über Mela von Erlenbach. Und keinem von uns sind die Hintergründe des Falles klar.«

Damit hatte die Kripochefin einen wunden Punkt angesprochen. Wer kannte diese geheimnisvolle Mela von Erlenbach wirklich? Ähnlich sah es bei Hubert Firner aus, stellte Berger für sich fest. Dieser starke Ermittler, der vor nicht allzu langer Zeit sogar als Kripochef im Gespräch gewesen war, hatte seinen Glanz verloren und war in ein diffuses Licht getaucht. Ob sie je herausfinden würden, was dahintersteckte? Zurzeit standen die Chancen schlecht.

Für Berger kristallisierten sich fünf Punkte heraus, die es zu klären galt: Wer war Mela von Erlenbach? Was hatte Hubert Firner verborgen? Wie passte der Schwedengrundhof ins Bild? Wer war für den Tod von Hubert Firner und Waldo Kerkoff verantwortlich? Wer zog im Hintergrund die Fäden?

Kurz bevor sich die Runde auflöste, schnippte Tammy mit dem Finger. »Was hat denn die Zeugin mit ›seltsamer Detonation‹ gemeint? Hat sie das erläutert?«

»Meines Wissens nicht. Im Zeugenprotokoll wird auf die Aussage nicht eingegangen. Gut, dass Sie das anschneiden. Die Sprengstoffexperten untersuchen gerade das Ausmaß der Explosion. Der Polizeipräsident hat mich darauf angesprochen und um eine profunde Analyse gebeten. Er und Oberstaatsanwalt Stenglenz haben sich gefragt, ob eine Bombe in diesem Schminkköfferchen so eine verheerende Auswirkung gehabt haben kann. Sorry, das habe ich vorhin vergessen zu erwähnen. Die Technik befasst sich auf jeden Fall intensiv mit dem Aspekt.«

»Wann können wir mit Ergebnissen rechnen?«

»In diesem Fall wohl schon bald.«

11

Es klopfte, und die Tür zum Büro der Cold-Case-Abteilung schwang sofort auf. Die Kripochefin! Berger erschrak über die plötzliche Erscheinung, denn bisher hatte sich Lydia Gallheimer nur einmal hierher verirrt.

»Beim Führungs- und Lagezentrum ist ein Anruf eingegangen: Leichenfund. An der Griesbacher Steige, oberhalb eines Denkmals, in der Nähe einer Jagdhütte. Ich muss gestehen, ich weiß nicht, um was für ein Denkmal es sich handelt.«

Tammy schloss die Bildungslücke der Kripochefin. »Das Erzberger-Denkmal.« Sie kannte es gut von ihren Motorradausflügen. Die Griesbacher Steige an der B 28 war eine beliebte Strecke bei Motorradfahrern. Ganz in der Nähe des Gedenksteins machten die Biker auf einem Platz an der rechten Straßenseite oft Pause. Der große Stein mit der Inschrift »Hier starb Matthias Erzberger – Reichsfinanzminister – am 26.8.1921« hatte von Anfang an ihr Interesse geweckt. Sie hatte mehr über diesen Mann wissen wollen, den zwei Attentäter der rechtsterroristischen »Organisation Consul« hier erschossen hatten. Deshalb hatte sie sich in Biografien, Zeitdokumente und historische Analysen vertieft. Nach und nach war für sie das Bild eines ambivalenten Politikers entstanden, der die Gesellschaft gespalten hatte, vor allem die der Weimarer Republik, der ungeheuren Hass unter rechten Gegnern ausgelöst hatte, weil er den Versailler Vertrag unterzeichnet hatte, dessen Wirken aber bis heute nachhallte, vor allem in der Außenpolitik und im Finanzbereich. Dort, oberhalb dieses Gedenksteins, befand sich vermutlich die Jagdhütte, die Gallheimer gerade erwähnt hatte.

»Ach so, der Stein ist gemeint, vielen Dank, Frau Bieger. Jedenfalls muss ich Sie dringend bitten, den Fall vorerst zu übernehmen, auch wenn Sie mit Firner und der Explosion genug zu tun haben. Sie kennen ja die Personalknappheit.«

»Allerdings«, bemerkte Tammy. »Wir sind ziemlich unter Druck, seit wir Waldo Kerkoff verloren haben.« Sie blieb bei ihrer Haltung, Mela von Erlenbach nicht zu erwähnen.

»Ist es denn möglich, dass wir die angekündigte Verstärkung bald bekommen?«, wollte Tammy wissen. »Wir müssen neben der Arbeit in der ›Soko Schminkkoffer‹ Altfälle aufklären und darüber hinaus eine Datenbank aufbauen.«

»Ich habe Ihnen versprochen, dass ich mich darum kümmern werde. Dem Polizeipräsidenten ist es wichtig, dass sich Ihre Abteilung etablieren kann. Er hat nicht nur einmal betont, dass auf jeden Fall in nächster Zeit Verstärkung kommt. Ob von außerhalb oder aus unseren Reihen, ist noch nicht geklärt. Mehr ist dazu im Moment nicht zu sagen.«

»Gibt es denn detaillierte Informationen zu diesem Leichenfund?«, fragte Berger, dem die Ungeduld anzumerken war.

»Nicht wirklich. Der Anruf war anonym. Es ist nicht klar, ob ein Mann oder eine Frau ihn getätigt hat. Die Stimme habe verzerrt geklungen, hat mir das Führungs- und Lagezentrum gesagt. Es geht davon aus, dass der Anruf kein Fehlalarm ist.«

Auf das Führungs- und Lagezentrum konnte man sich verlassen. Die erfahrenen Kolleginnen und Kollegen lagen mit ihren Einschätzungen selten daneben.

»Der Oppenauer Polizeiposten ist beauftragt, das Gelände zu sichern. Die Kollegen müssten bald dort sein. Und ich schicke gleich ein Team der Kriminaltechnik zur Untersuchung des Fundortes und der Leiche hin.«

»Spielt die Jagdhütte oder deren Besitzer eine Rolle?«, fragte Berger.

»Kann ich Ihnen nicht sagen. Es hieß nur, die Leiche liege ganz in der Nähe einer Jagdhütte. Wie nah, müssen Sie herausfinden. Ich verlasse mich auf Sie und erwarte Ihren Bericht.« Lydia Gallheimer verließ das Büro und zog die Tür hinter sich zu.

Berger und Tammy sahen sich schweigend an. An die Art der Kripochefin hatten sie sich noch immer nicht gewöhnt.

Alban Berger und Tamara Bieger kamen fast zeitgleich mit dem Team der Kriminaltechnik auf dem Parkplatz oberhalb des Erzberger-Gedenksteins an. Berger hatte Tammy gebeten, zu fahren, da sie sich in der Gegend gut auskannte. Wie entrückt hatte er die ganze Fahrt über neben ihr gesessen, wortlos, in sich versunken.

Sie sprachen sich kurz mit den Kriminaltechnikern ab und fuhren dann alle weiter über einen gut ausgebauten Waldweg zu der Jagdhütte, die nach fast einem Kilometer auf der linken Seite zu sehen war. Ein Polizist, der den Weg unmittelbar vor der Hütte mit einem Flatterband abgesperrt hatte, winkte sie zu sich, hob das Flatterband an und ließ sie durchfahren. Die Hütte war eher ein Jagd- und Ferienhaus, in massivem Rundholzblockbau errichtet. Auf dem Hof war Platz für mehrere Autos. Beim Parken mussten Berger und Tammy dennoch darauf achten, dass sie keine wichtigen Spuren zerstörten. Als sie ausstiegen, kam der Polizist auf sie zu.

»Mein Kollege sperrt weiter oben an der Wegkreuzung die Strecke ab. Wir haben schon eine Gruppe Mountainbiker zurückschicken müssen. Sind manchmal anstrengend.«

Berger wies das Technikerteam an, zunächst nach der Leiche zu suchen, und fragte den Polizisten: »Ich nehme an, Sie sind informiert, um was es geht?«

»Ja.«

»Ist Ihnen etwas aufgefallen?«

»Nein. Wir sind allerdings erst kurz vor Ihnen angekommen und haben uns um die Sicherung des Geländes gekümmert.«

Tammy und die Kriminaltechniker hatten schon mit der Suche begonnen. Rund um die Hütte war nichts zu entdecken. Während das Team langsam von links nach rechts und von rechts nach links wechselte, konzentrierte sich Tammy auf die rechte Seite und lief voraus. Der Hang am Weg fiel steil ab. Gestrüpp wuchs in den Weg hinein, Farn bedeckte den Abhang, weiter unten reihte sich ein Nadelbaum an den anderen und machte den Wald dunkel. Wo lag die Leiche? Waren sie doch einer Falschmeldung aufgesessen? Vor sich am Wegrand sah Tammy in einem größeren Abstand zwei riesige Tannen, dazwischen befand sich ein Hochsitz, der seinen Namen verdient hatte. Auf dem Weg bemerkte Tammy Schleifspuren, die zum Hochsitz führten. Was sie am Hang unter dem Hochsitz entdeckte, veranlasste sie, die anderen zu rufen, von denen sie sich ein Stück weit entfernt hatte. »Kommt her! Da unten ragt etwas aus dem Gebüsch! Sieht aus wie ein nackter Fuß!«

Tammy hatte sich nicht getäuscht. Bevor sie die nackte männliche Leiche befreien konnten, musste der Fundort fotografiert werden.

Nach gut einer Stunde zogen die Techniker die Leiche vorsichtig aus dem Gestrüpp und legten sie auf eine schwarze Plane. Der ganze Körper war übersät mit Kratzern, die wohl vom Gestrüpp herrührten. Der Rechtsmediziner, der inzwischen ebenfalls hinzugekommen war, zeigte auf den Unterleib des Toten. Verletzungen im Bereich der Hoden deuteten auf schwere Tritte hin. Den Tod des muskulösen und durchtrainierten Mannes konnten sie jedoch nicht verursacht haben.

Berger fragte nach der möglichen Todesursache.

»Vermutlich Genickbruch. Ganz sicher bin ich mir aber nicht.«

»Durch einen Sturz?«

»Eher nicht. Jedenfalls nicht hier. Sie sehen ja die Schleifspuren am Boden. Der Mann ist über den Boden gezogen und in das Gebüsch geworfen worden.« Der Rechtsmediziner wendete sich wieder der Leiche zu und schob noch ein paar Worte nach: »Schiere männliche Gewalt!«

Berger winkte Tammy zu sich. »Wir müssen herausfinden, wo der Mann getötet worden ist. Die Schleifspuren enden hier am Fundort.«

»Wir gehen sie am besten ab.«

Berger stellte an seinem Smartphone den Schrittzähler ein. Nach rund 20 Metern war von Schleifspuren nichts mehr zu sehen.

»Hier hat auf jeden Fall ein Auto gestanden«, stellte Tammy fest. »Sieht fast wie ein Kavaliersstart aus. Ich vermute mal, der Wagen ist bis hierher rückwärtsgefahren. Dann ist die Leiche aus dem Auto und ins Gebüsch gezogen worden.«

»Warum ist der Täter nicht gleich bis zum Hochsitz gefahren, sondern hat den Toten noch 20 Meter weit geschleift?«, überlegte Berger.

»Am Fundort ist das Gestrüpp dichter. Meine Theorie: Der oder die Täter holen den Toten hier aus dem Kofferraum. Dann entdecken sie, dass die Stelle doch nicht so geeignet ist, um die Leiche verschwinden zu lassen. Aber sie wollen sie nicht noch einmal in den Kofferraum hieven. Also ziehen sie sie bis zu der Stelle mit dichtem Gestrüpp und werfen sie in den Wald hinunter. Als das erledigt ist, gehen der oder die Täter zum Wagen und fahren schnell davon. Klingt das realistisch?«

»Das Schleifen irritiert mich. Das spricht eher dafür,

dass es nur ein Täter gewesen ist. Oder eine Täterin«, warf Berger ein.

»Der Tote ist über 1,85 groß und muskulös. Ich schätze sein Gewicht auf mindestens 85 bis 90 Kilo. Selbst eine durchtrainierte Einzelperson kann den nicht so einfach aus dem Auto heben oder tragen. Ziehen natürlich schon.«

»Angenommen, es sind zwei Täter. Die hätten die Leiche mit mehr Schwung den Hang hinunterwerfen können, sodass wir sie vermutlich nicht entdeckt hätten. Wie weit ist die Hütte von hier entfernt?«

»Stell doch noch mal deinen Schrittzähler ein«, schlug Tammy vor.

Gemeinsam liefen sie zur Hütte. Rund 250 Meter Entfernung zum Fundort zeigte der Schrittzähler an.

»Ist das hier vielleicht der Tatort?«

Berger antwortete nicht auf Tammys Frage, sondern ging zur Tür der Jagdhütte. Sie war nur angelehnt. Das hatte er aus der Entfernung nicht bemerkt. Er machte sie auf und trat vorsichtig hinein, Tammy folgte ihm. Auf dem Holztisch in der Mitte des Raumes stand eine Flasche Mineralwasser, die halb voll war. Eine Verschlusskappe aus Plastik lag daneben. Von den vier Stühlen war einer umgekippt. Waren das Spuren eines Kampfes? Berger begann, wie ein Hund zu schnuppern, während ihm die Worte des Rechtsmediziners einfielen, die er laut wiederholte: »›Schiere männliche Gewalt!‹«

Tammy schaute ihn verblüfft an. »Hast du wieder eine deiner besonderen Eingebungen?«

»Das ist keine schiere männliche Gewalt.«

»Was meinst du mit deinen rätselhaften Worten?«

»Das hier ist eher schiere weibliche Gewalt.«

»Kannst du das erklären?«

»Gleich.« Berger lief langsam durch den Raum und schnupperte weiterhin. Unvermittelt sagte er: »Eau de Cologne verfliegt schnell, Eau de Toilette hält sich mindestens drei bis vier Stunden. Ein intensives Parfüm mit entsprechender Duftnote ist den ganzen Tag wahrzunehmen, auf Kleidern sogar noch länger.«

»Habe gar nicht gewusst, dass du ein Kenner von Duftnoten bist.«

»Ich habe meiner Frau mal ein sehr teures Parfüm gekauft, und dabei ist mir erklärt worden, wie lange Düfte sich auf Haut und Kleidern halten und was man tun kann, um ihre Intensität zu verstärken.«

»Sollte ich mir ein Parfüm kaufen wollen, nehme ich dich als Berater mit.«

»Du stehst doch eher auf Benzin- und Dieselgeruch.«

»Nicht immer. Aber jetzt wird es Zeit, dass du mir dein Geheimnis verrätst.«

»Es riecht in diesem Raum nach dem Rosenparfüm von Mela.«

»Das kann nicht sein! Also ich rieche nichts.«

»Doch, ich habe diesen Geruch gespeichert. Ich mag ihn, aber nicht Mela. Wenn es so ist, wie ich glaube, hat sich Mela in den letzten 24 Stunden hier aufgehalten. Die Spurensicherung muss in dieser Hütte alles untersuchen.«

»Es muss allerdings rechtlich abgesichert sein. Der oder die Besitzer müssen informiert werden, auch wenn Gefahr im Verzug ist.«

»Das lässt sich doch schnell klären. Über die zuständige Gemeinde können wir das herausfinden.«

»Am besten lassen wir das übers Präsidium laufen.«

Während Tammy das Präsidium anrief, wies Berger die Kriminaltechniker an, nach dem Fundort auch die Hütte und die Umgebung genau zu untersuchen. Er wollte keine Zeit verlieren und nahm dafür Ärger in Kauf.

Er hörte ein Motorengeräusch, und kurz darauf fuhr ein Leichenwagen vor. Die Techniker hatten ihn nach dem Fund des Toten angefordert. Die Spurensicherung an der Leiche war abgeschlossen, jetzt musste sich die Rechtsmedizin in Freiburg mit der Leiche befassen.

Tammy kam von der Hütte her auf Berger zu. »In etwa einer halben Stunde wissen wir mehr über die Jagdhütte.«

Berger schaute auf die Uhr. Es dauerte sicher noch mehrere Stunden, bis sie alles hier aufgenommen hatten. Und das ohne jede Verpflegung. Sie hatten nicht einkalkuliert, dass der Fall sich so ausweiten könnte.

Tammys Handy klingelte. »Gut. Telefoniert sie alle ab. Irgendjemand wird schon drangehen«, sagte sie und beendete das Gespräch. Dann wandte sie sich wieder ihrem Kollegen zu. »Alban, die Hütte gehört einer Jagdgemeinschaft: zwei Paaren aus Freudenstadt, einem Paar und einer Frau aus Böblingen. Die Kollegen versuchen, jemanden zu erreichen. Womit ist eigentlich die Tür der Hütte gesichert?«

»Mit einem normalen Türschloss und einem stabilen Vorhängeschloss. Am Vorhängeschloss befinden sich Kratzspuren. Die sind allerdings schon älter.«

»Und wo sind die Schlüssel? Sowohl innen als auch außen steckt keiner.«

»Wir gehen nachher die Räume durch. Auf jeden Fall muss die Spurensicherung alles nach Fingerabdrücken, Haaren, Hautpartikeln und eventuell Sperma absuchen.«

»Sperma?«

»Klar. Der Mann ist nackt. Könnte ja sein, dass es beim Sex zu einer Gewalttat gekommen ist.«

»Von wem ist die Gewalt dann ausgegangen? Von diesem Mann? Von einem anderen Mann? Von einer Frau? Wenn es eine Frau gewesen ist, muss sie sehr trainiert sein. Du denkst bestimmt an Mela. Aber reicht dieses Parfüm als Beweismittel gegen sie aus? Tragen das nicht auch andere Frauen? Vergiss nicht: Zu den Besitzern gehören insgesamt vier Frauen. Es ist also denkbar, dass eine von ihnen gestern oder von gestern bis heute hier gewesen ist und das gleiche Parfüm benutzt wie Mela. Oder dass es sich um eine ganz andere Frau handelt.«

»Das schließe ich alles nicht aus. Dass sich Mela in dieser Hütte aufgehalten haben könnte, ist nur eine These neben deinen Vorschlägen.«

»Wenn deine These verifiziert wird, stellt sich die Frage, warum Mela hier gewesen ist.«

»Vielleicht um jemanden zu treffen, oder sie ist nach der Explosion hier untergetaucht.«

»Wie passt der Mann dazu?«

»Vielleicht hat der sie hergebracht. Oder sie haben sich gekannt.«

»Was ist in dieser Hütte bloß passiert?«

Die Überlegungen von Tammy und Berger wurden von einem SUV unterbrochen, der sich näherte und vor dem Flatterband stehen blieb.

Ein großer Mann mit Dreitagebart und zurückgegeltem schwarzem Haar stieg aus. Er hatte einen schwarzen Anzug an, ein weißes Hemd und eine dunkle Krawatte mit leichtem Blauschimmer. Seine Aufmachung wirkte, als käme er gerade von einer Trauerfeier oder wäre auf dem Weg dahin. Der Mann hob das Flatterband an, schlüpfte darunter hindurch und kam schnell auf Alban Berger zu. »Was ist hier los?«, fragte er aufgebracht.

Tammy nutzte die Gelegenheit, um sich um die Hütte herum umzusehen, und ließ Berger allein mit dem Mann.

»Das wüssten wir auch gern. Darf ich fragen, wer Sie sind?«

»Simon Lauder, ich bin einer der Eigentümer der Jagdhütte.«

»Können Sie sich ausweisen?«

Mürrisch zeigte der Mann seinen Personalausweis. »Genügt das?«

Berger nickte und gab nach kürzer Prüfung den Ausweis zurück.

»Darf ich auch Ihren Ausweis sehen?«

Berger zückte wortlos seinen Dienstausweis und reichte ihn dem Mann.

»Was ist hier passiert? Ich bin gerade unterwegs gewesen, als mich der Anruf erreicht hat, dass was mit unserer Jagdhütte ist.«

»Wir haben in der Nähe eine Leiche gefunden. Und bei der Untersuchung der Umgebung haben wir entdeckt, dass die Tür zur Jagdhütte nur angelehnt war. Möglicherweise gibt es einen Zusammenhang. Das können wir aber nur feststellen, wenn wir die Hütte untersuchen. Auf den ersten Blick sieht es so aus, als habe sich jemand vor Kurzem in der Hütte aufgehalten. Wann sind Sie zum letzten Mal hier gewesen?«

»Vor zwei Wochen.«

»Wer hat Zugang zu der Hütte?«

»Wir Eigentümer. Jeder hat einen Schlüssel und einen Ersatzschlüssel. Zu Vorhängeschloss und Türschloss.«

»Bisher haben wir keine Schlüssel gesehen.«

»Dann muss jemand eingebrochen sein.«

»Sieht vorerst nicht so aus. Nutzen nur Sie als Eigentümer die Hütte oder geben Sie die Schlüssel ab und zu weiter?«

»Wenn Freunde oder gute Bekannte Interesse haben, geben wir die Schlüssel schon mal weiter.«

»Kommt das oft vor?«

»Hin und wieder. Wir informieren uns gegenseitig und führen ein Hüttenbuch über unsere Aufenthalte und die Besucher.«

»Kann man das Hüttenbuch einsehen?«

»Das läuft alles online. Es ist kein Buch im eigentlichen Sinn.«

»Wir brauchen den Zugang zu diesem Online-Hüttenbuch.«

»Muss das unbedingt sein?«

»Erleichtert uns die Arbeit. Sie haben in der Jagdhütte doch sicher nichts zu verbergen. Oder?«

Bergers ironischer Ton blieb Simon Lauder nicht verborgen. Er schüttelte den Kopf und wirkte dabei, als müsste er sich unter Kontrolle bringen.

Berger zog ungerührt sein Smartphone aus der rechten Hosentasche. »Kennen Sie den Mann?« Er zeigte Lauder ein Foto vom Gesicht des Toten, das er nach der Bergung der Leiche gemacht hatte.

»Können Sie das Smartphone so halten, dass ich das Foto richtig sehen kann?«

»Geht es so?«

Lauder ließ sich Zeit. »Nein, kenne ich nicht.«

Irgendetwas irritierte Berger. War es, weil der Mann so lange für seine Antwort gebraucht hatte? Oder war es sein Gesichtsausdruck beim Betrachten des Fotos? Es hatte so ausgesehen, als ob er etwas abwäge. Oder er fürchtete sich davor, dass die Jagdhütte durchsucht wurde.

»Dürfen Sie einfach so in die Jagdhütte?«, fragte Lauder prompt.

»Nur wenn Gefahr im Verzug ist beziehungsweise wenn von einer Straftat auszugehen ist. Es war durchaus im Bereich des Möglichen, dass ein weiteres Opfer in der Hütte liegt. Im Normalfall müssen wir jedoch einen Durchsuchungsbeschluss beantragen. Wir können die Hütte von der Staatsanwaltschaft auch beschlagnahmen lassen. Das werden wir juristisch absichern, darauf können Sie sich verlassen. Haben Sie gefährliche Gegenstände in der Hütte, Jagdwaffen zum Beispiel?«

»Nein, das ist zu riskant. Es hat in der Vergangenheit mal einen Einbruchsversuch gegeben. Seither sind wir noch vorsichtiger. In der Küchenzeile sind lediglich Essbesteck und Messer und Sägen zum Zerlegen und Schneiden des Wildes. Kann ich jetzt gehen? Ich habe einen wichtigen Termin. Die Durchsuchung werde ich wohl nicht verhindern können.«

»Sieht nicht danach aus. Es kann übrigens sein, dass wir Sie befragen müssen.«

»Sie haben mich doch eben befragt.«

»Das war keine richtige Befragung. Wir müssen uns erst einmal ein Bild von der Gesamtsituation verschaffen. Danach entscheiden wir über das weitere Vorgehen, also auch über Befragungen und Vernehmungen.«

»Das geht jetzt zu weit.«

»Wenn sich Verdachtsmomente ergeben, müssen wir vernehmen. Haben Sie Ihre Schlüssel für die Hütte dabei?«

»Da muss ich zum Auto.« Mit schnellen Schritten lief Simon Lauder zum SUV und holte die beiden Schlüssel, die er Berger beim Aushändigen fast in die Hand schlug. »Sonst noch was?«

»Im Moment nicht. Ich bestätige Ihnen per Mail, dass wir Ihre Schlüssel zur Jagdhütte haben. Sicher haben Sie eine Visitenkarte mit Ihrer Mailadresse bei sich.«

Simon Lauder griff in seine rechte Jackentasche und reichte Berger eine Visitenkarte. »Das dürfte jetzt reichen«, sagte er ziemlich ungehalten, verabschiedete sich verärgert und ging zurück zu seinem SUV. Unterwegs zog er sein Smartphone aus der Jacke und begann zu telefonieren. In seinem Wagen startete er nicht gleich den Motor. Das Gespräch, das er führte, schien ihn aufzuregen. Er gestikulierte wild und schlug plötzlich mit der rechten Faust auf das Lenkrad. Dass Berger ihn beobachtete, bemerkte er anscheinend nicht. Das Gespräch endete abrupt. Lauder warf sein Smartphone auf den Beifahrersitz und fuhr langsam rückwärts bis zu einer kleinen Ausbuchtung, wendete seinen SUV und gab so stark Gas, dass die Steine auf dem Waldweg davonflogen.

»Diesen Mann werden wir mit Sicherheit wiedersehen«, sagte Berger zu Tammy, die zu ihm trat und das weitere Vorgehen mit ihm besprechen wollte.

»Wie heißt der?«

»Simon Lauder, einer der Eigentümer. Sobald wir die Daten von der Jagdgemeinschaft haben, lassen wir alle überprüfen. Machen wir uns auf Überraschungen gefasst.«

»Diesen Simon Lauder können wir doch gleich checken lassen.«

»Auf der Visitenkarte steht Anwalt und Vermögensberater.«

Tammy rief im Präsidium an. »Hallo, ich bin's, Tammy. Wir brauchen Auskunft über einen Simon Lauder, wohnhaft in Freudenstadt. Prüft bitte, ob er schon mal aufgefallen ist, was er beruflich macht. Und wir brauchen einen

Durchsuchungsbeschluss für eine Jagdhütte. Standort und einige Daten schicke ich euch gleich. Die Jagdhütte steht möglicherweise mit einem Leichenfund in Zusammenhang. Bei der Leiche deutet alles auf Fremdeinwirkung hin. Es muss schnell gehen. So, wie es aussieht, werden die Eigentümer der Jagdhütte nervös. Den Durchsuchungsbeschluss brauchen wir sofort. Schaut, dass das online geht. Ja, weiß ich, dass Freudenstadt zum Polizeipräsidium Karlsruhe gehört. Ich denke nicht, dass die Kollegen dort Informationen verweigern. Beeilt euch!«

»Dann fangen wir mal an mit der Jagdhütte.« Berger zog sich Gummihandschuhe über.

»Das klingt, als würdest du Überraschungen erwarten.«

»Nach dem Gespräch mit diesem Simon Lauder schon. Der lügt. Der kennt den Toten.«

Berger und Tammy mussten jedoch warten, bis die Techniker Raum für Raum der Hütte untersucht und die Spuren gesichert hatten.

»Die Fingerabdrücke bitte vergleichen mit denen von Mela von Erlenbach. Die dürften gespeichert sein«, wies Berger die Techniker an.

»Kommt mal rein ins erste Schlafzimmer«, rief einer der Techniker.

Es befand sich hinter dem großzügigen Küchen- und Essbereich, der auch als Wohnzimmer diente.

»Schaut mal«, sagte der Techniker, als Tammy und Berger den Raum betreten hatten, und wies in Richtung des Bettes.

Decke und Kissen waren zerwühlt. Vor dem Bett stand eine Filmkamera mit Stativ. Am Stativ hingen Handschellen. Berger und Tammy sahen sich an. Kamera, Fesseln?

Was war hier gedreht worden? Oder war es gar nicht dazu gekommen? Wusste Simon Lauder über die Kamera und die Handschellen Bescheid und hatte deshalb verhindern wollen, dass die Jagdhütte durchsucht wurde? Oder würden sie noch auf etwas anderes stoßen? Dass Lauder in seinem Wagen so aufgeregt und wütend telefoniert hatte, konnte ja nur mit der Hütte zu tun haben. Oder hatte er aus einem anderen Grund Angst, ins Visier der Kriminalpolizei zu geraten?

»Da ist wohl was gelaufen«, bemerkte der Techniker spöttisch.

Berger ging nicht darauf ein. »Seid ihr mit dem Bett fertig?«, fragte er. »Ich will mal an der Bettdecke riechen.«

»Wäre es nicht besser, einen Spürhund einzusetzen?«

»Bis der hier ist, ist der Geruch verflogen, den ich suche.« Berger ging ans Bett und hob die Decke an die Nase.

Tammy schaute gespannt zu. »Und?«

»Es riecht nach diesem Rosenparfüm. Da bin ich mir absolut sicher.«

»Ich will mich ungern wiederholen, aber es kann durchaus sein, dass eine der Eigentümerinnen auch so ein Parfüm benutzt«, erinnerte Tammy ihren Kollegen.

»Das ist ein sehr teures Parfüm.«

»Alban, wer sich so eine Jagdhütte leisten kann, wird auch ein teures Parfüm bezahlen können.«

»Das ist richtig. Wenn wir die Adressen der Eigentümer und die Daten aus dem Hüttenbuch haben, wird sich zeigen, ob wir Mela ausschließen können oder nicht.«

»Wenn Fingerabdrücke von Mela hier gefunden werden, haben wir ein Problem.«

»Ein sehr großes Problem.«

Der Techniker hatte interessiert zugehört und fragte nun nach: »Könnt ihr mir mal sagen, was es mit dem Parfüm auf sich hat?«

»Alban, du bist der Spezialist für olfaktorische Wahrnehmung, kläre ihn auf.«

12

Zurück in ihrem Büro, setzte Tammy sich sofort an ihren Computer, wo sie die Informationen zu den Eigentümern in ihrem Posteingang fand.

Als sie alles kurz überflogen hatte, fragte Alban Berger: »Was ist mit Simon Lauder, Tammy? Haben wir schon Ergebnisse?«

»Nicht viel. Er ist noch nie mit dem Gesetz in Konflikt gekommen. Macht mit Vermögensberatung sein Geld. Hat einen Uniabschluss in Wirtschaftsrecht und eine Zulassung als Anwalt, Spezialgebiete Wirtschaftsstrafrecht und Steuerstrafrecht. Zunächst hat er bei zwei Großbanken angeheuert, ist danach in eine Kanzlei für Steuerrecht eingestiegen. Seit fünf Jahren ist er selbstständig. Verheiratet, kinderlos. Golfspieler.«

»Mehr nicht?« Berger klang enttäuscht.

»Vorerst nicht. Aber ich vermute, dass sich Lauder gut mit Steuerschlupflöchern auskennt. Das nötige Wissen hat er ja. Die Kollegen von der Wirtschaftsabteilung wollen sich da mal reinhängen. Wenn es die Zeit zulässt, haben sie betont.«

»Die Zeit und die Fakten sprechen nicht für uns.«

»Lohnt es sich überhaupt, ihn zu befragen oder zu verhören?«

»Vorerst lassen wir Lauder aus dem Spiel. Unser Vorteil dabei ist, dass er sich in Sicherheit fühlt, wenn wir uns nicht rühren. Wenn in der Jagdhütte keine Spuren von Mela festgestellt werden, ist es sowieso nicht unser Fall. Trotzdem, wie sieht es mit den anderen Eigentümern der Hütte aus?«

»Auf den ersten Blick etwas mau. Haupteigentümer sind neben Simon Lauder zwei weitere Männer – die Ehefrauen der drei sind nicht eingetragen – und diese Frau aus Böblingen. Fangen wir mit Karlheinz Dingwort an. Ebenfalls in Freudenstadt wohnhaft. Versicherungen. Hat ein größeres Büro mit 15 Angestellten. Keine Eintragungen. Verheiratet, zwei erwachsene Kinder, ein Sohn, eine Tochter. Golfspieler wie Simon Lauder. Der dritte im Bunde ist Hieronymus Lemberger. Entwicklungsingenieur in der Automobilbranche, mittleres Management. Unbescholten. Verheiratet, eine Tochter.«

»Golfspieler wie Simon Lauder und Karlheinz Dingwort?«

»Genau.«

»Du hast gesagt, dass es auf den ersten Blick etwas mau aussehe. Hast du auf den zweiten mehr herausgefunden?«

»Das bezog sich vor allem auf die Nummer vier, diese Frau. Lena Muckler, sie führt mehrere Kosmetikläden in Baden-Württemberg unter dem Label ›LeMu‹. Hauptsitz der Firma ist Böblingen. Ist nicht ganz unbescholten. Hat ein Verfahren wegen Steuerhinterziehung hinter sich, allerdings erfolgreich überstanden. Geschieden, eine Tochter, die im Betrieb arbeitet. Und Golfspielerin. Alle vier haben einen Jagdschein, die Partnerinnen der Männer nicht.«

»Hat Lena Muckler einen Partner?«

»Nichts bekannt. Zwei der Jagdscheininhaber sind zudem für den Besitz von Pistolen berechtigt.«

»Und wer?«

»Hieronymus Lemberger und Lena Muckler.«

»Das Umfeld dieser Leute müssen wir genau ausleuchten.«

»Ich habe noch ein interessantes Detail.«

»Und?«

»Rate mal, wer Lena Muckler in dem Steuerverfahren verteidigt hat?«

»Simon Lauder.«

»Genau. Fassen wir also das Wenige zusammen: Eine Gemeinsamkeit der vier ist das Golfspielen, außer der Jagd natürlich. Interessant ist Lena Muckler durch ihre besondere Beziehung zu Simon Lauder. Und wegen ihrer Kosmetikläden. Sie kennt bestimmt dieses Rosenparfüm. Es ist durchaus möglich, dass sie sich um den Tatzeitpunkt herum in der Hütte aufgehalten hat.«

»Was haben die vier mit dem Toten und Mela von Erlenbach zu tun?«

»Das finden wir hoffentlich im Hüttenbuch heraus.«

»Den Zugang haben wir noch nicht?«

»Nein, Simon Lauder hat uns mitgeteilt, dass er uns den Zugang ohne die Zustimmung der anderen drei nicht weitergeben könne. Und die seien zurzeit nicht zu erreichen. Ein sehr unangenehmer Gesprächspartner.«

»Das klingt nach Verzögerungstaktik. Ich denke, wir müssen Lauder demnächst zu einer Befragung bitten. Vor allem wäre interessant, ob er Mela von Erlenbach kennt.«

»Das Opfer ist ihm unbekannt, hast du gesagt?«

»Hat er zumindest behauptet. So ganz glaube ich ihm nicht. Ich könnte wetten, er erzählt uns, dass er auch Mela nicht kennt. Wenn er etwas mit ihr zu tun hat, wird er mit Sicherheit versuchen, die Spuren zu verwischen.«

13

»Wir haben ein Ergebnis«, rief Tammy einige Zeit später. »Es wird dich nicht zufriedenstellen.«

»Spuck es schon aus«, forderte Berger.

»In der Jagdhütte sind keine Fingerabdrücke oder sonstige Spuren von Mela gefunden worden, nicht an der Tür, nicht im Wohn- und Essbereich, nicht im Schlafzimmer mit dem zerwühlten Bett. Auch nicht an der Kamera und an den Fesseln. Und ebenfalls nicht in den restlichen Räumen.«

Berger nahm die Mitteilung ohne Kommentar zur Kenntnis. »Sonst noch was?«

»Ja. Die Techniker sind sicher, dass im Wohn- und Essbereich jemand Spuren beseitigt hat. Sieht so aus, als habe jemand an bestimmten Stellen gewischt.«

»Und weiter?«

»Die Fingerabdrücke des Toten sind in der Hütte zu finden, aber nicht an der Kamera und nicht an den Fesseln, auch nicht im zerwühlten Bett. Auf dem Bett sind Schamhaare entdeckt worden, die sich jedoch nicht dem Toten zuordnen lassen. Die Spermaflecken im Bett ebenfalls nicht. Und von seiner Kleidung gibt es nach wie vor keine Spur.«

»Die ist vermutlich in dem verschwundenen Auto«, überlegte Berger.

»Möglich. Oder ganz woanders. Zum Beispiel irgendwo im Wald. Wir müssen die Umgebung der Hütte noch einmal genauer absuchen. Das kann dauern. Ich hoffe, dass wir bald Unterstützung kriegen. Alles Weitere bekommen wir vermutlich am Nachmittag auf den Tisch. Ich frage mich, was mit den Schlüsseln ist. Wenn der Tote in der Hütte war, muss ihm jemand die Schlüssel gegeben haben. Wo sind die?«

»Vermutlich in seiner Kleidung. Wissen wir schon etwas über seine Identität?«

»Noch nicht. Oh, gerade kommt eine Mail von der Gallheimer. Sie will uns sehen und über das weitere Vorgehen sprechen.«

»Wenn's sein muss … Wie viel Zeit haben wir noch?«

»Keine. Wir sollen sofort kommen.«

Lydia Gallheimer, die Kripochefin, sah nicht gerade entspannt aus, als Berger und Tammy ihr Büro betraten.

Ohne Begrüßung sagte sie: »Setzen Sie sich. Wir haben eine neue Ausgangslage: Die Tötung Firners und die Explosion in der Nähe des Polizeipräsidiums stehen wahrscheinlich in Zusammenhang.«

»Ist das jetzt gesichert?«

Dass Berger sie unterbrochen hatte, kam bei Gallheimer nicht gut an. Das konnte man an ihrem Gesicht ablesen. »Die Einschränkung werden Sie wohl gehört haben. Ich habe ›wahrscheinlich‹ gesagt.«

»Also für uns nichts Neues. Wer ist noch zu dieser Erkenntnis gelangt?«

»Ich habe mit dem LKA die Ermittlungsergebnisse besprochen. Viel ist dabei nicht herausgekommen. Nur die Bestätigung, dass beide Fälle zusammenhängen könnten. Wie die Kollegen in Stuttgart darauf gekommen sind, habe ich nicht erfahren. Jedenfalls birgt das die Gefahr, dass die Stuttgarter beide Fälle voll und ganz an sich ziehen. Ob die Leiche im Jagdhaus an der Griesbacher Steige auch in diesem Kontext zu betrachten ist, habe ich nicht angesprochen. Ihre Spekulationen über Mela von Erlenbach haben mich ziemlich beschäftigt. Ich bin zu der Auffassung gelangt, dass wir den Griesbacher Fall getrennt sehen müssen. Wenn sich eine neue Sachlage ergibt, müssen wir entsprechend reagieren.«

Einen Punkt hatten Berger und Tammy bisher vor der Kripochefin geheim gehalten: das Parfüm.

»Allerdings habe ich mit dem Polizeipräsidenten und Oberstaatsanwalt Dr. Stenglenz über alle drei Fälle gesprochen. Wir haben vereinbart, dass wir weiterhin unabhängig vom Landeskriminalamt dranbleiben, auch wenn Sie normalerweise nicht ermitteln dürften, weil Sie in die Fälle ›Firner‹ und ›Schminkkoffer‹ involviert sind. Mit Billigung des Polizeipräsidenten und des Oberstaatsanwalts führen Sie aber Ihre Ermittlungen von Ihrem jetzigen Büro aus fort. Ich bitte Sie darum, Stillschweigen darüber zu bewahren. Alle Details, die Sie klären können, berichten Sie nur mir. Ich bleibe in Verbindung mit dem Polizeipräsidenten und dem Oberstaatsanwalt. Wenn etwas nach außen dringt, kann ich Ihnen öffentlich nicht den Rücken stärken, intern natürlich schon. Haben Sie noch Fragen?«

»Wir haben verstanden«, antwortete Tammy. »Aber was ist jetzt mit der Leiche beim Jagdhaus? Wer führt die Ermittlungen? Unsere Aufgabe als Cold-Case-Abteilung ist es eigentlich nicht.«

»Wir haben uns überlegt, eine Sonderkommission zu bilden. Das hätte den Vorteil, dass wir zunächst unabhängig vom Landeskriminalamt ermitteln könnten. Im Moment favorisiere ich diese Lösung, weil sie uns Spielraum verschafft. Falls wir eine Soko zusammenstellen, sind Sie beide vorne dabei. Wir haben auch eine Pressemitteilung vorbereitet. Darin teilen wir nur mit, dass in der Nähe einer Jagdhütte an der Griesbacher Steige nach einem anonymen Hinweis eine Leiche gefunden worden ist. Keine Einzelheiten. Wir erwähnen nur, dass wir wegen der Gesamtumstände von einem Gewaltverbrechen ausgehen. Wie üblich bitten wir Zeugen, die etwas Verdächtiges wahrgenommen haben, sich bei der Polizei zu melden.«

»Weiß das Landeskriminalamt von dem neuen Fall?«, wollte Berger wissen.

»Nein. Herr Berger, eine Frage: Wie sind Sie darauf gekommen, die Jagdhütte nach Spuren von Mela von Erlenbach untersuchen zu lassen?«

Berger antwortete nach kurzem Zögern: »Wegen des Geruchs.«

»Was für ein Geruch?«

»Mela benutzt ein sehr intensives Parfüm, ein Rosenparfüm. Beim Betreten der Hütte habe ich es sofort gerochen, auch wenn es nur noch schwach geduftet hat. Im Schlafbereich ist es etwas stärker gewesen. Vermutlich, weil die Tür geschlossen war. Vielleicht hat sich Mela Stunden vor unserem Eintreffen noch in der Hütte aufgehalten. Ein Parfümeur hätte uns die Uhrzeit bestimmt eingrenzen können. Aber wir sind uns nicht ganz sicher. Deshalb haben wir eine mögliche Tatbeteiligung von Mela in diesem Fall Ihnen gegenüber als Spekulation bezeichnet.«

»Und das Parfüm hat Mela von Erlenbach ständig benutzt?«

»Nein, zum Glück nicht. Sonst hätten wir nicht arbeiten können.«

»Also den Namen des Parfüms müssen Sie mir mal aufschreiben.«

»Wollen Sie es sich etwa kaufen? Und uns dadurch ständig an Mela erinnern?«

»Keine Sorge, ich würde es mir für besondere Gelegenheiten aufsparen.«

Besondere Gelegenheiten? Das war ein gutes Stichwort, dachte Berger. Vielleicht hatte Mela das Parfüm auch nur für besondere Gelegenheiten aufgelegt. Berger wollte sich unbedingt überlegen, an welchen Tagen ihm der Geruch mehr als sonst aufgefallen war.

14

Am nächsten Morgen saß Tammy schon im Büro, als Berger hereinkam.

»Wie weit bist du mit den Eigentümern der Jagdhütte?«

»Sie sind sehr wortkarg, als hätte sie jemand vorgewarnt. Drei Eigentümer können sich nicht daran erinnern, die Schlüssel in letzter Zeit verliehen zu haben. Die vierten Eigentümer, Hieronymus Lemberger und seine Frau, sind seit Wochen mit dem Wohnmobil in Griechenland unterwegs. Sie sind nicht zu erreichen. Entweder lügen drei von denen oder alle vier oder nur einer.«

»Auf wen tippst du?«

»Auf Simon Lauder.«

»Und wieso?«

»Ich denke an das, was du mir über ihn erzählt hast. Der muss ziemlich in Rage geraten sein oben an der Griesbacher Steige, sonst hätte er sich nicht vor deinen Augen so aufgeregt. Dem war doch klar, dass du ihn siehst.«

»Was aber nicht zwangsläufig bedeutet, dass er etwas mit der Kamera im Schlafzimmer zu tun hat. Selbst wenn – Sexspiele und Fesselungen vor der Kamera sind zunächst nichts Verbotenes. Das kommt häufiger vor, als wir uns denken.«

»Möglicherweise weiß Lauder, wem die Kamera gehört, und war außer sich, weil der Betreffende damit etwas aufs Spiel setzt. Aber was? Es muss mit der Leiche bei der Jagdhütte zu tun haben«, sinnierte Tammy.

»Wenn Mela tatsächlich in der Hütte gewesen ist, dann ist das der eigentliche Grund der Unruhe bei den Eigentümern. Vielleicht hat sich in der Hütte etwas abgespielt, das aus dem Ruder gelaufen ist.«

»Könnte sein. Doch zurück zu den Fakten: Ich habe mich mit dem Parfüm und der Firma ›LeMu‹ beschäftigt.«

»Und, bist du erfolgreich gewesen?«

»Ich habe bei ›LeMu‹ in Böblingen gefragt, ob sie ein Rosenparfüm im Angebot haben. Haben sie, sie bieten es in allen Läden an, unter anderem in Freudenstadt. Man kann es sich auch schicken lassen. Die Angestellte hat mir gesagt, dass das Parfüm nicht der große Renner sei, weil eine kleine Flasche 162 Euro koste und es vielen Kundinnen auch zu intensiv sei. Sie selbst benutze es nicht, aber die Chefin, diese Lena Muckler. Die sei geradezu versessen auf das Parfüm. Und die Tochter der Chefin auch. Lena Muckler ist jedoch zurzeit nicht erreichbar. Ich habe mich als interessierte Privatperson ausgegeben und einen falschen Namen genannt. Sonst hätte die Angestellte wahrscheinlich nicht so offen mit mir geredet. Ohne das Rosenparfüm von ›LeMu‹ zu kennen, bin ich mir fast sicher, dass es sich um denselben Duft handelt, den Mela getragen hat.«

»Was bedeuten würde, dass Mela nicht zwangsläufig in der Hütte gewesen ist. Es könnte auch die Miteigentümerin Muckler oder deren Tochter gewesen sein. Aber warum sollten die etwas wegwischen?«

»Weil sie etwas verschüttet haben? Ich halte es sowieso für einen Fehler, sich uneingeschränkt auf Mela zu konzentrieren. Kannst du dir überhaupt vorstellen, dass Mela den Mann in der Hütte getötet hat?«

»Uneingeschränkt ja. Damit will ich aber nicht sagen, dass sie es war.«

»Mal was anderes: Wer könnte ein Interesse daran haben, die Polizei auf die Spur des Toten zu bringen?«

»Du spielst auf den anonymen Anruf an?«

»Richtig.«

Bevor sie diesen Gedanken weiterverfolgen konnten, klopfte es an der Tür und die Kripochefin trat ein.

Ihr erster Satz sorgte für Ernüchterung. »Das mit der Sonderkommission für den Fall an der Griesbacher Steige können wir vergessen.«

»Hat sich das Landeskriminalamt etwa schon wieder eingeschaltet?«, fragte Berger.

»So ist es. Warum es so schnell reagiert hat, ist mir schleierhaft. Die Leiche des Unbekannten wird in Stuttgart in der Rechtsmedizin untersucht, nicht in Freiburg.«

»Wussten Sie von Anfang an davon?«

»Nicht sofort. Erst als ich vorhin in der Rechtsmedizin in Freiburg nach ersten Ergebnissen gefragt habe.«

»Wenn das LKA nicht von uns informiert wurde, denn Tammy und ich waren es nicht und die Kriminaltechnik und der Freiburger Rechtsmediziner sicher auch nicht, muss Simon Lauder es getan haben. Aber was hat der mit dem LKA zu tun?«

»Keine Ahnung.«

»Was heißt das jetzt für unsere Ermittlungen?«, wollte Tammy wissen.

»Das LKA übernimmt. Alles. Wir sind, wenn überhaupt, die Zulieferer. Nicht einmal daran glaube ich. Aber wir bleiben trotzdem am Ball.«

Tammy genügte das nicht. »Um noch einmal auf die Leiche zu kommen: Ist es denkbar, dass das Opfer mit dem LKA zu tun hatte? Als Informant oder als Ermittler?«

»Für denkbar halte ich allmählich vieles.« Die Kripochefin schaute auf die Uhr. »Kurzum: Ich versuche herauszufinden, warum das LKA so interessiert an den drei

Fällen ist. Und Sie beide bleiben dran, unauffällig, versteht sich, und mit größter Vorsicht, bitte. Irgendwann wird das LKA blockieren. Übrigens habe ich eine Neuigkeit zur Explosion. Der Schminkkoffer enthielt Sprengstoff, auf die Raumgröße abgestimmt. Er war mit einem Zeitzünder versehen und ist im selben Moment detoniert wie die Bombe, die im Auto von Mela von Erlenbach versteckt gewesen ist. Das erklärt diesen seltsamen Klang, diesen Doppelwumms, von dem berichtet worden ist.«

»Das gibt dem Fall eine neue Wende«, meinte Tammy. »Das heißt, Mela wollte tatsächlich eine Explosion in unserem Büro auslösen, vielleicht war das ein Auftrag. Als sie Waldo sah, wie er sich ihr näherte, ist sie weggerannt, weil sie wusste, dass der Koffer gleich explodiert. Waldo hat ihr sozusagen das Leben gerettet. Nach Erledigung des Auftrags sollte sie mit der Bombe in ihrem Auto aus dem Weg geräumt werden.«

»Vermutlich will man das immer noch«, pflichtete Berger bei.

»Wenn Mela das herausfindet, und davon gehe ich aus, wird sie Konsequenzen ziehen.«

»Und sich rächen«, ergänzte Berger.

»Wenn das so ist, können wir uns auf etwas gefasst machen. Deshalb wäre es wichtig, zu wissen, wer den Toten gemeldet hat«, nahm Tammy den Gedanken von vorhin wieder auf. »Die Aufnahme ist bestimmt noch nicht gelöscht worden.«

»Ich schaue, dass die Technik sich darum kümmert«, sagte Lydia Gallheimer und verließ das Büro.

15

Dass in so kurzer Zeit so viel passiert war, beunruhigte Tammy. Berger und sie waren seit Tagen unter einer dauernden Anspannung. Der Schock der Ereignisse saß tief, vor allem der Verlust von Waldo und das undurchsichtige Verhalten Melas wirkten sich auf ihre Psyche aus. Zwischendurch wurde sie von starkem Herzklopfen geplagt. Ob es Berger auch so ging?

Hinzu kam ihr aufwühlendes Privatleben. Wenn sie nur an die Auseinandersetzung mit Falco dachte, der sie gestern Abend mit der Ankündigung konfrontiert hatte, er wolle nach Buenos Aires reisen, um den mysteriösen zehnfachen Mord im Nordschwarzwald im Jahr 1945, mit dem er sich seit Langem als Volkskundler beschäftigte, endgültig zu klären. Er habe vor, einen Flug zu buchen und in den Semesterferien nach Argentinien zu reisen, teilte er ihr beiläufig mit. Die Lösung des Falles liege eindeutig in der argentinischen Hauptstadt. Sie hätte ihn am liebsten angeschrien, so wütend war sie, dass er das einfach so, ohne sie zu fragen, entschieden hatte. Doch sie wählte die sanftere Methode und fragte ihn mit leicht zitternder Stimme, ob er denn handfeste Beweise habe. Nicht viele, sagte er und sprach von familiären und sonstigen Verbindungen nach Argentinien. Vergeblich redete sie auf ihn ein, den Fall den Ermittlern zu überlassen. In Argentinien sei er so gut wie ungeschützt. Aber Falco zeigte sich uneinsichtig. Wenn er sich etwas in den Kopf gesetzt hatte, konnte er so stur sein! Er ging in die Küche und bereitete das Abendessen vor. Mit zwei schön garnierten Salattellern kam er zurück, holte die Flasche Wein aus dem Kühler und wollte ihr einschenken. Tammy wehrte ab.

»Aber gestern Abend hast du doch auch ein Glas getrunken. Warum heute nicht?«

»Weil seit heute die Lage eine andere ist.«

»Wie meinst du das? Musst du morgen früh raus? Steht ein Auftrag als Super-Recognizerin an?«

»Ich bin schwanger.«

Sein Gesichtsausdruck ließ erkennen, dass er diese Neuigkeit nicht so schnell verkraftete. Er setzte sich, vielmehr ließ er sich fallen, goss sich Wein ins Glas und trank hastig aus. Es arbeitete in ihm, das sah sie ihm an. Vermutlich suchte er nach den »richtigen« Worten. Das konnte sie ihm nicht verdenken. Sie war am Morgen ebenfalls sprachlos gewesen, als ihre Frauenärztin bestätigt hatte, dass sie ein Kind erwartete. Statt dass Freude aufkam, hatte sich ein Kloß in ihrem Hals gebildet, der erst nach Stunden verschwunden war.

Falco schenkte sich Wein nach und nahm einen großen Schluck. »Das ändert alles«, stellte er fest und leitete zum Essen über. »Ich wünsche dir einen guten Appetit.«

Tammy schaute ihn entgeistert an. Mehr fiel ihm dazu nicht ein?

Nach dem Essen, das nur von Kaugeräuschen und dem Klappern des Bestecks begleitet worden war, hatten sie endlich geredet und ihre Lage analysiert. Als sie müde ins Bett gekrochen waren, waren sie sofort in einen tiefen und erholsamen Schlaf gefallen.

Beim Frühstück hatte Falco gesagt: »Es wird alles gut!« Das hatte sie beruhigt. Sie wusste, dass sie ihm vertrauen konnte.

Nach dem Frühstück, während sie sich für den Dienst fertig machte, holte er seine Unterlagen und setzte die Vorbereitungen für ein Seminar fort, die er wegen der Argentiniensache hatte schleifen lassen. Er stürzte sich mit Eifer in die bisher zusammengetragenen Fakten, als wollte er damit sein geplantes Abenteuer in Argentinien aus dem Gedächtnis löschen. Das Seminar, das er schon angemeldet hatte, befasste sich mit Hofnamen im Mittleren und Nördlichen Schwarzwald und ihrer Geschichte. Beim Weggehen hörte sie, wie Falco in seinem Arbeitszimmer telefonierte. »Sind Sie mit dem Schwedengrundhof weitergekommen? Ich habe ihn aufgenommen. Ein sehr interessantes Studienobjekt.«

Schwedengrundhof? Was für ein Zufall! Leise schloss sie die Wohnungstür und nahm sich vor, ihn heute Abend unauffällig nach dem Hof zu fragen. Die Ereignisse der letzten Zeit hatte sie ihm verschwiegen. Sie hätten ihn nur beunruhigt und wieder eine Diskussion über die Gefährlichkeit ihres Berufes ausgelöst. Das Ereignis auf dem Hof war ja nicht in die Öffentlichkeit gedrungen. Dafür hatte das LKA gesorgt. Die Explosion in der Nähe des Präsidiums war ihm natürlich nicht verborgen geblieben, aber die Zusammenhänge schon.

Nach dem Abendessen fragte Tammy Falco nebenbei, wie weit er denn mit seinen Vorbereitungen für das Seminar über Hofnamen sei. Er erzählte ihr, dass er vor einiger Zeit auf einen Hof mit einer besonderen Geschichte gestoßen sei. Viel wusste er noch nicht. Aber er konnte ihr den Hintergrund des Namens erklären. Er beruhte auf einer alten Sage über den Dreißigjährigen Krieg, als die Schweden auch in der Ortenau hausten und in die Wälder des Renchtals und des Kinzigtals sowie in das Gebiet der Moos vordrangen. Die Sage handelte von einem Bauern, bei dem sich eines Tages schwedische Kundschafter einquartierten: Er musste sie mit dem bewirten, was Stall, Hof und Küche hergaben. Als die Soldaten sich betranken und immer ausgelassener wurden, bangte der Bauer um seine Familie und die Mägde. Seine Frau und seine Tochter hatten sich schnell versteckt, als sich die Schweden dem Hof genähert hatten. Aber zwei Mägde und ein Knecht waren noch da. Vor allem auf die Mägde hatten es die Soldaten abgesehen. Als die Lage außer Kontrolle geriet, stellte sich der Bauer mutig vor seine Mägde, unterstützt vom Anführer der Schweden. Wenig später konnten sich die Schweden kaum noch auf den Beinen halten und sanken am großen Küchentisch zusammen. Der Anführer bat den Bauern, seine Mannen über den Berg Richtung Gengenbach zu bringen. Der Bauer holte seine beiden Ochsen aus dem Stall und spannte sie einem großen Karren vor. Der Anführer half ihm, die Betrunkenen in den Karren zu legen, und sagte, er komme mit den Pferden nach. Der Bauer hatte sich schon ein Stück weg vom Hof entfernt, als er plötzlich jemand schnaufen hörte. Es war sein Knecht, der ein blutendes Beil in der rechten Hand hielt und ihm hinterherrannte. Er keuchte und konnte fast nicht reden: »Die Elis! Der Hauptmann!«, presste er außer Atem hervor.

»Was ist mit der Elis?«

»Sie ist in Sicherheit! Ich habe den Hauptmann erschlagen!«

Die schwedischen Soldaten wachten aus ihrem Rausch auf und versuchten, sich zu erheben. Da führte der Bauer den Karren an einen Abgrund, riss dem Knecht das Beil aus der Hand und schlug den Strick durch, der das Wagenscheit mit dem Karren verband. Der Karren setzte sich langsam in Bewegung, wurde immer schneller und kippte in den Abgrund. Der Bauer und der Knecht hörten Schreie, ein dumpfes Krachen und Splittern. Dann war Totenstille.

Am anderen Morgen verscharrten die beiden die Leichen der Schweden und trieben die Pferde der Soldaten über den Berg.

Jahre später ließ Elis, die Tochter des Bauern, auf einem Acker am Berg ein kleines Steinkreuz setzen. Sie nannte den Acker »Schwedengrund«. Im Volksmund hieß er auch Schwedengründle.

»Ist an dieser Story vom Schwedengrund etwas dran?«, fragte Tammy, nachdem Falco seine Erzählung beendet hatte.

»Es ist davon auszugehen. So ein Gewannname hat in der Regel eine historische Begründung. Belegt ist auch, dass schwedische Söldner im Dreißigjährigen Krieg hier in der Gegend gehaust haben. Sie haben keinen besonders guten Ruf gehabt. Im Renchtal und in anderen Regionen gibt es viele Sagen, in denen schwedische Söldner vorkommen. Die Geschichte vom Schwedengrund beruht sicher auf einem wahren Ereignis, das im Laufe der Zeit erzählerisch ausgeweitet worden ist. Das ist typisch für viele Sagen.«

16

Die Kripochefin hatte sie gewarnt, dass die Zusammenarbeit mit dem LKA schwierig werde. Von guter Kooperation, auf die nach außen hin Wert gelegt wurde, konnte
keine Rede sein. Die Stuttgarter argumentierten, der Fall
Schwedengrundhof sei absolut schwerwiegend und habe
überregionale Bedeutung. Das gelte noch mehr für die
Umstände der Explosion in der Nähe des Polizeipräsidiums. Zudem sei Mela von Erlenbach Mitglied des LKA.
Gegen beide Argumente ließ sich nicht viel sagen. Der Fall
an der Griesbacher Steige war ebenfalls Gegenstand einer
größeren Auseinandersetzung.

Bisher konnten der Polizeipräsident und die Kripochefin jedoch verhindern, dass Berger und Tammy alles aus der
Hand geben mussten. Oberstaatsanwalt Stenglenz hatte
sogar überlegt, die Akten in allen drei Fällen beschlagnahmen zu lassen. Eine juristische Prüfung laufe noch, hatte
Lydia Gallheimer ihnen erklärt. Deshalb werde man die
Akten vorerst nicht weiterleiten.

Außerdem hatte das LKA eine Nachrichtensperre über
die Ermittlungen im Fall der Explosion verhängt, zum
Missfallen von Oberstaatsanwalt Stenglenz und der Presse.
Über das Ereignis im Schwedengrundhof war keine einzige Information nach außen gedrungen. Das zeugte von
der großen Brisanz.

Berger und Tammy saßen frustriert an ihren Schreibtischen und fühlten sich ausgegrenzt. Sie fragten sich, ob

es sich noch lohnte, im Fall Schwedengrundhof weiter zu ermitteln.

»Noch einmal zu Mela«, unterbrach Tammy die lähmende Stille. »Die setzt sich doch einem extrem hohen Risiko aus. Sie wird sicher bald öffentlich gesucht und muss untertauchen. Ich gehe nicht davon aus, dass sie sich stellt.«

»Das kann ich mir auch nicht vorstellen. Vielleicht versucht sie, eine neue Identität zu bekommen.«

»Wie finden wir das heraus?«

»Wir haben doch zwei im Präsidium, die geradezu geschaffen sind, auf krummen Wegen mehr über Mela herauszufinden. Sakura und Felix, unsere Cyber-Spezialisten!«

»Wenn die beiden den Hintergrund von Mela klären können, wissen wir wahrscheinlich auch, wer sie auf uns angesetzt hat.«

»Ich überlege gerade Folgendes: Mela wollte mit der Bombe die Akten und unsere Computer vernichten. Wir wären die Kollateralschäden gewesen. Die Vernichtung ist ihr misslungen. Die Akten sind also immer noch eine Gefahr für jemanden. Wenn die Akten hierbleiben, müssen wir damit rechnen, dass es weitere Versuche geben wird, sie zu vernichten.« Berger hielt kurz inne, dann fügte er hinzu: »Oder uns.«

»Oder uns, ja. Und wenn es um Personen geht, die ebenfalls für den oder die Unbekannten gefährlich werden könnten, sind auch die in Gefahr.«

»Und vielleicht das Ziel von Mela.«

»Wir haben die total falsch eingeschätzt. Ich halte sie inzwischen für eine eiskalte Killerin. Aber eine Killerin in den Reihen der Polizei? In unseren Reihen?« Tammy schüttelte ungläubig den Kopf.

»Warum nicht? Wir müssen das Undenkbare denken. Nur so kommen wir weiter.«

»Das war schon immer dein Credo, Alban. Eines steht auf jeden Fall fest: Sie kann sich gut verstellen, sehr gut sogar. Lass uns mal zusammentragen, was uns an ihr aufgefallen ist.«

»Das Parfüm!«

»Das hat dich wohl berauscht.« Tammy grinste ihren Kollegen an.

»Es hat mir eher Kopfschmerzen verursacht. Ich habe mir dazu Gedanken gemacht, und mir ist aufgefallen, dass sie es immer dann aufgetragen hat, wenn etwas Außergewöhnliches anstand.«

»Kannst du das genauer beschreiben?«

»An ihrem ersten Arbeitstag hier, dann, als wir zum Schwedengrundhof gefahren sind, außerdem bei ihrer Vernehmung zum Tod von Firner und als sie die Kofferbombe unter ihrem Schreibtisch platziert hat.«

»Tatsächlich? Das ist mir so nicht aufgefallen.«

»Du bist anscheinend resistent gegen diesen Duft.«

»Mein Geruchsempfinden ist vielleicht nicht so sensibilisiert. Dafür habe ich etwas anderes bemerkt: Sie ist oft aufgestanden und nach draußen gegangen, wie ein Mensch mit Blasenschwäche. Und vor unserer Fahrt zum Schwedengrundhof hat sie sich ein Stück vom Auto entfernt, aufgeregt telefoniert und dabei auf ihre Uhr geschaut.«

»Mich hat irritiert, dass sie uns oft angestarrt hat, als wollte sie uns analysieren oder kontrollieren.«

Tammy nickte. »Das deckt sich mit dem, was Sakura mir gesagt hat.«

»Mir geht noch etwas anderes nicht aus dem Kopf, und zwar das Verhalten von Firner im Schwedengrundhof. Warum hat der sich so gut wie nicht gerührt und teilnahmslos im Korbstuhl gesessen?«

»Du hast recht, Alban. Umso erstaunlicher, dass er plötzlich die Waffe hebt und auf dich zielt.«

»Das glaube ich inzwischen nicht mehr, Tammy. Ich stelle mal eine gewagte These auf: Mela hat Firner mit Absicht getötet. Gut, er hat seine Waffe in der Hand gehabt. Aber in seinem Zustand wäre er gar nicht in der Lage gewesen, gezielt zu schießen. Außerdem hätte sie ihm in die Hand oder in den Arm schießen können. Und dann ist da noch die Frage: Wenn es Absicht war – hat sie aus eigenem Antrieb gehandelt? Hatte sie eine Rechnung mit ihm offen? Gab es einen Zwischenfall im LKA? Oder hat sie im Auftrag von jemandem gehandelt? Wer könnte das gewesen sein?«

»Wir wissen, dass beide in der Abteilung Internes im LKA gearbeitet haben. Kann es sein, dass die Mitarbeiter sich untereinander nicht alle kennen?«

»Eine Reaktion hat sie jedenfalls nicht gezeigt, als wir ihn in der Küche des Schwedengrundhofs entdeckt haben.«

»Das muss nichts heißen«, meinte Tammy. »Wenn wir deiner These folgen, stellen sich noch weitere Fragen.«

»Und die wären?«

»Warum erschießt Mela Firner ausgerechnet im Schwedengrundhof? Hängt der Angriff auf den Hof damit zusammen? Sind wir in eine Falle gelockt worden? Sollte der Angriff uns täuschen, um den Mord an Firner zu vertuschen? Mir ist der Zusammenhang zwischen Firner und dem Schwedengrundhof überhaupt nicht klar.«

»Sind die Pächter, diese Plenthers, und der Besitzer schon befragt worden?«

»Ich habe nichts mitbekommen. Das weiß bestimmt die Gallheimer.«

»Was, wenn sie es uns verheimlicht?«

»Glaubst du, dass sie Teil dieses Systems ist, das uns blockiert?«

17

Tammy freute sich über jeden Abend, den sie zusammen verbringen konnten. Seit Falco wusste, dass sie schwanger war, machte er sich ständig Sorgen um sie und kümmerte sich um ihr Wohlergehen, als stehe die Geburt kurz bevor. Deshalb verschwieg sie ihm alles, was sie beruflich bewegte. Er durfte nichts von den gefährlichen Situationen mitbekommen, in die sie in letzter Zeit geraten war.

Trotz aller Befürchtungen, zu stark umsorgt zu werden, fühlte sie sich wohl in seiner Nähe, in seiner Wohnung. Er hatte sie jüngst gefragt, ob sie sich vorstellen könne, zu ihm zu ziehen. Sie hatte ihn darum gebeten, ihr mit der Entscheidung noch etwas Zeit zu lassen, obwohl sie ihm die Frage auch sofort mit einem deutlichen Ja hätte beantworten können. Der Ort Oppenau und seine Infrastruktur sowie seine Bildungseinrichtungen gefielen ihr. Sie musste jetzt langfristig denken. Alles in dieser kleinen Stadt war überschaubar. Außerdem konnte sie von hier aus gut ihre Motorradausflüge in die Berge des Schwarzwaldes machen. Darauf wollte sie auch weiterhin nicht verzichten. Obwohl sie innerlich also zu einem Umzug bereit war, war es gut, Falco ein bisschen hinzuhalten, auch wenn sie sich in diesem Moment wie eine Teufelin vorgekommen war.

An den Abenden unterhielten sie sich oft über ihre Zukunft. Sie hatten viel zu planen. Und Falco erzählte ihr immer wieder Geschichten aus seiner Arbeit. Sie konnte da nicht mithalten, denn sie war in den meisten Fällen zum Schweigen verurteilt. Der Schwedengrundhof hatte es ihm offenbar angetan, denn regelmäßig ließ er Tammy an seinen neuesten Erkenntnissen teilhaben. So auch heute Abend.

»Weißt du eigentlich, dass die Moos einst ein Rückzugsgebiet für Räuber war?«, fragte er.

»Ich muss gestehen, ich habe keine Ahnung. Wie kommst du darauf?«

»Ich habe mir die Rückzugswege der Räuberbanden angeschaut und Karten studiert. Und siehe da: Der Schwedengrundhof liegt auf einem dieser Wege. Die Moos war eine ideale Gegend zum Untertauchen, weil hier einige Landesgrenzen zusammentrafen. Das hat das Untertauchen erleichtert. Ein Räuber hat nur schnell die Grenzen wechseln müssen, und schon war er in Sicherheit. Manchmal genügte ein Sprung. Die Räuber haben die Kleinstaaterei und die Einschränkung der örtlichen Behörden im damaligen Deutschland ausgenutzt.«

»Von welcher Zeit redest du?«

»Vom Ende des Dreißigjährigen Krieges Mitte des 17. Jahrhunderts bis etwa 1850. Eine dieser Räuberlinien führt von Allerheiligen nach Bad Peterstal, weiter über die Moos zum Diebsbrunnen – man beachte den Namen – in der Nähe der Kornebene oberhalb von Gengenbach und endet in Kappel am Rhein. Dort setzten die Räuber über ins Elsass. Auf der Kornebene schlachteten die Räuber das Vieh, das sie den Bauern in der Moos gestohlen haben. Einer dieser Räuber war der Konstanzer Hans. Bei meinen Recherchen bin ich auf einen Vortrag gestoßen, in dem das Leben des Konstanzer Hans geschildert wird.«

»Wer ist das?«

»Den kennst du als Kriminalistin nicht? Ist der dir in der Ausbildung nicht begegnet?«

»Nein.«

»Wenn du in Wikipedia ›Oppenau‹ eingibst, findest du unter der Rubrik ›Söhne und Töchter der Stadt‹ den Namen ›Konstanzer Hanß‹, Hanß mit Eszett geschrieben. In einem Nebensatz wird der Konstanzer Hans als berüchtigter Räuber in Württemberg bezeichnet. Wenn man sich mit diesem bemerkenswerten Mann näher auseinandersetzen will, muss man allerdings viel lesen und in Archiven suchen. In dem Vortrag, den ich eben erwähnt habe, macht der Autor den Versuch, den Konstanzer Hans in mehreren Bildern zu beschreiben. Glaubst du eigentlich, dass es das sogenannte Verbrecher-Gen gibt?«

»Das ist ein Mythos. Und doch ist etwas dran«, antwortete Tammy. »In der Forschung sind viele Belege zu finden, dass manche Menschen mehr zu Gewalt neigen als andere. Genetiker haben herausgefunden, dass bestimmte Erbanlagen das Potenzial zu erhöhter Aggressivität haben. Wenn jemand solche Erbanlagen in sich trägt, kann er Emotionen wie zum Beispiel Wut nicht so gut kontrollieren wie andere Menschen. Das lässt sich auch an Gehirnaktivitäten erkennen. Man muss also, wenn man von Verbrecherkarrieren spricht, Genetik, Biologie und Psychologie beachten, darf allerdings die Soziologie, also die gesellschaftlichen Zusammenhänge, nicht aus dem Auge verlieren. Alles zusammen ergibt erst das richtige Bild. Es wird niemand als Verbrecher geboren.«

»Du lieferst mir eine gute Grundlage, um einen Menschen wie den Konstanzer Hans zu verstehen.«

»Ist der tatsächlich Oppenauer?«

»Ja. 1759 ist er auf dem Gebiet des heutigen Oppenau auf einem Bauernhof geboren worden. Am 31. August 1759 wurde er in der Pfarrkirche von Oppenau auf den Namen Johann Baptist Herrenberger getauft. Das hat ein Ratsschreiber der Stadt im Taufbuch der Pfarrei entdeckt. Der Beiname Konstanzer Hans hängt mit seinem Vater zusammen, einem gebürtigen Konstanzer, der als gelernter Schuhmacher umhergezogen ist und auf Bauernhöfen seine Dienste angeboten hat.«

»Weiß man auch etwas über die Mutter?«

»Ja, die hat Körbe gemacht und gebettelt. Wenn wir die Eltern betrachten, kommen wir deiner Beschreibung von Verbrecherkarrieren näher. Die Eltern Herrenberger haben nämlich ihre Kinder Hans und Franziska schon früh zum Betteln und Stehlen auf den Höfen gezwungen. Die Kinder haben die Höfe in den Seitentälern der Rench gut gekannt. Und auch die Höfe auf der Moos sind ihnen nicht fremd gewesen. Die Kinder haben gewusst, wo was zu holen ist. Als Hans zwölf Jahre alt war, bekam er die Möglichkeit, bei einem Stuckateur eine Lehre zu beginnen. Er war dem Stuckateur als geschickter Handlanger im Kloster Allerheiligen aufgefallen. Aber der Vater weigerte sich, den Sohn in die Lehre zu geben. Von diesem Schlag erholte sich Hans nicht mehr. Wenig später musste die Familie Herrenberger das Renchtal verlassen, weil der Vater sich mehr als 20 Jahre nicht mehr in Konstanz gemeldet hatte. Außerdem hatte er eine Auswärtige geheiratet. Aus diesen Gründen verlor er das Bürgerrecht der Stadt Konstanz. Von da an lebte die Familie Herrenberger mittellos auf der Straße. Sie teilte das Schicksal von vielen Familien, die als sogenannte Vaganten unterwegs waren, Mittellose, Entwurzelte, Entrechtete, Verfemte, Verfolgte, Ausgestoßene, entlassene Soldaten, Deserteure, ewige Wanderer. Im 17. und 18. Jahrhundert lebten 10 bis 15 Prozent der Bevölkerung in Deutschland auf der Straße, sie waren Opfer der vielen Kriege in Europa. Wenn du so willst, ein Nährboden für kleine und große Kriminalität.« Falco ging ganz in seiner Rolle als Dozent auf.

»Was ist aus dem Konstanzer Hans geworden?«

»Er hat völlig den Halt verloren. Mit Betteleien fing es an, es folgten kleinere Diebstähle. Mit 18 geriet er in die Fänge von richtigen Kriminellen, darunter die Schleiferbärbel, eine schlaue Diebin. Sie machte den Konstanzer Hans zum Mann und wendigen Räuber. Er entwickelte sich schnell zu einem der führenden Gauner in Südwestdeutschland und wich von der bisherigen Sitte ab, hauptsächlich Bauern und Krämer zu bestehlen. Er nahm sich Beamte, Adelige, Klöster und Pfarreien vor. Über die Pfarrer sagte er, sie hätten am wenigsten Herz. Und bei ihnen sei mehr zu holen als in gewöhnlichen Häusern. Manche sahen im Konstanzer Hans einen ›Reformator der schwäbischen Gaunerei‹ und einen ›Räuber mit Prinzipien‹. Gewalt vermied er, wenn möglich. Und er beging nie einen Mord. Aber man darf sich nicht täuschen lassen. Der Konstanzer Hans war kein Edelräuber, der den Reichen nimmt und den

Armen gibt. Er war kein Robin Hood der Schwarzen Wälder. Es ging ihm schlicht und einfach um die Beute. Hass
auf die Reichen war sicherlich auch ein Motiv. Aber er war
kein Sozialrebell. Unter den Bauern genoss der Konstanzer Hans jedoch einen guten Ruf, weil er sie meist in Ruhe
ließ. Sie gaben ihm regelmäßig Quartier.«

»Haben die Bauern sich nicht vor den Räubern gefürch-
tet?«

»Doch, und gerade das machte sie zu Helfershelfern.
Der einfache Bauer hatte wenig Einkommen und war in
seiner Existenz dauerhaft gefährdet. Kam dann noch ein
Überfall hinzu, konnte das das Aus bedeuten. Auch lagen
die Höfe meist ungeschützt weitab auf dem Land oder in
den Bergen. Das machte sie einerseits leicht angreifbar,
andererseits aber auch aus einem anderen Grund interessant für die Räuber. Sie boten einen idealen Unterschlupf.
Nicht selten machten diese Bauern gemeinsame Sache mit
den Räubern, um vor Überfällen geschützt zu sein. Einer
dieser Höfe wird in einer Sage als Räuberhöhle und Mör-
derloch bezeichnet. Ich glaube aber nicht, dass damit der
Schwedengrundhof gemeint ist. Dennoch hat er wohl eine
besondere Rolle unter den Höfen eingenommen. Es ist
durchaus denkbar, dass der Konstanzer Hans diesen Hof
gekannt hat. Ich bin sogar felsenfest davon überzeugt.«

»Wurde der Konstanzer Hans nie erwischt?«

»Doch, am 12. August 1783 wurde er nach einer Verfol-
gungsjagd in Gengenbach gefasst und nach langem Tau-
ziehen unter den Ämtern an den Mann ausgeliefert, vor
dem sich alle Räuber in Südwestdeutschland fürchteten:
an Oberamtmann Jacob Georg Schäffer. Man kann ihn
als einen der ersten Kriminalisten in Südwestdeutschland
bezeichnen.«

»Dieser Name kommt mir bekannt vor.«

»Dann musst du auch auf den Konstanzer Hans gestoßen sein. In seinen letzten Lebensjahren kann man sich
ihn ohne Schäffer gar nicht vorstellen.«

»Nein, an den Namen Konstanzer Hans kann ich mich
beim besten Willen nicht erinnern.«

»Er war Schäffers erster großer Fang. Der Oberamtmann spürte in den Verhören, dass dieser Gefangene
außergewöhnlich war – und am Tiefpunkt. Der Konstanzer Hans hatte mit dem Leben abgeschlossen und rechnete
damit, dass er entweder gerädert, gehenkt oder geköpft
werden würde. Das half dem Ermittler ungemein. Der
Konstanzer Hans brach zusammen und erzählte alles, was
er wusste. Er wurde somit zum idealen Kronzeugen. Es
sprudelte nur so aus ihm heraus. Mehr als 500 Verdächtige nannte er und gab preis, wo ihre Schlupfwinkel waren.
Und er deckte einen geplanten Anschlag auf das Kloster
Einsiedeln auf, der vielen Menschen das Leben gekostet
hätte. Mehr als ein Dutzend Verdächtige wurden daraufhin
gefasst. In Schäffers Obhut wurde der Konstanzer Hans
ein anderer. Seine Umkehr wurde belohnt, er musste den
Henker nicht mehr fürchten. In Ludwigsburg ließ man
ihn eine längere Haftstrafe absitzen, gewährte ihm Ver-
günstigungen und eine religiöse und geistige Erziehung. Er
half Schäffer bei vielen Vernehmungen, zum Beispiel beim
Verhör des berühmten Bandenführers Hannikel. Gegen
Schäffer und den Konstanzer Hans hatte der Hannikel
keine Chance. Zu gut kannte sich der Konstanzer Hans
im Räuberwesen aus.«

»Hannikel ist mir auf jeden Fall ein Begriff.«

»Am Ende seines kurzen Lebens schrieb der Konstanzer Hans ein kleines Buch über die Gaunersprache, das

dem Oberamtmann Schäffer und anderen Strafverfolgern bei der Bekämpfung der Kriminalität sehr half. Am 3. September 1793 starb er im Armenhaus von Ludwigsburg.«

»Ich bin beeindruckt von deinen Recherchen.«

»Die Recherchen haben andere gemacht. Ich habe mich nur vertieft in das, was andere geleistet haben, und Verbindungslinien gezogen.«

»Was du nicht erwähnt hast, ist die Systematik, mit der Schäffer die Räuber gejagt hat. Das fällt mir gerade wieder ein. Er hatte nämlich einen ganz anderen Blick auf die Ursachen des Verbrechens als alle vor ihm. Das Verbrechen war für ihn soziales Unglück. Diese Einschätzung hat in vielen Bereichen auch heute noch seine Gültigkeit.«

»Und damit sind wir wieder bei der Frage nach dem Verbrecher-Gen. Wenn man sich Schäffers Argumentation anschließt, gibt es keine genetische Disposition für Verbrechen. Oder verstehe ich ihn falsch?«

»Man weiß nicht, ob er andere Ursachen ganz ausgeschlossen hat, soviel mir bekannt ist. Aber in meiner Ausbildung lag der Fokus natürlich auf Ermittlungsmethoden. Schäffer ist auch beim Aufbau von Verbrecherkarteien ein Vorreiter gewesen. Er hat von jedem Verbrecher akribisch Merkmale gesammelt.«

»Bei mir steht immer noch die eine Frage im Raum, ob man zum Verbrecher geboren wird oder der Lebensweg durch entsprechende Sozialisation in der Kindheit vorgezeichnet ist. Angenommen, eine Familie ist in erster, zweiter, dritter Generation in Verbrechen verwickelt, wie hoch ist dann die Wahrscheinlichkeit, dass alle folgenden Generationen ebenfalls kriminell werden?«

»Bei Clans wie in Berlin, Bremen und Nordrhein-Westfalen oder auch bei Mafiafamilien kann man so etwas verfolgen. Denkst du an solche Beispiele oder hast du eine bestimmte Familie im Blick?«

»Nein. Ist nur eine grundsätzliche Überlegung.«

Tammy glaubte Falco nicht. Wenn er ein Gespräch thematisch in eine bestimmte Richtung lenkte, hatte er sich zuvor meist schon ziemlich viele Gedanken über dieses Thema gemacht. Man konnte auch sagen, er hatte sich bereits darin verbissen. Welche Familie könnte er meinen? Eine Familie, mit der sie es bei ihren Ermittlungen zu tun hatten? Hoffentlich vertiefte sich Falco nicht in aktuelle Kriminalfälle.

18

Der Schwedengrundhof wirkte wie ein undurchdringlicher Schatten. Tammy und Berger hatten sich vorgenommen, mit den Pächtern über die Nutzung des Hofes zu sprechen und von ihnen zu erfahren, warum Firner sich dort aufgehalten hatte, so, wie es ihr inoffizieller Auftrag vorsah. Auch auf die Gefahr hin, dass sich das Landeskriminalamt einschaltete und sie zurückgepfiffen wurden. Für sie war die Anfrage bei den Plenthers ein Versuchsballon, um herauszufinden, wie weit sie gehen konnten. Annalotta und Roman Plenther hatten jedoch ein Gespräch verweigert und betont, dass sie alles schon den Ermittlern des LKA gesagt hatten.

Es hatte nicht lange gedauert, bis sich die Kripochefin gemeldet und von einem ärgerlichen Telefonat mit dem LKA berichtet hatte. Sie hatte darum gebeten, künftig intelligenter und unauffälliger vorzugehen.

Jetzt hatten Tammy und Berger die Bestätigung, dass die Plenthers direkten Kontakt zum Landeskriminalamt hatten. Damit hatte der Versuchsballon seinen Zweck erfüllt.

Als Nächstes stand die Prüfung des Grundbuchamtes an. Bei ihrem Anruf im Amt erfuhr Tammy, dass Annalotta und Roman Plenther nur die Pächter seien. Ein Eigentümerwechsel sei bereits vor einiger Zeit vollzogen worden, jedoch gehöre der Hof nicht den beiden. Mehr könne man dazu nicht sagen. Hartmann Plenther, der vorherige Eigentümer, lebe mit seiner Frau auf Mallorca und sei nur über seinen Anwalt zu erreichen.

Berger übernahm den Anruf bei besagtem Anwalt, der jedoch jede Auskunft verweigerte.

»Welches Geheimnis dieser Hof wohl birgt?«, überlegte Tammy laut. »Ich such mal im Internet, vielleicht werde ich da fündig.«

»Ja, mach das«, sagte Berger, selbst in Gedanken versunken.

Kurz darauf rief Tammy: »Ich hab was! Der Schwedengrundhof bietet im Gastgeberverzeichnis der Gemeinde in der Rubrik ›Privatvermieter‹ mehrere Zimmer an.«

»Vielleicht war Firner einfach ein Feriengast?«, schlussfolgerte Berger. »Tammy, wir sollten im Tourismusbüro nachfragen. Dort müsste man uns doch Auskunft erteilen können, wer wann ein Zimmer gemietet hat.«

»Gute Idee, Alban, ich rufe gleich an.«

Am Telefon erfuhr Tammy, dass in den letzten zwölf Monaten keine Meldezettel vom Schwedengrundhof abgegeben worden waren. Die Mitarbeiterin des Tourismusbüros räumte ein, dass der Umgang mit dem Hof nicht einfach sei. Die Besitzer hätten sich geweigert, die E-Mail-Adresse und die Internetadresse im Gastgeberverzeichnis eintragen zu lassen. Man finde dort nur eine Festnetznummer. Es gehe aber nie jemand ans Telefon. Das Verhalten der Besitzer sei mehr als ärgerlich, weil es viele Anfragen gebe. Man habe schon überlegt, den Hof aus dem Gastgeberverzeichnis streichen zu lassen. Auf Tammys Nachfrage, ob sie Einblick in die Meldezettel der zurückliegenden Jahre bekommen könnten, erhielt sie eine Abfuhr. Das sei nach dem Bundesmeldegesetz von 2015 nicht mehr zulässig.

Nachdem Tammy das Telefonat beendet und Berger informiert hatte, fragte sie: »Warum wurde Firners Aufenthalt, wenn er denn dort zu Gast gewesen ist, nicht gemeldet?« Die Antwort gab sie gleich selbst: »Entweder, weil er eine besondere Beziehung zu den Besitzern hatte, oder weil die Plenthers nur Gäste beherbergen, die nicht angemeldet werden wollen, die die Ungestörtheit auf dem Schwedengrundhof aus einem bestimmten Grund aufsuchen.« Sie dachte dabei an die Geschichte vom Konstanzer Hans.

Als könnte Berger ihre Gedanken lesen, hakte er nach: »Du meinst, der Hof ist womöglich eine Art Räuberhöhle?«

»Er war es vermutlich zu Zeiten des Konstanzer Hans.«

»Ein Räuber? Woher weißt du das?«

»Falco hat mir einen Vortrag über ihn gehalten, und dabei fiel zufällig der Name des Hofes. Sag mal, stand eigentlich Firners Auto am Schwedengrundhof, als wir dort waren?«

»Mir ist es nicht aufgefallen.«

»Überprüfen können wir es auch nicht. Sowohl der Hof als auch Firners Eigentumswohnung samt Garage sind versiegelt.«

19

Manchmal kam Tammy sich vor wie in »Tausendundeiner Nacht«, allerdings mit vertauschten Rollen, wenn sie nach dem Abendessen zusammensaßen und Falco sie mit Geschichten unterhielt. Dieses Mal steuerte er wieder etwas zum Schwedengrundhof bei.

»Ich habe einen interessanten Artikel im Generallandesarchiv in Karlsruhe entdeckt. Der Artikel gibt einen tiefen Einblick in die Familiengeschichte des Schwedengrundhofes.«

»Von wann stammt der Artikel?«

»Anfang der 60er-Jahre des vorigen Jahrhunderts. Er wurde in einer Wochenendbeilage abgedruckt. Der Autor hat viele Artikel und Porträts über Höfe geschrieben. Sie sind unter dem Serientitel ›Geschichten aus den Schwarzen Wäldern‹ erschienen. Die Blütezeit des Schwedengrundhofes hat wohl Ende des 18. Jahrhunderts begonnen. Unter dem Zweitgeborenen des damaligen Eigentümers. Der erstgeborene Sohn ist bei einem tragischen Unglück in einem kleinen Sägewerk ums Leben gekommen.«

Tammy horchte auf. Sägewerk? Tödlicher Unfall? Diese Stichworte passten auch auf den undurchschaubaren Cold Case um den Schwedengrundhof. »Was ist da genau passiert?«

»Der Artikel gibt dazu nicht viel her. Es wird aber angedeutet, dass einiges nicht mit rechten Dingen zugegangen sein könnte. Offenbar haben mehrere Personen angezweifelt, dass es sich um einen Unfall gehandelt habe. Dazu passt, dass sich das Unglück an einem Feiertag ereignet hat, denn Arbeiten an Feiertagen und Sonntagen wurde damals als absolute und unentschuldbare Gotteslästerung aufgefasst. Weshalb der Tod des Mannes auch als Strafe Gottes gedeutet wurde. Heute drückt man bei manchen Arbeiten an gesetzlichen und religiösen Feiertagen eher mal ein Auge zu. In früheren Zeiten war das undenkbar. Die damaligen Hofeigentümer haben anscheinend sehr unter diesem tragischen Ereignis gelitten. Die Mutter des Verunglückten hat sogar ein Kreuz setzen lassen. Ich will bei Gelegenheit schauen, ob das kartiert ist und noch existiert.«

»Überlege dir das gut.«

»Wieso? Meinst du, das kann gefährlich werden?«

Fast hätte sie sich verplappert. Sie überlegte einen Moment und suchte nach einem Ausweg, bevor sie antwortete: »Gefährlich würde ich nicht sagen. Es könnte aber Ärger geben. Zum Beispiel, wenn du ein fremdes Grundstück betrittst.«

»Da mach dir mal keine Sorgen. Ich habe bei meinen Forschungen schon oft fremde Grundstücke betreten müssen. Das ist bisher immer problemlos gelaufen. Wenn das Kreuz auf freiem Feld oder im Wald steht, komme ich sowieso niemandem in die Quere.«

Tammy wusste, dass sie Falco nicht davon abhalten konnte. »Entschuldigung, ich wollte dich nicht unterbrechen.«

»Ist schon okay. Also, die Mutter ist wenige Jahre nach dem tragischen Ereignis gestorben. Sie hat den Tod des Erstgeborenen nicht verkraftet. Kurz nach ihr verstarb auch ihr Ehemann. Der Zweitgeborene hat den Hof dann übernommen, zusammen mit seiner Frau, die von einem Gasthaus im Kinzigtal stammte. Mit ihr hat er neun Kinder gehabt, zwei Mädchen und sieben Jungen. Die zwei Mädchen und fünf Jungen haben das Erwachsenenalter erreicht, was erstaunlich ist für diese raue Gegend. Der Zweitgeborene und seine Frau werden als sehr robust beschrieben. In einem kurzen Passus heißt es, die Frau habe wie ihr Mann gejagt und besser geschossen als viele Männer. Manches klingt in dem Artikel legendenhaft und fast abenteuerlich. Aber das ist wohl der Duktus des Autors. Er setzt in allen seinen Artikeln mehr auf Spannung als auf Fakten. Ich vermute, dass er bei den Lesern mit seinem Stil und seinen Themen gut angekommen ist. Ein bisschen lehnt er sich an die ›Schwarzwälder Dorfgeschichten‹ von Berthold Auerbach an.«

»Sagt mir nichts.«

Falco ging über diesen Einwand hinweg. »Mit den Gesetzen scheinen es der Zweitgeborene und seine Frau nicht immer ernst genommen zu haben. Sie hätten manchmal in fremden Wäldern Wild gejagt, heißt es in dem Artikel. Belege nennt der Autor nicht. Im Laufe der Jahre hat sich der Zweitgeborene einen umfangreichen Holzhandel aufgebaut und Fuhrwerke angeschafft. Bis an den Oberrhein, ins Elsass und in den Breisgau hat er den Handel ausgedehnt. Einen guten Ruf hatte er jedoch nicht gerade, weil er die schwierige Lage der Waldbauern schamlos ausnutzte. Er holte einige als Subunternehmer und bezahlte sie mehr schlecht als recht. Und er kaufte Höfe auf, legte sie still und profitierte vom Waldbesitz.«

Ein weiterer Punkt, der Tammy aufhorchen ließ. In dem Cold Case mit den zwei Todesfällen ging es ebenfalls um den Kauf eines Sägewerkes, das anschließend überraschend schnell stillgelegt worden war. Und genau in diesem Zusammenhang war der Name Schwedengrundhof gefallen. Eine spannende Parallele.

»Auf dem Höhepunkt seines Berufslebens ist er noch in den Geldverleih eingestiegen. Dabei muss er sich viele Feinde gemacht haben. Der Autor beschreibt ihn als Wucherer und harten Geldeintreiber. Alt ist er nicht geworden. Mit 58 ist er auf einer Fahrt ins Elsass gestorben. Vermutlich habe er unterwegs einen Herzinfarkt erlitten, schreibt der Autor. Die beiden Pferde, die seinen Wagen zogen, seien einfach weitergetrabt bis ans Ziel in Straßburg. Ob das so stimmt, bezweifle ich. Auch ist mir schleierhaft, wie der Autor auf Herzinfarkt kommt. Aber es liest sich gut, das muss man ihm lassen.«

20

Die Stille im Büro erdrückte Tammy fast. Sie musste mit dem schweigenden Menschen ihr gegenüber reden. »Alban, zwei Dinge gehen mir nicht aus dem Kopf«, begann sie. »Firner und der Cold Case mit den zwei toten Männern auf dem Sägewerk. Beides verfolgt mich bis in den Schlaf.«

Berger blickte Tammy lange an. »Mich lässt das auch nicht ruhen.«

Sie hatte ihm am Abend noch Punkte geschickt, die ihr eingefallen waren und die sie aufgeschrieben hatte.

»Das, was du notiert hast, stellen wir vorerst zurück. Wir sollten noch einmal von vorne anfangen und systematisch überlegen, was uns als Grundlage für weitere Ermittlungen dienen könnte. Bist du damit einverstanden?«

»Ich habe nichts dagegen einzuwenden. Dann zähl mal auf, ich notiere alles.« Sie öffnete ein entsprechendes Programm im System der Kriminalpolizei, hielt dann aber inne und fragte ihren Kollegen: »Ist es nicht zu riskant, unsere Überlegungen ins System einzugeben?«

»Du befürchtest, dass jemand eindringt und unsere Pläne durchkreuzt?«

»Ja.« Tammy schloss das Programm. »Ich nehme lieber Block und Kuli.«

»Gut, dann machen wir es wie früher.«

»Ich weiß schon gar nicht mehr, warum wir uns ausgerechnet diesen Fall mit dem Sägewerk vorgenommen haben«, gestand Tammy.

»Ihr habt gesagt, der Fall sei reizvoll, weil nicht klar ist, ob es sich um einen Kriminalfall oder um ein tragisches Unglück handelt.«

»Du meinst Waldo, Mela und mich?«

»Ja.«

»Hört sich wie Kritik an«, stellte Tammy fest.

»Ich habe nur auf deine Frage geantwortet.«

»Ich weiß, du bist damals zurückhaltend gewesen, als wir auf den Fall gestoßen sind. Hat das einen bestimmten Grund gehabt?«

»Beim Lesen der Akte überkam mich ein seltsames Gefühl.« Berger zuckte mit den Schultern. »Ich war angespannt und habe Angst bekommen. Das habe ich als Warnung empfunden.«

»Warum hast du uns nichts gesagt? Es wäre deine Pflicht gewesen, deine Bedenken in der Runde vorzutragen!«, warf Tammy ihm vor.

»Stimmt, das hätte ich tun sollen. Jetzt stecken wir mitten in einem Fall, von dem wir nicht wissen, was er bringt und ob wir ihn lösen können. Aber es hilft nichts, wir müssen unsere Arbeit machen. Also, was haben wir?«

»Fest steht, dass zwei Männer, Vater und Sohn, vor 30 Jahren in einer Gattersäge umgekommen sind. Der Ort ist auch klar, ein altes Sägewerk im Kinzigtal, das damals seine besten Zeiten hinter sich hatte und mit einer Insolvenz rechnen musste. Falls es sich um einen Unfall handelte, kann er sich so abgespielt haben: Der Vater verfängt sich unglücklich an einem Stamm und wird ins laufende Gatter gezogen. Der Sohn versucht, ihn zu retten, rutscht am nassen Stamm aus und wird ebenfalls vom Gatter erfasst. Zweite Möglichkeit eines Unfalls: Vater und Sohn streiten sich über die Zukunft des Werkes, vor Wut schubst der Sohn den Vater, der ins Gatter gerät. Der Sohn greift nach ihm, um ihn zu retten, stürzt dabei unglücklich und kommt wie sein Vater um. Zwei Versionen, die einigermaßen plausibel klingen.«

»Es gibt noch eine dritte, die besagt, dass jemand nachgeholfen hat«, fügte Berger hinzu.

»Du spielst auf den anonymen Hinweis an, der seltsamerweise durchgestrichen und doch aufbewahrt worden ist?«, fragte Tammy.

»Ja. Seltsam ist auch die Bearbeitung des Falls.«

»Richtig.« Tammy nickte. »Zunächst waren zwei Kollegen damit beschäftigt, dann ist Firner dazugestoßen.«

»Und kurz darauf waren es wieder nur zwei.«

»Firner und Erwin Kasper«, ergänzte Tammy.

»Der Kasper ist inzwischen gestorben.«

»Das hat Waldo recherchiert«, bestätigte Tammy. »Aber er hat auch herausgefunden, dass der dritte Ermittler noch lebt.«

»Berwin Meyer.«

»Warum haben wir den noch nicht befragt?«, wollte Tammy wissen.

»Weil wir zu wenig Leute sind und bei aktuellen Fällen eingespannt werden, wenn Personalnot herrscht. Wie neulich an der Griesbacher Steige. Außerdem verzögern die Spannungen mit dem LKA unsere Arbeit.«

»Apropos zu wenig Leute. Fast hätte ich es vergessen: Heute Morgen hat die Chefin angerufen. Im Laufe des Tages kommt endlich unsere Verstärkung, eine junge Kollegin«, informierte Tammy.

»Hoffentlich nicht aus Stuttgart.«

»Nein, hier aus unserem Haus.«

»Da bin ich gespannt. Weißt du, wer es ist?«

»Nein, den Namen hat die Gallheimer nicht verraten.«

»Warten wir's ab. Zurück zum Sägewerk-Fall: Wir haben zwei oder eher drei Versionen zum Tod der beiden Männer. Am plausibelsten klingen die ersten zwei Versionen. Bei der dritten gibt es kaum Konkretes, nur dieser anonyme Hinweis.«

»Aber die ersten zwei beruhen letztlich auch auf Annahmen, für die es keine Belege gibt«, wandte Tammy ein. »Mir stellt sich die Frage, warum der Fall überhaupt zu einem Cold Case geworden ist.«

»Und warum er einen neuen Fall ausgelöst hat.«

»Wir müssen mit diesem Berwin Meyer einen Termin ausmachen. Der kann sicher was zum Hintergrund beitragen.«

Berger nickte. »Und noch was: Wir dürfen diesen alten Keks nicht vergessen, der schon seit ewigen Zeiten auf einem Blatt in der Akte klebt.«

»Du hast recht. Mela wollte ihn entfernen …«

»… und ist von Waldo gestoppt worden. Sie hätte das Blatt an dieser Stelle zerstört. Waldo hat daraufhin mit einem Restaurator gesprochen, der den Keks fachmännisch entfernen sollte. Und er hat die Vermutung geäußert, dass der Keks eine aufschlussreiche Stelle verdeckt.«

»Wie ist Waldo zu dieser Vermutung gekommen?«, wollte Tammy wissen.

»Er hat das Blatt intensiv untersucht und gesagt, dass an dieser Stelle vermutlich Namen stehen.«

»Wir müssen diesen Restaurator fragen, wann er endlich kommen und diesen Keks entfernen kann.«

Es klopfte zaghaft an der Tür. Tammy erhob sich und öffnete sie.

Eine junge Frau stand vor ihr. Sie war so groß wie Tammy, schlank, hatte blonde, lockige Haare, Grübchen in den Wangen. Auf den ersten Blick wirkt sie sympathisch, dachte Tammy.

»Frau Gallheimer schickt mich. Sie lässt sich entschuldigen, sie hat unerwarteten Besuch.«

»Sie sind die Neue in unserem Team, richtig?«

»Ja.«

»Dann kommen Sie rein in unseren überschaubaren Bereich.«

Die Neue folgte Tammy in den Raum. Man sah ihr an, dass sie nicht gerade begeistert war, als sie sich umblickte. »Mein Name ist Uma Tharau. Die Kripochefin hat mir gesagt, dass die Abteilung Cold Case dringend Unterstützung braucht.« Sie lächelte verlegen.

Tammy und Berger stellten sich ebenfalls vor.

»Ist wohl nicht Ihr Wunscharbeitsplatz hier?«, fragte Tammy.

»Wenn ich ehrlich bin, nein. Sie können übrigens Du sagen.«

»In welchem Bereich würdest du denn gern arbeiten?«, fragte Berger. »Du kannst mich auch mit Du anreden.«

Tammy war erstaunt, dass Berger, der sonst auf Distanz bedacht war, der jungen Kollegin gleich das Du anbot.

»Sagen wir mal so: Ich habe einige Abteilungen im Blick gehabt, nur nicht Cold Case. Vielleicht, weil es mehr Aktenwälzen bedeutet. Ich würde gern draußen arbeiten.«

»Wir müssen in der Tat Akten wälzen, Aktenberge abtragen. Aber wir gehen auch zu den alten Tatorten, befragen Leute, recherchieren, setzen moderne Technik ein. Insgesamt ist es sehr spannend. Das wirst du mit der Zeit sehen«, klärte Tammy auf. »Außerdem: Wir sind seit dem Aufbau der Abteilung mehr draußen, als uns lieb ist.«

»Hat dich niemand aufgeklärt, was wir hier unten machen?«, fragte Berger.

»Nicht so richtig. Ich weiß natürlich, was Cold Case bedeutet. Und dass die Bearbeitung alter Fälle wichtig ist. Ich habe allerdings erst vorhin mitbekommen, dass ich hier anfangen soll. Kurz vor meinem Urlaub habe ich die Personalabteilung gefragt, wie es denn mit meiner Weiterbeschäftigung aussieht. Es hieß, man werde auf jeden Fall etwas für mich finden.«

»Du hast also nicht mitbekommen, was in letzter Zeit hier passiert ist?«

»Nein, ich habe nach meinem Abschluss zur Kommissarin Urlaub gemacht und freie Tage abgefeiert. Und bin heute den ersten Tag wieder hier.«

»Dann setz dich mal«, sagte Tammy, »und wir klären dich auf. Willst du einen Kaffee?«

»Gern.«

21

Uma war nicht mitgekommen. Sie wollte sich in Ruhe einarbeiten. Technisch war sie so versiert wie Waldo. Tammy und Berger waren gespannt, wie sie sich bei den Ermittlungen anstellen würde.

Der Hauptkommissar und Tammy saßen in der gemütlich eingerichteten Stube eines Fachwerkhauses in Ortenberg, das Berwin Meyer in Eigenarbeit restauriert hatte, wie er stolz erzählte. Sie hörten sich geduldig an, wie herausfordernd die Sanierung eines Altbaus sein konnte.

»Entschuldigung, Sie sind natürlich nicht gekommen, um einen Vortrag zu hören«, beendete Meyer seine Fachsimpelei abrupt.

»Sie müssen sich nicht entschuldigen«, entgegnete Tammy. »Aber wir sind tatsächlich aus einem anderen Grund da. Ich habe Sie telefonisch schon vorgewarnt. Es geht um den alten Fall mit den beiden Toten im Sägewerk. Sie haben doch damals ermittelt?«

»Ja, gemeinsam mit dem Kollegen Kasper. Aber nicht lange.«

»Sind Sie freiwillig ausgestiegen?«

»Nein, Hubert Firner hat mich mehr oder weniger rausgedrängt. Der hat es irgendwie geschafft, dass ich den Fall abgeben musste. Er ist dann für mich eingestiegen.«

»Gab es dafür einen Grund?«

»Er hat wohl Angst gehabt, vermute ich, dass ich zu tief in den Fall eindringe.«

»Hatte er eine besondere Beziehung zu diesem Fall?«

»Das habe ich nicht herausgefunden.«

»Und der Kollege Kasper?«

»Der ist nicht so willensstark gewesen. Der hat Firner machen lassen. Firner wollte den Fall schnell abschließen.«

Nun mischte sich Berger ein. »Aus den Unterlagen geht hervor, dass die Unfallversion in einem anonymen Schreiben angezweifelt wurde. Dabei wird der Name Hartmann Plenther erwähnt, der damalige Eigentümer des Schwedengrundhofes.«

»Kurz danach ist Firner mit Vehemenz in diesen Fall eingestiegen.«

»Eine Erklärung dafür haben Sie nicht?«, hakte Berger noch einmal nach.

»Nein. Ich bin sofort abgezogen worden. Und Firner hat auf meine Fragen nicht reagiert. Wir sind uns dann auf Dauer aus dem Weg gegangen.«

»In den Unterlagen gibt es eine vermutlich wichtige Stelle. Leider ist sie mit einem Keks verklebt.«

Meyer bekam einen Lachkrampf. »Das sieht dem Kollegen Kasper ähnlich. Er hat den Spitznamen ›Prinzenrolle‹ gehabt. Ständig hat er an diesen Schokoladenkeksen geknabbert. Aber Moment mal. Ich habe mir die Akten noch einmal angeschaut, kurz nachdem Firner den Abschluss des Falls durchgesetzt hat. Da ist mir kein Keks aufgefallen. Das heißt, Kasper muss nach mir an den Akten gewesen sein.«

»Wieso ist dieser Fall eigentlich als Cold Case abgelegt worden?«, wollte Tammy wissen.

»Das habe ich veranlasst, im Einverständnis mit Kasper. Irgendwann hat auch er sich über Firners Vorgehen geärgert und war der Meinung, dass man den Fall noch nicht abschließen könne. Er hat mit mir darüber gesprochen, und wir haben beschlossen, die Akte dahin zu legen, wo sie hingehört. Firner hat davon nichts mitbekommen.«

»Sie hätten auch auf eine Wiederaufnahme des Falles drängen können«, wandte Berger ein.

»Nein, Firner hat damals schon eine zu starke Stellung gehabt. Er ist ein wirklich guter Ermittler gewesen, das muss ich sagen, trotz aller Vorbehalte, die ich gegen ihn habe. Seine zum Teil schnellen Ermittlungserfolge haben den damaligen Kripochef nicht daran zweifeln lassen, dass der Fall abgeschlossen ist. Kasper und ich haben uns damit getröstet, dass sich vielleicht eines Tages jemand mit den Akten befasst und genauer hinschaut.«

»Und an diesem Punkt sind wir jetzt«, sagte Berger. »Warum, glauben Sie, hat Kasper sich die Akte noch einmal vorgenommen?«

»Keine Ahnung. Aber nun ergibt es auch Sinn, was er damals noch zu mir gesagt hat: Der Fall berge jetzt ein süßes Geheimnis, ein bittersüßes, hat er hinzugefügt und dabei gelacht. Kasper war bekannt für seinen schrägen Humor, dennoch habe ich mir Gedanken gemacht, was er damit gemeint hat. Doch dann kam so viel Arbeit auf mich zu, dass ich diesen Punkt vergessen habe. Wahrscheinlich hat er den Keks gemeint.«

»Und über die Hintergründe des Falles wissen Sie auch nichts?«, fragte Tammy.

»Zum Teil schon.«

»Das heißt?«

»Nur dass Hartmann Plenther an dem Sägewerk im Kinzigtal interessiert war. Er hat die Bilanzen gut gekannt, weil er im Aufsichtsrat der Hausbank des Sägewerks gesessen hat. Also wusste er, dass es kurz vor der Insolvenz stand.«

»Wollte Hartmann Plenther das Sägewerk kaufen?«

»Es hat so ausgesehen. Manche haben vermutet, dass er einen Konkurrenten weghaben wollte. Er ist selbst im Holzhandel aktiv gewesen und hat ein großes Sägewerk betrieben. Möglicherweise wollte er das ganze Feld bereinigen, damit er sich mit seiner Preispolitik durchsetzen konnte. Sägewerke in Existenznot machten ihm insofern Konkurrenz, als sie ihre Produkte billiger anboten, um sich noch einigermaßen halten zu können. Manche haben es dabei übertrieben und so gut wie keinen Gewinn mehr gemacht. Auf jeden Fall scheint er in seiner Bank durchgesetzt zu haben, dass dem Sägewerk der Geldhahn zugedreht wird.«

»In welcher Beziehung stand Firner zu Hartmann Plenther und dem Schwedengrundhof?«

»Keine Ahnung.«

»Haben Sie mal was von einem Mordfall Firner oder einer Mordakte ›Albert Firner‹ gehört?«

»Kann mich nicht erinnern. Aus welchem Jahr stammt der Fall?«

»1993.«

»Zu dieser Zeit habe ich bereits im Polizeipräsidium Karlsruhe gearbeitet. Wegen Firner habe ich mich zuerst hier in Offenburg in eine andere Abteilung versetzen lassen und nichts mehr mit Mordermittlungen zu tun gehabt. Danach habe ich einige Jahre in Ostdeutschland gearbeitet und beim Aufbau einer gemeinsamen Kriminalpolizei geholfen. Und später bis zur Pension habe ich im Polizeipräsidium Karlsruhe verschiedene Funktionen ausgeübt.«

»Über den privaten Firner können Sie uns nichts sagen?«

»Der ist mir so etwas von egal gewesen. Ich habe mit dem nichts mehr zu tun haben wollen.«

»Wissen Sie, wer damals außer Kasper enger mit Firner zusammengearbeitet hat?«

»Fällt mir spontan niemand ein. Aber ich denke darüber nach. Wenn meine Gedächtnisschublade hier oben aufspringt, melde ich mich.«

Auf der Rückfahrt ging Berger der Keks nicht mehr aus dem Kopf. »Was wollte Kasper mit dem ›bittersüßen Geheimnis‹ wohl andeuten?«, fragte er Tammy.

»Vielleicht wirklich nur den Keks? Wobei die Prinzenrolle ja nicht bittersüß ist, sondern einfach nur süß. Außerdem wird er den Keks doch nicht absichtlich in die Akte geklebt haben.«

»Und wenn doch?«

»Dann haben wir ein weiteres verrücktes Rätsel zu lösen. Ich habe übrigens vorhin versucht, den Restaurator zu erreichen. Es ist leider niemand ans Telefon gegangen. Ich versuche es nachher noch einmal, wenn wir wieder im Polizeipräsidium sind«, informierte Tammy ihren Kollegen.

»Das gibt es doch nicht!« Tammy schlug mit der rechten Faust auf den Schreibtisch.

Berger, der bei ihrer Rückkehr zuerst Kaffee organisiert hatte, trat in diesem Moment mit drei vollen Bechern auf einem Tablett ins Büro und fuhr vor Schreck zusammen. »Was ist? Fast hätte ich die Kaffeebecher fallen lassen.«

»Ich habe gerade beim Restaurator angerufen. Seine Frau hat mir gesagt, er liege im Krankenhaus. Er war mit seinem E-Bike unterwegs und ist von einem Auto angefahren worden. Arme und Beine gebrochen. Fällt monatelang aus.«

»Und der Autofahrer?«

»Fahrerflucht. Das kann kein Zufall sein!«

»Ich glaube bei dieser Geschichte schon lange nicht mehr an Zufälle, dennoch müssen wir uns vor Verschwörungstheorien hüten.«

»Jedenfalls müssen wir uns nach einem anderen Restaurator umsehen.«

»Es bleibt uns nichts anderes übrig.«

»Das verzögert die Aufarbeitung des Falles noch mehr. Hat Waldo auch andere Restauratoren gefragt?«

»Ja, er hat sogar eine Liste angelegt. Allerdings haben ihm alle abgesagt bis auf diesen einen, der jetzt im Krankenhaus liegt«, antwortete Berger.

»Und wo ist diese Liste?«

»Die müsste noch in seinem Schreibtisch sein. Der wurde noch nicht ausgeräumt. Nur seine persönlichen Sachen sind abgeholt worden.«

»Dann klappern wir alle Restauratoren noch einmal ab. Uma, suchst du nach der Liste? Dann teilen wir uns die Anrufe auf.«

Uma, die interessiert zugehört hatte, öffnete die Schublade ihres Schreibtisches, an dem bis zu seinem Tod Waldo gearbeitet hatte, durchsuchte die Unterlagen und reichte Tammy ein Papier. »Hier auf dem Blatt stehen Adressen. Das müssen die Restauratoren sein.«

Beim fünften Anruf hatten sie Erfolg. Ein etwas brummiger Restaurator, der zunächst über mangelnde Zeit klagte, sagte zu, sich um den festgeklebten Keks zu kümmern. Aber sie müssten mit mindestens zwei Wochen Wartezeit rechnen. Er werde sich das Papier mit dem Keks anschauen und dann mit ihnen besprechen, wie er vorgehen wolle. Auf Verhandlungen über einen früheren Termin ließ er sich nicht ein.

22

»Die Gedächtnisschublade ist aufgesprungen!« Berwin
Meyer teilte telefonisch mit, ihm sei der Kollege eingefallen,
der enger mit Firner zusammengearbeitet habe: Bodo Wildermuth. Er sei Witwer und lebe im Ried in einer Einrich-
tung mit betreutem Wohnen. Für sein Alter sei er noch sehr
fit, obwohl er krebskrank sei und Diabetes habe. Er gab
die genaue Adresse durch und fügte hinzu: »Der Ex-Kol-
lege wartet offenbar seit Jahren darauf, dass ihm jemand
Fragen zu Firner stellt, auf die er jedoch nur zum Teil Antworten geben könne. Mehr hat er nicht gesagt.«

Berger und Tammy riefen Wildermuth an, setzten sich
sofort ins Auto und fuhren ins Ried.

Dort trafen sie auf einen Mann mit hellwachen Augen,
der sich mit seinem Rollator in seiner Wohnung bewegte
und für sie einen Kaffeetisch gerichtet hatte. Aus der
Küche machte sich die Kaffeemaschine mit einem gur-
gelnden Geräusch bemerkbar.

Der Mann hatte ein Gefühl für Timing, stellte Berger
bewundernd fest.

»Setzen Sie sich doch. Ich habe mir schon lange gedacht,
dass irgendwann jemand nach Firner fragt.«

»Kennen Sie eine Mordakte ›Albert Firner‹?«

Bergers schnelle »Eröffnung« überraschte Tammy.

Wildermuth ließ sich Zeit mit einer Antwort. »In der
Tat«, bestätigte er nach einer Weile. »Ein äußerst merkwürdiger Fall. Es geht um zwei Tote. Firners älteren Bruder Albi, eigentlich Albert, und dessen Frau beziehungs-

weise Freundin oder Lebensgefährtin. Wir sind damals zunächst von einem erweiterten Suizid ausgegangen. Albis Lebensgefährtin Fiona lag bäuchlings auf dem Sofa, Genickschuss. Albi haben wir im Schlafzimmer gefunden, Schuss in die rechte Schläfe. Muss sofort tot gewesen sein. In seiner rechten Hand die Tatwaffe. Schmauchspuren. Nach dem ersten Eindruck am Tat- und Fundort waren wir uns einig, dass der Fall geklärt ist. Später aber sind uns Zweifel gekommen.«

»Und das heißt?«

»Das heißt, dass mehrere Punkte gegen den erweiterten Suizid gesprochen haben.«

»Können Sie das konkretisieren?«

»Erstens: Albis Lebensgefährtin hat ziemlich viele Beruhigungsmittel eingenommen. Oder sie sind ihr gewaltsam verabreicht worden. Vielleicht haben die beiden gemeinsam beschlossen, aus dem Leben zu scheiden, und die Frau hat Psychopharmaka genommen, um möglichst wenig mitzubekommen. Zweitens: Auch im Körper von Albi wurden Spuren von Beruhigungsmitteln festgestellt. Eine ziemlich große Menge sogar, sodass wir uns gefragt haben, wie man in diesem Zustand noch handlungsfähig sein kann.«

Berger und Tammy sahen sich verwundert an. Zweifel an seiner Handlungsfähigkeit hatten sie auch bei Hubert Firner, der völlig apathisch gewirkt hatte und laut Mela trotzdem auf Berger gezielt hatte.

»Aber auch hierfür könnte es eine Erklärung geben«, fuhr Wildermuth fort. »Albi könnte die Taten bereits kurz nach der Einnahme begangen haben, also zu einem Zeitpunkt, wo die Wirkung der Mittel noch nicht voll eingesetzt hat. Drittens: Das Merkwürdigste an dem Fall ist, dass das drei Monate alte Kind der beiden unberührt in seinem

Kinderbett im Nebenraum geschlafen hat. Bei einem erweiterten Suizid in Familien ist es in den meisten Fällen so, dass auch das Kind oder die Kinder umgebracht werden.«

Das wussten auch Tammy und Berger, das hätte er ihnen nicht sagen müssen.

»Viertens: Das Paar, das nicht verheiratet gewesen ist, hat unseren Ermittlungen nach nicht in ernsthaften Schwierigkeiten gesteckt, eine Beziehungskrise eingeschlossen. Wir haben die Verwandtschaft überprüft, also Hubert Firner und dessen jüngeren Bruder Toni. Beide hatten ein überzeugendes Alibi, unterstützt von der Aussage eines entfernten Verwandten. Der getötete Bruder war ein aufstrebender Unternehmer im Holzhandel, der zwar mitunter hemdsärmelig aufgetreten ist, aber in seinem direkten Umfeld keine Gegner hatte. Sein Firmensitz war in Kehl, wo er im Hafengebiet ein großes Lager hatte, logistisch gesehen ideal. Bei seiner Belegschaft war er sehr beliebt. Die Eltern von Albi und Fiona konnten nichts zur Aufklärung beitragen. Schockstarre.«

»Was ist mit dem Kind passiert?«

»Es ist für kurze Zeit in der Verwandtschaft untergekommen und dann von einem kinderlosen Ehepaar adoptiert worden.«

»Welche Verwandtschaft hat sich anfangs um das Kind gekümmert?«

»Ich meine, die von Firner.«

»Kennen Sie das Paar, das das Kind adoptiert hat?«

»Nein, das Schicksal des Kindes hat nichts mit unseren Ermittlungen zu tun gehabt, obwohl uns das ganz schön nahegegangen ist. Wir kamen jedenfalls nicht weiter und mussten den Fall nach längeren Ermittlungen als ungeklärt ablegen. Vor allem weil ein Motiv fehlte.«

»Sie sagen, Albi Firner habe ein aufstrebendes Unternehmen geführt. Kann er dabei jemandem in die Quere gekommen sein?«, fragte Berger.

»Es wurde mal vermutet, dass er sich mit Konkurrenten gestritten hat.«

»Ist dieser Aspekt intensiv geprüft worden?«

»Eigentlich nicht.«

»Wissen Sie, was das für Konkurrenten waren?«

»Da müssen Sie die Wirtschaftsabteilung fragen. Die haben wir auch eingeschaltet. Aber die hat bald signalisiert, dass sie nichts beitragen kann zur Aufklärung des Falles. Eine Sache gibt es allerdings noch, die ebenfalls merkwürdig ist, um diesen Begriff noch einmal zu verwenden.«

»Und?«

»Hubert Firner hat sich Monate nach dem Ereignis eine teure Penthouse-Wohnung in der Lahrer Innenstadt gekauft und ist mit seiner Freundin dorthin gezogen. Auffallend war auch, dass Firners jüngerer Bruder Toni bei den Vernehmungen sehr unruhig gewesen ist. Firner selbst hat sich äußerst gefasst verhalten, fast zu gefasst, und hat sehr überzeugend geantwortet. Daraus kann man auch seine Schlüsse ziehen. Noch einmal: Wir haben nach mehrmaligem Abwägen beschlossen, den Fall vorerst ruhen zu lassen. Firner hat später aus dem Hintergrund versucht, die Akte endgültig schließen zu lassen. Da haben bei mir die Alarmglocken geschellt. Ich habe darauf den Kripochef gedrängt, sofort die Ermittlungen wieder aufzunehmen, bin aber abgeblitzt. Unter anderem hat man argumentiert, es sei doch verständlich, dass Firner dafür eintrete, den Fall als gelöst zu betrachten. Die Familie wolle einfach Frieden haben.«

»Was ist aus der Firma von Firners Bruder geworden?«

»Die ist bald nach seinem Tod an ein größeres Konsortium verkauft worden. Über die Kaufsumme war nichts bekannt, aber man munkelte, sie sei sehr hoch gewesen.«

»Und wer hat das Geld bekommen?«

»Soviel ich weiß, ist es in die Familie geflossen.«

»Das heißt, dass die Eltern und die Firner-Brüder profitiert haben.«

»Ja.«

»Und die Familie der Frau?«

»Hat wohl nichts erhalten. Da ist niemand erbberechtigt gewesen. Firners Bruder Albi und seine Lebensgefährtin waren, wie gesagt, nicht verheiratet. Anscheinend hatte die Lebensgefährtin das alleinige Sorgerecht. Wie das allerdings mit Albi Firners Tochter geregelt wurde, also erbrechtlich, weiß ich nicht. Ein Testament lag nicht vor. Wir haben damals auch das Umfeld der Lebensgefährtin untersucht, aber keine Anhaltspunkte für eine Täterschaft gefunden. Die Lebensgefährtin hatte keinen Kontakt mit ihrer eigenen Familie. Ihre Eltern hatten bis zum Tod ihrer Tochter nicht einmal gewusst, dass sie Großeltern sind. Ich hatte damals den Eindruck, dass Firners Bruder und seine Lebensgefährtin in das Familienleben auf beiden Seiten nicht integriert waren. Sie waren Außenseiter. In manchen Aspekten dieses Falles fehlen mir inzwischen die Details, muss ich gestehen. Und bestimmte Dinge waren ohnehin lückenhaft. Wenn ich die Akte vor mir liegen hätte, könnte ich einiges besser erläutern.«

»Die Akte ist spurlos verschwunden«, sagte Tammy.

»Das gibt es doch nicht! Aus dem Polizeipräsidium?«

»Nein, sie wurde vom LKA in Stuttgart angefordert«, antwortete Berger. »Aber dort will niemand etwas davon wissen. Als wir, meine Kollegin Tammy Bieger und ich, die Akte ausgehändigt haben, kam es uns vor, als sei sie nicht vollständig. Sie ist Tammy runtergefallen, und beim Einordnen der Blätter haben unserem Eindruck nach Seiten gefehlt.«

»Dazu kann ich nichts sagen. Beim besten Willen nicht.«

»Eine Frage noch, Herr Wildermuth«, begann Tammy. »Was hat Firners jüngerer Bruder Toni damals beruflich gemacht?«

»Der hat kurz davor seine Ausbildung zum Bankkaufmann beendet.«

»Können Sie sich vorstellen, dass jemand aus den Familien die beiden getötet hat?«, wollte Berger wissen.

»Vorstellen kann man sich in unserem Beruf alles.«

»Wie ist denn Ihr Verhältnis zu Firner gewesen?«

»Ich bin auf Distanz geblieben.«

»Und warum?«

»Erstens bin ich im Dienst grundsätzlich darauf bedacht gewesen, nicht zu viel Nähe zuzulassen. Das war ein eherner Grundsatz von mir, von dem ich nie abgewichen bin. Und zweitens hat mir die Art und Weise nicht behagt, wie Firner in manchen Fällen vorgegangen ist. Er war ein herausragender Ermittler, aber er hat das eine oder andere Mal allzu schnell den Aktendeckel geschlossen. Allgemein hatte er allerdings einen sehr guten Ruf. Er war immer ansprechbar, hilfsbereit, hat keine Überstunden gescheut und sich ständig weitergebildet. Er war ein Liebling der Vorgesetzten. Und deshalb, glaube ich, hat man über einiges hinweggesehen.«

»Können Sie das erläutern?«

»Firner hat auch im Bereich Wirtschaftskriminalität gearbeitet. Ich habe damals von Kollegen gehört, dass er wohl in zwei Fällen dafür gesorgt hat, dass die Ermittlungen schnell abgeschlossen werden. Und es ist das Gerücht umgegangen, dass er in einem Fall Ermittlungsergebnisse an einen Verdächtigen weitergeleitet hat, der dadurch straffrei ausging. Firner hat sich ziemlich geschickt aus der Affäre gezogen. Sein ausgezeichneter Ruf hat nicht gelitten.«

»Wissen Sie noch, um welche Fälle es sich gehandelt hat?«

»Aus dem Effeff kann ich das nicht sagen.« Wildermuth stockte kurz. »Ich hatte damals manchmal den Eindruck, dass Firner ein Getriebener war.«

»Getriebener? Wie meinen Sie das?«

»Er war dauernd angespannt. Irgendetwas muss ihn schwer beschäftigt haben. Den Grund dafür kenne ich nicht. Es waren mehr so Momentaufnahmen. Auf jeden Fall war Firner in meinen Augen eine gespaltene Persönlichkeit.«

»Wie beurteilst du das, was uns Wildermuth über Firner erzählt hat?«, fragte Tammy, nachdem sie Bodo Wildermuths Wohnung verlassen hatten.

»Vielleicht müssen wir Firner aus einem anderen Blickwinkel betrachten. Im Moment neigen wir dazu, ihn zu verdammen, obwohl wir seinen wahren Hintergrund nicht kennen.«

»Wir verdammen ihn nicht, aber es spricht vieles gegen ihn.«

»Es könnte auch sein, dass Firner von manchen absichtlich in ein schlechtes Licht gerückt wird«, meinte Berger nachdenklich.

»Absichtlich?«

»Ja, absichtlich.«

23

»Der Restaurator ist an der Pforte. Jemand von uns muss ihn abholen. Wer geht?«, fragte Berger.

Tammy wollte sich schon auf den Weg machen, doch da sprang Uma auf und rief: »Ich gehe. Mein Körper verlangt nach Bewegung.« Uma hatte sich bereits gut eingelebt und war vor allem bei der Digitalisierung der alten Fälle eine sehr große Hilfe.

Es dauerte eine Weile, bis sie mit dem Restaurator zurückkam. Er bedauerte, dass er sich nicht vorher angemeldet hatte. »Ich habe gerade in der Gegend zu tun, muss für ein Privatarchiv restaurieren. Wo haben wir denn das Objekt?«

Berger schlug vorsichtig den Aktenordner auf und blätterte bis zur Stelle mit dem Keks.

»Ich habe schon viele alte Papiere bearbeitet, und einmal musste ich sogar schon einen Keks entfernen. Das Papier dieser Akte ist insgesamt nicht mehr im besten Zustand. Sie müssten mal die Lagerung überdenken.«

»Hätten wir den Keks so entfernen können?«

»Nein, der muss sorgfältig abgelöst und die Stelle anschließend gereinigt werden. Ich kann Ihnen allerdings nicht garantieren, dass das Erfolg bringt. Der Keks klebt sicher schon sehr lange auf dem Papier. Ich müsste das Blatt mitnehmen. Hier kann ich nicht restaurieren.«

»Das haben wir uns gedacht. Die Seite haben wir dokumentiert und eine Schachtel vorbereitet zum Transport.«

»Sehr gut.«

»Wie lange brauchen Sie?«

»Bei mir stapeln sich die Fälle. Ich ziehe Ihren Auftrag vor, damit Sie in Ihren Ermittlungen vorankommen. In einer Woche, vielleicht auch ein bisschen früher, bringe ich Ihnen das Blatt zurück.«

24

Der Restaurator hatte Wort gehalten. Er hatte sich telefonisch gemeldet und angekündigt: »Ich komme morgen Vormittag und bringe eine kleine Überraschung mit.«

Offenbar verstand er unter Vormittag etwas anderes als sie, denn er kreuzte erst gegen Mittag auf und händigte ihnen das Blatt aus.

»Und was ist mit der Überraschung?« Tammy war wie Uma und Berger gespannt.

»Nachdem ich den Keks entfernt habe, habe ich ihn näher betrachtet und entdeckt, dass in der Schokoladenmasse etwas steckt: eine sehr dünne Ampulle. Sieht aus wie eine präparierte Kugelschreibermine. Ich habe sie geöffnet. Im Inneren hat sich ein Stück Papier befunden. Das habe ich herausgezogen und ebenfalls bearbeitet. Es ist recht gut erhalten. So, wie es aussieht, handelt es sich um ein Aktenzeichen. Was das bedeutet, ist Ihre Aufgabe. Auf jeden Fall können Sie die Zahlen und Buchstaben sehr gut lesen. Was das Blatt angeht, empfehle ich Ihnen, die Akten sorgfältiger aufzubewahren, sonst zerfallen die mit der Zeit. Oder Sie digitalisieren sie.«

»Da sind wir schon dabei«, verkündete Uma stolz.

Den Restaurator schien das nicht zu beeindrucken. »Es geht nicht mehr lang und das Blatt zerbröselt an den Rändern. War die Akte mal Sonnenlicht ausgesetzt?«

»Ist denkbar«, antwortete Berger knapp.

»Um das, was auf dem Aktenblatt steht, habe ich mich nicht gekümmert. Das ist Ihre Sache. Ich nehme an, dass ich dennoch zum Schweigen verpflichtet bin?«

»So ist es.«

Der Restaurator legte die geglättete Seite, die in einer durchsichtigen Hülle steckte, den Papierschnipsel mit dem Aktenzeichen und die Mine auf Bergers Schreibtisch.

Der warf einen kurzen Blick darauf. »Die Seite ist tatsächlich in keinem guten Zustand mehr. Vielleicht brauchen wir Ihre Unterstützung beim Archivieren.«

»Da kann ich Ihnen keine Hoffnung machen. Ich bin bis zum Jahresende und darüber hinaus ausgebucht. Benötigen Sie mich jetzt noch? Ich habe viele schwierige Fälle, die dringend sind.«

»Nicht nur Sie«, meinte Tammy.

Kaum war der Restaurator gegangen, begann die Suche. Auf das Aktenzeichen folgte ein Ausrufezeichen, das dick aufgetragen und umkreist war. Tammy und Berger meldeten sich im Archiv an und durchsuchten die Bestände, fanden aber keine Unterlagen mit dem Aktenzeichen. Dort, wo sie hätte sein müssen, klaffte eine schmale Lücke. Sie fragten Archivar Ingolf Kessler, ob in den letzten Monaten jemand die Akte verlangt habe. Er schaute nach und konnte keinen Hinweis finden.

»Könnte es sein, dass die Akte aus Versehen falsch eingeordnet wurde?«, fragte Berger.

»Möglich ist das. Ich gehe in unregelmäßigen Abständen die Bestände durch, und da ist mir nichts aufgefallen. Aber ich bin noch nicht so lange für das Archiv verantwortlich. Wenn die Akte nicht hier ist, ist sie vielleicht bei den ungelösten Fällen.«

»Gut, dann kontrollieren wir unsere Aktenberge. Wenn sie in unserem Bereich nicht auftaucht, müssen wir hier alles auf den Kopf stellen.«

»Dann gute Nacht. Sie sehen ja, wie groß die Bestände sind.«

»Blind sind wir nicht.«

Tammy und Berger gingen zurück in ihr Büro. Dort sowie im Gang davor lagerten rund 20 Fälle, die sie zum Teil nur grob gesichtet hatten. Mit Umas Hilfe prüften sie alle Ordner, doch auf keinem war das Aktenzeichen zu finden.

»Das darf jetzt nicht wahr sein, dass noch eine Akte spurlos verschwunden ist!« Berger hörte sich verzweifelt an.

»Alban, wir haben hier nicht alle ungelösten Fälle. Im Archiv stehen noch etliche Ordner.«

Tammy wollte zum Hörer greifen und im Archiv anrufen. In dem Moment klingelte das Telefon. Auf dem Display erschien die Nummer des Archivs.

»Hallo.« Tammy hörte Kessler zu. »Okay, ich komme.« Sie legte auf. »Er hat die Akte gefunden, bei den unerledigten Fällen, die wir noch nicht gesichtet haben.«

»Dann los, gehen wir ins Archiv. Uma, kommst du mit?«, wandte sich Berger an ihre neue Kollegin.

Diese nickte, und zu dritt machten sie sich auf den Weg.

Es war eine überschaubare Akte. Ein Mann war ertrunken in einem Waldbach im Harmersbachtal gefunden worden. Wie aus den Unterlagen hervorging, war Fremdverschulden eindeutig ausgeschlossen worden, die Todesumstände waren dennoch nicht ganz geklärt. Hubert Firner und Erwin Kasper hatten in dem Fall ermittelt.

Vor der letzten Seite entdeckten Berger und seine zwei Kolleginnen zwei Blätter, die auf beiden Seiten beschrieben waren. Die Handschrift konnte man gut lesen. Am Schluss des Textes hatte Erwin Kasper unterschrieben.

Alle drei beugten sich über die Blätter.

»Das ist wirklich ein Mensch mit schrägem Humor, dieser Erwin Kasper. Wer liest den Text vor?«, fragte Berger.

»Das musst du machen, du bist ein Mann wie der Verfasser«, stellte Tammy klar.

»Okay. Überschrift: ›An die Nachwelt – Geständnis eines Feiglings.‹ Mal sehen, ob er mit dieser Selbstbezichtigung recht hat.«

Wenn dieses Bekenntnis eines Tages gefunden wird, bin ich mit hoher Wahrscheinlichkeit schon tot. Es ist mir eine Herzensangelegenheit, etwas zu hinterlegen, was mich seit Jahren belastet. Ich bin allerdings nicht fähig, das Ganze öffentlich zu machen. Seit meiner Kindheit weiche ich Konflikten aus und wage es nicht, Dinge anzusprechen, die mich bedrücken. Vielleicht bin ich deshalb Polizist geworden, um das durch den Versuch, Verbrechen aufzuklären, zu kompensieren.

Ich bin in meinem Berufsleben jedoch in mehreren Fällen von der Aufklärung abgekommen und habe mich der Verdeckung von Straftaten schuldig gemacht. Schon früh bin ich in die Abhängigkeit meines Kollegen Hubert Firner geraten. Er hat schnell eine meiner Schwachstellen erkannt: die Beeinflussbarkeit. Und auch die zweite Schwachstelle hat er bald herausgefunden: meine ständige Geldnot. Er hat mir mehrmals mit kleineren und größeren Beträgen aus der Patsche geholfen, zinslos oder als Schenkung. Ich habe ihn nie danach gefragt, woher er das Geld hat, und mich ihm ausgeliefert. Er hat das ausgenutzt.

Ich verstecke mein Geständnis bewusst in dieser Akte, die als abgeschlossen eingeordnet wurde. Sie hätte also niemals zu den unerledigten Fällen gelegt werden dürfen. Wie auch jene zum Sägewerk im Kinzigtal. Firner hat die Akte zum Sägewerk als tragischen Unfall schließen lassen. Mit der Hilfe eines anderen Kollegen habe ich sie ins Archiv zu den Fällen gebracht, die gelegentlich geprüft werden, wohl wissend, dass dieser Fall wahrscheinlich für lange Zeit – vielleicht sogar für immer – ohne Beachtung bleibt. Der Fall hat mich so betroffen gemacht wie kein anderer. Ich habe mehrmals überlegt, mich zu offenbaren und die Manipulationen meines Kollegen Firner aufzudecken. Aber der Feigling in mir hat jedes Mal gesiegt.

Firner hat von Anfang an gewusst, dass die Sachlage relativ klar ist. Doch er hat einen Mann gedeckt, zu dem er eine besondere Beziehung hat. Ob verwandtschaftlich oder freundschaftlich oder aus einem anderen Grund, ist mir nicht bekannt. Er hat bewusst Zeugenaussagen gefälscht beziehungsweise unterschlagen. Kurz bevor Firner und ich den Fall übernommen haben, hat er einen Anruf bekommen. Er hat dem Anrufer länger zugehört und schließlich gesagt, er werde sich darum kümmern. Der Anrufer möge sich keine Sorgen machen. Firner hat den damaligen Kripochef daraufhin gedrängt, ihm den Fall zu übergeben. Von Anfang an war er bestrebt, das Geschehene als Unfall darzustellen. Bevor Firner sich eingeschaltet hat, habe ich allerdings mit einem anderen Kollegen ermittelt.

Als wir damals zu dem Sägewerk gekommen sind und uns die Lage angesehen haben, ist mir fast schlecht geworden. Zwei Männer, die in eine Gattersäge geraten sind, Vater und Sohn. Sie waren sofort tot. Wir waren mit unseren Ermittlungen schon weit gekommen, der Kollege und ich, da ist Firner erschienen. Er ist ziemlich ruppig mit dem Kollegen Meyer umgegangen und hat im Präsidium dafür gesorgt, dass er von dem Fall abgezogen wird. Daraufhin begann Firner, die Zeugenaussagen zu verändern.

Ein Arbeiter des Betriebs hat berichtet, dass sich drei Männer in der Säge aufgehalten hätten, der Vater, der Sohn und der Eigentümer vom Schwedengrundhof. Vom Holzplatz aus habe er beobachtet, wie die drei immer erregter geworden seien. Er habe dann mit dem Rollwagen Bretter aus dem Trockenraum geholt und sie am Rand des Holzplatzes gestapelt. Als er zurückgekommen sei, sei der Eigentümer vom Schwedengrundhof wie ein Wahnsinniger aus der Säge geschossen, zu seinem Auto gerannt und weggefahren. Er habe sich gleich gedacht, dass etwas passiert sei, und habe in der Säge nachgesehen. Dort habe er Vater und Sohn gefunden und sei sofort zum Haus gelaufen, um die Polizei und das Rote Kreuz zu alarmieren.

Firner hat die Aussage angezweifelt und sich den Arbeiter vorgeknöpft. Anders kann man es nicht benennen. Ins Protokoll hat er nach dieser nochmaligen Vernehmung geschrieben, der Arbeiter habe gesehen, dass der Eigentümer des Schwedengrundhofes rund eine halbe Stunde vor dem Unglück Vater und Sohn besucht habe, jedoch gleich wieder gegangen sei. Später hätten sich Vater und Sohn heftig gestritten. Wie das Unglück passiert sei, könne er nicht sagen. Zu dem Zeitpunkt sei er am hinteren Teil des Holzplatzes gewesen, von wo aus man nicht in die Säge schauen könne.

Firner hat von mir erwartet, dass ich seiner Version folge, und mich daran erinnert, dass er mich immer unterstützt. Ich habe mich ihm gebeugt und seine Darstellung bekräftigt, obwohl ich zwei weitere anonyme Hinweise bekommen habe, die die ursprüngliche Aussage des Arbeiters bestätigten.

Von diesem Schwedengrundhof habe ich vor dieser Angelegenheit noch nie etwas gehört und mich später auch nicht darum gekümmert.

Firner ist für mich ein Mann mit zwei Gesichtern. Auf der einen Seite ein guter Ermittler, auf der anderen Seite ein Mensch, der sich verkauft hat. Was er alles treibt, mit wem er kooperiert, wem er dient, wo er sich zusätzlich Geldquellen erschließt, kann ich nicht einschätzen. Er hat viele Kontakte geknüpft und immer wieder mit einem bestimmten LKA-Mann in Stuttgart gesprochen. Wenn ich zufällig ins Zimmer gekommen bin, wenn er gerade mit ihm telefoniert hat, hat er meist schnell aufgelegt. Einmal habe ich ihn belauscht, die Tür ist einen Spalt weit aufgestanden, da hat er einen privaten Termin mit dem Mann ausgemacht. Es ist um wichtige Informationen in einer komplizierten Ermittlung gegangen. So viel habe ich herausgehört. Er ist ziemlich erschrocken, als ich die Tür aufgemacht habe, und hat dem Mann gesagt, dass er auflegen müsse und sich später noch einmal melden werde. Zu mir meinte er, es sei ein alter Bekannter aus der Ausbildungszeit gewesen. So hat sich das Gespräch aber nicht angehört, eher wie eine Absprache oder Verschwörung.

Von da an hat sich Firner bemüht, Telefonate mit diesem Mann in unseren gemeinsamen Dienstzeiten zu vermeiden. Das ist ihm natürlich nicht immer gelungen. Ich erinnere mich an ein weiteres Gespräch, da hatte er die Tür auch nicht richtig geschlossen. Firner sagte: ›Wenn er nicht zahlen will, müssen wir eben Druck machen. Wir haben ein Dossier, das ihn hinter Gitter bringt.‹ Das hat sehr nach Erpressung geklungen. Ich habe kurz vor der Tür gewartet, damit er nicht merkt, dass ich gelauscht habe. Wie immer bin ich zu schwach gewesen, um gegen Firner vorzugehen. Feigheit vor dem Freund gehört bestraft. Wobei Firner und ich keine Freundschaft gepflegt haben. Ich war abhängig von ihm, ein Abhängigkeitsverhältnis unter Kollegen. Auch Feigheit vor dem Kollegen muss bestraft werden.

Nachdem Berger den Text vorgelesen hatte, herrschte einen Moment lang Stille. Jeder musste das Gehörte zunächst verdauen.

Berger äußerte sich als Erster. »Kasper hat recht gehabt mit seiner Selbstbezichtigung. Er ist ein Feigling gewesen. Seine Vorwürfe gegen Firner sind schwerwiegend. Er hätte etwas unternehmen müssen.«

»Die Art und Weise, wie er sich zu seinen Fehlern bekennt, ist auch feige«, meinte Tammy. »Er hat gehofft, dass eines Tages jemand sein Schreiben findet und etwas unternimmt.«

»Aber er hat vermutlich gewusst, dass er nicht mehr lange lebt. Und die Spur zu seinem Bekennerschreiben hat er so gelegt, dass man sie erst nach langer Zeit entdeckt«, sagte Uma.

»Nehmen wir mal an, Firner hat nicht gewusst, dass diese Akte zu den unerledigten Fällen gelegt worden ist. Warum versucht dann jemand, sie in die Hände zu kriegen und sogar Sprengstoff einzusetzen?«, zog Berger die Verbindung zur Explosion. »Hat Firner vielleicht erfahren, wo sich die Akte befindet? Was meinst du, Uma?«

»Ich kann mir gut vorstellen, dass er aus dem Hintergrund versucht hat, alle Spuren zu verwischen, die zu ihm führen. Oder zu dem oder den Mitwissern. Vorstellbar ist, dass er im Archiv nachgefragt hat, ob die Akte noch vorhanden ist. Er musste ja nur sagen, dass er nach Querverbindungen zu einem anderen Fall sucht. Unser Archivar schaut nach der Akte und merkt, dass sie nicht bei den abgeschlossenen Fällen ist. Überlegt, wo sie sein kann, und kommt zum einzig richtigen Schluss: Sie muss bei den unerledigten Fällen gelandet sein. Er findet sie und informiert Firner. Der weiß jetzt, wo sie ist, und hat zwei Möglichkeiten: Er lässt sich die Akte aushändigen, um zu prüfen, ob sie verändert worden ist. Oder er verzichtet darauf und hofft, dass er die Akte irgendwann ohne Aufsehen bei den erledigten Fällen deponieren kann.«

»Könnte so gewesen sein. Hast du eine andere Erklärung, Tammy?«

»Zurzeit nicht.«

»Zu deiner Möglichkeit zwei, Uma, würde auch passen, dass Firner kurz vor seinem Abschied Akteneinsicht in neuere Fälle gefordert hat. Du erinnerst dich, Tammy? Uma, für dich dürfte die Info neu sein. Allerdings hat sich Firner nicht die neueren Fälle angesehen, sondern sich an alten Akten zu schaffen gemacht. An Akten, die wir jetzt bearbeiten. Der Archivar hat ihn dabei erwischt. Firner ist rot angelaufen, hat eine Akte unter eine andere geschoben und ist gegangen. Dem Archivar ist aber bei den Akten nichts Besonderes aufgefallen. Das müssen wir im Hinterkopf behalten. Auf geht's, befragen wir den Archivar erneut.«

»Bevor wir gehen, will ich noch einen Punkt ansprechen«, sagte Uma. »Wer ist dieser unbekannte Mann, mit dem Firner öfter telefoniert hat? Ist er vielleicht die Lösung des Falles?«

»Möglich. Das sollten wir herausfinden.«

»Und noch etwas.«

»Nur zu, Uma.«

»Wir fokussieren uns ganz auf Firner. Nach der jetzigen Ausgangslage hatte er am meisten zu verlieren und das größte Interesse daran, dass niemand in die alten Akten schaut. Wenn es aber jemanden gibt, der ein viel größeres Interesse hat, dass die Akten geschlossen bleiben? Zum Beispiel der Eigentümer des Schwedengrundhofes?«

»Der geht wahrscheinlich bis heute davon aus, dass alles zu seinem Vorteil erledigt ist. An den kommen wir vielleicht auch gar nicht mehr ran, der lebt ja auf Mallorca und kommuniziert nur über Anwälte.«

»Seltsam ist, dass der, der am meisten zu fürchten hatte, getötet wurde. Und erst danach kam der Anschlag auf unser Büro, der dank meinem Vorgänger misslungen ist, und auf Mela. Also muss es noch jemand geben, der vieles zu verlieren hat.«

»Das müssen wir ebenfalls herausfinden.«

»Um noch einmal auf meine Spekulation zurückzukommen: Hat Firner auch von Stuttgart aus nach Unterlagen gefragt oder welche angefordert? Und noch etwas: Die Akte, in der das Bekenntnis von Erwin Kasper gesteckt hat, müssen wir untersuchen lassen, oder?«

»Schon«, meinte Berger, »aber sie ist im Moment zweitrangig. Als Erstes gehen wir jetzt ins Archiv.«

Dass sie schon wieder zu dritt aufkreuzten, wunderte Archivar Kessler. »Ist was mit der Akte? Ich bin eigentlich auf dem Sprung zur Kantine in der Sparkasse. Können Sie nicht später vorbeikommen?«

»Es geht um etwas anderes. Und zwar um Hubert Firner«, klärte Tammy den Archivar auf. »Wie oft war der bei Ihnen, um Akten anzufordern?«

»Ist mir nicht in Erinnerung. Wenn er hier war, ist das jedoch im Protokollbuch vermerkt. Augenblick.« Kessler wusste, dass es mehr als einen Augenblick dauern würde, und lief griesgrämig zu seinem Schreibtisch. »Das sind mehr als 50 Protokollseiten, seit ich für das Archiv zuständig bin.«

»Also gut«, sagte Tammy. »Um 14 Uhr hätten wir gerne das Ergebnis. Guten Appetit.«

Diese Uhrzeit schien dem Archivar zwar auch nicht zu passen, aber er nickte.

Pünktlich um 14 Uhr standen Berger, Tammy und Uma erneut im Archiv.

Kessler berichtete, dass Firner in den vergangenen 16 Monaten – so lange sei er schon für das Archiv verantwortlich – und auch davor keine Akte aus dem Bereich ungeklärte Fälle angefordert habe, auch nicht von Stuttgart aus. Es gebe von Firner nur ein paar Anforderungen von aktuellen Fällen. Allerdings bestätigte er, dass sich Firner kurz vor seinem Abschied im Bereich der unerledigten Fälle aufgehalten und Akten durchsucht habe. Kessler hatte offenbar den Eindruck, dass ihm die drei nicht trauten, und betonte mehrfach, sie könnten gerne Einsicht ins Protokollbuch nehmen.

Doch sie glaubten ihm und machten sich auf den Rückweg in ihr Büro.

Unterwegs sagte Uma: »Wenn ich alles richtig verstanden habe, ist, was die ungeklärten Fälle betrifft, letztlich nur die Mordakte ›Albert Firner‹ angefordert worden, und zwar vom LKA, von den Internen. Und dort will niemand etwas von ihr wissen? Kann das sein? Wie hat die Person, die die Akte angefordert hat, das geschafft, ohne dass es jemandem aufgefallen ist?«

»Gute Frage, Uma. Die kann uns nur einer beantworten. Wir gehen noch einmal zurück«, sagte Tammy.

Kessler sah genervt aus, als die drei schon wieder im Anmarsch waren.

Berger fragte, wer laut Protokoll die Mordakte »Albert Firner« angefordert habe.

Kessler blätterte, und es dauerte eine Weile, bis er fündig wurde. »Im Protokoll ist vermerkt: LKA Stuttgart, Abteilung Internes, mündliche Anforderung.«

»Kein Name?«

»Nein.«

»Mann oder Frau?«

»Das weiß ich nicht mehr. Aber der Anruf ist eindeutig von der Abteilung Internes gekommen.«

25

Tammy war wie immer darauf eingestellt, dass Falco wieder etwas zu erzählen hatte. Oft stieg er nach dem Salat in die Abendstorys ein. Aber dieses Mal verlief es anders. Kaum hatte sie den Salatteller auf die Seite geschoben, stand er auf, ließ alles stehen und liegen, was für ihn ungewöhnlich war, und ging in sein Arbeitszimmer. Sie hörte ihn krusteln. Es klang so, als ob er etwas vorbereitete oder ein Geschenk einpackte. Nach einer Weile kam er mit einer schwarzen, unbeschrifteten Einlegemappe in der rechten Hand zurück und legte sie, ohne etwas zu sagen, neben ihren Salatteller.

»Was ist das?«

»Schau mal rein.«

Tammy schlug die Mappe auf. Ein dickes, wie eine Landkarte gefaltetes und eingeschweißtes Blatt befand sich darin. Sie nahm es heraus, während Falco die Teller in die Küche trug. Die Karte, die Tammy ausbreitete, bedeckte einen großen Teil des Tisches.

»Das ist ja eine Überraschung!«, rief sie in die Küche.

Oben auf der Karte stand: »Der Schwedengrundhof«. Darunter: »Stammbaum einer Familie aus der Moos«.

»Wo hast du das her?«

»Das habe ich selbst gemacht«, schallte es aus der Küche zurück.

»Und woher hast du die Informationen?«

Falco kam aus der Küche. »Es war nicht das erste Mal, dass ich einen Stammbaum erstellt habe. Ich habe immer mal wieder Aufträge von Familien bekommen. Ein kleiner Nebenerwerb, der manchmal sogar ordentlich Geld bringt. Hilfreich sind bei der Suche die Mormonen. Die haben die größte Datenbank der Welt für Ahnenforschung.«

»Die Mormonen? Warum machen die Ahnenforschung?«

»Das liegt unter anderem an ihrem Gründer Joseph Smith. Er hat seine Anhänger einst aufgerufen, alle namentlich bekannten Menschen, die jemals auf der Erde gelebt haben, zu taufen. Wörtlich hat er geschrieben: ›Es ist die größte Aufgabe, die uns Gott in dieser Welt aufgetragen hat, sich um unsere Toten zu kümmern.‹ Alle Namen bekommst du natürlich nicht. Etliche Daten muss man selber sammeln. Aber ich mache es nicht anders als die Mormonen: Ich durchforste Kirchenbücher, Grundbücher, Geburts- und Totenscheine, Archive und andere Unterlagen. So kommt ein Name zum anderen. Und ich höre mich um.«

»Seit wann hast du an diesem Stammbaum gearbeitet?«

»Das hat angefangen mit der Erforschung der Hofnamen. Allerdings hat mir eine Studentin geholfen, die sich nebenbei auf Ahnenforschung spezialisiert hat. Die hat zufällig mitbekommen, dass ich mich für den Schwedengrundhof interessiere. Sie ist weitläufig mit dieser Großfamilie verwandt, hat aber zum engeren Kreis keinen Kontakt. So etwas kommt häufig vor in Großfamilien, dass die an den Rändern zum Kern keine Beziehung aufbauen. Nicht einmal wissen, dass sie miteinander verwandt sind. Das ist in meiner Familie auch so.«

»Erstaunlich, dass sich aus einer einzigen Familie in der Moos so ein riesiger Stammbaum entwickelt.«

»Das hat mich auch überrascht. An Überlebensfähigkeit ist diese Familie fast nicht zu überbieten. Unglaublich, dass sie diesem Klima, dieser rauen Landschaft auf der Moos so getrotzt hat. Doch die Mittel, die einige aus dieser Familie angewendet haben, gereichen ihr nicht zur Ehre. Aber darüber reden wir ein anderes Mal. In dieser Familie gibt es jedenfalls viele Überlebenskünstler, Haudegen, Fromme, Gottlose, auch Kriminelle. Und normale Menschen. Die Geschichte dieser Familie ist mehr als abendfüllend. Kannst du bitte den Stammbaum zusammenfalten? Ich serviere jetzt die Hauptspeise.«

»Gleich. Wieso legst du den Stammbaum ausgerechnet mir vor?«

»Als ich den Schwedengrundhof dir gegenüber zum ersten Mal erwähnt habe, hast du etwas verwundert geschaut. Ich hatte den Eindruck, dass dir der Hof nicht unbekannt ist. Du musst dich nicht dazu äußern. Nimm den Stammbaum einfach mit in den Dienst. Vielleicht hilft er euch.«

Während Falco wieder in die Küche lief, warf sie einen letzten Blick auf die Karte und stutzte. Diesen Namen hatte sie vorhin nicht gesehen. Es gab eine Seitenlinie der Familie mit Namen Firner. »Das darf doch nicht wahr sein!«

»Ist etwas?«, rief Falco aus der Küche.

»Nein, nein. Ich habe nur Schwierigkeiten mit der Karte.« Tammy durfte nicht mit ihm darüber sprechen, was ihr aufgefallen war. Beziehung hin, Beziehung her, die meisten dienstlichen Angelegenheiten musste sie für sich behalten. Und es war nicht einmal gelogen, denn sie hatte tatsächlich einige Mühe, den riesigen Stammbaum so zusammenzufalten, dass er in die schwarze Einlegemappe passte.

Als sie so weit war, servierte Falco den Hauptgang: Poulet Marengo, ein französisches Schmorgericht, das einen wunderbaren Duft verbreitete.

26

»Was hast du da auf dem Schreibtisch?«

»Erst mal wünsche ich dir einen guten Morgen, lieber Alban.«

Uma schloss sich Tammys Morgengruß an.

»Entschuldigung«, schnaufte Berger. »Ich wünsche euch natürlich auch einen guten Morgen. Leider habe ich mich verspätet. Bin in einen kleinen Stau geraten. Ein Lkw hat

die Straße blockiert. Dafür habe ich etwas für die Kaffee-
pause mitgebracht. Aber jetzt kannst du mich ja aufklären«, sagte er zu Tammy.

»Das ist die Ahnentafel des Schwedengrundhofes.«

»Die hat dir sicher Falco gegeben.«

»Volltreffer. Wir beide«, Tammy zeigte auf Uma und
sich, »haben gerade überlegt, die jetzige Generation auf
der Ahnentafel überprüfen zu lassen. Vielleicht finden
wir interessante Überschneidungen. Eine habe ich schon
entdeckt.«

Berger beugte sich über die Karte. »Da haben wir nicht
wenig zu tun. Was ist dir aufgefallen?«

»Eine Seitenlinie dieser Großfamilie trägt den Namen
Firner. Mit dem Abgleich haben wir zwei noch nicht
begonnen. Wir wollten erst hören, was du dazu meinst.
Was die Arbeit angeht: Notfalls können wir Kolleginnen
und Kollegen einspannen.«

»Oder wir legen einen Zahn zu und machen Überstunden.« Uma schien einen großen Motivationsschub zu haben.

Berger schaute sie an. »An mir wird es nicht liegen.«

»An mir auch nicht«, sagte Tammy und fasste sich an
den Bauch. Hatte sich ihr Mitbewohner etwa gerade gemeldet? Oder war es eine Mitbewohnerin? Eigentlich konnte
das noch nicht sein. »Namensgleichheit, auf die Vornamen
bezogen, ist bei unserem Firner auf jeden Fall vorhanden.
Seht ihr? Hier gibt es einen Hubert Firner. Die Seitenlinie hat sich im Hanauerland um Kehl niedergelassen. Und
unser Hubert Firner stammt aus der Nähe von Kehl, das
wissen wir. Ich denke, dass wir einen Volltreffer haben.«

»Du hast bereits vorgearbeitet?«

»Ein bisschen. Es deckt sich mit den Recherchen, die ich
vor einiger Zeit gemacht habe. Aber der enge Zusammen-

hang mit dem Schwedengrundhof ist mir damals natürlich nicht aufgefallen. Wenn alles zutrifft, haben wir eine weitere Erklärung dafür, warum sich Firner auf dem Schwedengrundhof aufgehalten hat.«

»Gesichert ist das nicht. Schauen wir doch mal die anderen Linien an.«

»Da braucht man fast eine Lupe, obwohl ich sehr gute Augen habe«, stöhnte Uma.

»Eine Lupe haben wir.« Tammy zog ihre Schreibtischschublade auf und holte eine große Lupe heraus. »Mit der müsste es gehen. Zuerst noch mal die Firner-Linie. Die Eltern heißen Konrad und Annemarie Firner. Sie haben drei Söhne. Der älteste, Albert, ist der mit dem erweiterten Suizid.«

»Wenn das mal stimmt«, gab Berger zu bedenken.

»Eigentlich müsste hier auch Alberts Tochter verzeichnet sein. Oder nicht?«

»Nicht unbedingt, Uma. Albert war nicht verheiratet und hatte kein Sorgerecht für seine Tochter. Hubert Firner ist der zweitälteste Sohn, seine geschiedene Frau Ingrid ist hier aufgeführt. Kinder: keine. Der jüngste, Anton, ist der …«

»Ist das der Banker?«, fragte Uma.

»Ja.«

»Fällt uns auf der linken Seite sonst noch jemand auf?«

»Nein.«

»Dann schauen wir mal nach rechts.«

»Kannst du die Lupe auf diesen Knick richten?«

»Ist es so recht, Uma?«

»So ist gut. Ich kann hier ein großes S erkennen und ein kleines i, dann kommt der Knick, und nach dem Knick folgt ein d, ein e, ein r. Könnt ihr mal das Papier so drücken, dass der Knick verschwindet?«

Berger und Tammy drückten die Karte flach.

»Und? Reicht das?«

Uma übernahm die Lupe und ging näher ran. »Reicht, Tammy.«

»Erkennst du den vollständigen Namen?«

»Hier steht Simon Lauder.«

»Wie bitte? Das ist jetzt mehr als eine Überraschung!«, rief Berger aus.

»Oje! Das ist doch einer der Jagdhausbesitzer«, sagte Tammy.

»Genau.«

»Und was bedeutet das für unsere Ermittlungen?«, wollte Uma wissen.

»An den müssen wir noch mal ran. Und zwar schnell«, antwortete Tammy.

»Dass Lauder zur Verwandtschaft gehört, macht ihn noch nicht verdächtig«, mahnte Berger. »Sonst müssten wir alle, die im Stammbaum auftauchen, unter General-verdacht stellen. Und außerdem haben wir sofort das LKA am Hals.«

»Das darf uns jetzt nicht mehr abhalten, Alban. Wir rufen ihn an und vereinbaren einen Termin für die nächsten Tage. Je früher, desto besser. Wer übernimmt den Anruf?«

»Ich«, sagte Uma. »Die Telefonnummer haben wir?«

»Alle seine Nummern sind gespeichert. Versuche es erst einmal auf dem Festnetz mit der Freudenstädter Num-mer.«

Uma setzte sich an ihren Arbeitstisch, wählte und stellte das Gespräch laut, sodass Berger und Tammy mithören konnten. »Guten Tag, Polizeipräsidium Offenburg, Kri-minalpolizei. Mein Name ist Uma Tharau. Ich möchte mit Simon Lauder sprechen.«

»Mein Mann ist nicht hier. Was wollen Sie von ihm?«

»Das bereden wir mit Ihrem Mann. Wie ist er denn zu erreichen?«

»Der hat sich in die Jagdhütte zurückgezogen. Versuchen Sie es über sein Handy. Haben Sie die Nummer?«

»Ja.«

»Schönen Tag noch.«

»Sehr unfreundlich«, murrte Uma, als sie auflegte. »Die Frau klang fast so, als wollte sie mit ihrem Mann nichts zu tun haben. Meint sie die Jagdhütte an der Griesbacher Steige?«

»Ja, vermutlich schon. Versuch's gleich auf seinem Handy«, sagte Tammy.

Nach mehreren Anläufen sagte Uma: »Nichts. Meldet sich nicht. Ich versuche es später noch einmal.«

Am Mittag gab Uma auf. »Was meint ihr, ist es nicht besser, wenn wir zur Jagdhütte fahren, nach allem, was bisher vorgefallen ist? Irgendwie habe ich das Gefühl, dass wir handeln müssen.«

»Wie sieht unser Zeitplan aus?«, wollte Berger wissen.

»Unter Druck sind wir heute nicht«, antwortete Tammy.

»Dann könnten wir nach einer kurzen Mittagspause fahren«, meinte Uma.

Sie blickten sich an.

»Gut«, sagte Berger. »Aber essen können wir unterwegs, wir besorgen uns was und fahren los, damit wir keine Zeit verlieren. Alles andere besprechen wir im Auto. Dienstwaffen nicht vergessen!«

Vor der Jagdhütte stand Simon Lauders großvolumiger Wagen, den Berger und Tammy schon kannten. Sie stellten ihr Dienstauto daneben ab. Berger wartete, bis Tammy und Uma ausgestiegen waren. Auf sein Zeichen hin kontrollierten sie die Umgebung der Jagdhütte, stellten aber auf Anhieb nichts Ungewöhnliches fest. Berger klopfte an die Tür der Hütte. Alle drei griffen mit ihrer rechten Hand zur Schusswaffe im Schulterholster. Berger horchte, ob sich in der Hütte etwas regte, vernahm jedoch kein Geräusch.

Er klopfte noch einmal an die Tür, dieses Mal stärker. »Herr Simon Lauder, Kriminalpolizei Offenburg. Wir müssen mit Ihnen reden.«

Nichts rührte sich. »Herr Lauder, machen Sie die Tür auf!«

»Ich glaube, wir müssen reingehen«, meinte Tammy.

Berger drückte die Türklinke und rief: »Herr Lauder, wir kommen jetzt rein. Bewahren Sie Ruhe. Wir wollen nur mit Ihnen sprechen.«

Keine Antwort. Berger nickte Uma zu, die als Erste in die Hütte trat. Berger und Tammy waren dicht hinter ihr.

»Kein Wunder, dass der sich nicht meldet«, sagte sie. »Hier sitzt ein Toter am Tisch. Ist das Simon Lauder?«

»Auf den ersten Blick ja. Sichern wir erst einmal alle Räume, dann fordern wir Rechtsmediziner und Techniker an.«

In den anderen Räumen hielt sich niemand auf. Als alle zur Leiche am Tisch zurückkehrten, sah Tammy Berger aufmerksam an. Seine Mimik signalisierte ihr olfaktorische Wahrnehmung.

»Sag bloß nicht, dass es nach Mela riecht.«

»Doch!«, antwortete Berger mit Nachdruck. »Mela muss hier gewesen sein.«

Uma verstand den Dialog nicht. »Könnt ihr mich mal aufklären?«

»Oh, das weißt du ja noch gar nicht. Kollege Berger ist Spezialist für olfaktorische Wahrnehmung und erklärt dir alles. Ich rufe derweil im Präsidium an.«

»Was für ein Duo! Du bist Super-Recognizerin und er hat einen guten Riecher.«

»Welche besonderen Fähigkeiten hast du?«, fragte Tammy und grinste die neue Kollegin an.

»Das wird sich noch herausstellen.«

Tammy wählte die Nummer des Präsidiums. Manni Zanger meldete sich.

»Hallo, Manni. Wir haben eine Leiche und brauchen die übliche Unterstützung.«

»Und wo?«

»Jagdhütte an der Griesbacher Steige.«

»Das ist ja ein merkwürdiger Zufall. Wir haben einen anonymen Anruf bekommen, dass sich in der Jagdhütte eine Leiche befindet. Ein Team der Kriminaltechnik und ein Rechtsmediziner sind schon unterwegs. Der Oppenauer Polizeiposten ist informiert.«

»Das kommt mir alles so bekannt vor. Das ist wie bei dem unbekannten Toten, den wir hier in der Nähe der Jagdhütte gefunden haben.«

»Kannst du zur Leiche etwas sagen?«

»Noch nicht viel. Kopfschuss, linke Schläfe. Bei dem Toten handelt es sich um Simon Lauder, Miteigentümer der Hütte. Den haben wir schon einmal im Visier gehabt, damals nach dem Leichenfund hier oben. Den Fall hat jedoch das LKA an sich gezogen, wie so vieles in letzter Zeit.«

»Und wieso seid ihr jetzt auf ihn gestoßen?«

»Wir wollten ihn noch einmal befragen, weil er uns im Zusammenhang mit dem Schwedengrundhof aufgefallen ist.«

»Der Fall, in dem wir nicht ermitteln dürfen und in den Firner verwickelt ist?«

»Mehr als verwickelt.«

»Übrigens: Ich will euch vorwarnen«, sagte Manni Zanger. »Die Kripochefin ist etwas angefressen, weil ihr sie nicht informiert habt, dass ihr wegfahrt. Sie hat nach euch gesucht.«

»Wieso? Was wollte sie von uns?«

»Hat sie mir nicht gesagt.«

»Ich kläre das. Wobei wir keine strenge Berichtspflicht haben. Wir können relativ frei schalten und walten.«

»Das musst du der Gallheimer sagen, nicht mir.«

Tammy legte auf und sagte: »Uma, Alban, die Truppe ist unterwegs, wir müssen noch absperren.«

Sie hatten immer vorsorglich Absperrbänder im Kofferraum liegen. Kaum flatterten sie im Wind, fuhren zwei Polizisten vom Posten in Oppenau vor. Während die beiden Polizisten bei der Hütte blieben, suchten Berger, Tammy und Uma nach Spuren in der Umgebung.

Tammy ging das Parfüm nicht aus dem Kopf. »Lasst uns mal überlegen. Die Frau von Simon Lauder verhält sich am Telefon sehr merkwürdig. Was hast du dazu gemeint, Uma?«

»Ich habe das Gefühl gehabt, dass sie auf Distanz geht zu ihrem Mann. Kann sein, dass sie gewusst hat, warum er zur Jagdhütte gefahren ist.«

»Wir haben mehrere Möglichkeiten«, resümierte Tammy. »Er hatte einen Termin mit einem Geschäftspartner, mit dem er ungestört reden wollte.«

»Oder er hatte ein Techtelmechtel«, ergänzte Uma.

Tammy nickte. »Zum Beispiel mit der Miteigentümerin der Hütte.«

»Mit Lena Muckler, der Parfümhändlerin?«, fragte Uma.
»Ja.«

»Für dich ist es also nicht hundertprozentig klar, dass Mela hier gewesen ist und Lauder erschossen hat?«

»So ist es, Uma. Es kann auch jemand anderer gewesen sein. Vielleicht hat sich Lauder zunächst mit Lena Muckler getroffen.«

Tammy dachte kurz nach: »Gehen wir mal davon aus, dass die beiden in der Hütte übernachtet haben. Hier sieht es so aus, als ob Lauder sich länger in ihr aufgehalten hat. Seine Geliebte fährt am Morgen oder am Vormittag weg. Lauder bleibt hier und hat noch ein Treffen.«

»Oder unerwarteten Besuch«, fügte Uma hinzu. »Aber von wem?«

»Der Schuss in die linke Schläfe spricht für Mela«, meinte Tammy.

»Falls Mela als Todesschützin jedoch nicht in Betracht kommt, wie ist dann der anonyme Anruf einzuordnen?«, wollte Uma wissen.

»Kann ja sein, dass Mela zu spät gekommen ist und Lauder schon tot war. Dann könnte sie den anonymen Anruf getätigt haben.«

»Denkbar ist das. Wenn wir hier fertig sind, müssen wir Lauders Frau und Lena Muckler befragen.«

»Und überlegen, welche Rolle Lauder im gesamten Komplex Schwedengrundhof eingenommen hat«, ergänzte Tammy.

»Können wir das nicht über die Vita von Mela klären?«

»Das haben wir nach der Explosion versucht, Uma. Aber die Daten sind gesperrt. Da kommen wir nicht ran.«

Berger, der sich bisher zurückgehalten hatte, bekam einen Anruf. Seine Miene verfinsterte sich immer mehr.

Als er das Gespräch, das eigentlich keines war, beendete, fragte Tammy: »Die Kripochefin? Müssen wir uns auf etwas gefasst machen?«

»Nicht so, wie du denkst. Wir sollen uns zurückziehen. Das LKA übernimmt. Der Oppenauer Polizeiposten hält Wache, bis die Stuttgarter kommen.«

»Gibt es eine Begründung?«

»Übergeordnetes Interesse.«

»Woher hat das LKA so schnell davon erfahren?«

»Vielleicht von Mela.«

27

»Sakura hat angerufen. Sie hat etwas über Mela herausgefunden. Etwas Erstaunliches.«

»Mach es nicht so spannend, Tammy«, forderte Berger seine Kollegin auf.

»Mela ist wenige Wochen nach ihrer Geburt von einem Polizistenehepaar adoptiert worden.«

»Woher hat Sakura diese Information?«

»Will sie mir später sagen. Sie ist auf dem Weg zu einer Besprechung. Die eigentlichen Eltern von Mela seien bei einem erweiterten Suizid umgekommen. Alban, das kann kein Zufall sein!«

»Willst du damit sagen, dass Mela eine geborene Firner ist? Die Tochter von Albi und Fiona?«, fragte Berger skeptisch.

»Durchaus möglich. Klarheit haben wir aber erst, wenn Sakura weitere Einzelheiten nennt. Sie meldet sich.«

Zwei Stunden später klopfte es an ihrer Bürotür, und Sakura trat atemlos ein. »Sorry, manche Besprechungen sind zäh und ziehen sich wie Kaugummi.«

»Ich hoffe, dass sich unser Warten gelohnt hat. Erzähl!«, sagte Tammy.

»Von wem hast du die Information über Mela, dass ihre Eltern bei einem erweiterten Suizid umgekommen sind und sie von einem Polizistenpaar adoptiert worden ist?«, wollte Berger wissen.

»Von Federlein.«

»Der vom LKA in Stuttgart?«

»Sonst kenne ich keinen Federlein. Habt ihr überhaupt Zeit?«

»Wir nehmen sie uns.«

»Also: Mela von Erlenbach hat bei den Internen gearbeitet, das wisst ihr ja. Eines Abends wollte Federlein eine Information bei den Internen holen und hat bei einem Kollegen geklopft. Wie er die Tür aufmacht, sieht er eine schluchzende Frau dasitzen. Es muss so heftig gewesen sein, dass er befürchtete, die Frau breche zusammen. Er hat versucht, sie zu beruhigen. Das ist ihm zunächst nicht gelungen, weshalb er beschloss, bei ihr zu bleiben. Nach einiger Zeit hat sie aufgehört zu weinen. Da hat er sie gefragt, ob er ihr helfen könne. Sie hat zuerst den Kopf geschüttelt, dann aber gemeint, sie brauche jemanden, der ihr zuhört, nur zuhört. Daraufhin hat sie angefangen zu erzählen. Wie ein Sturzbach sei es aus ihr herausgeflossen, hat Federlein gesagt. Ihr vermeintlicher Vater habe vor einiger Zeit angedeutet, dass sie adoptiert worden sei. Das habe sie wie ein Blitz getroffen. Sie habe eine sehr enge Beziehung zu ihren Adoptiveltern gehabt. Aber diese Erkenntnis habe etwas in ihr zerbrochen. Plötzlich sei das Vertrauen verloren gegangen. Sie habe ihre Adoptiveltern unter Druck gesetzt, um Informationen über ihre leiblichen Eltern zu bekommen. Nach und nach hätten sie ihr die Wahrheit gesagt. Ihre Eltern seien bei einem erweiterten Suizid gestorben. Der Bruder ihres leiblichen Vaters, ein Kriminalpolizist, habe sich um die Adoption gekümmert. Er habe gewusst, dass ihre Adoptiveltern unbedingt ein Kind annehmen wollten. Sie seien überglücklich gewesen, als Mela zu ihnen kam. Über ihre Adoptiveltern könne sie sich nicht beklagen. Sie hätten alles für sie getan. Nach dem Abitur habe Mela dann beschlossen, wie ihre Adoptiveltern zur Polizei zu gehen. Bis auf eine verunglückte Heirat sei in ihrem Leben immer alles gradlinig verlaufen. Aber jetzt sehe alles anders aus, vor allem seit sie die Mordakte ›Albert Firner‹ studiert habe. Federlein hat ihr geraten, Hubert Firner anzusprechen und mit ihm alles zu bereden.«

»Wie ist sie eigentlich an die Akte gekommen?«, fragte Tammy.

»Keine Ahnung. Federlein wollte später noch einmal Kontakt mit ihr aufnehmen. Sie hat allerdings abgeblockt und ihm gesagt, sie müsse erst mit sich im Reinen sein. Aber zu einem Treffen ist es nicht mehr gekommen. Sie ist dann hierhergeschickt worden. Federlein macht sich schwere Vorwürfe.«

»Wieso?«

»Er denkt, er hätte sich mehr um Mela kümmern müssen. Dann wäre es nicht zu diesem Drama gekommen.«

»Ich glaube nicht, dass er es hätte verhindern können«, widersprach Berger. »Aber warum hat er mit seiner Information so lange gewartet?«

»Er war für das LKA im Ausland, und danach hat er Resturlaub und freie Tage abgebaut. Von dem, was hier abgelaufen ist, hat er nichts mitbekommen. Bei mir wirft diese Neuigkeit trotzdem einige Fragen auf«, sagte Sakura und schaute in die Runde.

»Was meinst du damit?«

»Ist es denkbar, dass Mela ihren Onkel erschießt? Und dann auch noch einen Bombenanschlag verübt, um Akten zu vernichten?«

»Möglicherweise hat sie etwas herausgefunden, das sie so erschüttert hat, dass sie zur Mörderin geworden ist«, antwortete Uma, die bisher schweigend zugehört hatte.

»Ich bin da äußerst skeptisch.« Sakura schüttelte den Kopf.

»Sakura, am Tag der Explosion hast du mir am Telefon gesagt, dass mit Mela etwas nicht stimmt. Kannst du dich erinnern?«, fragte Tammy.

»Ja, aber was war das noch mal? Lass mich kurz nachdenken, es hat sich seither so vieles in meinem Kopf angestaut.« Sakura schloss die Augen und überlegte. Dann fiel es ihr wieder ein. »Genau, sie ist im LKA häufiger mit Firner gesehen worden. Einmal hat er sie anscheinend am Arm gepackt, in sein Büro gezogen und abgeschlossen. Manche haben gemunkelt, dass die beiden etwas miteinander haben.«

»Nach heutigem Stand wissen wir, was dahintersteckte.

Melas damaliges Verhalten ist durchaus erklärbar«, sagte Tammy.

»Und auch das von Firner«, ergänzte Uma.

»Weißt du zufällig, wo die Adoptiveltern von Mela wohnen und wie sie heißen?«, wollte Berger wissen.

»Federlein meinte, sie leben in Ulm an der Donau und heißen Paulsen.«

»An was arbeitet ihr eigentlich gerade, Felix und du?«

Aus der redseligen Sakura wurde wieder eine einsilbige, so, wie sie sie kannten. »An einer größeren Geschichte. Kann ein Erdbeben auslösen. Sehen wir uns demnächst zu einem Tee, Tammy?«

»Wenn sich die Ereignisse in den nächsten Tagen nicht überschlagen, steht einem Tee nichts im Wege.«

Kaum hatte Sakura das Büro verlassen, beratschlagten sich Tammy, Uma und Berger.

»Uns bleibt nichts anderes übrig, als nach Ulm zu fahren, um die Eltern von Mela zu befragen«, sprach Berger aus, was alle dachten.

»Die Adoptiveltern«, korrigierte Tammy.

»Klar, die Adoptiveltern. Uma, du könntest die Dienstreise vorbereiten und in unserer Abwesenheit den Laden führen.«

»Ist das okay für dich, Uma?«, fragte Tammy. Sie merkte, dass sie mit Uma nicht immer auf Augenhöhe umgingen. Sie war keine Auszubildende mehr, sie hatte vollen Respekt verdient.

»Kein Problem.«

28

John und Oda Paulsen, die Adoptiveltern von Mela von Erlenbach, wohnten im berühmten Ulmer Fischerviertel in einer ansprechenden Stadtwohnung. Berger und Tammy spürten, dass dem Ehepaar die anstehende Befragung zusetzte.

»Sie wissen ja, weshalb wir hier sind«, begann Tammy das Gespräch. »Am Telefon haben wir Ihnen mitgeteilt, was geschehen ist.«

»Das hat uns mehr als entsetzt. Wir fragen uns seither, ob Sie richtig informiert sind«, sagte John Paulsen.

»Das wollen wir gemeinsam herausfinden. Wir haben Sie darum gebeten, nichts auf eigene Faust zu unternehmen. Können wir davon ausgehen, dass Sie sich daran halten?«

»Ja, auch wenn es uns schwerfällt. Wir hätten gerne eigene Ermittlungen angestellt.«

»Die Frage ist, ob Sie Ihrer Tochter die Taten zutrauen, zweimal Mord oder Totschlag, einmal einen Sprengstoffanschlag.«

»Nein«, antwortete Oda Paulsen unruhig.

»Haben Sie in den letzten Monaten zu ihr Kontakt gehabt?«

»Nein, schon lange nicht mehr.«

»Gibt es dafür einen Grund?«

Die beiden schwiegen.

Berger versuchte, das Eis zu brechen. »Wenn ein Kind, auch wenn es erwachsen ist, sich lange Zeit nicht mehr meldet, hat das einen Grund. Sie wissen das als Polizisten, aber vor allem als Eltern genauso gut wie ich.«

»Wir haben uns eines Tages verplappert«, sagte John Paulsen.

»Du hast dich verplappert«, unterbrach ihn seine Frau giftig. »Du hast angedeutet, dass sie adoptiert ist.«

»Wie hat Mela reagiert?«

»Sie hat lange geweint. Ich glaube, für sie ist eine Welt zusammengebrochen, und das hat sie uns deutlich zu verstehen gegeben.« John Paulsen sprach so leise, dass Berger und Tammy sich konzentrieren mussten, um ihn zu verstehen.

»Eine für sie bis dahin heile Welt«, warf Oda Paulsen ein. Es klang so, als wollte sie ihren Mann anklagen. »Sie hat uns aufgefordert, ihr die ganze Wahrheit zu sagen. Das haben wir dann auch.«

»Und wie lautet die ganze Wahrheit?«

»Ja, Melanie ist unsere Adoptivtochter.«

»Können Sie bitte ein bisschen lauter sprechen, Herr Paulsen?«, bat Tammy. »Ich verstehe Sie sehr schlecht.«

John Paulsen nickte.

»Wer sind die leiblichen Eltern?«

»Der ältere Bruder von Hubert Firner und seine Lebensgefährtin Fiona. Hubert Firner hat uns nach dem Tod seines Bruders gefragt, ob wir bereit wären, das Kind der beiden zu adoptieren. Er kannte unseren dringenden Kinderwunsch. Oda und ich haben damals noch bei der Kripo in Offenburg gearbeitet.«

»Hat Firner Ihnen etwas von dem tragischen Hintergrund des Todesfalls erzählt?«

»Nicht viel. Wir sind mit dem Fall auch nicht im Entferntesten befasst gewesen. Hubert Firner hat uns damals

gebeten, dem Kind, falls es zur Adoption komme, nie
etwas über seine Herkunft zu erzählen und von Offenburg wegzuziehen. Er erledigte alle Formalitäten für uns
und versprach uns Unterstützung in jeglicher Hinsicht,
auch finanziell.«

»Hat Sie das nicht misstrauisch gemacht?«, hakte Berger nach.

»Der Kinderwunsch ist größer gewesen. Wir haben vor
Freude alles ausgeblendet.«

»Und wie hat er das mit den Formalitäten erledigt?«

»In den standesamtlichen Unterlagen sind wir die leiblichen Eltern.«

»Das heißt, er hat Daten gefälscht und die wahre
Abstammung des Kindes verschleiert?«, fragte Tammy
ungläubig.

»So kann man es im Nachhinein sehen.«

»Und hat er Sie auch finanziell bedacht?«

»Ja. Mit rund 75.000 Mark. Und einem günstigen Kre-
dit, den sein jüngerer Bruder uns besorgt hat.«

»Haben Sie ihn gefragt, woher er das Geld hatte?«

»Nein.«

»Ihr Kinderwunsch hat über allem gestanden?«

»Ja.«

Es trat eine unerträgliche Stille ein.

»Unsere Mela ist doch keine Killerin!«, schluchzte Oda
Paulsen. »Sie ist eine sehr gute Polizistin mit einem Berufs-
ethos. Wir haben oft mit ihr darüber geredet.«

Berger konnte nicht mehr an sich halten. »Und was
ist mit Ihrem Ethos? Sie waren beide Polizisten! Mit der
Erfüllung Ihres Kinderwunsches haben Sie nicht nur
ethische Regeln, sondern auch Gesetze missachtet. Und
Schweigegeld kassiert. Haben Sie je darüber nachgedacht?«

Bergers Tonfall regte Tammy auf. Sie hielt ihn in diesem Moment für unangebracht, wollte Berger aber nicht vor den beiden rügen. Sie stand auf und sah sich die Fotos auf dem Büfett an. »Ist das Ihre Adoptivtochter?«

John und Oda Paulsen drehten sich zum Büfett um. »Ja.«

Tammy nahm eines der gerahmten Fotos in die Hand und schaute es intensiv an. »Das ist seltsam.«

»Was meinst du damit?« Berger stand ebenfalls auf und ging zu ihr.

»Das ist nicht die Mela, die wir kennen.«

Jetzt erhoben sich auch John und Oda Paulsen. »Wie bitte?«

»Ihre Mela und die Mela, die wir kennen, ähneln sich zwar. Aber es handelt sich nicht um dieselbe Person.«

»Sind Sie sich ganz sicher?«, fragte Oda Paulsen hoffnungsvoll.

»Sie können ihr glauben, sie ist Super-Recognizerin«, sagte Berger.

»Die Mela, die wir kennen, ist etwas schlanker, die Wangenknochen sind ausgeprägter und die Augen ein bisschen größer. Aber die Unterschiede sind gering, muss ich zugeben.«

»Und wo ist unsere Tochter?«

»Das wüssten wir auch gern. Haben Sie ein aktuelles Foto von ihr?«

Oda Paulsen zog eine Schublade auf und nahm ein Bild heraus. »Das ist vor einem Jahr gemacht worden.«

»Wann genau hatten Sie zuletzt Kontakt zu Mela?«

»Vor ungefähr acht Monaten. Bald danach hat sie sich in Stuttgart beim Landeskriminalamt beworben.«

Beim Verlassen der Wohnung fiel Berger noch etwas ein.

Er wandte sich den Paulsens noch einmal zu und fragte: »Welches Parfüm hat Ihre Adoptivtochter benutzt?«

John und Oda Paulsen schauten ihn verwirrt an.

»Ein teures mit Rosenduft«, stotterte Oda Paulsen. »Das hat ihr Arian von Erlenbach kurz vor der Hochzeit geschenkt. Es hat ganze Räume in Duftkammern verwandelt.«

Auf der Rückfahrt im ICE kannten Tammy und Berger nur ein Thema: die beiden Melas. Sie hatten sich einen Platz ausgesucht, an dem sie sich ungestört unterhalten konnten.

»Wir müssen die Adoptivtochter von John und Oda Paulsen suchen«, sagte Tammy. »Zum Glück haben wir nicht öffentlich nach der falschen Mela von Erlenbach gefahndet. Das würde jetzt nur Verwirrung stiften.«

»Was ist mit der echten Mela passiert?«

»Es gibt drei Möglichkeiten: Sie wurde ermordet, damit die falsche Mela an ihre Daten kommt. Oder sie versteckt sich. Oder sie wird irgendwo festgehalten. Auf was tippst du?«

»Im Moment ist die größte Wahrscheinlichkeit, dass sie tot ist.«

»Wir müssen auch in Betracht ziehen, dass sie ebenfalls Täterin ist«, mahnte Tammy. »Ich kann es mir allerdings nicht vorstellen. Dieser Fall verwirrt mich immer mehr. Ob wir den jemals aufklären werden?«

»Bisher haben wir fast alle schweren Fälle, der Statistik entsprechend, gelöst.«

»Das ist jetzt Zweckoptimismus, den du da verbreitest.«

»Den brauche ich dringend.«

Die Landschaft flog links und rechts vorbei, aber Berger und Tammy hatten keinen Blick dafür. Wie elektrisiert saßen sie im rasenden Zug, während die Komplexität ihres Falles ebenso schnell zunahm.

»Warum geht jemand mit solch einer kriminellen Energie vor?«

Berger reagierte nicht. Es sah aus, als ob er träumte.

»Ist was mit dir?«

»Kann es sein, dass Mela eine Zwillingsschwester hat?«

»Meinst du, wegen der Ähnlichkeit?«

Berger nickte.

»Entweder das, oder es handelt sich um eine Doppelgängerin, die Mela verblüffend ähnlich sieht.«

»Wir müssen alle Spuren, die unsere Mela hinterlassen hat, genau untersuchen lassen.«

»Wenn unsere Mela eine Doppelgängerin ist, fragt sich, wer sie eingesetzt hat. Wer hat sie wo rekrutiert? Was hat sie für eine Vorgeschichte?« Etliche neue Fragen stellten sich Tammy.

»Hat sie mal bei der Polizei gearbeitet?«, fragte Berger. »Die Doppelgängerin, meine ich.«

»So schnell, wie die sich bei uns eingearbeitet hat, kann es fast nicht anders sein.«

»Falls das zutrifft, müssen wir polizeiintern prüfen lassen, ob zum Beispiel eine Kommissarin in den letzten Jahren den Dienst verlassen hat, in welcher Abteilung sie gearbeitet hat, wo sie hingegangen ist.«

»Wir können Sakura bitten, sich bei Federlein über Abgänge im LKA zu erkundigen. Und bei anderen. Die hat viele Kontakte in Stuttgart.«

»Unsere Mela hat Hochdeutsch gesprochen. Die kann also überall in Deutschland bei der Polizei gearbeitet haben.«

»Möglich. Ich bitte Sakura auch darum, herauszufinden, wo unsere Mela vor Stuttgart war.«

»Wer steuert unsere Mela? Und mit welchem Ziel?«, fragte Berger.

»Warum haben wir noch keine Antwort gefunden? Denken wir falsch?«

Berger fasste zusammen: »Unsere Mela hat Firner getötet. Den Grund wissen wir nicht. Sie hat einen Anschlag auf die Akten vorgehabt. Den Grund wissen wir nicht. Sie hat vermutlich den Unbekannten bei der Jagdhütte umgebracht. Den Grund wissen wir nicht. Unsere Bilanz sieht nicht gut aus, Tammy.«

»Wir müssen das Umfeld von Firner stärker ausleuchten.«

»Das ist nicht so einfach. Wir werden immer wieder dem LKA in die Quere kommen.«

»Das Parfüm. Wenn beide Melas das gleiche Parfüm benutzen, was bedeutet das?«

»Dass die falsche Mela eine perfekte Tarnung verpasst bekommen hat.« Berger drehte sich zum Fenster, als wollte er die Überlegungen stoppen und seine Ruhe haben.

Oder fühlte er sich nicht gut, fragte sich Tammy. »Hast du noch Zusammenbrüche?«

Berger wendete sich Tammy wieder zu. »Wie meinst du das?«

Tammy zuckte nur mit den Achseln.

Berger atmete tief durch. »Nein, Zusammenbrüche habe ich keine mehr.« Er suchte nach einer bequemeren Haltung. »Aber ich bin nicht mehr der alte, abgeklärte Polizist. Manchmal stelle ich mir sogar die Existenzfrage.«

»Du wirst doch nicht aufhören wollen!«

»Von ›wollen‹ kann keine Rede sein. Aber ich bin in einem Grenzbereich angekommen.«

»Was meinst du damit?«

»Kann ich im Moment nicht erklären. Sprechen wir demnächst mal darüber.«

»Das mit dem Ethos hat dich gewurmt. Stimmt's?«

»Ja. Ziemlich sogar.«

»Ich fand deine Reaktion zu heftig.«

»Es hat mich geärgert, dass die Adoptivmutter das so betont hat. Ich weiß nicht, was sie unter Ethos versteht. Am Anfang dieser Geschichte steht die Verletzung eines Ethos.«

»Du meinst die Adoption?«

»Ja. Die ganzen Umstände. Sie hätten sich nicht darauf einlassen dürfen.«

»Haben wir das Recht, so zu urteilen? Vor lauter Glück haben die beiden wahrscheinlich alles andere ausgeblendet. Ihr damaliges Handeln schließt nicht aus, dass sie ihre Adoptivtochter unter ethischen Gesichtspunkten erzogen haben. Das Fehlverhalten zu Beginn entwertet die Erziehung nicht. Außerdem: Es gibt viele Adoptionen, die unter rechtlich und ethisch fragwürdigen Umständen vollzogen werden.«

»Wer sich auf so etwas einlässt und sich auch noch kaufen lässt, kann Ethos nicht in den Vordergrund stellen. Ich sehe auch nicht, dass die beiden ihr Verhalten kritisch hinterfragen. Sie haben alles verdeckt. Und wenn er sich nicht verplappert hätte, wäre …«

»… uns einiges erspart geblieben.« Tammy schaute Berger besorgt an, der erneut aus dem Fenster blickte. Er wirkt verloren, dachte sie. »Wie sieht es mit deinem Projekt zur Belastung in unserem Beruf aus? Du willst doch ein Buch schreiben. Oder doch nicht mehr?«

Berger drehte sich zu Tammy um. »Das Projekt liegt in der Schublade. Kann durchaus sein, dass es scheitert.«

»Und warum?«

»Ich will ja keine Autobiografie schreiben. Meine Probleme waren nur der Ausgangspunkt, um sich mit den Belastungen unseres Berufes im Allgemeinen auseinanderzusetzen. Aber die Befragung von Kolleginnen und Kollegen ist nicht so einfach. Bisher habe ich nur wenige Aussagen zusammen. Das reicht nicht. Ich brauche viel mehr, um einen gewissen Durchschnitt herausarbeiten zu können. Aber niemand will so richtig rausrücken mit seinen Problemen und Erfahrungen, obwohl ich versichert habe, dass ich keine Namen nenne und alles absolut vertraulich behandle. Die Befürchtung ist halt groß, dass es unangenehme Konsequenzen gibt. Es fehlt uns die innere Demokratie.«

29

Es war alles vorbereitet für eine kleine Teezeremonie.

»Willst du eine japanische Shiatsu-Massage haben?«, fragte Sakura. »Du siehst so verspannt aus.«

»Muss ich mich ganz ausziehen?«, wollte Tammy wissen.

»Nein. Ich finde allerdings, wenn der Druck der Finger und der Handballen auf die nackte Haut ausgeübt wird, ist die Wirkung größer. Das ist auch die Meinung von Felix.«

»Ist das alles wissenschaftlich belegt? Oder muss ich einfach an die Wirkung glauben?«

»Wie bei vielem ist sich die Wissenschaft nicht ganz einig. Lass dich einfach darauf ein. Manchmal reicht das für eine Entspannung. Meine japanische Mutter schwört auf diese Massage. Um deine Verspannung zu lösen, musst du sowieso selbst herausfinden, wo die Ursachen sind.«

Ursachen? Die Zahl der Ursachen war in letzter Zeit gestiegen. »Gut, dann ziehe ich mich mal aus. Sind wir eigentlich allein in der Wohnung? Ich habe Felix gar nicht gehört.«

»Keine Sorge, der ist unterwegs.«

»Hoffentlich nicht wegen mir.«

»Nein. Das ist sein Respekt. Wenn ich mich mit jemandem bei einer Teezeremonie in Ruhe unterhalten will, zieht er sich zurück. Das habe ich ihm nicht beibringen müssen, er macht das von sich aus.«

Tammy zog sich bis auf die Unterwäsche aus und legte sich bäuchlings auf eine Bodenmatte, auf der Sakura ein Handtuch ausgebreitet hatte.

Sakura begann mit der Massage, doch Tammy konnte nicht abschalten. »Du hast doch einen guten Draht zu Federlein«, sagte sie.

»Ja, schon. Wollt ihr etwas von ihm wissen?«

»Mehr als etwas.«

»Ich kann euch nichts garantieren. Er steht zurzeit ziemlich unter Druck. Irgendjemand versucht, ihm zu schaden.«

»Hat das einen Grund?«

»Er meint, ja, will mir aber nicht sagen, welchen.«

»Kannst du trotzdem mit ihm Kontakt aufnehmen?«

»Mal sehen. Er hat mir privat geschrieben, er habe das Gefühl, dass tausend Augen auf ihn gerichtet seien und die Wände Ohren hätten. Ich muss dazu sagen, dass Federlein nicht an Paranoia leidet. Dafür ist er nicht der Typ. Also ich schaue mal, was sich machen lässt. Du solltest mir dazu mitteilen, was ihr von ihm wissen wollt.«

»Mache ich nach der Massage. Wie sieht's bei euch aus?«

»Meinst du privat oder dienstlich?«

»Dienstlich.«

»Wir stehen in einer größeren Sache kurz vor dem Durchbruch. Das habe ich, glaube ich, neulich schon einmal angedeutet.«

»Ich würde auch gern sagen, dass wir kurz vor dem Durchbruch stehen. Wir kommen einfach nicht weiter. Ständig tun sich neue Fragen auf.«

»Unter dem Leuchtturm ist es dunkel.«

»Was ist das denn für ein Spruch?«

»Eine japanische Weisheit.«

»Hört sich nicht gerade hilfreich an.«

»Ihr konzentriert euch vielleicht zu sehr auf eine bestimmte Person oder auf bestimmte Fakten.«

»Falls du Firner meinst mit der bestimmten Person, der ist natürlich die Schlüsselfigur in dem ganzen Komplex.«

»Da seid ihr euch sicher?«

»Ich weiß es nicht. Je mehr wir uns in alles vertiefen, desto komplizierter wird es. Aber zurück zu dir. Was ist mit eurem Durchbruch? Seht ihr klarer als wir?«

»Wenn ich Ja sagen würde, wäre das überheblich. Du kennst doch EncroChat?«

»Den verschlüsselten Nachrichtendienst, der vor einiger Zeit von französischen Kollegen geknackt worden ist. Seid ihr da etwa dran?«

»Auch.«

»Das heißt, ihr habt noch etwas anderes im Visier?«

»Ja. Wir haben eine kleinere Gruppe entdeckt mit einem eigenen System. Sie ist sehr vorsichtig.«

»Hoffentlich nicht wieder eine Terrorgruppe wie bei unserem letzten großen Fall.«

»Nein, vermutlich geht es um Geldwäsche, Beihilfe zur Steuerhinterziehung und vieles mehr. Bei der Geldwäsche hilft uns ein Datenleak verschiedener Banken. Die sind ihrer Aufsichtspflicht nicht nachgekommen oder haben bewusst Geldwäsche unterstützt. Wahrscheinlich auch andere Vergehen und Verbrechen. Aber wir haben noch nicht alles durchblickt. Obwohl diese Gruppe mit einem verschlüsselten System wie EncroChat kommuniziert, verwendet sie Codes, also zusätzliche Sicherungen. Und Kryptohandys.«

»Wie seid ihr auf diese Gruppe gestoßen?«

»Wir arbeiten seit längerer Zeit mit dem Bundeskriminalamt und dem Landeskriminalamt zusammen, um gegen solche Systeme vorzugehen. Über das Bundeskriminalamt wird die Kooperation mit Kriminologen in Europa und darüber hinaus koordiniert. Die französischen Kollegen haben als Erste EncroChat auseinandergenommen. Sie sind in das Netzwerk eingedrungen und haben Malware auf den Endgeräten installiert. Das Bundeskriminalamt hat Chatverläufe geprüft und Ermittlungen eingeleitet. Wir haben sehr wertvolle Tipps bekommen. Unter anderem zu dieser besagten Gruppe.«

»Ist die Region hier betroffen, also auch das Offenburger Polizeipräsidium?«

»Sieht so aus.«

»Habt ihr keine Bedenken, dass das Landeskriminal-amt sich querlegt?«

»Du meinst, weil ihr Probleme mit dem LKA habt?«

»Ja.«

»Bisher deutet sich kein Konflikt an. Allerdings rät das LKA immer wieder zur Vorsicht.«

»Macht euch das nicht misstrauisch?«

»Doch.«

»Habt ihr schon Namen?«

»Den einen oder anderen.«

Tammy fühlte, wie ein Kribbeln plötzlich ihren Kör-per durchströmte. Das lag aber nicht an der japanischen Massage, sondern an einem Gedanken, der sich zur Idee formierte. »Ich glaube, ich gebe dir mal was, das du dir ansehen solltest.«

»Was denn?«

»Einen Stammbaum.«

»Was soll ich mit einem Stammbaum?«

»Da sind viele Namen drauf. Einige von ihnen haben wir im Verdacht, in kriminelle Handlungen verstrickt zu sein. Besonders ragt Hubert Firner heraus. Schau dir die Namen einfach mal an. Wenn es Verbindungen zu eurem Fall gibt, kommen wir hoffentlich gemeinsam ein Stück weiter.«

»Für welche Familie wurde der Stammbaum angelegt?«

Tammy drehte sich abrupt auf den Rücken. »Es geht um den Schwedengrundhof. Und die Familie Plenther.« Sie schaute Sakura intensiv an. Aber sie konnte in ihrem Gesicht nichts lesen.

30

Am nächsten Tag saß Tammy im Büro der Kripochefin Gallheimer. Nachdem Berger und sie gestern noch über die neuesten Erkenntnisse in Sachen Mela von Erlenbach Bericht erstattet hatten, war die Kripochefin aktiv geworden und hatte sie nun in ihr Büro zitiert. Da Berger noch nicht erschienen war, war Tammy allein gekommen.

»Wir sind auf der Suche nach dieser Frau, die Mela von Erlenbach ähnlich sieht, weitergekommen, auch dank Sakura Landmann. Ich habe vorhin einen Anruf aus München bekommen, vom LKA. Die sind sich sicher, dass es sich bei der Gesuchten um eine Ex-Polizistin namens Helen Dinger handelt. Sie ist vor einiger Zeit aus dem Dienst ausgeschieden. Offenbar hat sie verlauten lassen, dass sie ihre Zukunft nicht bei der Kripo sehe. Wo sie untergekommen ist, ist dem LKA nicht bekannt. Es gibt aber ein interessantes Detail. Sie hat mehr als ein halbes Jahr mit Mela von Erlenbach in München zusammengearbeitet. Die beiden hätten sich verblüffend geähnelt. Beim LKA hatten sie den Spitznamen ›die Zwillinge‹. Beide, und das ist ein weiteres wichtiges Detail, haben Kampfsport gemacht, unter anderem Kickboxen. Und sie sind im Schießen sehr gut gewesen.«

»Gibt es über diese Helen Dinger auch Infos, die für unseren Fall beziehungsweise unsere Fälle hilfreich sind?«

»Wie meinen Sie das?«

So begriffsstutzig konnte die Kripochefin doch nicht sein, dachte Tammy verwundert. Dennoch erläuterte sie:

»In welchen Bereichen Helen Dinger und Mela von Erlenbach zusammengearbeitet haben, zum Beispiel.«

»Ach so, ja, Entschuldigung. Irgendwie war ich gerade nicht bei der Sache. Die beiden waren im Bereich Organisierte Kriminalität eingesetzt. Mehr weiß ich nicht. Das LKA in München stellt uns die Unterlagen zusammen. Es ist mir gesagt worden, dass die Unterlagen bald kommen.«

»Gibt es Hinweise auf private Kontakte zwischen den beiden?«

»Keine Ahnung. Ich vermute, dass die Unterlagen sich nur mit dem Dienst befassen.«

»Für uns ist von besonderer Bedeutung, ob beide eine Verbindung nach Stuttgart haben. Zumindest ist klar, dass die echte Mela von Erlenbach nach Stuttgart gewechselt ist. Aber wer hat sie dort aus dem Verkehr gezogen und durch Helen Dinger ersetzt? Wenn wir Namen und Gründe haben, können wir den Fall lösen.«

»Da sind wir auf einer Linie. Darf ich Ihre Überlegungen so interpretieren, dass Sie von einer möglichen Zusammenarbeit der beiden ausgehen?«

»Das ist eine Möglichkeit, ja. Doch wir wollen in diesem Fall nichts ausschließen. Es ist zwar schwer vorstellbar, dass die beiden gemeinsam töten, aber wer weiß. Bisher spricht jedoch alles dafür, dass Helen Dinger die alleinige Täterin ist. Warum sie zur Killerin geworden ist, erschließt sich uns nach wie vor nicht. Oder sie hat die echte Mela beseitigt, um ihre Identität anzunehmen.«

Schneller als erwartet lagen die Unterlagen aus München vor. Geburtsdaten, Lebenslauf, Ausbildung, Arbeitsbereiche waren chronologisch aufgelistet. Die Beurteilungen sahen sehr gut aus. Warum Helen Dinger mit diesem einwandfreien Lebenslauf, diesen hervorragenden Beurteilungen und Zeugnissen die Polizei verlassen hatte, verrieten die Unterlagen nicht.

»Wenn man den Dienst quittieren will, hat man einen triftigen Grund«, stellte Berger überzeugt fest.

»An was denkst du, Alban?«

»Geld zum Beispiel. Möglicherweise hat sie ein gutes Angebot bekommen. Von einer Sicherheitsfirma. Oder im privaten Personenschutz.«

»Oder sie ist auf die andere Seite gewechselt.«

»Zur Organisierten Kriminalität?«, fragte Berger zweifelnd.

»Kann durchaus verlockend sein, wenn man nicht charakterfest ist.«

31

»Ich habe Mela gesehen! Unsere Mela, also Helen Dinger.« Tammy stürmte nach einem freien Vormittag aufgeregt ins Büro.

Berger starrte Tammy an. »Wo?«

»In einem Discounter in Oberkirch. Da habe ich kurz

eingekauft, bevor ich zu meiner Frauenärztin gefahren bin.«

Berger wusste, dass sie sich nicht täuschte, bei ihren Fähigkeiten als Super-Recognizerin.

»Sie sieht ganz verändert aus. Hat jetzt kurze, rotbraune Haare. Sie trug eine schwarze, eng anliegende Jeans, sehr figurbetont, eine schwarze Jeansjacke und einen gemusterten Schal in Anthrazit um ihren Hals. Hat verdammt gut ausgesehen, die Killerin.« Tammys Stimme klang verächtlich.

»Hat sie dich bemerkt?«

»Nein. Sie ist weit vor mir an der Kasse gewesen. Umgedreht hat sie sich nicht. Nach dem Bezahlen ist sie ziemlich schnell zum Ausgang gelaufen. Ich kann mir nicht vorstellen, dass ich ihr aufgefallen bin. Dass Mela hier in der Gegend auftaucht, bedeutet nichts Gutes. Ich meine natürlich Helen!«

»Hast du ihr Parfüm gerochen?«

»Nein.«

»Dann haben wir vielleicht noch Zeit, bevor wieder etwas passiert. Wenn man ihr Parfüm riecht, ist Alarmstufe Rot.«

»Du hast die bessere Nase, möglicherweise haben wir bereits die höchste Alarmstufe.«

»Ich frage mich, was die wohl vorhat. Warum setzt sie sich dem Risiko aus, hier entdeckt zu werden?«

»So groß ist das Risiko nicht. Sie ist ja nicht zur Fahndung ausgeschrieben, mit Rücksicht auf das LKA. Und sie hat ihr Aussehen deutlich verändert.«

»Aber intensiv gesucht wird trotzdem nach ihr«, wandte Berger ein.

»Nur nicht von uns.«

»Das meinte ich mit ›intensiv‹. Wer auch immer hinter allem steckt, will sie beseitigen. Davon bin ich überzeugt. Und Mela wiederum, die, die wir kennen, will höchstwahrscheinlich diejenigen ausschalten, die ihr ans Leder wollen.«

»Was macht die hier?«, fragte Tammy. »Ist sie auf der Suche nach denen, die sie töten wollten?«

»Der Schwedengrundhof ... Das ist für mich der einzige nachvollziehbare Grund für ihr Auftauchen. Nach allem, was wir inzwischen über sie wissen, hat sie vielleicht noch eine Rechnung offen.«

»Ich befürchte, es sind mehrere Rechnungen. Killerin, Kampfsportlerin, Kickboxerin. Das kann heiter werden.«

»Wir sind jetzt alarmiert und können uns vorbereiten. Und wir müssen Uma noch einweihen«, erinnerte Berger.

»Die wird sicher bald kommen. Die hatte einen wichtigen Termin bei der Kripochefin.«

»Hoffentlich wird sie nicht schon wieder abgezogen. Oder ist sie auf dem Absprung? Ist ja nicht ihr Traumjob hier.«

»Wenn sie sich verändern wollte, hätte sie uns das mitgeteilt, so, wie ich sie einschätze.«

Die Tür ging schwungvoll auf, und Uma mit ihrem blonden Lockenkopf erschien. Strahlendes Gesicht, ihr Mund lächelte und wurde immer breiter.

»Hast du einen neuen Job?«, fragte Berger sorgenvoll.

»Nein, ich darf bleiben. Die Gallheimer hat erklärt, dass ich auf absehbare Zeit hier in der Abteilung arbeiten kann.«

Berger und Tammy klatschten sichtlich erleichtert, standen auf und umarmten Uma.

»Wir müssen unbedingt eine Gesamtskizze dieses Falles beziehungsweise dieser Fälle fertigen«, sagte Berger, nachdem sie Uma über Melas Auftauchen informiert hatten. »Das alles wird langsam zu einem Labyrinth, aus dem wir ohne roten Faden nicht mehr rauskommen.«

»Lass das Uma machen, die hat schon einiges zusammengetragen und analysiert. Nicht wahr, Uma?«

Uma nickte und machte sich hoch motiviert an die Arbeit. Auf eine Tafel zeichnete sie Figuren und verband diese mit Strichen.

»Machst du eine Familienaufstellung?«, wollte Tammy wissen.

Uma sah Tammy verdutzt an. »Sieht das nach Familienaufstellung aus? Es geht um eine Großfamilie mit vielen Verzweigungen. Also um die Plenther-Linie mit ihren Nebenlinien.«

»Manche der Figuren, die du gezeichnet hast, haben Namen, andere nicht«, stellte Berger fest. »Was bedeutet das?«

»Die Namen der Personen, die vermutlich zum Täterkreis gehören, habe ich eingetragen. Allerdings wissen wir noch nicht, was unter Täterkreis zu verstehen ist.«

»Was ist mit den Figuren, die mit Fragezeichen versehen sind?«

»Sie gehören wahrscheinlich zum Täterkreis.«

»Hartmann Plenther und Hubert Firner hast du relativ klein gemalt.«

»Ich gehe davon aus, dass beide keine entscheidende Rolle spielen. Der alte Plenther hat all seinen Besitz abgestoßen und sich auf Mallorca zurückgezogen. Und Firner scheint in seinen jungen Jahren eher ein Ausputzer gewesen zu sein. Er hat in einigen Fällen andere vor Strafverfolgung geschützt. Mehr geben nach jetzigem Stand die Unterlagen nicht her. Und trotzdem ist seine Position rätselhaft.«

»Inwiefern?«

»Mit seinem Abgang nach Stuttgart, den man durchaus als Flucht auffassen kann, beginnt im Hintergrund etwas aufzubrechen. Was genau, wissen wir nicht. Unklar ist auch, ob er aus freien Stücken nach Stuttgart gegangen ist oder ob ihn jemand zum Wechsel gedrängt hat.«

»Wenn das Zweite zutrifft, was bedeutet das?«

»Er hat ja Kontakt zu jemandem im LKA gehabt. Möglicherweise wollte dieser Kontakt ihn in seiner Nähe haben. Um ihn zum Beispiel zu kontrollieren«, mutmaßte Uma. »Er muss den Hintermännern zu gefährlich geworden sein.«

»Du sprichst so bestimmt von Hintermännern. Gehst du von einer größeren Gruppe aus?«, fragte Berger.

»Bis jetzt ja. Es fehlt uns allerdings die entscheidende Verbindung der Fälle. Im Mittelpunkt steht aber eindeutig der Schwedengrundhof, auch wenn von belastbaren Beweismitteln nicht die Rede sein kann.«

»Da brauche ich mehr Klarheit, Uma«, sagte Berger. »Du gehst davon aus, dass nach Firners Weggang aus Offenburg im Hintergrund etwas aufbricht. Und im selben Atemzug kommst du auf den Schwedengrundhof zu sprechen. Wie passt das zusammen?«

»Firners Name taucht in mehreren zweifelhaften Fällen auf. Das hat lange Zeit niemand bemerkt, denn die Akten sind nicht wieder geöffnet worden. Erst als der Schwedengrundhof ins Spiel kommt, endet plötzlich die Sorglosigkeit. Und der Hof kommt nur in einer Akte vor, abgesehen von Firners Tötung. Oder habt ihr ihn noch in anderen alten Fällen entdeckt?«

»Nein.«

»Hubert Firner und Simon Lauder haben verwandtschaftliche Verbindungen zum Schwedengrundhof und zu Roman

Plenther. Ich bin überzeugt, dass unsere Ermittlungen im Fall des Sägewerks ein Auslöser der jetzigen Entwicklung sind. Dabei spielt Hartmann Plenther, also der ehemalige Eigentümer des Schwedengrundhofes, eine wichtige Rolle. Ich kann mir gut vorstellen, dass es für einige Leute darum gegangen ist, dass keine unliebsamen Fragen gestellt werden. Meines Erachtens ein Grund für eine radikale Aktenvernichtung.«

»Aber es geht doch nur um eine einzelne Akte, warum dann alle vernichten?«

»Angenommen, sie hätten versucht, diese einzelne Akte, in der der Hof erwähnt wird, zu vernichten. Dann hätten wir alles mobilisiert, um die Hintergründe dieses einen Falles zu klären. Bei der Vernichtung mehrerer Akten läge unser Fokus nicht ausschließlich auf dem Fall des Sägewerkes beziehungsweise des Schwedengrundhofes. Wenn dann noch die entscheidenden Ermittler ausgelöscht werden, hätten sich die Hintermänner einen großen Vorteil verschafft. Nur will mir partout nicht einfallen, warum der Schwedengrundhof so wichtig ist. Er liegt natürlich ideal im Verborgenen. Und niemand verbindet ihn sofort mit einem oder mehreren Verbrechen.«

»Zumindest wenn man den geschichtlichen Hintergrund nicht kennt«, warf Tammy ein. »Auch wir haben ihn erst kürzlich erfahren. Davon abgesehen, dass wir den Hof vor Gründung der Abteilung ›Cold Case‹ nie auf dem Schirm gehabt haben.«

»Wenn der Schwedengrundhof für Verbrechen genutzt worden ist, um welche Verbrechen handelt es sich dann?«

»Das ist die große Frage. Hast du Anhaltspunkte?«, wollte Berger wissen.

»Nein, aber vielleicht kann uns das berufliche Profil der Personen helfen, die wir kennen. Fangen wir mit der

Plenther-Linie an. Hartmann Plenther, erfolgreicher Holz-
händler, gerät in Verdacht, am Tod von zwei Sägewerkern
schuld zu sein. Die Beweislage ist schwierig. Gegen ihn ist
nie richtig ermittelt worden. Er selbst hat alle Vorwürfe
zurückgewiesen. Hubert Firner wiederum steht im Verdacht, Unterlagen in diesem Fall manipuliert zu haben,
zum Beispiel Zeugenaussagen. Hartmann Plenther zieht
sich vor Jahren ganz aus dem Berufsleben zurück, verkauft
seine Firma, gibt seine Posten auf, darunter den Aufsichtsrat bei seiner Hausbank, und siedelt mit seiner Frau nach
Mallorca über. Das alles ist bekannt. Aber warum zieht
er sich zurück? Ist das Alter der Grund? Will niemand in
seiner Familie sein Geschäft übernehmen? Ist er krank?
Oder hat es Auseinandersetzungen über die Zukunft des
Hofes gegeben?«

»Konntest du darüber schon was rausfinden?«

»An Hartmann Plenther kommen wir wohl nicht ran.
Die Befragung seiner Kinder steht noch aus, zumindest
von unserer Seite. Trotzdem wissen wir einiges. Roman
Plenther ist im Immobiliengeschäft tätig, und zwar europaweit. Er hat sich auf teure Grundstücke, Häuser und
Firmen spezialisiert. Interessanterweise wohnt er mit seiner Frau nicht ständig auf dem Hof. Auf seiner Home-
page, die sehr seriös aussieht, hat er zwei Wohnsitze ange-
geben, den Schwedengrundhof und ein Haus in Freiburg.
Ich habe mich um die Adresse gekümmert. Es ist eine sehr
teure Wohngegend. Und das Haus ist eine großzügige Villa.
Stellt sich die Frage, wer sich um den Hof kümmert, wenn
Roman Plenther nicht da ist. Gibt es einen Verwalter oder
eine Verwalterin? Wie kommen wir an die Adresse? Den
Wald lässt die Familie beförstern, was sicher nicht billig ist.
Immerhin sind es über 90 Hektar. Allerdings bringt der

Holzerlös einiges ein. Und die Plenthers scheinen auf das Geld nicht angewiesen zu sein. Bei dem Wald handelt es sich zu großen Teilen um einen sogenannten Plenterwald. Daher kommt wohl auch der Familienname Plenther.«

»Was genau bedeutet Plenterwald?«, fragte Tammy.

»Vereinfacht gesagt ist es ein Hochwald, in dem nicht flächenmäßig Holz geschlagen wird. Man schlägt nur auf kleinen Flächen oder holt einzelne Stämme raus und achtet darauf, dass der Wald sich ständig verjüngt. Mit dieser Form der Nutzung bleibt der wertvolle Hochwald erhalten. Das Wort Plenter leitet sich möglicherweise vom Plündern ab. Bis zum 19. Jahrhundert hat man in Wäldern, die nicht in Privatbesitz gewesen sind, ungeregelt Holz geerntet. Man hat den Wald sozusagen geplündert. Im 19. Jahrhundert ist das verboten worden. Heute ist das Plentern eine anerkannte Waldbewirtschaftung. Es hat nichts mehr mit dem früheren Plündern zu tun.«

»Das heißt, die Leute auf dem Schwedengrundhof könnten früher Plünderer gewesen sein?«

»Möglicherweise. Oder man hat sie als Plünderer bezeichnet oder verdammt, weil sie andere ausgenommen haben. Roman Plenther lässt sich nicht genau einordnen. Ich habe ihn, wie ihr seht, trotzdem etwas größer gemalt, jedenfalls größer als Hubert Firner. Das Problem ist, dass er uns gegenüber die Aussage verweigert hat mit dem Hinweis, er sei bereits vom LKA befragt worden. Es ist jedoch vorstellbar, dass das nicht stimmt. Roman Plenther hat zwei Schwestern und einen Bruder, wie aus dem Stammbaum hervorgeht. Die eine Schwester ist Lehrerin und wohnt in Ludwigshafen, die andere ist freischaffende Künstlerin und lebt als Holzbildhauerin am Bodensee.«

»Wie hast du das herausgefunden?«

»Ich habe die Namen im Netz eingegeben. Der Familienname Plenther ist ungewöhnlich und kommt nicht so häufig vor. Bei der Holzbildhauerin habe ich einen Treffer erzielt. Sie hat mir die Telefonnummer ihrer Schwester gegeben. Bei beiden deutet nichts darauf hin, dass sie in den Fall verwickelt sind. Sie waren erstaunt darüber, was auf ihrem Heimathof passiert ist. Offenbar hat ihr Bruder Roman sie nicht informiert. Das Verhältnis von Bruder und Schwestern scheint nicht gut zu sein. Jedenfalls ist keine Empathie zu spüren. Zur Vergangenheit des Hofes konnten die Schwestern nichts Neues beitragen. Sie wussten auch so gut wie nichts über die Geschäfte ihres Vaters und ihres Bruders Roman. Es hat sie schon früh in die Ferne gezogen. Die Lehrerin hat gesagt, wenn sie noch länger auf dem Hof geblieben wäre, wäre sie eingegangen wie die Primel in der Sonne. Die beiden Schwestern haben durchaus glaubwürdig geklungen. Das will aber nicht viel heißen. Dafür ist der Fall viel zu komplex. Wir werden die beiden auf jeden Fall vernehmen müssen.«

»Und was ist mit Romans Bruder Silvester?«, fragte Tammy.

»Der hat sich ein großes Malergeschäft aufgebaut, das zu florieren scheint. Den habe ich noch nicht angerufen. Aus den bekannten Gründen.«

Berger trat einen Schritt näher an die Tafel. »Warum hast du das LKA so groß dargestellt?«

»Groß zwar, weil es auch maßgeblich dahinterstecken könnte, aber mit vielen Fragezeichen.«

»Kannst du uns das erläutern?«

»Das LKA ist eine der großen Unbekannten in dem Fall. Bei ihm sind gleich mehrere Auffälligkeiten festzustellen. Dass sich das LKA in die Ermittlungen zum Tod von Firner einschaltet, ist nachvollziehbar. Er ist ein LKA-Mann gewesen. Dass das LKA allerdings so schnell am Tatort auf dem Schwedengrundhof gewesen ist, verwundert schon. Jemand muss das LKA auf dem Laufenden gehalten haben.«

»Und wer?«

»Nach allem, was ihr mir berichtet habt, kommt in allererster Linie Mela infrage.«

»Die falsche Mela.«

»Korrekt. Auffällig ist auch, dass das LKA sofort alle Ermittlungen an sich zieht. Natürlich besteht ein übergeordnetes Interesse an dem Fall. Aber meistens ist es so, dass LKA, Polizeipräsidium und die zuständige Staatsanwaltschaft eng zusammenarbeiten. Außerdem ist Mela, die falsche Mela, recht schnell von den Internen im LKA zur Tötung Firners befragt worden und hat nach kurzer Zeit ihre Dienstpistole zurückerhalten. Ihr beide seid auch ziemlich zügig befragt worden. Wenn ich euch richtig verstanden habe, sind kritische Fragen ausgeblieben.«

»Das ist richtig.«

»Beim Schwedengrundhof stellt sich eine weitere wichtige Frage.«

»Und welche?«

»Wenn wir davon ausgehen, dass Hubert Firner ermordet worden ist, muss man sich fragen, warum ausgerechnet im Schwedengrundhof. Warum ist man dieses Risiko eingegangen? Warum ist er nicht auf subtilere Weise beseitigt worden? Ich glaube, dass es schon lange eine Verbindung von Firner zum LKA gab, eine Verbindung, die nichts mit dem normalen Dienstweg zu tun hat. So schilderte es auch Erwin Kasper. Wie können wir diese Verbindung finden?«

»Vielleicht im Stammbaum der Plenthers«, tippte Tammy.

Uma nickte. »Daran habe ich auch schon gedacht.«

»Eines ist sicher«, sagte Berger, »über die normalen Verbindungen von Offenburg nach Stuttgart kommen wir nicht weiter.«

»Vielleicht aber über Firners Wohnung in Lahr. Ist die schon freigegeben?«, wollte Uma wissen.

»Müssen wir nachfragen. Was schlägst du vor?«

»Eine technische Untersuchung der besonderen Art: smarte Haushaltsgeräte, Armbanduhr, Sprachassistentin Alexa. Ist Firner technikaffin gewesen?«

»In gewisser Weise schon«, antwortete Berger. »Er hat eine moderne Armbanduhr besessen, mit der man zum Beispiel die Herzfrequenz messen kann. Über seine Haushaltsgeräte wissen wir nicht Bescheid. Privates hat er wenig erzählt. Zumindest mir nicht. Dir vielleicht, Tammy?«

Tammy musste nicht lange überlegen. »Nein. Also du schlägst vor, Uma, alle technischen Geräte in seiner Wohnung untersuchen zu lassen. In einem unserer letzten Fälle haben wir ein Auto auf diese Weise checken lassen.«

»Mit Erfolg«, betonte Berger. »Wir konnten so feststellen, wo sich der Verdächtige aufgehalten hat. Besprechen wir das am besten mit unserer Kripochefin. Die Frage ist nur, ob die Leute vom LKA nicht schon vorgesorgt haben.«

»Du meinst, dass sie die Geräte untersucht und manipuliert haben?«

»Ja, Tammy.«

»Aber einen Versuch ist es dennoch wert.«

»Das stimmt. Wir sollten aber daneben alles andere nicht vergessen«, mahnte Uma. »Das heißt, wir müssen, wie vorhin besprochen, an die Namen ran. Wichtig sind auch die Kontakte Firners in den letzten Jahren.«

»Und die Akten dürfen wir nicht außer Acht lassen«, ergänzte Tammy.

»Und das zu dritt«, stöhnte Berger.

»Uma, du hast auch Simon Lauder recht groß gezeichnet. Ungefähr so groß wie Roman Plenther.«

»Genau. Ihn richtig zu setzen, Tammy, ist schwierig. Seine berufliche Disposition lässt erwarten, dass er, falls er in den Schwedengrundhof-Komplex verwickelt ist, im finanziellen und juristischen Bereich tätig gewesen ist. Seine Frau ist bei der Bewertung seiner Rolle wenig hilfreich. Sie weiß gar nichts über seine Geschäfte, macht einen verbitterten Eindruck, hat durchblicken lassen, dass er sie mehrfach betrogen hat, vor allem mit Lena Muckler. Eine Scheidung will sie jedoch nicht.«

»Du hast also auch mit ihr gesprochen«, unterbrach Tammy sie. »Woher nimmst du die Zeit?«

»Das Telefonat ist recht kurz gewesen. Ich muss zugeben, ich habe sie von meiner Wohnung aus angerufen. Es deutet alles darauf hin, dass sie finanziell stark von ihm abhängig ist beziehungsweise war. Ob sie als Witwe sorgenfrei leben kann, sei noch nicht klar, hat sie angedeutet. Das hängt wahrscheinlich davon ab, ob Simon Lauder sein Vermögen mit kriminellen Geschäften gemacht hat. Ich habe den Eindruck gewonnen, dass sie überhaupt keine Verbindungen zum Umfeld ihres Mannes hat, in dem wir ermitteln. Ich habe Lauder so groß gezeichnet, weil es mir ungewöhnlich erscheint, dass das LKA auch so schnell auf den Tod von Lauder reagiert hat. Ist es möglich, dass der Killer oder die Killerin eine direkte Verbindung zum LKA hat? Oder sogar beim LKA arbeitet?«

»Das ist nicht auszuschließen«, stimmte Berger zu.

»Wobei wir immer noch Mela, sprich Helen Dinger, im Fokus haben müssen. Wir brauchen schlicht und einfach Namen und harte Fakten. Dazu sollten wir noch einmal den Plenther-Stammbaum aufmerksam durchgehen und uns den Zeitraum von 1988/89 bis heute vornehmen.«

»Also um den Dienstantritt von Firner bei der Kripo Offenburg herum bis heute. Meinst du das, Alban?«, fragte Tammy.

»Ja. Und dabei sollten wir herausfinden, welche Berufe die Leute haben, ob es einen Bezug zur Polizei gibt und ob sie in kriminelle Geschäfte verwickelt sind. Allein schaffen wir das aber nicht.«

»Wozu haben wir Sakura und Felix?«

»Die sind doch auch überlastet.«

»Die haben immer glorreiche Ideen und uns schon oft auf die richtige Spur gebracht.«

»Und sind in der digitalen Welt zu Hause«, ergänzte Uma. »Mir ist da noch etwas eingefallen. Sind die Namen auf dem Plenther-Stammbaum hundertprozentig aktuell?«

»Falco arbeitet sehr gründlich«, versicherte Tammy.

»Es könnte doch sein, dass einer oder eine auf der Liste den Familiennamen geändert hat, durch Heirat zum Beispiel.«

»Das ist richtig«, räumte Tammy ein. »Das sollten wir unbedingt beachten.«

»Uma, du hast das Stichwort ›Holz‹ auf die Tafel geschrieben. Und daneben den Namen Waldo. In welcher Rolle siehst du Waldo?«, fragte Berger.

»Wie ihr mir vor einiger Zeit gesagt habt, ist Waldo besonders intensiv in den Fall eingestiegen.«

»Hat uns aber nicht viel mitgeteilt«, kritisierte Berger.

»Ihr meintet, er habe angedeutet, dass man den Aspekt Holz mehr beachten müsse. Oder habe ich da etwas falsch verstanden?«

»Nein, Uma.«

»Hat er sich Notizen gemacht?«

»Ja, ständig, nur wissen wir nicht, wo die sind«, antwortete Tammy.

»Ausgangspunkt des Falles Schwedengrundhof ist der Tod der beiden Sägewerker. Hartmann Plenther ist an ihrem Betrieb interessiert gewesen. Im sogenannten ›Mordfall Albert Firner‹ geht es unter anderem um ein Holzkonsortium. Deshalb glaube ich, dass wir das Thema Holz weiterhin beachten sollten. An wen hat Hartmann Plenther seine nicht gerade kleine Firma verkauft? Der Frage sind wir noch nicht nachgegangen. Hat er unter Druck gehandelt? Gibt es eine Verbindung zu jenem Holzkonsortium im Mordfall Albert Firner?«

»Gut, dass du die Fragen stellst, schreibe sie am besten auf die Tafel dazu.« Der Satz aus Bergers Mund klang wie ein großes Lob.

Uma lächelte und tat wie geheißen. Sie drehte sich um: »Ich habe noch einen Punkt. Firner und Lauder sind jeweils durch einen Schuss in die linke Schläfe getötet worden. Was sagt uns das?«

»Die Wahrscheinlichkeit ist groß, dass die falsche Mela, oder wer auch immer es war, auch für den Tod von Lauder verantwortlich ist«, antwortete Berger.

»Genau, wer auch immer es war. Zum jetzigen Zeitpunkt können wir uns nicht auf Helen festlegen«, bremste Tammy ihren Kollegen. »Auf jeden Fall haben wir eine übersichtliche Grundlage, mit der wir weiterarbeiten können. Und eine Liste der Leute, die wir dringend befra-

gen müssen. Das hast du sehr gut gemacht, Uma, danke.«
Tammy reckte den rechten Daumen nach oben.

»Dann gebe ich jetzt endlich meinen Einstand und öffne
eine Flasche Sekt ›Crémant Baden‹. Ich glaube, jetzt dürfen wir. Oder gibt es strenge Dienstanweisungen?«

»Keine Sorge«, beruhigte Berger sie, »wir dürfen.« Während Uma den Crémant einschenkte, fragte er Tammy:
»Was überlegst du gerade?«

»Sieht man mir das an, dass ich über etwas nachdenke?«

»Ja.«

»Sakura hat angedeutet, dass wir uns vielleicht zu sehr
auf Firner konzentrieren. Das geht in deine Richtung,
Uma. Außerdem ist ihre Abteilung an einer Gruppe dran,
die möglicherweise mit unserem Komplex zusammenhängt. Und sie hat mir gesagt, dass Federlein im LKA unter
Druck geraten ist. Näheres weiß sie allerdings nicht.«

32

Uma überraschte Tammy und Berger mit einer besonderen Nachricht, die sie nicht mehr erwartet hatten. »Roman
Plenther hat angerufen. Er will mit uns reden.«

»Wann?«, fragte Tammy.

»Jetzt, im Sinne von sofort. Er hat davor gewarnt, die Gelegenheit verstreichen zu lassen.«

»Das ist mehr als interessant«, murmelte Berger.

»Wie meinst du das?«, fragte Tammy.

»Ganz einfach. Wenn wir die Gelegenheit nicht nutzen, gibt er uns entweder keine Chance mehr oder …«

»Oder er hat keine Chance mehr.«

»So sehe ich das auch, Uma. Hat er sonst etwas gesagt?«

»Ja. Er habe einige interessante Details.«

»Hat er sich näher dazu geäußert?«

»Nein. Ich habe versucht, ihm etwas zu entlocken. Aber er hat gesagt, am Telefon wolle er nicht darüber sprechen.«

»Und wo will er uns treffen?«

»Auf dem Schwedengrundhof.«

»Der ist doch noch versiegelt. Oder ist er schon freigegeben?«

»Das habe ich ihn auch gefragt. Er hat gesagt, das Siegel sei weg. Er will übrigens, dass nur wir von der Abteilung Cold Case kommen. Niemand sonst.«

»Vielleicht weiß er einiges über die alten Fälle.«

»Wie hat er geklungen?«, fragte Tammy.

»Besorgt und unruhig. Als stände er unter großem Druck und habe nicht mehr viel Zeit.«

»Das erklärt möglicherweise sein Drängen. Hat er etwas zu seinem Sinneswandel gesagt?«

»Nein.«

»Dann lassen wir alles stehen und liegen.«

»Wie lange brauchen wir bis zum Hof?«, fragte Uma.

»Mit einer Stunde müssen wir rechnen. Wenn nichts dazwischenkommt.«

»In einer Stunde kann viel passieren, Alban.«

»Deshalb dürfen wir keine Zeit verlieren.«

»Wir sollten noch die Kripochefin informieren«, sagte Tammy.

»Keine Sorge, das mache ich gleich.« Berger nahm sein Diensttelefon in die Hand.

»Hoffentlich ist das keine Falle«, sinnierte Tammy sorgenvoll.

Als sie den Hof erreichten, wirkte alles so verlassen wie damals bei ihrem ersten Besuch. Langsam stiegen sie aus dem Wagen. Es war nichts zu hören und kein Fahrzeug war zu sehen.

»Wir gehen erst einmal ins Haus«, entschied Berger. »Passt auf, wir müssen uns auf alles gefasst machen. Seid ihr bereit?«

Tammy und Uma nickten. Sie kontrollierten ihre Waffen. Berger ging voran und stieg vorsichtig die Treppe hoch, jedes Geräusch vermeidend. Die Tür war angelehnt wie damals, als plötzlich alles aus dem Ruder gelaufen war. Berger stieß sie langsam auf und zog seine Waffe aus dem Schulterhalfter. Er blieb kurz stehen und lauschte. Nichts. Er machte einen Schritt vorwärts, der Holzboden knarrte. Er deutete nach links zur Küche. Die Tür stand einen großen Spalt offen. Mit dem rechten Fuß stieß Berger sie auf, sodass er einen Blick in den großen Raum werfen konnte.

Im ersten Moment erschrak er. Am Küchentisch saß ein Mann, ein toter Mann. Aus seiner linken Schläfe tropfte Blut. Roman Plenther! Tammy und die junge Kollegin waren ebenfalls überrascht, als sie die Leiche am Küchentisch sahen.

Uma flüsterte: »Ich gehe zum Auto und fordere Verstärkung und die Spurensicherung an.«

Berger nickte. Er und Tammy beschlossen, zunächst die anderen Räume des Hauses zu durchsuchen, bevor sie sich mit der Leiche befassten. Sie verließen die Küche und öffneten die Stubentür auf der anderen Seite des Korridors. Der Raum war leer. Im hinteren Bereich befanden sich ebenfalls Zimmer. Das wussten sie noch vom ersten Besuch. Aber sie hatten sie damals nicht durchsuchen können. Jetzt nahmen sie sich zuerst das Zimmer hinter der Küche vor.

Berger begann zu schnuppern.

»Hier riecht es nach Mela. Oder?«, fragte Tammy.

»Eindeutig.«

Geräuschlos verließ Uma das Haus und rannte zum Auto. Über die Leitstelle wurde sie zur Kripochefin weitervermittelt. Sie schilderte kurz die Lage und forderte wie vereinbart Verstärkung und die Spurensicherung an. Kaum hatte sie betont, dass es dringend sei, hörte sie zwei Schüsse. Vermutlich aus einer Luger P 08. Die Waffenkunde hatte sie mit Auszeichnung beendet und sich zusätzlich weitergebildet. Sie löste ihre Glock 46, die sie probeweise bekommen hatte, aus dem Schulterhalfter.

»Ich muss das Gespräch beenden. Hier sind zwei Schüsse gefallen.«

»Passen Sie auf. Riskieren Sie nichts!«, warnte die Kripochefin.

Ein dritter Schuss war zu hören. Er klang nach der HK P30 von Tammy. Neulich erst hatten sie gemeinsam ein Schießtraining absolviert. Sie war so gut wie Tammy, die im Polizeipräsidium inzwischen einen legendären Ruf hatte! Mit Stolz hatte Uma das festgestellt. Jetzt musste sie beweisen, dass sie es auch im Ernstfall konnte. Was hatte die Kripochefin eben gesagt? »Riskieren Sie nichts!« Doch

Uma blieb nichts anderes übrig, als ein Risiko einzugehen, um Tammy und Alban Berger zu schützen.

Angespannt lief sie zum Haus und die Treppe hoch, dabei alle Regeln beachtend, die ihr in der Ausbildung beigebracht worden waren. In der Küche und in der Stube war nichts von den beiden zu sehen. Vorsichtig ging sie über den Gang nach hinten und achtete darauf, dass der Holzboden keine Geräusche verursachte. Die Tür zum Raum hinter der Küche stand sperrangelweit offen. Im Tageslicht sah sie, dass Berger auf dem Boden lag. Sie hoffte, dass er noch am Leben war. Nicht weit neben ihm lag Tammy.

Uma beugte sich über ihre Kollegin und stellte fest, dass sie flach atmete. Bei Berger spürte sie nichts. Langsam richtete sie sich auf. Sie musste den Raum gegenüber inspizieren.

Die Tür war geschlossen. Sie drückte die Klinke sachte herunter und machte die Tür vorsichtig auf. Hier war niemand. Ihr blieben zwei Möglichkeiten: entweder Tammy und Alban Berger im Raum gegenüber schützen oder die weiteren Zimmer durchsuchen. Das größte Problem war, dass sie das Haus nicht kannte. Fehlende Ortskenntnis konnte über Leben oder Tod entscheiden. Nach kurzer Abwägung wählte sie das größere Risiko und checkte die übrigen Räume im Erdgeschoss, fand jedoch niemanden. Sie schlich zur Treppe. Die erste Stufe gab ein leises Geräusch von sich. Alle anderen Stufen blieben stumm. Licht drang durch das Sprossenfenster am Ende des Ganges und durchflutete die Diele des Obergeschosses. Die Treppe führte noch weiter zum Dachgeschoss. Aber zuerst wollte Uma sich dieses Stockwerk vornehmen. Als sie das erste Zimmer rechts ansteuerte, hörte sie etwas. Es klang, als wäre etwas auf Porzellan gefallen. Das Geräusch war aus dem Raum rechts neben dem Sprossenfenster gekommen. Ein dicker Läufer bedeckte den Dielenboden, der ihre Schritte gänzlich dämpfte. Das kam ihr gelegen. Vor dem Raum neben dem Sprossenfenster blieb sie stehen und horchte. Da drin war jemand, daran hatte sie keinen Zweifel. Sie musste schnell handeln.

Vorsichtig drückte sie die Klinke nach unten, sodass sich die Tür einen kleinen Spalt öffnete, umfasste mit beiden Händen den Griff ihrer Pistole und stieß mit dem rechten Fuß die Tür so wuchtig auf, dass sie an die Wand schlug. Das Badezimmer.

Eine Frau mit kurz geschorenen braunen Haaren, schwarzen Jeans, mit schusssicherer Weste und muskulösen Armen stand vor einem großen Spiegel und drehte sich überrascht um. War das Helen Dinger? Wer sonst! An ihrer rechten Schulter bedeckte ein großes Pflaster die Haut. War sie angeschossen worden? Von Tammy? Auf der Ablage unter dem Spiegel lagen eine Schere und eine Beretta.

Die Frau griff mit der linken Hand nach der Beretta.

Jetzt kam es auf jede Hundertstelsekunde an. Uma zögerte keinen Augenblick, zog ihre Waffe hoch und feuerte. Helen Dinger wurde nach hinten gerissen und fiel in die offene Duschkabine. Uma stand noch eine Weile schussbereit da und ging dann langsam auf die Duschkabine zu. Sie nahm die Beretta an sich, die Helen Dinger beim Sturz hatte fallen lassen, und steckte sie ein.

Gerade als sie sich zu Helen Dinger hinunterbeugte, um zu prüfen, ob sie noch lebte, ließ ein Geräusch sie herumfahren. War da eine Tür zugeschlagen?

Sie erhob sich und ging langsam rückwärts aus dem Badezimmer. An der Tür drehte sie sich blitzschnell um, als sie ein weiteres Geräusch hörte, das sie aber nicht einordnen konnte.

Auf dem Flur war niemand. Sie suchte die anderen Räume und das Dachgeschoss ab. Nichts. Irgendwo war ein weiteres Geräusch zu vernehmen. Sie rannte zurück ins Badezimmer.

»Scheiße, das darf doch nicht wahr sein!«, fluchte sie. Helen Dinger war verschwunden! Hatte sie es allein geschafft oder hatte ihr jemand geholfen? Vorsichtig ging sie die Treppe hinunter, blieb immer wieder stehen und lauschte.

Im Zimmer hinter der Küche versuchte sie, Tammy anzusprechen. Sie hatte die Augen nach wie vor geschlossen und zeigte keine Reaktion. Berger lag regungslos auf dem Boden. Uma fühlte seinen Puls. Anfangs spürte sie nichts. Bei ihrem dritten Versuch stellte sie ein ganz leichtes Pochen fest. Es bestand also noch Hoffnung.

Sie rief erneut das Präsidium an und bat um ein Ärzteteam. Verstärkung, Spurensicherung, Sanitäter, Arzt und ein Helikopter seien unterwegs, hieß es.

Obwohl Uma die Lage im Haus einigermaßen im Griff hatte, wuchs ihre Anspannung. Sie musste noch das Nebengebäude kontrollieren, das wie ein umgebauter Stall aussah.

Das große Tor des Gebäudes ließ sich nicht öffnen. Erst jetzt fiel ihr auf, dass es ein stabiles Vorhängeschloss hatte. Im Eingangsbereich des Hofes suchte sie nach einem Schlüsselkasten. Aber die Bewohner verwahrten die Schlüssel offenbar woanders. In der Küche links neben der Tür wurde sie fündig. Dort war an der Wand ein Brett angebracht, an dem mehrere Schlüssel hingen. Sie nahm drei mit, die vielleicht zum Vorhängeschloss passten. Bevor sie jedoch zurück zum Nebengebäude ging, schaute sie nach Tammy und Berger. Tammys Atmung schien ausgesetzt zu haben, Bergers Puls war weiterhin nur ganz schwach zu spüren. Uma fühlte sich hilflos. Die Durchsuchung des Nebengebäudes musste sie verschieben. Vorrang hatten jetzt Berger und Tammy.

Das Warten auf Rettung wurde zur Tortur.

Endlich hörte sie das knatternde Geräusch des Hubschraubers. Sie lief vor das Haus, die Bäume am Waldrand bogen sich bereits unter den Druckwellen. Der Hubschrauber landete und wirbelte dabei Staub und Dreck auf. Ein Arzt kletterte heraus. Uma führte ihn ins Haus zu Berger und Tammy.

»Berger hat es vermutlich am schlimmsten erwischt«, sagte sie. »Sein Puls ist kaum mehr zu spüren. Tammy hatte vorhin einen kurzen Atemaussetzer, aber mittlerweile atmet sie wieder.« Sie behielt ihre Glock 46 in der Hand, um schnell reagieren zu können, falls sie angegriffen wurden. »Wie sieht es aus, kommt der Kollege durch?«

»Schussverletzung?«, fragte der Arzt.

»Ja, der Kollege. Tammy ist entweder gestürzt oder niedergeschlagen worden.«

»Ich kann Ihnen zum jetzigen Zeitpunkt nichts sagen. Lassen Sie mich die beiden in Ruhe untersuchen. Der Krankenwagen wird gleich hier sein. Je nach Verletzung müssen Ihre Kollegen in eine Klinik geflogen werden.«

Uma zog sich in den Gang zurück und ließ den Arzt arbeiten. Sie hoffte, dass noch ein Fünkchen Leben in Berger war. Hatte Tammy mehr Glück gehabt?

Uma setzte sich auf den Boden. Wo war Helen Dinger?

33

Sie saß im Zug nach München. Er hatte ihr gemailt, dass er ein Hotel für sie besorgt habe und sie zu einem Abendessen einlade. Dabei wollten sie endgültig die Konditionen für ihren Wechsel besprechen. Sie freute sich auf das Wiedersehen, obwohl sie wusste, dass sie mit dem Feuer spielte. Wenn sie an das kommende Treffen dachte, musste sie lächeln. Sie konnte sich nicht auf das E-Book konzentrieren, obwohl sie einen spannenden Roman heruntergeladen hatte. Zu sehr nahm sie der nahende Abend gedanklich in Anspruch.

Ihr Smartphone surrte, das war sicher er. Sie öffnete die Nachricht. In ihrem Kopf bahnte sich eine Explosion der Gefühle an. Sie konnte nicht glauben, was sie da las: Alban war bei einem Einsatz lebensgefährlich verletzt worden. Kopfschuss! Es war unklar, ob er das überstehen würde.

Im Zug kam eine Durchsage: »Nächster Halt: Augsburg.«

Ariane raffte ihre Sachen zusammen, holte ihre große Tasche aus der Gepäckablage und ging zum Ausgang. München strich sie aus ihrem Wochenprogramm. Sie musste zurück, sie wollte zurück. Und sie musste das Feuer austreten, das sie entzündet hatte.

34

Gemeinsam mit der Kripochefin verließ Uma den Schwedengrundhof. Sie waren von mehreren Kollegen abgelöst worden. Bereitschaftspolizisten sperrten das Hofgelände ab. Ein krächzender Kuckuck verabschiedete die beiden.

Unvermittelt blieb Uma stehen. »Ich muss noch einmal zurück ins Haus.«

»Warum?«, fragte die Kripochefin.

»Die Kuckucksuhr.«

»Was meinen Sie damit?«

»Mit der Uhr stimmt etwas nicht. Sie klingt so komisch.«

»Wie kommen Sie darauf? Haben Sie Erfahrung mit Kuckucksuhren?«

»Meine Eltern besitzen eine baugleiche Kuckucksuhr wie die in der Stube des Hofes. Die klingt viel klarer. Außerdem sammelt mein Vater Kuckucksuhren. Und repariert sie auch. Ich habe ihm schon oft geholfen. Ich will nachsehen, was den Klang der Uhr in der Stube verändert.«

»Das hat doch nichts mit unserem Fall zu tun. Überlassen Sie das einem Uhrmacher.«

»Ich muss zurück, das sagt mir mein Bauchgefühl.«

»Dann gehen Sie halt. Ich warte am Auto.«

»Sie können auch mitkommen.«

»Wenn es sein muss.«

Die Kripochefin lief Uma hinterher, die bereits die Treppe hinaufstieg. In der Stube zog Uma einen Stuhl zur Wand, weil die Uhr recht hoch angebracht war. Sie löste sie vorsichtig von der Wand und machte sie auf. »Da steckt was und stört den Tonhebel«, sagte sie.

Die Kripochefin staunte, als die junge Kollegin einen USB-Stick aus dem Gehäuse zog. »Was Sie so alles im Bauch haben! Tüten Sie den Stick ein, den lassen wir heute noch untersuchen.«

Uma lächelte, stieg vom Stuhl und meinte: »Kopf und Bauch gehören zusammen. Wenn beide aufeinander hören, ist man auf dem richtigen Weg.«

»Auf den wir uns jetzt machen«, antwortete die Kripochefin ungeduldig und verließ die Stube.

»Frau Gallheimer, wir sollten den Wald untersuchen und den Fluchtweg von Helen Dinger finden. Wenn nicht wir, dann die vorhin eingetroffenen Kollegen.«

»Das schaffen wir heute nicht mehr. Außerdem muss ich das mit Zanger auf dem Präsidium und dem Polizeipräsidenten klären. Der Fall hier zeigt, dass wir mehr Leute brauchen. Wir müssen eine weitere gefährliche Situation vermeiden. Wie steht es mit Ihnen, Uma? Brauchen Sie psychologische Betreuung? So ein Tag wie heute kann zu einer großen Belastung werden.«

»Ich habe im Moment das Gefühl, dass ich gut zurechtkomme.«

»Sie dürfen sich nicht überschätzen. Gefühle können trügerisch sein.« Lydia Gallheimer wusste aus eigener Erfahrung, dass solche Erlebnisse manchmal zunächst keine Probleme verursachten, plötzlich jedoch zu einer traumatischen Belastung wurden. Das wollte sie der jungen Kollegin ersparen.

Nachdem sie etwa eine halbe Stunde in ihrem Büro gewartet hatte, hielt es Uma nicht mehr aus und klopfte bei Lydia Gallheimer. »Liegt das Ergebnis schon vor?«, fragte Uma.

»Nein, Sakura Landmann, Felix Manderscheid und zwei weitere Kollegen sind noch an der Auswertung des Sticks. Es hat wohl etwas gedauert, bis der Zugangscode geknackt war. Aber jetzt läuft es«, antwortete die Kripochefin.

Uma überlegte. »Wenn jemand einen Stick versteckt, aber nicht so verschlüsselt, dass niemand den Code knacken kann, dann bedeutet das etwas. Oder nicht?«

Die Kripochefin zuckte mit den Schultern. »Sagen Sie es mir, Uma.«

»Der Betreffende wurde überrascht. Dafür spricht das Versteck. Er hat schnell handeln müssen. Der Unbekannte kennt sich mit Kuckucksuhren nicht aus, sonst hätte er den Stick nicht so platziert, dass er den Tonhebel blockiert. Denn wenn eine Kuckucksuhr so schräg klingt, macht das aufmerksam. Irgendwann kommt jemand auf den Gedanken, darin nachzuschauen.«

»Sie zum Beispiel.«

»Oder der Unbekannte hat genau das gewollt.« Uma schüttelte den Kopf. »Nein, ich glaube eher, dass er in Panik geraten ist. Vor wem hat er Angst bekommen?«

»Möglicherweise vor Mela alias Helen Dinger.«

»Oder es war eine weitere Person im Haus, die Roman Plenther erschossen hat. Die Geräusche, die ich im Schwedengrundhof gehört habe, lassen diese Deutung zu. Sie haben sich nach zwei Personen angehört.«

»Denkbar ist das.«

»Wer könnte den Stick in der Uhr versteckt haben? Roman Plenther? Der Unbekannte? Können wir die falsche Mela ausschließen?«

»Im Moment können wir noch niemanden ausschließen.«

»Die Kuckucksuhr muss auch noch kriminaltechnisch untersucht werden.«

»Das habe ich schon veranlasst. Die Spurensicherung prüft den USB-Stick auch auf Fingerabdrücke. Ihre sind auf jeden Fall drauf.«

»Und wie sieht es aus mit der Fahndung nach der echten Mela von Erlenbach? Die müssen wir unbedingt finden.«

»Ich kann Sie beruhigen, Uma. Die Fahndung ist vorbereitet und geht morgen raus. Es ist weniger eine Fahndung als vielmehr eine Suche. Wir wissen ja nicht, ob sie wirklich in die Fälle verstrickt ist. Deshalb wird um Hinweise auf ihren Aufenthaltsort gebeten. Ihr Name wird nicht genannt. Und wir stellen auch keinen Zusammenhang her mit einem Verbrechen.«

»Die Fahndung ist also eher wie eine Vermisstensuche gestaltet?«

»Genau.«

»Das heißt, Sie verbinden den öffentlichen Aufruf mit der Hoffnung, dass Mela von Erlenbach sich selbst meldet.«

»Ja. Sie ist für uns eine sehr wichtige Zeugin. Und genau darum will ich die Suche nicht als Fahndung verstanden wissen«, betonte die Kripochefin.

Kaum war Uma in das Büro der Cold-Case-Gruppe zurückgekehrt, klingelte das Telefon, und die Zentrale informierte sie über einen Anruf, der vor ein paar Minuten eingegangen war.

Uma eilte zurück zu Lydia Gallheimer. Sie klopfte an

der Tür, trat ein und gab wieder, was sie soeben erfahren hatte. »Wir haben gerade einen Hinweis von einem Waldbesitzer und Jäger bekommen. Er hat gesagt, das Ganze komme ihm sehr mysteriös vor. Es geht um eine Frau im Mooswald.«

»Geht es etwas konkreter, Uma?«

»Er hat heute Morgen seine Wildkamera ausgewertet. Eine Aufnahme zeigt eine Frau, die eine Waffe in der Hand hält. Die Zentrale, denn dort ging der Anruf ein, hat ihn darum gebeten, die Aufnahme zu schicken. Bin gespannt, ob man das Gesicht erkennt.«

»Wo steht die Wildkamera?«

»Einen Augenblick, Frau Gallheimer.« Uma schaute auf den Zettel in ihrer Hand, auf dem sie alles Wichtige notiert hatte. »Hier. Ich habe es. Die befindet sich an der Grenze zum Schwedengrundhof.«

»Tatsächlich?«

Umas Handy vibrierte. Sie zog es aus ihrer Gesäßtasche. »Das ging ja schnell! Der Jäger hat das Bild schon geschickt.«

»Können Sie etwas erkennen?«

»Könnte sein, dass das Mela von Erlenbach ist. Schauen Sie mal.« Uma hielt ihr Handy der Kripochefin hin.

»Da fehlt uns Tammy.«

Wie aufs Stichwort ging die Tür auf – und Tammy erschien.

»Tammy, Sie müssten doch im Krankenhaus sein! Sind Sie verrückt?«, fragte die Kripochefin entgeistert.

»Ja, verrückt nach Aufklärung. Beruhigen Sie sich. Ich habe mich selbst entlassen, auf eigene Verantwortung.«

»Aber Sie haben eine Gehirnerschütterung!«

»Und starke Tabletten.«

»Also mir ist nicht wohl dabei, dass Sie jetzt schon wieder Dienst machen.«

»Und mir ist bei diesem verworrenen Fall nicht wohl. Deshalb bin ich hier.«

»Falls Sie gesundheitliche Probleme bekommen, muss ich Sie sofort nach Hause schicken.«

»Was schaut ihr euch auf deinem Handy an, Uma?«

»Ein Foto. Aufgenommen von einer Wildkamera in der Nähe des Schwedengrundhofes. Wir rätseln gerade, ob das die falsche oder die echte Mela ist. Du kannst das besser beurteilen.«

»Vergrößere es bitte mal.«

Tammy starrte eine Weile auf das Handydisplay. »Ich kann nicht genau sagen, welche Mela das ist. Die falsche hat zuletzt kurze Haare getragen.«

»Im Badezimmer im Obergeschoss des Schwedengrundhofes haben wir eine Perücke gefunden. Sie stammt vermutlich von der falschen Mela. Die Untersuchung läuft noch«, sagte die Kripochefin.

»Es könnte auch die echte Mela sein. Sicher bin ich mir nicht. Die Auflösung des Bildes ist nicht optimal. Notfalls müssen wir eine Pixel-Analyse machen.«

»Das geht nur über das LKA«, gab die Kripochefin zu bedenken.

»Und was jetzt?«, wollte Uma wissen.

»Jetzt suchen wir nach ihr«, antwortete Lydia Gallheimer.

»Und wo?«

»Zunächst im Mooswald in der Nähe des Schwedengrundhofes. Dort, wo sich die Wildkamera befindet.«

»Bekommen wir Unterstützung?«, fragte Uma.

»Auf die Schnelle nicht. Leider.«

»Dann müssen wir wieder mal einen Alleingang wagen?«

»Ja.«

Tammy biss sich auf die Lippen. »Wie geht es Alban?«, fragte sie ängstlich.

»Ich habe vorhin mit seiner Frau telefoniert«, antwortete die Kripochefin. »Die Operation ist erstaunlich gut verlaufen. Ob er über den Berg ist, kann man noch nicht sagen. Seine Frau ruft mich morgen wieder an. In der Konferenz morgen Nachmittag kann ich Ihnen dann wahrscheinlich mehr berichten. Ich hoffe, nur Positives. Den Kollegen Zanger habe ich gebeten, eine ›Soko Schwedengrundhof‹ zu bilden. Sie wird nicht so groß sein wie üblich. Ab jetzt werden wir unabhängig vom LKA ermitteln, und zwar den ganzen Komplex. Das ist mit dem Polizeipräsidenten und mit Oberstaatsanwalt Stenglenz vereinbart. Beide haben darum gebeten, nichts an die Öffentlichkeit dringen zu lassen. Ich zitiere den Polizeipräsidenten: ›Sonst haben wir einen großen Skandal, von dem sich einige nicht erholen werden.‹« Lydia Gallheimer fügte sarkastisch hinzu: »Ob er sich oder uns gemeint hat, weiß ich nicht. So viel dazu. Sie, Tammy, gehen jetzt nach Hause und ruhen sich aus. Dass Sie sich selbst aus dem Krankenhaus entlassen haben, macht mich immer noch fassungslos.«

»Auf keinen Fall, ich suche mit Uma nach Mela. Sie haben doch eben selbst gesagt, dass wir keine Unterstützung bekommen.«

»Nicht von außerhalb. Aber ein paar wenige unserer eigenen Leute lassen sich schon finden. Und auch ich selbst komme mit. Sie gehen heim, keinen Widerspruch!«

»Danke für die Kopfnuss«, sagte Tammy. Zu Hause wartete sicher die nächste.

35

Kripochefin Gallheimer hatte ein kleines Team zusammengestellt für den »Waldbegang« rund um den Schwedengrundhof. Der Hof selbst war inzwischen gründlich
untersucht worden. Sie wussten nun, wie die falsche Mela
und eventuell andere hatten fliehen können. Im hinteren
Bereich gab es zwei Ausgänge. Einer führte von der unte-
ren Diele, ein weiterer von der oberen über eine Außen-
treppe hinaus. Bei der Vorbereitung hatten sie auf Gelän-
dekarten eine Hütte in der Nähe des Hofes entdeckt.

Nun gingen sie schematisch nach der Geländekarte und
Drohnenbildern vor und versuchten, möglichst wenig
Geräusche zu verursachen. Ab und zu knackte mal ein
dürrer Ast. Das ließ sich nicht vermeiden. Einen Großeinsatz mit Hunden und einer Suchtruppe hatte die Kripochefin nicht für angemessen gehalten. Sie wussten ja, wo
die Hütte stand. Bei einem Großeinsatz war das Risiko zu
hoch, dass die Person, die sich möglicherweise in der Hütte
aufhielt, aufgeschreckt wurde und floh. Ein Fiasko wollte
sie auf jeden Fall verhindern. Falls der Einsatz aus dem
Ruder zu laufen drohte, würde sie ihn abbrechen. Lydia
Gallheimer merkte, dass dieser Fall mehr und mehr an ihre
Substanz ging. Sie bewunderte die Energie und Ruhe der
jungen Kollegin Uma, die den letzten Einsatz im Schwedengrundhof offenbar gut überstanden hatte. Sie schien
psychisch sehr stabil zu sein.

Bald mussten sie an der Hütte sein. Bisher war ihnen
nichts aufgefallen. Die Hütte war vermutlich vor langer

Zeit als Schutzhütte für die Waldarbeiter gebaut worden, mehr wussten sie nicht. Möglicherweise war der Einsatz vergeblich. Ob die echte Mela von Erlenbach sich darin versteckte, fragte sich die Kripochefin.

In der Ferne zeichneten sich die Konturen der Hütte ab. Die Kripochefin machte Handzeichen, das Team zog den Halbring, den es gebildet hatte, etwas weiter, um einer zu frühen Entdeckung zu entgehen. Nach rund 100 Metern gab Lydia Gallheimer dem Team ein weiteres Zeichen. Sie und Uma schlichen voraus, die anderen folgten mit einem größeren Abstand. Es kam jetzt darauf an, so gut wie keine Geräusche zu machen und nicht ins Sichtfeld der Hütte zu gelangen. Gebückt liefen die beiden im Schutz der Bäume auf die Hütte zu und positionierten sich an der rechten Seite, an der sich auch die Tür befand. Die anderen Teammitglieder zogen einen Kreis um die Hütte. Jetzt musste alles schnell gehen.

Die Kripochefin drückte die Türklinke runter. Die Hütte war nicht verschlossen. Mit einem Ruck öffnete sie die Tür, gedeckt von der jungen Kollegin. Beide drangen in die Hütte ein. Sie war leer, aber erst vor Kurzem benutzt worden. Nur, von wem? Von Helen Dinger? Von Mela von Erlenbach? Auf dem alten Holztisch in der Mitte des Raumes waren kreisrunde Wasserflecken zu sehen, die von Flaschen, Bechern oder Gläsern stammten. Es roch muffig. Das könnte bedeuten, dass sie nicht über längere Zeit genutzt worden war, niemand also hier regelmäßig gelüftet hatte. Auf der breiten Bank am Tisch musste jemand gesessen oder geschlafen haben. Kein Körnchen Staub war zu entdecken.

Uma fing an zu schnuppern. »Jetzt fehlen uns die olfaktorischen Fähigkeiten des Kollegen Berger«, sagte sie.

»Der fehlt uns überhaupt«, stellte die Kripochefin fest. »Ich rufe die Spurensicherung an.« Sie drückte unter »Kontakte« auf die entsprechende Nummer, doch es kam keine Verbindung zustande. »Wir befinden uns in einem Funkloch«, stellte sie fest.

»Wir befinden uns in Deutschland.«

»Lassen wir das. Ich gehe zurück zum Schwedengrundhof und versuche es dort erneut.«

Die Kripochefin beendete den Einsatz, ließ jedoch zwei Kollegen an der Hütte warten, bis die Spurensicherung kam.

Auf dem Weg zum Schwedengrundhof stellte Uma die entscheidende Frage, die auch die Kripochefin beschäftigte. »Angenommen, Helen Dinger hat sich in der Hütte aufgehalten. Wo ist dann Mela von Erlenbach? Oder sind beide in der Hütte gewesen?«

»Zum jetzigen Zeitpunkt ist alles möglich, ausschließen können wir gar nichts. Falls Helen Dinger die Frau im Wald ist, müssen wir die Suche nach Mela verstärken.«

»Wo kann die sein?«

»Wir müssen abwarten, was unser Suchlauf bringt. Wenn sie nicht tot ist, finden wir sie irgendwann. Davon bin ich überzeugt.«

»Vielleicht gibt es Hinweise in der Wohnung von Hubert Firner in Lahr.« Uma berichtete Lydia Gallheimer, was sie mit Berger und Tammy jüngst überlegt hatte.

»Ich kümmere mich um eine Durchsuchung der Wohnung. Illusionen mache ich mir keine.«

36

Uma und Lydia Gallheimer warteten nach ihrer Rückkehr gespannt auf den Bericht von Sakura. Sie hatte zusammen mit Felix Manderscheid den USB-Stick aus der Kuckucksuhr überprüft und wollte sie nun darüber informieren.

Es klopfte kurz, dann traten Sakura und Felix ins Büro der Kripochefin.

»Eines muss ich vorausschicken«, begann Sakura. »Es hat uns gewundert, dass der USB-Stick so leicht zu knacken war. Eine Erklärung dafür haben wir nicht. Nun zu den Daten auf dem Stick: Der Inhalt liest sich wie Sitzungsprotokolle. Volle Namen sind darauf nicht zu finden, Kürzel auch nicht. Auf eine sechsstellige Zahl, die vermutlich Tag, Monat, Jahr ohne Punkte nennt, folgt eine weitere Zahl. Meist eine 7, manchmal auch eine 6. Damit sind wahrscheinlich die Teilnehmer gemeint. Die Themen der Sitzungen werden stichwortartig festgehalten. Aus den mageren Protokollnotizen geht hervor, dass die Gruppe sich mit Akquisition beschäftigt hat. Es fallen Begriffe wie Immobilien, IT, Fraud.«

»Kannst du erklären, was ›Fraud‹ ist?«, fragte Uma.

»Das ist ein Begriff aus der Wirtschaftskriminalität. Zum Beispiel fällt eine vorsätzliche Täuschung darunter, um Gewinne zu erzielen. Überrascht hat uns ein weiteres Stichwort in den Protokollen: Holzhandel.«

Uma hätte beinahe etwas gesagt, hielt sich aber zurück und meinte nur: »In diesem Bereich müssen wir noch mehr ermitteln.«

Die Kripochefin fragte: »Kann man aus den Protokollen etwas herauslesen, das uns weiterhilft?«

»Das ist schwierig, Frau Gallheimer«, antwortete Felix Manderscheid. »Wir vermuten, dass es sich um zwei Gruppen handelt. Die eine bekommt Aufgaben. Das Wort taucht so häufig auf wie das Wort ›Akquisition‹. Und die andere vergibt die Aufgaben. Mehr Struktur lässt sich nicht erkennen. Aber das Operationsgebiet scheint sehr komplex zu sein.«

»Halten die Protokolle auch den Ort fest, an dem sich die sechs oder sieben Leute zu den Sitzungen treffen? Und seit wann finden diese Treffen statt?«, wollte Uma wissen.

Sakura übernahm wieder. »Seit Jahren. Über die Orte steht in den Aufzeichnungen jedoch nichts. Ihr bekommt demnächst alle Unterlagen zum USB-Stick. Es tut uns leid, dass wir eure Hoffnungen dämpfen müssen. Ah, fast hätte ich es vergessen, im Protokoll des letzten Treffens steht: ›Rückzug einleiten. Befehl von oben. Fast alle sind erbost.‹«

»Von wann stammt das Protokoll?«, hakte die Kripochefin nach. »Kann man diesen Aufruf einordnen?«

»Das Datum liegt rund vier Wochen vor Firners Tod. Die Aufforderung, sich zurückzuziehen, kann damit zusammenhängen. Es kann aber auch andere Gründe geben. Ich will nicht spekulieren.«

»In Ordnung, Sakura, danke.«

»Gerne, Frau Gallheimer.«

»Eine Frage habe ich noch: Sie und Ihr Kollege sprechen von einem komplexen Operationsgebiet. In dem Feld braucht man doch großes Insiderwissen. Ist es denkbar, dass Ermittler verstrickt sind?«

»Das haben wir uns auch gefragt.«

»Und welche Antwort haben Sie gefunden?«

»Dass es leider so ist.«

»Die Fingerabdrücke auf dem Stick sind interessant«, sagte die Kripochefin, nachdem Sakura und Felix Manderscheid gegangen waren. »Sie stammen von zwei Personen: von Ihnen, Uma, und von einer unbekannten Person. Roman Plenther hatte mit dem Stick und mit diesen Aufzeichnungen nichts zu tun. Sein Handy, das er zum Todeszeitpunkt bei sich hatte, konnte übrigens geknackt werden, der Bericht liegt mir vor. Seine Kontaktliste weist nur wenige Namen auf, die bisher nicht überprüft wurden. Interessant ist dabei eine Nummer mit Gengenbacher Vorwahl, die er einen Tag vor seinem Tod angerufen hat. Sie taucht auf der Anrufliste öfter auf. Die Daten bekommt ihr gleich. Uma, Sie kümmern sich um die Gengenbacher Nummer.«

Uma ging zurück in ihr Büro, wo es ohne Berger und Tammy ganz schön einsam war, und machte sich sofort an die Arbeit.

»Hallo«, meldete sich eine zurückhaltende Frauenstimme, nachdem Uma die Nummer gewählt hatte.

»Meine Name ist Uma Tharau von der Kriminalpolizei in Offenburg.«

Die Frau legte sofort auf. Hatte sie Angst, Opfer von Trickbetrügern zu werden, oder löste das Wort »Kriminalpolizei« Panik bei ihr aus?

Uma rief noch einmal an. Die Frau ging nicht mehr ans Telefon.

37

Sakura, Felix Manderscheid, Zanger und Uma saßen im Zimmer der Kripochefin und warteten auf sie. Lydia Gallheimer hatte sie alle hergebeten und gesagt, es sei äußerst wichtig. Doch das Gespräch mit dem Polizeipräsidenten schien sich in die Länge zu ziehen. Tammy fehlte, denn sie musste sich wegen ihrer Schwangerschaft nach den jüngsten Entwicklungen auf Dienstfähigkeit untersuchen lassen.

Endlich ging die Tür auf und Lydia Gallheimer trat ein. »Entschuldigung, es hat etwas länger gedauert. Ich habe den Polizeipräsidenten und den Oberstaatsanwalt über die neuesten Erkenntnisse ins Bild setzen müssen.«

»Ging es um das, was Sie auch mit uns besprechen wollen?«, fragte Uma.

»Ja. Es gibt Neuigkeiten, womit ich nicht gerechnet habe. Die ballistischen Untersuchungsergebnisse für den Schwedengrundhof liegen vor. Roman Plenther ist nicht mit der Beretta von Helen Dinger erschossen worden. Die Beretta, die wir im Badezimmer gefunden haben, konnte eindeutig Helen Dinger zugeordnet werden. Und die Kugel, die Alban Berger getroffen hat, stammt ebenfalls nicht aus der Waffe von Helen Dinger.«

»Ich werd verrückt! Dann habe ich auf die Falsche geschossen.« Uma schlug sich die Hand an die Stirn.

»Das haben Sie nicht, Uma. Sie haben richtig gehandelt. Ihnen ist nichts anderes übrig geblieben. Ich habe Sie alle gerufen, damit wir in Ruhe die neue Lage analysieren. Sie sind an der Reihe.«

»Konnte festgestellt werden, aus was für einer Waffe die Munition stammt, die Berger und Plenther getroffen hat?«, fragte Uma.

»Ja, aus einer Luger P 08. Auf beide wurde aus derselben Waffe geschossen.«

Kaum war Uma zurück in ihrem Büro, kam Tammy zur Tür herein. Sie hatte den Gesundheitstest bestanden und ließ sich von Uma auf den neuesten Stand bringen.

Das Telefon klingelte, Lydia Gallheimer bat sie erneut zu sich.

»So, jetzt ist alles klar«, begann sie, kaum dass Uma und Tammy sich vor dem großen Schreibtisch der Kripochefin gesetzt hatten. »Vielmehr ist gar nichts klar. Das Landeskriminalamt hat einen Abschlussbericht zum Tod von Hubert Firner vorgelegt. Ich habe es nicht für möglich gehalten, dass das LKA klein beigibt. Allerdings behandelt der Bericht nur das, was auf dem Schwedengrundhof passiert ist. Ich habe ihn als Mailanhang bekommen. Er blendet alles andere aus. Wie der LKA-Chef unserem Polizeipräsidenten mitgeteilt hat, wird eine Pressemitteilung vorbereitet, in der der Fall als abgeschlossen bezeichnet wird. Eine Pressekonferenz ist nicht vorgesehen. In dem Bericht, der wahrscheinlich so als Pressemitteilung rausgeht, heißt es, dass es vor geraumer Zeit zu einem Polizeieinsatz auf einem Hof im Mooswald bei Oppenau gekommen sei. Ein Kripobeamter habe bei dem Einsatz in einem psychischen Ausnahmezustand seine Waffe auf einen Kollegen gerichtet. Dabei sei er von einer Kollegin erschossen worden. Der Vorgang sei intern geprüft worden. Die Kollegin habe überlegt und schnell gehandelt und damit Schlimmeres verhütet. Der Kripobeamte habe zuvor den Polizeieinsatz selbst ausgelöst und von einem Angriff auf den Hof gesprochen. Die genauen Hintergründe würden sich nicht aufklären lassen. Im Interesse aller Beteiligten könne man Näheres nicht mitteilen.«

»Warum diese Anonymität? Und was ist mit dem Anschlag auf unsere Abteilung? Was ist mit dem Tod von Lauder? Und der nackte Tote an der Griesbacher Steige wird auch nicht erwähnt«, sagte Tammy.

»Der Bericht ist vermutlich bewusst so angelegt, dass keine Zusammenhänge zwischen den einzelnen Fällen erkennbar sind.«

»Und mit dieser Lüge sollen wir leben? Das geht doch nicht! Wie kommt das in der Öffentlichkeit an?«, empörte sich Tammy.

»Vieles weiß die Öffentlichkeit gar nicht. Die kennt die Hintergründe nicht.«

»Noch nicht.«

»Was wollen Sie damit sagen, Uma?«

»Wir könnten an die Öffentlichkeit gehen. Verdeckt oder als Polizeipräsidium.«

»Sie wissen genau, dass wir diesen Konflikt nicht riskieren dürfen. Der Polizeipräsident empfiehlt in Absprache mit Oberstaatsanwalt Stenglenz, vorerst das Vorgehen des LKA zu akzeptieren, aber intern weiterzuermitteln.«

»Das wird nicht leicht für uns. Die haben alles gesäubert, alles abgeriegelt, alles manipuliert, Ermittlungsergebnisse verdreht und verkaufen die Öffentlichkeit für dumm. Für was?«, wollte Tammy wissen.

»Wir sollten uns eher fragen, für wen?«, ergänzte Uma. »Wissen die vom LKA eigentlich, dass wir einen Stammbaum der Familie Plenther haben?«

»Meines Erachtens nicht.« Lydia Gallheimer richtete ihren Blick abwechselnd auf Tammy und Uma und sagte: »Es sei denn, Sie haben etwas rausgelassen.«

»Nein«, antworteten beide zeitglich.

»Dann halten Sie es weiterhin geheim! Sie müssen sich im Klaren sein, dass es zum großen Knall kommt, wenn wir eine Verbindung der Fälle in das LKA nachweisen können. Ich will mir gar nicht vorstellen, was dann los ist.«

»Warum haben Sie so eine große Angst vor der Öffentlichkeit?«

Die Kripochefin ließ Tammys Frage unbeantwortet.

38

Die intensivierte Suche nach Mela von Erlenbach brachte einen unerwartet schnellen Erfolg. Ein anonymer Hinweis. Mela hatte sich in Kniebisdorf bei Freudenstadt in einem abgelegenen kleinen Hotel einquartiert. Niemand hatte von ihr Notiz genommen. Die Streifenbeamten fanden Mela in dem Hotel und baten sie mitzukommen. Sie sagten, dass sie nach der Befragung wieder gehen könne, denn es liege nichts gegen sie vor.

Ohne Widerspruch willigte sie ein.

»Sie haben uns sicher viel zu erzählen«, eröffnete Lydia Gallheimer die Befragung, nachdem die echte Mela von Erlenbach im Präsidium angekommen war. Uma war mit im Raum, Tammy hörte von nebenan zu.

Mela saß stumm da mit einem Gesicht, das wie ein undurchdringlicher Marmorblock wirkte.

Vorsichtig setzte die Kripochefin den Meißel an. »In welcher Beziehung stehen Sie zu Hubert Firner, Ihrem Onkel?«

Mela senkte den Kopf. Es war die erste Regung, seit sie sich gesetzt hatte. Ein leises Gemurmel war zu hören, aber ihre Worte konnte man nicht verstehen.

»Können Sie bitte etwas lauter reden!«

»Hubert Firner ist nicht mein Onkel.«

»Was ist er dann?«

»Er ist mein Vater.«

Die Kripochefin und Uma konnten ihre Überraschung nicht verbergen.

»Sind Sie sicher?«

»Ja. Absolut sicher.« Mela war wieder leiser geworden. »Ich habe einen Vaterschaftstest machen lassen.«

»Einen illegalen.«

»Ja, es ist mir nichts anderes übrig geblieben.«

»Wie sind Sie darauf gekommen, dass er Ihr Vater sein könnte?«

»Die Gesichtszüge. Und die ganze verworrene Geschichte um meine Geburt. Ich wollte Klarheit.«

»Haben Sie ihn auf den Vaterschaftstest angesprochen?«

»Ja.«

»Und wie hat er reagiert?«

»Er war am Boden zerstört. Ich habe ihn mit allem, was ich herausgefunden habe, konfrontiert. Er hat eingeräumt, dass er mit seiner Schwägerin ein Verhältnis hatte.«

»Als Sie in Stuttgart im LKA angekommen sind, ahnte er nicht, dass Sie eine Verwandte oder sogar seine Tochter sind?«

»Nein. Ich gehe davon aus, dass er nicht in meine Personalakte geschaut hat.«

»Hat sein Bruder damals von dem Verhältnis etwas mitbekommen? Und hat Ihr Vater etwas zu dem erweiterten Suizid gesagt? Der eventuell keiner war, denn es steht immer noch der Verdacht im Raum, dass Albert Firner und seine Lebensgefährtin ermordet wurden.«

»Er hat mir keine klaren Antworten gegeben. Er hat nur gesagt, dass er in seinem Leben viele schwere Fehler gemacht habe. Das räche sich jetzt.«

»Haben Sie ihm geglaubt?«

»Dass er schwerwiegende Fehler gemacht hat, das habe ich ihm abgenommen. Aber ich weiß zu wenig über ihn, um ihn richtig beurteilen zu können.«

»Wie ist es danach weitergegangen?«

»Wir haben vereinbart, uns in Ruhe auszusprechen. Doch dann haben sich die Ereignisse überschlagen.«

»Welche Ereignisse meinen Sie?«

»Er sei enorm unter Druck gesetzt worden, hat er mir gesagt. Die Hintermänner hätten verlangt, dass bestimmte Akten verschwinden, also vernichtet werden müssen.«

»Welche Akten?«

»Keine Ahnung.«

»Was sind das für Leute?«

»Darüber kann ich Ihnen nichts Genaues sagen. Mein Vater muss sich einem der Hintermänner offenbart haben, ohne zu überlegen, was das für Konsequenzen hat. Als er vor längerer Zeit erfahren hat, dass Alban Berger die Cold-Case-Abteilung leiten wird, wurde ihm klar, dass über kurz oder lang einiges ans Licht geraten würde. Vor Berger hat er großen Respekt gehabt. Mein Vater hat zu mir gesagt, dass er sich irgendwann stellen müsse. Alban Berger werde sowieso alles herausfinden. Psychisch war mein Vater am Ende. Er konnte sich nur noch mit Tabletten halten.«

»Noch mal zu den Hintermännern. Sie meinten, Sie können ›nichts Genaues‹ zu ihnen sagen. Aber Ungenaues?«

»Mein Vater hat angedeutet, ich betone: angedeutet, dass es sich vor allem um einen Mann handelt, der ganz oben in der Polizeihierarchie des Landes steht. Er hat mir das im Flüsterton gesagt und offensichtlich Angst gehabt, dass jemand mithört.«

»Wer könnte das sein?«, fragte Uma.

Mela von Erlenbach schüttelte den Kopf. »Ich kann es Ihnen nicht sagen.«

Uma überlegte. »Wer steht an der Spitze der Landespolizei?« Die Antwort gab sie gleich selbst: »Der Polizeipräsident. Und der Inspekteur der Landespolizei.«

»Das wäre ja unglaublich!«, meinte die Kripochefin. »Wenn dem so wäre, käme das einem politischen Erdbeben gleich. Welche Aufgaben hat der Inspekteur?«

Obwohl die Frage vermutlich rhetorisch gemeint war, sagte Uma: »Der steuert und koordiniert die polizeilichen Aufgaben. Er ist verantwortlich für das Strategische Controlling, das Qualitätsmanagement und die Interne Revision. Und er vertritt auf Bundesebene den Innenminister, wenn es um Führung, Einsatz und Kriminalitätsbekämpfung der Polizei geht.«

»Danke, Uma. Weitere Spitzenpositionen sind der Landeskriminaldirektor und der Präsident des Landeskriminalamtes.«

»Und der Präsident des Polizeipräsidiums ›Einsatz‹.«

»Da haben wir einige hochkarätige Verdächtige beisammen.« Lydia Gallheimer wandte sich wieder Mela zu. »Haben Sie von Ihrem Vater Hinweise auf einen bestimmten Namen bekommen?«

»Ich kann mich nicht erinnern.«

»Ich werde Ihnen eine Liste mit Namen vorlegen. Vielleicht fällt Ihnen dabei etwas ein.«

»Was ist das für eine Liste?«

»Ein riesiger Stammbaum der Familie Plenther vom Schwedengrundhof. Es ist letztlich auch Ihr Stammbaum. Der Name Firner taucht darin auf. Ihr Vater hatte Verbindungen zu Angehörigen auf der Ahnentafel, die möglicherweise in Verbrechen verwickelt sind. Welche Rolle hat Ihr Vater gespielt? Das ist uns nicht ganz klar.«

»Mir geht es genauso.«

»Sie müssen uns alles sagen, was Sie wissen. Schonungslos. Vor allem brauchen wir Hinweise auf den Mann im Hintergrund. Wenn es den wirklich gibt. Oder muss man bei Ihrem Vater von Paranoia ausgehen?«

»Zweifeln Sie an dem, was ich gesagt habe?«

»Solange ich keine eindeutigen Fakten habe, muss ich zweifeln. Wie die Polizei arbeitet, muss ich Ihnen ja nicht erklären.«

»Ich würde Ihre Zweifel gerne ausräumen.«

Uma räusperte sich und unterbrach den Dialog zwischen Mela von Erlenbach und Lydia Gallheimer. »Eines verstehe ich nicht. Wenn Ihr Vater so unter Druck gestanden hat, muss er doch etwas zu seiner Verteidigung oder zu seinem Schutz unternommen haben.«

Mela von Erlenbach atmete tief ein und langsam wieder aus wie beim ärztlichen Abhören der Lunge. »Einmal hat er gesagt, er habe einiges archiviert, das werde Grundfesten erschüttern. Es klang ziemlich verschwörerisch. Zugegeben, bei seinem psychischen Zustand habe auch ich manchmal gedacht, er leide an Paranoia.«

»Wo könnte er etwas archiviert haben? In seiner Wohnung?«

»Da muss ich passen. Haben Sie seine Wohnung durchsucht?«

»Wir nicht, das LKA.«

»Das kann sehr gründlich sein.« Mela lachte boshaft auf.

Die Kripochefin hob die Hand. »Ich hätte einen Vorschlag: Wir machen jetzt eine kurze Pause. Danach vertritt mich Tammy Bieger.«

Lydia Gallheimer forderte Kaffee und Gebäck an und besprach im Nebenraum das weitere Vorgehen mit Uma und Tammy, die von hier aus alles verfolgt hatte.

»Falls Firner etwas Wichtiges versteckt hat, ist es möglicherweise schon in den Händen der Hintermänner, die Mela von Erlenbach angesprochen hat. Folgendes müssen wir sie unbedingt noch fragen: Weiß Mela von der ›Mordakte Albert Firner‹? Weiß sie vom Tod ihres Vaters? Wenn ja, wer hat ihr das mitgeteilt? Hat sie Kontakt zu Helen Dinger? Wusste sie, dass Helen sich unter ihrem Namen in unsere Abteilung Cold Case eingeschlichen hat? Welche Waffen besitzt sie? Tammy, wie sehen Sie den Verlauf des bisherigen Gesprächs?«

»Auf der einen Seite wirkt sie offen. Sie ist betroffen von der ganzen Geschichte, das merkt man ihr deutlich an. Aber ich bin mir nicht sicher, ob sie uns alles sagt, was sie weiß. Vor allem in Sachen Hintermänner und bei demjenigen, der angeblich alles aus dem Hintergrund steuert. Ich habe zwischendurch den Eindruck gehabt, dass sie ein bisschen mit dem Zustand ihres Vaters und mit der Paranoia spielt. Ich frage mich, was sie damit bezweckt. Möglicherweise hat sie etwas vor. Sie hat ja – wie Helen Dinger – ebenfalls ein hervorragendes Zeugnis und gilt als ausgezeichnete Ermittlerin.«

»Ich muss jetzt leider zu einer Besprechung.« Lydia Gallheimer erhob sich. »Tammy, Sie übernehmen zusammen mit Uma und halten mich auf dem Laufenden.«

Uma legte den Stammbaum des Schwedengrundhofes vor Mela von Erlenbach auf den Tisch, als sie mit Tammy ins Verhörzimmer zurückkehrte.

Tammy stellte sich kurz vor und eröffnete die zweite Runde des Gesprächs. »Sie wissen, dass Ihr Vater tot ist?«

»Ja.«

»Wann haben Sie das erfahren? Und von wem?«

»Das ist schon eine Weile her.«

»Können Sie das zeitlich eingrenzen?«

»Zwei Wochen nach dem Tod meines Vaters.«

»Was hat diese Nachricht bei Ihnen ausgelöst?«

»Tiefe Trauer.« Mela biss sich auf die Lippen, doch sie konnte nicht verhindern, dass ihr die Tränen kamen. Je mehr sie sie zurückhalten wollte, umso heftiger brachen die Emotionen hervor, bis sie schließlich von einem Weinkrampf geschüttelt wurde.

Tammy gab Mela Zeit, bis sie sich wieder beruhigt hatte. »Können wir weitermachen oder brauchen Sie eine Pause?«

»Nein, machen wir weiter.«

»Wer hat Ihnen gesagt, dass Ihr Vater tot ist?«

Mela antwortete nicht gleich. Wollte sie den Namen verschweigen?

»Federlein«, sagte sie leise. »Er hat mir eine WhatsApp geschickt und geschrieben, dass er sich darum kümmere.«

»Was meinte er damit? Wissen Sie das?«

»Nein.«

»Hat er sich noch einmal gemeldet?«

»Nur kurz. Er müsse mich vertrösten, hat er geschrieben. Es sei äußerst schwierig, an gesicherte Informationen zu kommen. Er hat mir geraten, sich nicht bei ihm zu melden. Seither habe ich nichts mehr von ihm gehört.«

Tammy machte sich eine Notiz. Ein interessantes Detail, vielleicht sogar ein entscheidendes. Sie musste dringend mit Sakura reden, um Kontakt mit Federlein aufzunehmen.

Uma stellte die nächste Frage: »Kennen Sie die ›Mordakte Albert Firner‹? Sie wurde von der Abteilung Internes des LKA angefordert, als Sie bereits in der Abteilung gearbeitet haben.«

»Die Akte ist mir bekannt. Ich habe sie angefordert.«

»Das ist ja eine Überraschung«, sagte Uma. »Und wo ist sie jetzt?«

»Bei mir.«

»Die müssen Sie uns zurückgeben. Das ist Ihnen doch klar.«

»Ja.«

»Wie haben Sie es geschafft, dass die Akte niemandem aufgefallen ist?«

»Halten Sie mich für ungeschickt?«

»Ganz im Gegenteil.«

»Ich habe die Akte zum Eingangsbereich des LKA bringen lassen und sie gleich an mich genommen.«

»Ist Ihnen beim Studium der Akte etwas aufgefallen?«, fragte Tammy.

»Nein. Ich weiß, Sie erwarten, dass ich Ihnen helfen kann. In diesem Fall leider nicht.«

»Haben Sie eine Waffe?«

»Die übliche Dienstwaffe in Baden-Württemberg.«

»Besitzen Sie noch weitere Waffen?«

»Eine Walther Creed.«

»Wo sind die Waffen?«

»Im Hotelsafe in Kniebisdorf.«

»Haben Sie Kontakt zu Helen Dinger?«

Tammys Frage schien Mela unangenehm zu sein. Sie ließ sich Zeit, bevor sie antwortete: »Nein.«

»Aber Sie kennen sie?«

»Ja, aus meiner Zeit in München.«

»Wann haben Sie zuletzt mit ihr gesprochen?«

»Das ist schon lange her. Ich kann Ihnen gerne mein Handy geben, wenn Sie mir nicht glauben.«

»Wie viele Handys haben Sie?«

»Zwei. Mein Diensthandy, das ich zurzeit nicht benutze, und mein privates Handy. Ich kann Ihnen beide zur Prüfung überlassen.«

Tammy reagierte nicht auf das Angebot, denn sie hielt es für reine Taktik. Mela konnte auch ein drittes Handy besitzen. »Haben Sie sich in letzter Zeit in der Nähe des Schwedengrundhofes aufgehalten?«

»Ich kenne den Schwedengrundhof nicht. Und die Namen auf dem Stammbaum, den Sie mir vorgelegt haben, sagen mir auch nichts, bis auf die meines Vaters und seines Bruders.«

»Gut, das hätten wir Sie noch gefragt. Kommen wir zu einem weiteren Punkt, einem Foto aus einer Wildkamera, das in der Nähe des Schwedengrundhofes aufgenommen wurde. Die Frau, die darauf zu sehen ist, könnten Sie sein. Uma, öffne bitte die Datei.«

Uma machte ein paar Klicks und schob anschließend das Notebook zu Mela. »Das bin ich nicht. Das kann nur Helen sein«, sagte Mela.

»Uma, vergrößere das Bild etwas.« Tammy zog den Laptop zu sich und beugte sich nahe an den Bildschirm. »Die linke Gesichtshälfte und die Form des linken Ohrs sind ganz gut zu erkennen. Mela, wenn Sie einverstanden sind, würde ich das Foto gerne mit Ihrem linken Ohr vergleichen.«

»Bitte.«

Tammy untersuchte konzentriert Melas Ohrmuschel und blickte dabei immer wieder auf das Foto. »Das sind Sie tatsächlich nicht.«

»Sind Sie eine Super-Recognizerin?«, fragte Mela, der der Einsatz solcher Menschen in der Kriminalistik nicht unbekannt war.

»Ja.«

Bevor die zwei anfingen, über Gesichtserkennung zu fachsimpeln, sagte Uma: »Kommen wir zurück zu Helen Dinger. Wenn ich Sie richtig verstanden habe, hatten Sie schon lange keinen Kontakt mehr?«

»Ja. Kurz nach ihrem Ausscheiden aus dem Polizeidienst haben wir noch ein paarmal miteinander telefoniert. Wir hatten eigentlich abgemacht, die Verbindung nicht abreißen zu lassen, aber sie hat sich schon nach Kurzem nicht mehr daran gehalten. Ich habe mehrmals versucht, sie zu erreichen. Sie muss sich ein neues Handy mit neuer Nummer angeschafft haben.«

»Über was haben Sie bei den Telefonaten kurz nach ihrem Ausscheiden gesprochen?«

»Dienstliches, Privates.«

»Hat sie etwas über ihre Zukunft erzählt?«

»Ihre Geheimniskrämerei ging mir auf den Wecker, also habe ich sie mal intensiver gelöchert. Sie hat aber nur gesagt, dass sie mir zu gegebener Zeit alles erzähle. Es sei noch zu frisch und zu früh. Sie habe auf jeden Fall interessante Aufträge.«

»Können Sie sich vorstellen, was das für Aufträge waren?«

»Wenn eine hochbegabte Polizistin wie Helen aussteigt, eröffnen sich ihr viele Möglichkeiten. Das wissen Sie doch auch. Denken Sie nur an den gesamten Sicherheitsbereich. Und gerade da ist Verschwiegenheit wichtig. Aber das ist nur Spekulation, ich weiß es nicht.«

»Warum ist Helen eigentlich aus dem Polizeidienst ausgestiegen? Sie hat wie Sie hervorragende Zeugnisse. Gab es etwas, das sie zu diesem Schritt bewogen hat?«

»Kein Etwas, sondern ein Mensch, ein Mann.«

»Kennen Sie seinen Namen?«

»Nein.«

»Obwohl Sie befreundet waren?«

»Auch unter Freundinnen wird nicht alles ausgetauscht. Oder ist Ihnen das fremd?«

Tammy ging nicht darauf ein. »Hat sie wenigstens Andeutungen gemacht?«

»Sie hat mir nur hin und wieder gesagt, dass sie sich mit jemandem trifft.«

»War dieser Jemand aus dem privaten oder beruflichen Umfeld?«, fragte Uma.

»Weiß ich nicht. Könnte durchaus aus dem beruflichen Umfeld gewesen sein. Helen hatte keinen großen Freundeskreis in München.«

»Sie sehen sich sehr ähnlich, Sie und Helen. Sind Sie miteinander verwandt?«

»Nein.«

»Sicher?«

»Ja. Wir haben das untersuchen lassen, weil uns das auch seltsam vorkam. Nicht nur unser Äußeres gleicht sich, sogar unsere Stimmen klingen ähnlich.«

Tammy, die aufmerksam zugehört hatte, stieß nach. »Ist Ihnen bekannt, dass Helen Dinger unter Ihrem Namen in unserer Cold-Case-Abteilung gearbeitet hat?«

»Sagen wir so: Ich habe mir gedacht, dass sie sich als Mela ausgibt.«

»Wie ist es zu diesem Rollentausch gekommen?«

»Eines Tages hat mein Vater mir gesagt, ich müsse sofort untertauchen, ich sei in Lebensgefahr. Ich bin aus allen Wolken gefallen. Eine Erklärung ist er mir schuldig geblieben, hat mich aber voller Angst gedrängt, seinem Rat zu folgen. Auf meinen Hinweis, dass das auffalle, wenn ich einfach so verschwinde, hat er geantwortet, es sei alles geklärt, eine andere gebe sich für mich aus.«

»Das heißt, dass Helen Dinger mit dem Tag Ihres Verschwindens in Ihre Rolle geschlüpft ist.«

»So wird es gewesen sein. Ich weiß jedoch nicht, wie die Vorbereitung abgelaufen ist und wer die geplant und umgesetzt hat. Und auch nicht, warum ich angeblich in Lebensgefahr war oder noch immer bin.«

»Haben Sie vor Ihrem Untertauchen schon gewusst, dass Sie nach Offenburg kommen sollten?«

»Ja.«

»Bei den Internen im LKA war also bekannt, dass Sie vorübergehend in Offenburg arbeiten sollten?«

»Ja. Und natürlich bei der Personalabteilung.«

»Haben Sie ein Zimmer in Offenburg gebucht?«

»Ja. In einer kleinen Pension. Ich schreibe Ihnen die Adresse auf.«

»Aber dazu kam es nicht mehr, denn Sie mussten verschwinden. Wo sind Sie untergetaucht?«

»Mein Vater hat in verschiedenen Hotels im Umkreis von Tübingen Zimmer gemietet. Insgesamt vier. Und schließlich bin ich in Kniebisdorf gelandet. Auch dieses Hotel hat mein Vater mir besorgt.«

»Haben Sie sich in den Hotels mit Ihrem richtigen Namen eingeschrieben? Bitte lassen Sie uns die Adressen der Hotels nachher zukommen.«

»Mein Vater hat mir einen Aliasnamen gegeben. Erstaunlicherweise musste ich nirgends einen Meldezettel ausfüllen. Ich weiß nicht, wie er das geschafft hat.«

»Und wie ist es weitergegangen?«

»Ich habe versucht, jeden Außenkontakt zu vermeiden, damit man mich nicht erkennt. Das ist mir auch lange gelungen. Bis jetzt.«

»Hatten Sie in der Zeit das Gefühl, dass Ihnen jemand folgt oder Sie beobachtet?«

»Nein. Aber ich war sehr angespannt.«

»Haben Sie noch Kontakt zu Ihrem Vater gehabt?«

»Kurz nach meinem Untertauchen hat er mich auf meinem privaten Handy angerufen. Er hat sich erkundigt, wie es mir geht. Und er hat mir gesagt, dass ich mir finanziell keine Sorgen machen müsse. Er habe mir ein Sonderkonto eingerichtet und darauf eine größere Summe überwiesen.«

»Eine größere Summe?«

»80.000 Euro.«

»Woher hatte er so viel Geld?«

»Keine Ahnung.«

»Sie leben zurzeit also vom Geld Ihres Vaters?«

»Ja. An mein normales Konto gehe ich nicht ran. Das ist mir zu gefährlich.«

»Wie hat Ihr Vater am Telefon auf Sie gewirkt?«

»Ich habe ihn fast nicht verstanden. Er klang, als hätte er zu viel Alkohol getrunken oder stehe unter Tabletteneinfluss. Das Gespräch brach plötzlich ab.« Mela fuhr mit beiden Händen durch ihre langen Haare. Die Befragung setzte ihr offensichtlich stark zu.

»Wollen Sie eine Pause machen?«, fragte Uma.

»Nein. Aber hätten Sie noch einen Kaffee für mich?«

»Kein Problem«, antwortete Uma und verließ den Raum.

Kurz darauf kehrte sie mit einer vollen Tasse zurück und stellte sie vor Mela. Tammy und Uma warteten ab, bis Mela ihren Kaffee getrunken und sich etwas entspannt hatte.

»Wir vermissen das Auto Ihres Vaters«, sagte Uma.

»Das habe ich.«

»Wo steht es?«

»In Kniebisdorf in einer Garage, die ich gemietet habe. Sie befindet sich in der Nähe des kleinen Hotels.«

»Was ist mit Ihrem Auto?«

»Müsste vor meiner Stuttgarter Wohnung geparkt sein. Wohnung und Auto stehen sicher unter dem Schutz des LKA«, sagte Mela sarkastisch. »Da muss ich mir wohl keine Sorgen machen.«

»Wir kommen gleich wieder«, gab Tammy bekannt und forderte Uma mit einem Wink auf, ihr nach draußen zu folgen. »Schreiben Sie in der Zwischenzeit bitte die Hoteladressen auf.« Sie legte Mela Papier und Kugelschreiber hin.

Vor der Tür rief Tammy die Kripochefin an und gab ihr einen Zwischenbericht. Nachdem sie kurz in den Hörer gelauscht hatte, meinte sie vehement: »Aber wir sind mit der Befragung noch nicht fertig, auch wenn wir gerade nicht richtig weiterkommen. Entweder sie weiß wirklich nicht viel oder sie verschweigt einiges. Deshalb wäre es wichtig, sie weiter zu …« Die Kripochefin hatte sie wohl unterbrochen, denn nun hörte Tammy wieder eine Weile zu. »Aber überwachen müssen wir sie, wenn sie geht.« Tammys Miene ließ nichts Gutes erahnen. »Okay.«

»Was ist?«, fragte Uma, als Tammy das Handy weggesteckt hatte.

»Die Gallheimer sagt, wir sollen Mela gehen lassen. Eine Überwachung lehnt sie ab. Das sei aus personellen Gründen nicht möglich. Ich gehe davon aus, dass das nur vorgeschoben ist und sie eine bestimmte Strategie verfolgt.«

Uma atmete resigniert aus. »Also gut.«

Zurück im Verhörraum sagte Tammy zu Mela von Erlenbach: »Sie können gehen, aber …«

»… halten Sie sich zu unserer Verfügung«, ergänzte Mela von Erlenbach, stand auf und machte ein paar Schritte Richtung Tür.

»Halt«, rief Tammy. »Wir brauchen Ihre Handynummer. Und geben Sie die ›Mordakte Albert Firner‹ unseren Kollegen mit, die Sie nach Kniebisdorf zurückbringen. Ebenso Ihre Dienstpistole und die Walther Creed. Warten Sie bitte an der Pforte auf die Kollegen.« Tammy zögerte kurz, schrieb dann jedoch ihre Adresse und die von Falco, an der sie sich fast häufiger als zu Hause aufhielt, auf einen Zettel und reichte ihn Mela. Wohl wissend, dass das normalerweise gar nicht ging. »Hier haben Sie meine Privatadressen, falls Sie reden wollen.«

»Glauben Sie, dass ich Redebedarf habe?«

Nachdem Mela von Erlenbach den Raum verlassen hatte, blickte Uma Tammy an. »Ob das gut ausgeht?«

39

Sie fragten telefonisch bei den genannten Hotels nach, stießen aber bei den ersten drei auf eine Mauer des Schweigens. Über Gäste sage man Dritten gegenüber nichts, auch der Polizei nicht. Das verstoße gegen den Datenschutz.

Beim vierten Hotel bekamen sie mehr Informationen. Firner habe für seine Tochter ein Zimmer reservieren lassen und um Stillschweigen gebeten. Er habe einen ordentlichen Zuschlag angeboten und das Geld gleich überwiesen. Mehr erfuhren Uma und Tammy aber auch dort nicht.

Von einer Befragung des Hotels in Kniebisdorf hatte die Kripochefin abgeraten. Das schien zu ihrer Strategie zu gehören.

Und ein weiteres Ergebnis lag vor, das der waffentechnischen Untersuchung von Melas Pistolen. Die Untersuchung hatte keinen Zusammenhang der Waffen mit Straftaten ergeben.

Tammy und Uma saßen in ihrem Büro und versuchten nach den Telefonaten, die Rollen von Helen Dinger und Mela von Erlenbach zu analysieren.

Uma stellte die erste Frage. »Was ist, wenn die echte Mela Simon Lauder und die anderen getötet hat?«

»Haben wir Spuren von der echten Mela an den Tatorten gefunden?«

»Nein. Das sagt aber noch nichts. Vielleicht besitzt sie eine weitere Waffe, zum Beispiel eine Luger P 08. Außerdem konnten wir nicht alle Tatorte gründlich untersuchen.«

»Helen Dinger hat eine Beretta benutzt. Mit dieser wurde jedoch nachweislich nicht auf Alban geschossen. Auch nicht auf Roman Plenther. Die Kugeln stammen aus einer Luger P 08«, rief Tammy ins Gedächtnis.

»Genau. Fragt sich, wer eine solche Waffe besitzt. Wurde damit auch Simon Lauder getötet?«

»Wissen wir nicht. Seine Leiche ist wie der unbekannte Tote nach Stuttgart entführt worden.«

»›Entführt‹ ist der richtige Ausdruck. Beide könnten also von Helen Dinger mit der Beretta getötet worden sein. Oder ebenfalls durch die Luger. Das Einzige, was wir sicher wissen, ist, dass Simon Lauder in die linke Schläfe geschossen wurde«, stellte Uma fest.

»So, wie Mela eine weitere Waffe haben könnte, könnte auch Helen Dinger nicht nur im Besitz der Beretta sein. Was, wenn sie eine Luger P 08 hat?«

»Das ist eine Option, die wir einbeziehen müssen.«

»Und was ist mit dem Parfüm?«, fragte Tammy.

»Helen Dinger und Mela von Erlenbach benutzen dasselbe Parfüm.«

»Also war möglicherweise eine von beiden in Lauders Jagdhütte.«

»Ja. Oder beide. Kann oder können aber zu spät gekommen sein, als Lauder schon tot war.«

»Lena Muckler vertreibt und benutzt dieses Parfüm ebenfalls«, warf Tammy ein.

»Und sie hat einen Jagd- und einen Waffenschein, der sie zum Tragen von Faustwaffen berechtigt. Ihre Tochter benutzt das Rosenparfüm auch«, ergänzte Uma.

»Wie können wir das alles entwirren?«

»Wir sollten uns alle Ergebnisse der Spurenauswertung noch einmal anschauen«, schlug Uma vor.

Tammy nickte. »Und wir müssen uns noch einmal mit der Eigentümergemeinschaft befassen.«

»Was ist, wenn der Tod von Simon Lauder nichts mit dem Komplex Schwedengrundhof zu tun hat?«

»Daran habe ich auch schon gedacht. Dann rückt Lena Muckler mehr in den Fokus.«

»Oder die anderen Miteigentümer. Aber auch da können wir nicht sicher sein.«

»Stimmt.«

»Die gezielten Kopfschüsse bei Firner, Lauder und Roman Plenther haben bisher für eine Täterschaft von Helen Dinger gesprochen. Die waffentechnische Untersuchung ergibt jedoch ein anderes Bild.«

»Nur Firners Tod ist eindeutig Helen Dinger zuzuordnen. Dabei hat sie eine Dienstpistole benutzt.«

»Fest steht, dass Helen Dinger und Mela von Erlenbach als außergewöhnlich gute Schützinnen gelten.«

»Wenn wir Helen Dinger und Mela von Erlenbach als Täterinnen in den letzten Fällen ausschließen müssen, und danach sieht es momentan aus, haben wir es mit einer unbekannten Person zu tun, die sich zum Zeitpunkt der Schießerei, bei der Alban lebensgefährlich verletzt worden ist, auf dem Hof aufgehalten hat. Einer Person, die sehr gut schießen kann.«

»Und eine Luger P 08 beherrscht«, fügte Uma hinzu.

»Das heißt, wir müssen den ganzen Hof ein weiteres Mal unter die Lupe nehmen.«

»Vom Keller bis zum Dachfirst! Und das Ökonomiegebäude! Und die Umgebung des Hofes!«

»Wie ist der Unbekannte oder die Unbekannte unbemerkt verschwunden?«

»Das wissen wir inzwischen, über die Hinterausgänge unten und oben. Wie vermutlich auch Helen Dinger.«

»In der Hütte im Wald wurden keine Spuren von Helen Dinger gefunden.«

»Hat sich der Unbekannte dort aufgehalten?«, fragte Uma.

»Vielleicht geben die Wege in der Umgebung einen Hinweis darauf.«

»Das Wegenetz um den Schwedengrundhof ist recht gut. Das haben wir auf den Karten und auf den Drohnenaufnahmen gesehen. Die unbekannte Person ist bestimmt mit dem Auto gekommen, das also irgendwo gestanden haben muss. Auf dem Hof oder im Ökonomiegebäude auf jeden Fall nicht. Roman Plenthers Auto befindet sich immer noch im Ökonomiegebäude. Nebenbei: Die Untersuchung seines Büros in Freiburg läuft noch. Auf dem Schwedengrundhof wurde nichts Geschäftliches gefunden«, informierte Uma.

Es klopfte, und Kripochefin Lydia Gallheimer trat ein. Sie erkundigte sich, wie Uma und Tammy vorankamen und was sie als Nächstes zu tun gedachten. Dabei betonte sie noch einmal, dass sie sich bei ihren Ermittlungen nicht mehr bedeckt halten müssten.

»Jetzt, wo alle Spuren verwischt sind, dürfen wir also offiziell ran.«

»Das will ich nicht kommentieren, Tammy«, sagte die Kripochefin.

»Woher kommt dieser Sinneswandel?«

»Vielleicht ist das eine Strategie des LKA, um einigermaßen das Gesicht wahren zu können. Dazu gehört meines Erachtens auch die Stellungnahme zu Hubert Firners Tod. Letztlich haben sich die Stuttgarter mit Oberstaatsanwalt Stenglenz arrangiert und überlassen ihm den Fall. Mit der Option, jederzeit einsteigen zu können. Zum Beispiel dann, wenn sich herausstellen sollte, dass die Straftaten von Stuttgart aus in Auftrag gegeben wurden.«

»Das ist doch offensichtlich.«

»Aber nicht bewiesen.«

»Was sagt unser Polizeipräsident dazu?«

»Nicht viel. Er ist froh, dass das Kompetenzgerangel beendet ist.«

»Was ist mit den Ermittlungsergebnissen des LKA? Bekommen wir die?«

»Stenglenz will Druck machen. Er hat auch bei der Stuttgarter Staatsanwaltschaft nach Ergebnissen gefragt. Die sagt, sie habe so gut wie keine.«

»Aber das LKA hätte mit der Staatsanwaltschaft Stuttgart kooperieren müssen.«

»Hat es wohl nicht. Ich weiß, dass das alles nicht zufriedenstellend ist. Doch die Staatsanwaltschaften, die LKA-Führung und unser Polizeipräsident halten sich leider noch immer bedeckt.«

»Werden die von der Landespolitik unter Druck gesetzt?«

Die Kripochefin zuckte mit den Achseln.

»Das heißt, wir müssen fast von vorn beginnen.«

»Nein. Da Sie bereits heimlich parallel ermittelt haben, müssen wir nicht bei null anfangen. Nun liegt die volle Verantwortung bei uns sowie bei Oberstaatsanwalt Stenglenz und seinem Team. Ich habe nachher ein Gespräch mit ihm.«

»Ist eigentlich bekannt, wer uns beim LKA blockiert hat?«

»Nein. Das wird noch zu untersuchen sein. Allerdings ist das die Aufgabe des LKA und des Innenministeriums.« Lydia Gallheimer verließ das Büro.

Uma breitete den Stammbaum vor sich auf ihrem Schreibtisch aus und stützte den Kopf in ihre Hände. »Wenn wir alle, die im Entferntesten mit dem Komplex Schwedengrundhof zu tun haben, überprüfen wollen, sind wir an Weihnachten noch nicht fertig.«

»Mach dir keine Sorgen um Weihnachten, Uma. Du hast doch eine Liste mit den wichtigsten Personen aufgestellt und die Namen an die Tafel geschrieben.«

»Mit Priorisierung.«

»Das ist schon mal was. Übrigens, hast du unter der Nummer, die Roman Plenther kurz vor seinem Tod angerufen hat, inzwischen jemanden erreicht?«

»Ich habe es mehrmals versucht, aber die Frau nahm nicht mehr ab. Ich habe mir jetzt die Adresse besorgt. Die Frau wohnt in Nordrach-Kolonie. Ich denke, wir sollten hinfahren.«

»Meinst du, dass sie zur Aufklärung des Falles etwas beitragen kann?«

»Ja. Ist doch seltsam, dass sie sofort aufgelegt hat, als ich mich mit Kripo Offenburg gemeldet habe. Was hat die Frau mit Roman Plenther zu tun? Und was hat sie zu verbergen?«

In diesem Moment meldete sich Tammys Smartphone. Mela von Erlenbach hatte ihr auf Threema eine Sprachnachricht geschickt: »Helen Dinger hat mit mir Kontakt aufgenommen und mich angerufen. Ich habe ihr vorgeworfen, dass sie meinen Vater erschossen hat. Sie reagierte sehr wütend. Ich habe sie gefragt, was auf dem Schwedengrundhof passiert ist, um ihre Sicht der Dinge zu erfahren. Sie hat mir die Situation geschildert, dass sie angegriffen worden seien und mein Vater plötzlich den rechten Arm gehoben und auf den Kollegen Berger gezielt habe. Sie habe keine andere Wahl gehabt, als ihn zu erschießen. Das kann man glauben oder auch nicht. Ich glaube es nicht. Sie meinte, ich müsse ihr Zeit lassen. Sie werde sich wieder melden. Zum Schluss sagte sie noch, man habe sie als Killerin missbraucht. Sie werde jetzt endgültig aufräumen und ihr Werk vollenden. Was das bedeutet, brauche ich Ihnen nicht zu sagen. Mela von Erlenbach.«

Uma und Tammy mussten diese Nachricht erst einmal sacken lassen. Jede machte sich ihre eigenen Gedanken dazu. Helen Dinger war ein besonderes Kaliber: schlau, geschickt und eine Scharfschützin. Eine akute Bedrohung. Was, wenn sich Mela von Erlenbach dem Rachefeldzug anschloss? Grund genug hatte sie. Beide waren wie verwundete Löwinnen. Das machte die Situation besonders gefährlich.

»Uma, wir müssen beide Frauen unbedingt im Auge behalten«, sagte Tammy. »Wenn wir Glück haben, führen Mela von Erlenbach und Helen Dinger uns zu den Hintermännern des Schwedengrundhof-Falles.«

Uma nickte. »Vielleicht ist das die Strategie der Kripochefin.«

40

Bevor Tammy nach diesem Tag nach Hause fuhr, besuchte sie Berger im Krankenhaus.

»Und, wie geht es dir?«

»In unregelmäßigen Abständen bricht in meinem Kopf immer wieder ein Gewitter los. Aber insgesamt hat sich mein Zustand deutlich gebessert. Die Ärzte sind voller Hoffnung, dass ich wieder gesund werde. Ich darf sogar schon bald nach Hause gehen. Und was ist mit dir?«

»Alles in Ordnung, keine bleibenden Schäden. Jedenfalls körperlich.«

»Und der Nachwuchs?«

»Dem geht es sehr gut, sagt meine Frauenärztin.«

»Bist du vom Dienst befreit?«

»Nein. Bis zum Mutterschutz mache ich weiter wie bisher. Ich will ja unsere junge Kollegin unterstützen. Allerdings, wenn Uma so weiterarbeitet, kann sie bald alles allein stemmen.«

»Wird unsere Abteilung weitergeführt?«

»Ist mir versichert worden. Über eine Verstärkung der Abteilung wurde aber noch nicht entschieden. Das kann dauern. Ich habe darum gebeten, nicht bis zu meinem Mutterschutz damit zu warten. Wie sieht es mit deiner Zukunft aus? Kehrst du zurück?«

»Frag mich etwas Leichteres. Ich weiß es nicht. Der Polizeipräsident hat mir geraten, mich nicht unter Druck zu setzen. Wichtig sei erst einmal die vollständige Genesung. Es ist wahrscheinlich zu früh, mir Gedanken über die Zukunft zu machen. In dieser Lage bin ich auch nach meinem Zusammenbruch damals gewesen. Meine Frau fragt jedes Mal, wenn sie mich besucht, ob es nicht besser wäre, wenn ich mich auf Dauer krankschreiben lasse. Oder zumindest in einen Beruf wechsle, der weniger gefährlich ist. Ich habe zurzeit viele Ratgeber.«

»Ich werde dir keinen Rat geben. Du bist der Kapitän auf deinem Schiff.«

»Den Satz muss ich mir merken.« Berger wurde plötzlich kreidebleich und Schweißperlen traten auf seine Stirn.

»Ist was mit dir?«, fragte Tammy besorgt.

»Das nächste Gewitter ist im Kommen.«

»Soll ich Hilfe rufen?«

»Nein. Das bringt nichts. Da kann niemand helfen. Meistens ist das Gewitter nur von kurzer Dauer.«

»Soll ich gehen?«

»Nein, bleibe noch ein Weilchen.« Bergers Hände suchten Halt an den Armlehnen des Stuhls.

Der Anfall schien sehr stark zu sein. Tammy konnte es fast nicht ertragen, wie er litt. Vielleicht sollte sie doch nach einer Krankenschwester suchen? Sie wollte gerade aufstehen, als Berger sich entspannte und seine Hände von den Armlehnen löste.

»Entschuldigung. Das war kurz, aber schmerzhaft. Jetzt kommt wie üblich der Regen.« Inzwischen standen nicht mehr nur einzelne Schweißperlen auf Bergers Stirn, sondern sehr viele, die ihm nun an den Schläfen hinunterliefen. »Kannst du mir bitte ein Tuch aus dem Bad holen?«

Tammy ging in das kleine Bad und nahm aus einem rechteckigen Weidenkorb ein weißes Frotteetuch. Zurück im Zimmer tupfte sie vorsichtig sein Gesicht ab.

»Irgendetwas in meinem Kopf will nach draußen. Aber was? Es ist quälend, dass mir das nicht einfällt.«

»Hängt es mit unserem Fall zusammen, mit dem Schwedengrundhof?«

»Ich glaube schon.«

»Denk an deine Gesundheit. Du musst dich schonen. Dieses quälende Etwas wird sich von alleine öffnen.«

»Ist das erstes Semester Psychologie?«

»Lebenserfahrung.«

41

Als Tammy in Falcos Wohnung, ihr zukünftiges Zuhause, kam, hatte sie kaum die Jacke ausgezogen, da drückte er ihr ein paar Blätter in die Hand. Tammy warf einen kurzen Blick darauf und sah, dass Namen darauf aufgelistet waren mit Informationen zu den Personen. »Woher hast du die Liste?«, fragte sie.

»Ich habe dir doch von der Studentin erzählt, die entfernt verwandt ist mit den Eigentümern des Schwedengrundhofes.«

»Mit dem Plenther-Clan?«

»Ja.«

»Und was hat die Studentin mit der Liste zu tun?«

»Sie hat die Liste zusammengestellt, was nicht ohne Ärger gegangen ist. Zwei aus dem Familienkreis haben sie abblitzen lassen und ihr mit Konsequenzen gedroht. Sie ließ sich aber nicht einschüchtern und ist über Umwege doch noch an die Namen gekommen.«

»Was hat es mit diesen Namen auf sich?«

»Es handelt sich dabei um die Personen, die zu regelmäßigen Familientreffen der Plenthers eingeladen worden sind. Zu jedem Namen hat die Studentin Wohnort, Festnetznummer, Handynummer, Beruf sowie Ehepartnerin oder Ehepartner hinzugefügt. Außerdem hat sie das Datum aller Treffen und die Teilnehmerinnen und Teilnehmer vermerkt. Und die Orte der Treffen. Auch hat sie dokumentiert, wer inzwischen gestorben ist. Interessant ist, welche Berufe die Leute haben: Landwirte, Anwälte, Angestellte, Geistliche. Es ist auch ein hochrangiger Polizist dabei.«

Tammy fragte sich, ob sie etwas bei der Überprüfung des Stammbaums übersehen hatten. Oder war er nicht vollständig? Ein hochrangiger Polizist! Was verstand Falco unter einem hochrangigen Polizisten? »Sind die Leute alle auf dem Stammbaum zu finden?«

»Nicht alle. Ich habe dir ja erklärt, dass es nicht einfach ist, einen Stammbaum zu erstellen. Da kann der eine oder andere Ast fehlen. Die Studentin arbeitet noch an Ergänzungen. Diese Zusammenstellung hier ist dabei familienhistorisch gesehen sehr aufschlussreich.«

Ob die Liste auch für ihre Ermittlungen aufschlussreich war?

Falco ließ ihr keine Zeit zum Überlegen. »Ich habe noch etwas Interessantes gefunden.«

»Mach's nicht so spannend!«

»Ich habe dir doch von dem erstgeborenen Plenther erzählt, der unter mysteriösen Umständen ums Leben gekommen ist. Ich gehe, ganz unprofessionell, von Mord aus.«

»Mach es kurz, ich muss gleich noch einmal weg.«

»Er hat ein Verhältnis mit der Magd gehabt. Oder habe ich das nicht erwähnt? Weiß ich nicht mehr. Jedenfalls ist die Magd schwanger geworden. Nach dem Tod des Plenthersohnes wurde sie vom Hof vertrieben. Bei den Forschungen zum Stammbaum sind die Studentin und ich auf die Nachkommen der Magd gestoßen. Die Studentin hat sich für das Schicksal der Magd interessiert und baut jetzt eine Ahnentafel auf. Sehr interessant. Sie hat großes Talent.«

Dass Falco so von der Studentin schwärmte, tat Tammy weh. Fast hätte sie ihn nach ihrem Aussehen gefragt. Solche eifersüchtigen Reaktionen kannte sie bisher nicht von sich. Ihre Frauenärztin hatte sie jedoch schon vorgewarnt und sie über die »Nebenwirkungen« einer Schwangerschaft aufgeklärt. Sie hatte tatsächlich das Wort »Nebenwirkungen« benutzt, zu denen auch die Eifersucht zählte. Das sei eine völlig normale Reaktion, hatte ihre Frauenärztin betont. Das wollte Tammy dennoch nicht zulassen, denn bisher hatte Falco ihr keinen Anlass für Eifersucht gegeben. Ihre Beziehung hatte sich gefestigt, gerade in den letzten Wochen. Sie hatten über ihre Gefühle gesprochen. Was die Schwangerschaft für sie beide bedeutete. Und trotzdem überfiel sie nun dieses Gespenst. Sie musste es wieder loswerden und versuchte, sich auf das Gespräch mit Falco zu konzentrieren. »Und was ist jetzt das Interessante?«

»Es deuten sich gewisse Berührungspunkte an.«

»Was meinst du damit?«

»Na, mit dem Schwedengrundhof, und zwar nachdem die Magd vom Hof vertrieben worden war. Diese Berührungspunkte dürften nach den ersten Recherchen der Studentin konfrontativer Natur gewesen sein. Ist ja auch kein Wunder bei dieser tragischen Vorgeschichte. Aber da muss ich noch verschiedene Quellen anzapfen.«

»Die Magd ist also in der Nähe geblieben?«

»So ist es. Auf einem Nachbarhof, dem Harzerhof. Der Name kommt von der Harzgewinnung. Die Eigentümer nennen sich Linder. Die Magd hat dort Unterschlupf gefunden und den Hofnachfolger geheiratet.«

»War das Kind kein Hindernis?«

»Nach dem, was wir bisher herausgefunden haben, nicht. Aber mehr kann ich dir erst sagen, wenn wir weitere Informationen ausgewertet haben. Ich muss dich leider vertrösten.«

»Ich muss jetzt sowieso los.«

»Wo gehst du hin?«

»Zur Physiotherapie. Hat mir meine Frauenärztin verschrieben. In rund einer Stunde bin ich wieder da.«

Als Tammy zurückkehrte, kam Falco zu ihr an die Garderobe.

Aufgeregt sagte er: »Also, diese Geschichte mit dem Schwedengrundhof und der vertriebenen Magd wird immer spannender.«

»Hast du so schnell noch etwas herausgefunden?«

»Ja, ich konnte es nicht lassen. Die Magd hat den Tod ihres Geliebten und ihre Vertreibung wohl nie vergessen. Als Bäuerin des Harzerhofes hat sie den Schwedengrundhof ständig schlechtgeredet. Ihr unehelicher Sohn wusste von seinem leiblichen Vater und hat später Anspruch auf den Schwedengrundhof erhoben. Dadurch kam es immer wieder zu Auseinandersetzungen zwischen den Höfen. In den 1960er-Jahren eskalierte die Situation in einer Schießerei während einer Treibjagd. Beide Seiten haben sich gegenseitig beschuldigt.«

»Wo hast du das her?«

»Das hat mir ein entfernter Verwandter erzählt, ein älterer Mann, der früher gern als Treiber auf große Jagden mitgegangen ist. Ihn habe ich angerufen, als du weg warst.«

»Ist er glaubwürdig?«

»Ich denke schon, auch wenn er ein großer Erzähler ist, der gerne abschweift, ausschmückt und manchmal Fakten und Gerüchte vermischt. Aber er kennt viele Leute, und er ist neugierig, fragt viel, kommt viel herum. Er hat mir berichtet, dass die Fehde zwischen den beiden Höfen noch immer nicht beigelegt ist. Der Hass scheint tief verwurzelt zu sein. Es heißt, dass es vor kurzer Zeit in der Nähe des Schwedengrundhofes wieder eine Schießerei gegeben habe. Die beiden Höfe hätten sich erneut befehdet. Du musst doch davon etwas mitbekommen haben. Hat sich das geklärt?«

»Es scheint ein Gerücht zu sein.« Sie musste ihn belügen, sonst würde er vor Sorge zerfließen. Den Zwischenfall auf dem Schwedengrundhof, bei dem Alban lebensgefährlich verletzt worden war, hatte sie ihm verschwiegen. Ihre Gehirnerschütterung hatte sie jedoch nicht verbergen können. Sie hatte ihm erzählt, dass sie im Dienst gestolpert und gegen einen Türrahmen geknallt sei. Zum Glück hatte er nicht nachgefragt. Jedenfalls war das, was Falco über die Fehde der beiden Höfe berichtet hatte, neu, und sie musste es unbedingt im Dienst besprechen.

42

Tammy machte früher Schluss, um noch schnell einzu-kaufen. Um 17 Uhr wollte sie Alban Berger besuchen, der wieder zu Hause war.

Als sie am Supermarkt aus dem Auto stieg und in Rich-tung Einkaufswagen ging, wurde sie angerempelt. Unwill-kürlich fasste sie in die rechte Jackentasche und prüfte, ob etwas fehlte. Dabei fiel ein Zettel zu Boden. Sie hob ihn auf. Darauf stand: »Kommen Sie um 17.15 Uhr in die Mitte des Arboretums im Offenburger Waldbachfriedhof. Dort steht eine Sitzbank vor einem Grab. Es hat einen auffäl-lig großen schwarzen Grabstein. Allein, ohne Waffe. Sie werden es nicht bereuen.«

Tammy sah sich um, konnte aber den Menschen, der sie angerempelt hatte, nicht entdecken.

Rund zwei Stunden hatte sie noch Zeit. Sie schwankte, ob sie der Aufforderung folgen sollte. Ging es um den Schwedengrundhof? Oder um etwas anderes? Wer war dieser unbekannte Mensch? Den Besuch bei Alban Berger musste sie wohl verschieben. Sie rief Berger auf der Fest-netznummer an. Seine Frau meldete sich.

»Kann ich mit Alban sprechen?«

»Der hat sich hingelegt. Er war ziemlich müde.«

»Ich wollte ihn um fünf besuchen, aber mir ist etwas dazwischengekommen.«

»Das macht nichts. Alban fühlt sich nicht so gut und muss sich immer wieder ausruhen, seit er daheim ist.«

»Muss man sich Sorgen machen?«

»Nein, das wird wohl noch einige Zeit so gehen, sagen die Ärzte. Aber sie sind trotzdem zuversichtlich. Rufen Sie morgen wieder an und machen Sie einen neuen Termin mit ihm aus.«

Die Stimme von Albans Frau klang besorgt, fand Tammy. Wahrscheinlich war sein Zustand doch nicht so hoffnungsvoll. Oder sie hatten ihn zu früh aus der Klinik entlassen.

Sie erledigte ihre Einkäufe und überlegte danach, zurück ins Präsidium zu fahren, um ihre Waffe dort zu deponieren. Aber sie verwarf den Gedanken. Sie konnte die Waffe genauso gut im Auto lassen, sicher verstaut. Noch hatte sie eine Stunde Zeit. Doch es war besser, sich schon jetzt auf den Weg zum Arboretum zu machen und die Umgebung zu untersuchen.

Mittlerweile saß sie seit einer halben Stunde auf der gewünschten Bank vor dem auffälligen Grabstein mit der leicht verwitterten Inschrift »Familie Kanzler«. Sie schaute auf ihre Armbanduhr: 17.15 Uhr!

Plötzlich sagte eine männliche Stimme hinter ihr: »Drehen Sie sich nicht um! Sonst gehe ich, und Sie hören nie wieder etwas von mir. Sind Sie bewaffnet?«

»Nein. Und Sie?«

»Ich bin bewaffnet.«

»Sie kennen sich hier gut aus. Sind Sie schon öfter hier gewesen?«

»Ich weiß, was Sie mit dieser Frage bezwecken. Bemühen Sie sich nicht. Ich werde Fragen dieser Art nicht beantworten.«

»Was wollen Sie von mir? Geht es um den Schwedengrundhof?«

»Dass Sie so schnell auf den Hof kommen …«

»Hört sich ironisch an. Also, was wollen Sie?«

»Nicht so schnell. Ich will gar nichts.«

»Wer sind Sie? Und was haben Sie mit dem Schwedengrundhof zu tun?«

»Sie fragen zu viel auf einmal. Ich werde Ihnen einiges sagen und dann verschwinden. Haben wir uns verstanden?«

»Ja.«

»Gut, dann hören Sie genau zu. Es dauert nicht lange. Ich bin ein langjähriger Freund von Roman Plenther. Er hat mich vor wenigen Wochen darum gebeten, mich an Sie zu wenden, falls ihm etwas zustößt.«

»Dann hat er damit gerechnet, dass ihm etwas passiert?«, unterbrach Tammy den Mann.

»Er hat zu viel gewusst.«

»Wen hat er mit dem ›Sie‹ gemeint? Hat er meinen Namen genannt?«, wollte Tammy wissen.

»Nein, ich vermute, er hat Ihre Abteilung gemeint.«

»Was wusste er?«

»Einiges über den Hof und die Familie haben Sie doch bestimmt schon selbst herausgefunden.«

»Ja. Aber wir sind uns nicht sicher, welche Rolle er gespielt hat. Er hat uns jüngst kontaktiert und uns aufgefordert, sofort auf den Schwedengrundhof zu kommen. Aber es war zu spät. Auf dem Hof haben wir einen USB-Stick gefunden mit Aufzeichnungen von Treffen. Sagt Ihnen das etwas?«

»Ich bin nicht Doktor Allwissend.«

»Aber Sie haben mich hierhergebeten und geschrieben, dass ich es nicht bereuen werde. Also wissen Sie etwas und wollen mir das mitteilen.«

»Ja.«

»Wer sich regelmäßig trifft, auf dem Hof oder sonst wo? Kennen Sie die Leute?«

»Roman hat gewusst, wer sich dahinter verbirgt.«

»Und Sie? Können Sie mir Namen nennen?«

»Augenblick. Dahinten kommt jemand. Bleiben Sie auf der Bank sitzen. Und drehen Sie sich nicht um. Sie wissen, welche Konsequenzen das hat. Ich gehe ein Stück weg. Bis gleich.«

Tammy hielt sich an seine Anweisung. Von der Seite schlurfte ein großer Mann mit schwarzer Hose, schwarzem Mantel und schwarzem Hut über den Weg. Sein Hut war nach unten gezogen und sein Kopf nach unten geneigt, sodass sie sein Gesicht nicht erkennen konnte. Er verharrte an einem alten Grab, machte das Kreuzeichen und schlurfte weiter. Auch als er direkt an ihr vorbeiging, konnte sie sein Gesicht nicht richtig sehen, weil er den Kopf nach links drehte. War das Absicht?

»Wo waren wir stehen geblieben?«

Es war seine Stimme, er war lautlos zurückgekommen.

»Wir wurden unterbrochen, als Sie mir Namen nennen wollten.«

»Habe ich das vorgehabt? Ich glaube nicht. Sie können es nicht lassen, oder? Sie wollen mich ständig aus der Reserve locken. Das tut der Sache nicht gut. Ich habe nur gesagt, dass Roman Plenther wusste, wer hinter allem steckt.«

Seine Gesprächsführung ging Tammy zunehmend auf die Nerven. Sie musste trotzdem ruhig bleiben. »Es ist offensichtlich, dass auch Sie das wissen, sonst hätten Sie mich nicht hierhergelockt. Also!«

»Ich habe es nicht eilig.«

»Zählen Sie zu dieser Gruppe?«

»Nein. Ich komme von der anderen Seite.«

»Was meinen Sie damit? Sind Sie bei der Polizei?«

»Nein.«

Mehrere Schritte waren zu hören und leises Stimmengewirr.

»Ich habe nicht damit gerechnet, dass heute so viele Menschen hier sind. Folgendes: Ich werde Ihnen per Mail etwas schicken.«

»Haben Sie meine Mailadresse?«

»Ja.«

»Woher?«

»Das tut nichts zur Sache.«

»Sie gehören also doch zu der Gruppe um Roman Plenther.«

»In den nächsten Tagen haben Sie die Informationen in Ihrem E-Mail-Postfach. Sie werden zu kauen haben. Und wieder gilt: Drehen Sie sich nicht um. Bleiben Sie noch fünf Minuten sitzen. Wenn Sie sich nicht daran halten, bleibt Ihr Postfach leer.«

Tammy hörte, wie er wegging. Die Stimmen kamen näher, eine Gruppe von etwa zehn Leuten. Es handelte sich wohl um eine Führung. Die Leute stellten sich in ihrer Nähe in einem Kreis auf. Ein Mann trat vor und hielt einen kleinen Vortrag über das Arboretum. Nach kurzer Zeit gingen alle weiter. Einige grüßten sie, sie grüßte zurück. Die Gruppe bog nach links ab in einen Weg und verschwand aus Tammys Blickfeld.

Sie schaute auf die Uhr: noch eine Minute. Um den unbekannten Mann nicht zu provozieren, hielt sie sich streng an seine Anweisungen. Trotzdem hatte sie ihn überlistet: Sie hatte das Gespräch mit ihrem Diensthandy aufgezeichnet. Sie sicherte die Aufnahme, stand auf und drehte sich langsam in jede Richtung. Niemand war mehr zu sehen.

Tammy beschloss, noch einmal ins Präsidium zu fahren und der Kripochefin von dem ominösen Mann zu berichten. Die war bestimmt noch vor Ort.

Wie erwartet kassierte sie eine Verwarnung der Kripochefin. »Die Abteilung Cold Case ist der Klub der Eigenmächtigen! Tammy, was habe ich schon mehrfach gepredigt? Zusammenarbeit, Abstimmung, keine Alleingänge.«

»Ich habe keine andere Wahl gehabt. Außerdem haben Sie vor einiger Zeit gesagt: alles nutzen, was uns weiterbringt.«

»Alleingänge habe ich allerdings ausgeschlossen. Gibt es außer dem ominösen Zettel Beweise?«

»Ja, eine Aufzeichnung des Gesprächs mit dem Unbekannten. Er hat nicht bemerkt, dass ich es mit meinem Diensthandy aufgenommen habe.«

»Geben Sie mir Ihr Handy, dann laden wir die Aufnahme herunter und analysieren Stimme und Text.«

»Einen Moment, bitte. Ich will zuvor noch zu Hause anrufen und Falco Bescheid geben. Der wartet auf mich.« Tammy verließ das Büro und rief vor der Tür Falco an. Sie entschuldigte sich und sagte ihm, dass sie später komme. Es sei etwas Unvorhergesehenes passiert. In der Regel beklagte er sich nie, wenn sie sich wegen der Arbeit nicht an Vereinbarungen hielt. Und das kam ziemlich häufig vor. Ihr Beruf verlangte eben Flexibilität und mutete Partnern und Familien einiges zu. Aber sie merkte ihm seine Enttäuschung an – und große Besorgnis. Das Wort »Unvorhergesehenes« hatte bei ihm sicher die Alarmglocken schrillen lassen. Sie versuchte erst gar nicht, ihn zu beruhigen, sondern bat ihn nur, ihr etwas vom Essen übrig zu lassen. Dann kehrte sie zurück ins Büro der Kripochefin.

Lydia Gallheimer nahm ihr das Handy ab. »Bekommen Sie nachher wieder. Tammy, denken Sie nach. Ist Ihnen irgendetwas aufgefallen? Mundgeruch, Körpergeruch des Mannes etc. Können Sie sich an andere Details erinnern?«

»Ich bin mit dem Rücken zu ihm gesessen. Es war leicht windig, aber der Wind kam von vorne. Wenn ich mich nicht täusche, hat er ein wenig gelispelt, kaum hörbar. Das müssen die Techniker verifizieren.«

»Gut, das ist immerhin etwas. Die Kriminaltechniker suchen gleich heute noch das Arboretum ab. Vielleicht werden sie fündig. Bitte bleiben Sie noch hier und informieren Sie Uma – heute gibt es eine Nachtschicht.«

Eineinhalb Stunden später war Uma wieder im Präsidium eingetroffen und saß mit Tammy im Büro der Cold-Case-Abteilung. Tammy hatte ihren Bericht über die neuesten Vorkommnisse gerade beendet, als Lydia Gallheimer das Büro betrat.

»Die Techniker waren sehr schnell, sowohl vor Ort als auch, was die Stimmenauswertung betrifft. Die Untersuchung um den Bereich der Sitzbank im Arboretum hat nichts Verwertbares ergeben. Und die Stimmen- und Textanalyse bringt uns leider auch nicht viel weiter. Aber Ihre Einschätzung, Tammy, ist richtig. Der Mann lispelt ein bisschen. Man muss allerdings genau hinhören.«

Tammy nickte und dachte einen Moment lang nach. Dann sagte sie: »Seltsam ist seine Aussage, er sei ›von der anderen Seite‹. Von unserer Seite, also von der Polizei, meint er damit nicht, das habe ich ihn gefragt. Das bedeutet doch etwas. Will er, dass wir ihn finden? Er hat außerdem gesagt, er sei ein langjähriger Freund von Roman Plenther.«

»Das kann sehr viel heißen, Tammy.«

»Zum Beispiel, dass sie sich seit Kindheitstagen gekannt haben. Seit dem Kindergarten oder seit der Grundschulzeit«, merkte Uma an.

»Das ist ein Anhaltspunkt, der uns weiterhelfen könnte. Überprüfen Sie das Umfeld«, ordnete Lydia Gallheimer an.

»Machen wir«, stimmte Tammy zu. »Eins noch, eine weitere merkwürdige Aussage von ihm: ›Sie werden zu kauen haben.‹ An was? An den Namen? Weil wir sie kennen und sie uns überraschen oder entsetzen werden?«

»Wir haben einen Schulfreund von Roman Plenther ausfindig gemacht. Stephan Linder«, gab Tammy nach umfangreichen Recherchen bekannt. »Er ist bereit, mit uns zu reden. Das Überraschende ist, dass er vom Nachbarhof stammt, vom Harzerhof, mit dem die Plenthers seit vielen Jahren im Clinch liegen.« Da die Kripochefin nicht nach dem Grund für den Streit fragte, ging Tammy nicht weiter darauf ein.

»Sie haben seine Stimme also am Telefon gehört. Stimmt sie mit der des unbekannten Mannes vom Arboretum überein?«, fragte Lydia Gallheimer.

»Sie klingt ähnlich, aber sicher bin ich mir nicht. Ich müsste ihn direkt hören, nicht übers Telefon.«

»Wann können Sie mit ihm sprechen?«

»Morgen Mittag. Er kommt nach der Schule ins Präsidium.«

»Nach der Schule?«

»Er ist Gymnasiallehrer.«

»Und wo unterrichtet er?«

»In Hausach. Dort wohnt er auch.«

43

Ein großer Mann saß Tammy und Uma gegenüber, gepflegte Erscheinung, Vollbart, langes, welliges Haar, freundlicher Gesichtsausdruck. Bart und Haar leicht angegraut. Akzentfreies Hochdeutsch, kein Lispeln. »Darf ich fragen, warum Sie mit mir sprechen wollen? Habe ich mich verdächtig gemacht?«

»Nein.« Tammy erklärte ihm, was es mit der Befragung auf sich hatte. Sie betonte das Wort »Befragung«.

Stephan Linder sah gespannt aus, aber nicht angespannt, eher neugierig. »Wie sind Sie auf mich gekommen?«

»Ermittlungsarbeit. Wir als Polizisten ermitteln, und Sie als Lehrer vermitteln.«

Er lächelte.

»Sind Sie schon einmal von der Polizei befragt worden?«

»Noch nie.«

»Also ein unbescholtener Bürger.«

»Als Lehrer ist man nie unbescholten.«

»Beruflich sind Sie Gymnasiallehrer für Geschichte und Gemeinschaftskunde.«

»Oberstufe. Und noch stellvertretender Direktor.«

»Was machen Sie in Ihrer Freizeit? Haben Sie Hobbys?«

»Wandern, Mountainbike, Sportschütze. Kleinkaliber.«

»Haben Sie einen Waffenschein?«

»Ja. Und einen Jagdschein.«

»Das heißt, Sie haben zu Hause eine Waffe.«

»Ja. Vorschriftsmäßig aufbewahrt.«

»Haben Sie auch eine Pistole?«

»Nein. Ich habe mir mal überlegt, eine anzuschaffen. Aber ich habe keinen vernünftigen Grund gefunden.«

»Sind Sie in einer Jagdgemeinschaft?«

»Ja. Ich bin der Wurstmacher der Jagdgemeinschaft. Ich habe mir eine kleine Schlachtküche eingerichtet, in der ich zum Beispiel Wildschweinleberwurst herstellen kann. Alle Produkte sind sehr gefragt. Aber Sie haben mich ja nicht wegen der Jagd vorgeladen. Oder wegen der Wurst.«

»Natürlich nicht. Es geht um Ihre Beziehung zu Roman Plenther. Sie sind Schulfreunde gewesen?«

»Ja. Grundschule und Gymnasium. Er hat sich danach für Betriebswirtschaft und eine Banklehre entschieden und ich habe zunächst Jura studiert. Ein Semester. Und dann Geschichte und Gemeinschaftskunde. Eigentlich Politikwissenschaft.«

»Und wo?«

»In Heidelberg und Freiburg.«

»Haben Sie in der Zeit nach der Schule weiter Kontakt zu Roman Plenther gehabt?«

»Ja, der Kontakt ist bis heute nicht abgerissen. Bis zu seinem Tod«, fügte er leise hinzu. Zum ersten Mal verlor er seine Gelassenheit.

»Nach unseren Erkenntnissen ist das Verhältnis Ihrer Familie zu den Plenthers von Anspannung und aggressiver Ablehnung geprägt. Manche sagen, es sei fast schon ein kriegerisches Verhältnis. Sehen Sie das auch so?«

»Es ist schon etwas dran. Wobei viele übertreiben.«

»Dieses besondere Verhältnis Ihrer Familie zu den Plenthers, hat das Ihre Beziehung zu Roman belastet?«

»Zeitweise schon. Aber wir haben uns davon befreit. Wir sind beide der Auffassung gewesen, dass die alten Geschichten das Hier und Heute nicht beeinflussen dürfen. Doch wir haben beide keine Chance gehabt. Ich habe mehrfach versucht, das mit meinen drei älteren Brüdern zu klären. Aber in ihnen steckt immer noch viel Hass. Ererbter Hass. Bei Roman ist es wohl ähnlich gelaufen. Vor allem sein Vater ist nicht zugänglich gewesen. Mich wundert es sowieso, dass es Roman auf dem Hof ausgehalten hat. Er hat mir nie gesagt, warum er dortgeblieben ist, warum er an dem einsamen, versteckten Hof so festgehalten hat.«

Tammy und Uma sahen sich an. Er wusste offenbar nicht, was sich alles auf dem Hof abgespielt hatte und dass Roman Plenther eigentlich gar nicht dort wohnte.

»Zugegeben, der Hof hat eine Ausstrahlung. Sogar eine gewisse Würde. Aber diese Abgeschiedenheit und diese Mächtigkeit des Hofes verträgt nicht jeder Mensch. Die Schwestern und der Bruder sind früh weggezogen. Sie haben es dort oben wohl nicht ausgehalten.«

»Sind Sie oft auf dem Hof gewesen?«, fragte Uma, die nun übernahm.

»Nicht so oft. Ich habe Roman auf dem Hof erst besuchen können, als sein Vater nach Mallorca umgezogen ist.«

»Kennen Sie das ganze Haus?«

»Nein, wir haben uns immer in der Küche aufgehalten.«

»Hat Roman Ihnen gesagt, was er beruflich so tut?«

»Über seinen Beruf hat er wenig gesprochen. Er hat nur mal angedeutet, dass er mit teuren Immobilien handelt und auch größere finanzielle Transaktionen tätigt. Aber das scheint ihm so rausgerutscht zu sein. Danach hat er es immer vermieden, über seinen Beruf zu sprechen. Was ist eigentlich mit Roman genau passiert?«

»Roman Plenther ist auf seinem Hof erschossen worden. In der Küche.«

»Erschossen? Einfach so?«

»Nicht einfach so.«

»Was meinen Sie damit? Ist er in kriminelle Handlungen verstrickt gewesen?«

»Davon ist auszugehen.«

»Das hätte ich ihm nicht zugetraut. Nie im Leben!« Seine Lockerheit war mit einem Schlag verschwunden.

»Ist Ihnen bei Ihren Treffen an ihm etwas aufgefallen?«

»Nein. Wir haben uns bei den Treffen, die aus beruflichen Gründen immer seltener geworden sind, auf die Freizeit konzentriert. Mountainbike zum Beispiel. Das hat uns gutgetan.«

»Bei Ihren Besuchen auf dem Hof, ist Ihnen da etwas aufgefallen?«

»Alles gut gepflegt. Clean. Das hat mich schon gewundert.«

»Sind Sie dort oben außer Roman sonst noch jemand begegnet?«

»Nein. Nicht einmal seiner Frau. Von ihr hat er nichts erzählt. Einblicke in sein Privatleben hat er selten gewährt.«

»Wir würden gerne noch Fragen stellen zu Ihrer Familie, zu Ihrer Urahnin. Und zum unehelichen Sohn der Urahnin. Sie wissen doch sicher viel über die Geschichte Ihrer Familie.«

»Natürlich. Ich habe mich zeitweise intensiv mit ihr beschäftigt. Stoff für einen dramatischen Roman.«

»Ihre Urahnin ist ja vom Schwedengrundhof vertrieben worden.«

Er nickte nur.

»Und ist auf dem Nachbarhof aufgenommen worden. Und hat sogar den Hoferben geheiratet, obwohl sie schwanger gewesen ist. Ungewöhnlich für damalige Zeiten.«

»Der Hoferbe hat schon früh ein Auge auf sie geworfen. Sie muss sehr schön gewesen sein. Aber gegen den Erben vom Schwedengrundhof hat er nichts auszurichten gehabt. Nach dem gewaltsamen Tod ihres Freundes hat die Urahnin Glück gehabt, dass sie auf dem Nachbarhof untergekommen ist. Ich glaube, sie hat den Hoferben aus Dankbarkeit geheiratet, nicht aus Liebe. Der ist natürlich überglücklich gewesen. Den Tod ihres Freundes hat sie nie überwunden. Die Heirat, das muss man deutlich sagen, ist eine Verbindung von Hass und Neid gewesen.«

»Können Sie das erläutern?«

»Der Tod ihres Freundes ist wie ein Urknall gewesen. Er hat die Entwicklung zweier Familien tief beeinflusst. Und er wirkt heute noch nach. Es ist fast so, als erfülle sich immer wieder ein alter Fluch.«

»Was für ein Fluch?«

»Es hängt mit dem Tod des damaligen Hoferben zusammen. Er ist ja unter merkwürdigen Umständen ums Leben gekommen. Es hält sich immer noch die Erzählung, er sei ermordet worden. Von seinem eigenen Bruder und Nachfolger!«

»Ist an der Geschichte wirklich etwas dran?«

»Es gibt nichts, was einigermaßen faktenbasiert ist. Aber es kann so gewesen sein, wie es erzählt wird.«

»Und wie wird es erzählt?«

»Es ist wohl an Fronleichnam passiert. Die Familie hat sich an der Feier und der Prozession beteiligt. Nur der älteste Sohn nicht. Er ist am späten Nachmittag im kleinen Sägewerk, das einst zum Hof gehört hat, tot aufgefunden worden. Wahrscheinlich hat er gearbeitet, ein Frevel in der damaligen Zeit. Als Ursache hat man einen tragischen Unfall genannt. Es sind mehrere Versionen im Umlauf gewesen: Er sei in die laufende Säge gefallen, hat es geheißen. Andere haben behauptet, er sei von einem Baumstamm zerquetscht worden. Und einige haben seinen Bruder ins Spiel gebracht, den, der nach seinem Tod der Hofnachfolger geworden ist. Der sei an dem Tag mehrmals in der Nähe des Sägewerkes gesehen worden.«

»Der ist also nicht bei der Fronleichnamsprozession gewesen?«

»Vermutlich nicht. Die Familie hat das alles bestritten und eisern die Version von einem tragischen Unglück verbreitet. Letztlich ist alles unklar geblieben. Aber der Stammtisch, wen wundert es, hat alles besser gewusst.«

»Das ist ja eine unfassbare Parallelität«, sagte Uma.

»Was meinen Sie damit?«

»Ihre Erzählung erinnert an einen Fall«, schaltete sich Tammy schnell ein, »der Parallelen aufweist. Wobei der

Fall 30 Jahre alt und faktenbasiert ist. Aber aufgeklärt ist er auch nicht.« Tammy wollte ihm nicht auf die Nase binden, dass genau dieser Fall diese unglaubliche Entwicklung ausgelöst hatte. »Fahren Sie doch fort mit Ihrer Erzählung. Aber zunächst noch eine Frage. Hat dieses Sägewerk beim Hof gestanden?«

»Nein, weiter unten am Ende vom heutigen Nordrach.«

»Existiert das noch?«

»Da findet man keine Spuren mehr. Der Hof hat es zunächst gepachtet. Später hat es der Zweitgeborene gekauft. Aber es ist ihm bald zu klein gewesen. Irgendwann hat er ein größeres Sägewerk gekauft und das kleine stillgelegt. Sie wollen sicher noch wissen, was es mit dem Fluch auf sich hat.«

»Ja, natürlich.«

»Also: Kaum ist der Erstgeborene geborgen worden, ist die Magd, meine Urahnin, vom Hof vertrieben worden. Als habe man schon lange auf so eine Gelegenheit gewartet. Die Hofbäuerin, eine bigotte Frau, hat den Tod des Sohnes als eine Mahnung Gottes bezeichnet. Und sie hat von einem Fluch gesprochen, der jetzt auf alle Ewigkeit auf dem Hof liege. Er werde über Generationen wirken und eines Tages zum Untergang führen und die ganze Familie verschlingen. Sie ist über den Tod ihres ältesten Sohnes nicht hinweggekommen. Vor allem die Vorstellung hat sie getroffen, dass er an Fronleichnam gearbeitet haben könnte. Von dem Tag an ist sie offenbar noch bigotter geworden. Ich sehe das alles mehr als Erzählung. Was wirklich passiert ist damals, weiß niemand. Meine Urahnin hat die Leute vom Schwedengrundhof zeit ihres Lebens, und sie ist alt geworden, gehasst, abgrundtief gehasst. Und ihr Mann hat immer neidisch auf den Schwedengrundhof geschaut, weil der immer größer und größer geworden ist. Beide haben dafür gesorgt, dass der Hass in der Familie Wurzeln geschlagen hat.«

»Was ist aus dem unehelichen Sohn geworden?«

»Das ist ein besonderes Kapitel!«

»Schlagen Sie das doch bitte mal auf.«

Er schaute auf die Uhr.

»Haben Sie noch Zeit? Oder sind Sie unter Druck?«

»Meinen Sie, weil ich auf die Uhr geschaut habe? Das ist nur ein Reflex. Als Lehrer lebt man zeitorientiert.« Er atmete tief durch. »Der uneheliche Sohn! Ich kann Ihnen einiges erzählen. Aber es ist bruchstückhaft.«

»Das macht nichts.«

»Der uneheliche Sohn ist auf dem Hof der Urahnin großgezogen worden, aber er ist nie so richtig vom Stiefvater akzeptiert worden. Der Hass der Mutter und die Haltung des Stiefvaters haben ihn wohl für immer geprägt. Er ist nichts als ein besserer Knecht auf dem Hof gewesen. Im Alter von 21 Jahren hat er den Hof verlassen und ans Auswandern gedacht.«

»Nach Amerika?«

»Ja. Im 19. Jahrhundert hat eine große Auswanderungswelle eingesetzt, die besonders den Schwarzwald erfasst hat. Verzweiflung und Hoffnung sind die Antriebe gewesen. Er hat anscheinend so viel Geld bekommen, um ein Schiff zu erreichen. Aber er hat es nur bis Bremen geschafft. Nach Monaten ist er zurückgekehrt in seinen Schwarzwald. Auf dem Hof ist für ihn kein Platz mehr gewesen. Im Kinzigtal hat er Arbeit gesucht und auf einem Hof eingeheiratet.«

»Als Knecht?«

»Nein. Er hat bei einem Tischler gearbeitet. Außerdem ist er von seinem Status als Sohn einer Bäuerin und Stiefsohn eines Hofbesitzers über einem Knecht gestanden. In den ersten Jahren auf dem Kinzigtäler Hof scheint alles gut gelaufen zu sein. Aber irgendwann ist er dem Alkohol verfallen. Offenbar hat er sich zurückgesetzt gefühlt und mit seinem Schicksal gehadert.«

»Wie heißt der Hof?«

»Schwarzmathishof.«

»Hat er Kinder gehabt?«

»Vier. Zwei Mädchen und zwei Jungen. Ein Mädchen ist ein Jahr nach der Geburt gestorben.«

»Und wie ist es mit ihm weitergegangen?«

»Der Alkohol und seine psychische Verfassung haben ihn ruiniert. Mit 48 ist er gestorben.«

»Das klingt alles nach Heimatroman.«

»Wenn Sie solche Biografien anschauen, finden Sie überall auf den Höfen des Schwarzwaldes Stoffe für einen Heimatroman.«

»Ist über die Nachkommen des unehelichen Sohnes etwas bekannt?«, fragte Tammy.

Uma hängte noch eine Frage an. »Wenn ja, haben Sie Kontakt zu Nachkommen?«

»Ich habe immer wieder versucht, Kontakte zu knüpfen. Es ist schwierig. Auch diese Familie hat sich nicht richtig von der eigenen Geschichte lösen können und lieber geschwiegen.«

Tammy erklärte das Gespräch für beendet und bedankte sich für die Bereitschaft, mit ihnen zu reden. Uma fasste sie kurz am Arm und sah ihn an. »Kennen Sie jemanden in Ihrem Umfeld, Verwandtschaft, Freundeskreis, Bekannte, der lispelt?«

Er schien mit der Frage nichts anfangen zu können. »Männlich?«, fragte er.

»Ja.«

»Jemand, der lispelt? So eine Frage ist mir noch nie gestellt worden.«

»Das sieht man Ihnen an.«

»Ja, doch. Ein Klassenkamerad, schmächtig, schüchtern, im Gymnasium, hochintelligent, hat tatsächlich gelispelt. Er ist immer wieder gehänselt worden. Leider auch von mir, muss ich gestehen. Irgendwann ist er zu einer Logopädin geschickt worden. Später haben ihn die Eltern von der Schule genommen und an einem anderen Gymnasium angemeldet.«

»Was ist aus ihm geworden?«

»Keine Ahnung. Ich bin dem nie wieder begegnet.«

»Können Sie sich noch an den Namen erinnern?«

»Beim besten Willen nicht. Das ist schon so lange her. Wir sind eine große Klasse gewesen. Und der ist, glaube ich, nur ein Jahr in meiner Klasse gewesen.«

»Ist das der einzige Fall von Lispeln, den Sie kennen? Lispeln ist etwas Besonderes. Das kann einem doch auffallen.«

»Tut mir leid, mir fällt nur dieser eine Schüler ein. Darf ich jetzt gehen? Ich habe einen wichtigen Termin vor mir. Die Zeit wird jetzt doch knapp.«

»Tammy, kannst du mir mal sagen, wie man in kurzer Zeit einen Mann findet, der leicht lispelt und sagt, er sei von der anderen Seite? Hörst du mir zu?«

»Nicht ganz. Ich frage mich, ob wir nach diesem Gespräch mit Stephan Linder schlauer sind oder ob er uns mit seinem Heimatroman in die falsche Richtung hat dirigieren wollen?«

»Dann müsste ihn Roman Plenther eingeweiht haben.«

Nach einer kurzen Pause sagte Uma: »Weißt du, Tammy, was ich mir gerade wieder überlege?«

»Was denn?«

»Man müsste, wie ich es neulich bei der Besprechung mit der Kripochefin etwas verklausuliert gesagt habe, jetzt wirklich etliche Fakten in dem verzwickten Fall an die Presse durchstechen und das Vorgehen der zuständigen Ermittler im LKA in den Vordergrund rücken. Das würde einen großen Druck erzeugen, und die Verantwortlichen wären gezwungen, reinen Tisch zu machen.«

»Alles, was man durchsticht, muss Hand und Fuß haben und darf nicht zu widerlegen sein. Und wer kann das durchstechen? Denkst du an uns?«

»Nein. Das wäre zu offensichtlich. Das müsste über Umwege laufen.«

»Wir wären die ersten Verdächtigen. Je nach dem, was in die Öffentlichkeit gelangt. Wärest du bereit, so ein Wagnis einzugehen? Das könnte deine Karriere vernichten.«

»Das ist mir schon klar. Aber wie wollen wir diesen Fall klären? Oder wollen wir aufgeben?«

»Nein. Aber lass die Finger von Durchstecherei.«

44

»Du bist ja schon so früh da, Uma. Hast du hier gefrühstückt?«

»Ja.«

»Hast du kein Familienleben?«

»Ich bin zurzeit Single. Erst muss ich mich mal im Berufsleben festigen. Dann kommt das Privatleben.«

»Du bist doch schon fest genug.«

»Danke für das Kompliment!«

»An was arbeitest du da gerade?«

»Ich suche Waldo Kerkoffs Aufzeichnungen, von denen ihr mir erzählt habt. Wo sind die? In den Dateien hier an seinem PC kann ich nichts finden.«

»Er hat oft ein Tablet und ein Notizbuch dabeigehabt.«

»Habt ihr seine Dateien im Computer schon geprüft?«

»Ja, aber wir haben nichts Besonderes gefunden.«

»Und Tablet und Notizbuch?«

»Die sind nicht hier. Wir haben alles durchsucht. Auch in seiner Wohnung haben wir nichts entdeckt.«

»Und wenn wir noch einmal alles durchstöbern?«

»Seine Wohnung hier wird, soviel ich weiß, gerade aufgelöst.«

»Hat er eine Freundin gehabt?«

»Ich glaube, einen Freund.«

»Und was ist mit seinen Eltern?«

»Die wohnen in Heidelberg. Wie übrigens auch der Freund.«

»Ist es denn möglich, dass Waldo zum Zeitpunkt der

Explosion das Notizbuch in seiner Jacken- oder Hosentasche gehabt hat?«

»Eine Jacke hat er nicht getragen, als er Mela nachgelaufen ist.«

»Hat man Überreste eines Notizbuches am Explosionsort gefunden?«

»Davon ist nichts bekannt.«

»Hat jemand Tablet und Notizbuch mitgenommen? Oder sind die zur Auswertung irgendwo gelagert?«

»In der Aufregung damals und danach haben wir nicht alles im Auge behalten, muss ich zugeben. Die Kripochefin hat uns Hilfe und eine Pause angeboten. Hätten wir vielleicht annehmen sollen.«

»Also, ich durchsuche seinen Computer noch einmal, wenn die Zeit es erlaubt. Vielleicht hat er eine Datei so angelegt, dass man sie leicht übersieht. Ist Melas Computer genauer untersucht worden?«

»Du meinst Helen Dinger.«

»Ja. Ich komme mit den Namen immer noch durcheinander.«

»Nicht nur du. Auf Helens PC sind keine Daten mehr zu finden. Helen Dinger hat sie am Tag der Bombenexplosion gelöscht. Endgültig gelöscht.«

Tammys Handy klingelte. Sie schaute kurz auf das Display, nahm den Anruf entgegen und stellte den Lautsprecher ein. »Sakura, was gibt's?«

»Federlein hat sich wieder mit mir in Verbindung gesetzt. Was er mir über WhatsApp mitgeteilt hat, hört sich wie eine Verschwörungstheorie an. Es sei etwas in Bewegung geraten, etwas Größeres. Genaueres könne er vorerst aber nicht berichten. Ich habe versucht, ihn über sein Handy zu erreichen. Er geht leider nicht ran.«

»Hat er dir nicht vor einiger Zeit gesagt, er stehe unter Druck?«

»Ja. Er sei auf etwas gestoßen. Auf Einzelheiten warte ich immer noch.«

»Ist Federlein noch vertrauenswürdig?«

»Ich glaube schon.«

»Das klingt aber alles mehr als kryptisch, was du mir sagst.«

»Ich mache mir ernsthaft Sorgen um ihn.«

»Bleibe am Ball. Vielleicht braucht er Hilfe.«

»Ich habe jetzt alle Leute zusammen, die wir vernehmen wollen. Die Frau aus Nordrach-Kolonie, die Roman Plenther kurz vor seinem Tod angerufen hat, ist auch dabei. Sie ist tatsächlich Haushälterin auf dem Hof und vielleicht eine Schlüsselfigur. Diese Woche kommt sie ins Präsidium. Sie hat sich erst gesperrt. Ich habe ihr dann klargemacht, was bisher alles passiert ist. Ob sie das kaltlässt. Und dass es nicht so gut aussieht für sie.«

»Du hast geblufft, Uma. Wir haben nichts gegen sie in der Hand.«

»Mit Erfolg geblufft. Sie hat ihr Kommen ganz fest zugesagt, mit der Bemerkung, dass sie ja nicht viel beitragen könne.«

»Wie sieht es mit dem Umfeld von Roman Plenther aus?«

»Bin ich fast durch. Fehlt noch der Bruder, Silvester. Der ist geschäftlich unterwegs. Kommt in zwei Tagen zurück, hat es in seinem Büro geheißen. Die Schwestern haben gefragt, ob die Vernehmung auch per Videokonferenz geht.«

»Hast du das rechtlich geprüft?«

»Läuft noch.«

»Was ist mit Roman Plenthers Frau?«

»Die tut so, als gehe sie das alles nichts an. Wenn es sein müsse, werde sie halt erscheinen, hat sie gemeint.«

»Und Firners jüngerer Bruder Anton?«

»Schwierig. Ich werde ständig vertröstet. Wenn ich sein Büro anrufe, heißt es, er sei unterwegs. Wenn ich bei ihm privat anrufe, nimmt niemand ab. Diese Hinhaltetaktik ist schon sehr verdächtig.«

»Und die Höfe?«

»Notiert.«

»Den Lehrer, den Stephan Linder, den wir neulich befragt haben, hast du auch auf der Liste?«

»Ja. Aber der zählt ja zum Hof der Magd, zum Harzerhof. Willst du den in die Zange nehmen?«

»Ich weiß nicht. Der hat uns mit seinen Erzählungen mehr in die Vergangenheit geführt als in die Gegenwart. Er kommt mir zwar nicht wie ein Mitwisser vor, aber misstrauisch bin ich schon. Es kann auch sein, dass ich mich in diesem Labyrinth des Falles verirre. Die Jagdgesellschaft um Simon Lauder dürfen wir nicht vergessen.«

»Habe ich ebenfalls aufgenommen. Und die Partnerinnen und Partner.«

»Haben wir dann alle?«

»Die möglichen Akteure im Landeskriminalamt fehlen.«

»An die ranzukommen, ist aussichtslos.«

»Uns hilft nur noch ein politischer Skandal.«

»Du wiederholst dich, Uma.«

45

Sie hatten einen sehr engen Zeitplan für die Vernehmungen festgelegt. Die längste Zeit war für die Frau aus Nordrach vorgesehen. Deshalb wurde sie zum Schluss der Vernehmungen eingeladen.

Roman Plenthers Frau Annalotta machte einen gelangweilten Eindruck. Ihre Vernehmung hätten sie sich sparen können, stellten Uma und Tammy ernüchtert fest. Sie hatte nur an sich Interesse.

Die Schwestern von Roman Plenther mussten doch anreisen. Es gab juristische Vorbehalte gegen eine Videokonferenz. Ihre Aussagen ergaben das Bild einer Familie, die vom Vater dominiert worden war. Sein herrisches Verhalten hatte die Schwestern früh bewogen, vom Hof Abschied zu nehmen. Sie waren ausbezahlt worden und hatten notariell auf weitere Ansprüche verzichtet. Zum Vater hatten sie keinen Kontakt mehr. Ab und zu meldeten sie sich noch bei der Mutter, der sie vorwarfen, sich ganz ihrem Mann untergeordnet zu haben.

Der älteste Sohn, Silvester, bestätigte, dass das Familienleben vom autoritären Vater geprägt worden war. Sein Vater hatte ihn als Hofnachfolger vorgesehen und versucht, ihn so zu erziehen. Er habe eine umfangreiche kaufmännische Ausbildung gemacht mit Fachhochschulabschluss. Darauf habe sein Vater bestanden. Eine Wende in seinem Leben sei seine Einheirat in ein Malergeschäft gewesen, das er inzwischen ausgebaut und neu ausgerichtet habe. Von da an habe er das Interesse am

Schwedengrundhof verloren. Das habe seinen Vater mehr als enttäuscht. Er habe getobt und die Welt nicht mehr verstanden.

Als es um die Regelung des Erbes ging, war es zum Konflikt gekommen. Silvester hatte einen Großteil des Waldes verpachten oder verkaufen wollen, da er sich eher als Nebenerwerbsholzwirt gesehen hatte und das, was er sich als Existenz aufgebaut hatte, nicht aufgeben wollte. Der Vater und auch Roman waren mit diesem Plan nicht einverstanden gewesen. Schließlich hatte Roman in längeren familiären Verhandlungen einen Kompromiss erzielt. Nach dem Rückzug des Vaters sollte Silvester rechtlich als Eigentümer des Hofes eingetragen und Roman als Pächter eingesetzt werden. Beide hatten einen endgültigen Bruch mit dem Vater vermeiden wollen. So wurde es dann gemacht. Silvester bekam seither vom Geschehen auf dem Hof angeblich nicht mehr viel mit. Er sagte, die Kontakte zum Vater und zu Roman hätten sich auf das Wesentliche beschränkt: Geburtstage, wenige Familienfeiern. Über Geschäftliches hätten sie nicht geredet.

Beim Stichwort Familienfeier wurde Tammy hellhörig. Was für Familienfeiern das gewesen seien.

Regelmäßige Geburtstagsfeiern und Sippentreffen. Er habe dabei interessante Kontakte geknüpft, die ihm geschäftlich genutzt hätten.

Könne er Namen nennen?

Zum Beispiel Simon Lauder, ein absoluter Netzwerker.

Sage ihm der Name Hubert Firner etwas?

Auf Anhieb nicht.

Sie zeigten ihm ein Foto.

Den habe er mal gesehen, aber keinen direkten Kontakt gehabt. Zu den Sippentreffen seien immer sehr viele gekommen. Ein Abend habe da nicht gereicht, um sich mit allen bekannt zu machen.

Wie viel Pacht er denn von seinem Bruder bekommen habe, fragten sie ihn. Die Unterlagen des Vertrages hatten sie vorher prüfen lassen.

Es handelte sich um die symbolische Summe von einem Euro. Bei Holzverkäufen bekam er einen Anteil von zehn Prozent. Er betonte, dass er auf Pachtgeld und Holzerlös nicht angewiesen sei. Jetzt, wo sein Bruder tot sei, müsse er sich natürlich verstärkt um den Hof kümmern

Wer ihn dabei unterstütze, wollten sie wissen.

Vorerst die Haushälterin. Er bemühe sich aber um eine langfristige Lösung für den Schwedengrundhof. Ideen habe er noch nicht.

Was es denn mit den vielen Zimmern auf sich habe.

Sein Vater habe geplant, Fremdenzimmer zu vermieten und im Ökonomiegebäude Ferienwohnungen einzurichten. Es sei alles schon vorbereitet und mit der Gemeinde abgesprochen gewesen, dann habe er plötzlich seine Geschäfte aufgegeben und sich auf Mallorca ein Haus gekauft. Er habe das nicht so ganz verstanden. Über die Motive habe der Vater geschwiegen. Sein Bruder Roman habe die Planungen seines Vaters gestoppt.

Wann das gewesen sei?

Vor rund sieben Jahren.

Die Frau aus Nordrach erschien pünktlich. Tammy und Uma ließen sie jedoch warten. Das gehörte zu ihrer Strategie.

Mit einer halben Stunde Verspätung baten sie sie ins Vernehmungszimmer, bereiteten in Ruhe alles vor, legten

Schreibzeug und Blöcke zurecht, belehrten die Frau über ihre Rechte und schalteten das Aufnahmegerät ein.

Uma stellte die erste Frage. »Nach unseren Recherchen scheinen Sie auf dem Schwedengrundhof gut zu verdienen. Geben Sie auch alles an?«

Mit dieser Frage hatte die Haushälterin wohl nicht gerechnet. Sie räusperte sich mehrmals. Die Antwort kam ziemlich leise. »Ab und zu gibt er mir ein Extrageld.« Nach einer kurzen Pause fügte sie hinzu: »Hat er mir gegeben.«

»Wer?«

»Roman Plenther.«

»Wie viel?«

»Mal ein paar Hunderter, mal ein Tausender. Bar.«

»Und warum?«

»Er sagt jedes Mal, Sie machen gute Arbeit. Hat er gesagt.«

»Sie haben monatlich rund 4.500 Euro verdient?«

»Ja.«

»Nicht gerade wenig für eine Haushälterin.«

Sie antwortete nicht.

»Wie geht es jetzt weiter?«

»Ich weiß es nicht.« Sie senkte ihren Kopf. Wahrscheinlich plagten sie Geldsorgen.

»Seit wann arbeiten Sie auf dem Schwedengrundhof?«

»Fast sieben Jahre ist das her, dass ich eingestellt worden bin.«

»Und seit wann gibt es diese Treffen?«

Sie blieb stumm.

»Wir wissen einiges«, erklärte Uma. »Wir stammen nicht aus dem Tal der Ahnungslosen.«

»Das hat vor sechs Jahren angefangen.«

Tammy und Uma blickten auf ihre Schreibblöcke. Vor sechs Jahren hatten auch die Protokolle begonnen, die auf dem USB-Stick aus der Kuckucksuhr gefunden worden waren.

»Haben Sie eigentlich einen Arbeitsvertrag?«

»Ja. Ich habe ihn mitgebracht.« Sie zog zusammengefaltete Papiere aus ihrer Tasche und legte sie auf den Tisch.

Tammy und Uma überflogen den Vertragstext.

»Ein Handy haben Sie im Schwedengrundhof nicht benutzen dürfen?«

»Nein. Er hat gesagt, es ist besser, wenn ich es nicht mitbringe. Er hat mich auch nie auf dem Handy angerufen. Immer nur auf dem Festnetz.«

In den Protokollen auf dem USB-Stick stand »Handyverbot bei Besprechungen«.

»Wie oft haben die Treffen stattgefunden?«

»Alle zwei Monate bin ich angerufen worden.«

»Für wie viele Personen haben Sie Treffen vorbereiten müssen?«

»Für sieben in der Regel, einige wenige Male sind es nur sechs gewesen, am Anfang sind es einmal acht gewesen.«

Tammy und Uma sahen sich überrascht an. Hatten sie das beim Studium der Protokolle auf dem USB-Stick nicht bemerkt? Oder einfach nicht wahrgenommen? Das mussten sie auf jeden Fall überprüfen. Sie nickten sich zu. Jede schrieb das für sich auf.

»Haben Sie mal einen der Teilnehmer gesehen?«

»Nein, nie. Ich habe immer nur mit Roman Plenther zu tun gehabt.«

»Kennen Sie diesen Mann?« Tammy zeigte ihr ein Foto von Hubert Firner.

Die Haushälterin schüttelte den Kopf. »In den letzten Monaten habe ich allerdings mehrmals für eine Person alles richten müssen.«

»Haben Sie die Termine aufgeschrieben?«

»Ja. Er hat zwar gesagt, dass ich nichts notieren darf. Aber ich kann mir Termine besser merken, wenn ich sie aufschreibe. Das ist schon immer so gewesen. Ich habe ihm nichts davon erzählt.«

»Das heißt also, dass Sie auch die anderen Termine schriftlich festgehalten haben?«

»Ja.«

»Und wo?«

»In Jahreskalendern.«

»Haben Sie die noch?«

»Ja.«

»Die brauchen wir. Wenn Sie zu Hause sind, holen wir die Kalender ab. Was ist mit der Frau von Roman Plenther?«

»Keine Ahnung.«

»Haben Sie Plenthers Frau mal gesehen?«

»Nein.«

»Wie oft sind Sie auf dem Schwedengrundhof in der Woche?«

»Mindestens dreimal. Das ist ein großer Hof. Ich muss alles sauber halten, abstauben. Im Winter für ausreichende Wärme sorgen. Wenn jemand dort gewesen ist, muss die Wäsche sofort gemacht werden. Und ich muss alles gründlich reinigen. Das hat er mir immer wieder eingetrichtert.«

»Haben Sie dabei Hilfe?«

»Nein. Ich darf niemand mitbringen auf den Hof. Das steht auch im Arbeitsvertrag.«

»Ist Ihnen auf dem Hof mal etwas Besonderes aufgefallen? In jüngster Zeit zum Beispiel?«

Die Frage machte sie nervös. Mit ihren Händen strich sie fahrig über den Tisch. »Das habe ich ja gesagt, dass ich mehrmals für eine Person habe alles richten müssen.«

»Wann hat das angefangen?«

»Im Frühjahr.«

Wahrscheinlich war das Hubert Firner, überlegte Tammy. Zeitlich war das auf jeden Fall möglich. »Und in den letzten Jahren?«

»Ab und zu.«

»Was heißt das?«

»In unregelmäßigen Abständen.«

»Wer ist diese Person gewesen?«

»Ich weiß es nicht.«

»Männlich oder weiblich?«

»Kann ich nicht sagen.«

»An der Bettwäsche haben Sie nichts gesehen, was auf Mann oder Frau hinweist?«

Die Haushälterin lief rot an, antwortete aber nicht.

»Also das können wir uns nicht vorstellen, dass Sie nicht genau auf die Wäsche geschaut haben. Menschen hinterlassen doch Spuren!«

»Ich glaube, es ist auch mal eine Frau auf dem Hof gewesen.«

»Früher oder in jüngster Zeit?«

»In jüngster Zeit.«

»Woran haben Sie das erkannt?«

»Am Geruch.«

»Was für ein Geruch?«

»Ein Parfum. Es hat stark geduftet.«

»Können Sie den Geruch beschreiben?«

»Wie nach Rose.«

»Ist die Person mit dem Auto gekommen?«

»Kann ich nicht sagen.«

»Haben Sie auf dem Hof mal Autos gesehen?«

»Nein. Nur das von Roman Plenther.«

»Ein silberner SUV?«

»Ja.«

»Und sonst kein anderes Auto?«

»Nein. Halt! Doch. Einmal, ein Mercedes-Kombi mit Stuttgarter Nummer. Da hat es dann Krach gegeben.«

»Krach. Wieso?«

»Ich habe was vorbereitet, wie Roman Plenther es mir aufgetragen hat, und bin weggefahren. Zu Hause habe ich meinen Schlüsselbund nicht gefunden. Ich habe gedacht, ich habe ihn im Schwedengrundhof liegen lassen, und bin zurückgefahren. Als ich ankam, stand der Mercedes-Kombi da. Roman Plenther muss mein Auto gehört haben, riss die Eingangstür auf, rannte die Treppe herunter und schrie mich an, was mir denn einfalle, unangekündigt zu kommen. Ich habe mich entschuldigt und gesagt, dass ich glaube, dass ich meinen Schlüsselbund auf dem Küchentisch vergessen habe. Er ist in die Küche, hat aber nichts gefunden. Dann hat er gesagt: ›Verschwinden Sie und vergessen Sie, was Sie gesehen haben. So etwas darf nie wieder vorkommen.‹ Den Schlüsselbund habe ich dann in meinem Auto gefunden. Er muss mir aus der Tasche gefallen sein.«

»Wann ist das passiert?«

»In diesem Jahr. Vor etlichen Monaten. Wenn ich den Kalender bei mir hätte, könnte ich Ihnen das Datum sagen.«

Tammy nahm sich vor, mit Alban Berger zu reden. Der hatte doch mal Firner oben auf der Moos treffen wollen.

Firner war aber nicht erschienen. Ein Zeuge hatte Berger berichtet, er habe auf dem Parkplatz am Löcherwasen Firner mit einem Mann gesehen, der nach einem heftigen Gespräch in einen Wagen mit Stuttgarter Kennzeichen gestiegen und weggefahren sei.

»Wie ist das mit Telefon und Post geregelt im Schwedengrundhof? Der Hof hat doch einen Festnetzanschluss und einen Briefkasten.«

»Damit habe ich nichts zu tun. Das Telefon darf ich nicht anrühren. Und ich darf nicht in den Briefkasten gucken.«

»Auch jetzt nicht?«

»Ich warte noch darauf, was aus mir wird.«

»Hat der Bruder von Roman Plenther mit Ihnen schon gesprochen?«

»Er hat nur mal angedeutet, dass er mit mir in nächster Zeit über die Zukunft reden will.« Sie bekam feuchte Augen, die Ungewissheit setzte ihr zu.

»Der Hof ist bis auf die Grundmauern renoviert. Wer kümmert sich zum Beispiel um die Technik, um Reparaturen?«

»Wenn mir etwas auffällt, muss ich das melden.«

»Haben Sie auf dem Hof mal mit Handwerkern zu tun gehabt?«

»Wenn etwas zu machen ist, werden die Termine so gelegt, dass ich nicht dort sein muss.«

46

Alban Berger sah nicht erholt aus. Seine Frau hatte Tammy gesagt, als sie sich erneut zum Besuch angekündigt hatte, er mache leider nur langsam Fortschritte. Er lag angezogen auf dem Sofa und lächelte, als sie die kleine Treppe in den Wohnbereich hinunterging.

Sie unterrichtete ihn über die neueste Entwicklung im Fall Schwedengrundhof. »Bleib liegen«, sagte sie zu ihm, als er versuchte, aufzustehen. »Keine Anstrengungen, wir können uns auch so unterhalten.«

»Ich muss dir etwas sagen, das ich die ganze Zeit verschwiegen habe. Damals, als wir zum ersten Mal auf den Schwedengrundhof gekommen sind und Firner in der Küche entdeckt haben, habe ich mich zu ihm hinuntergebeugt. Er hat mir etwas zugeflüstert. Waldo hat mich gefragt, ob er etwas gesagt hat. Ich habe verneint. Er hat aber etwas gesagt.«

»Und was?«

»Lass mir ein bisschen Zeit.«

Er hatte offenbar große Schwierigkeiten, sich zu konzentrieren.

»›Ich habe Sie doch gewarnt, Berger‹, hat er gesagt.«

»Ist das alles?«

»Nein. Ich muss noch etwas einschieben. Vor dieser Begegnung auf dem Schwedengrundhof habe ich mehrfach versucht, ihn zu erreichen. Das weißt du ja.«

Sie hatte es das eine, aber nicht entscheidende Mal mitbekommen. Aber erst als sie gefragt hatte, mit wem er denn telefoniere oder versuche, zu telefonieren.

»Und als es endlich gelungen ist, hat er mich angeschrien: ›Lassen Sie die Finger von den Fällen. Sie reißen alte Wunden auf und noch viel mehr. Aus dieser Geschichte werden Sie als gebrochener Mann gehen!‹ Darauf hat sich seine Warnung bezogen. Aber das ist auch noch nicht alles.«

Jetzt setzte er sich doch auf. »Er hat noch etwas gesagt. Ich kann es bis heute nicht glauben.« Er bekam einen Hustenanfall und fasste sich an den Kopf.

Seine Frau, die sich in den oberen Stock zurückgezogen hatte, kam angerannt. »Alban, leg dich sofort wieder hin!« Sie drehte sich zu Tammy um. »Das strengt ihn alles zu sehr an!«

Es klang nicht nur wie ein Vorwurf, es war ein Vorwurf.

»Beruhige dich, Ariane, bitte«, beschwichtigte Berger seine Frau. »Es geht gleich wieder. Nur ein kurzer Hustenreiz. Geh wieder hinauf. Ich muss Tammy etwas Wichtiges sagen. Etwas Dienstliches.«

Seine Frau schüttelte nur den Kopf, sah Tammy sehr streng an und ging wieder nach oben.

Tammy fühlte sich zusehends unwohler und hoffte, dass Alban bald zur Sache kam. Aber ein neuer Hustenanfall quälte ihn. Es blieb ihr nichts anderes übrig, als zu warten.

»Hast du oft solche Hustenanfälle?«

»Nein. Ich glaube, ich habe heute zu wenig getrunken. Mein Mund ist so trocken. Und der Rachen fühlt sich etwas gereizt an. Kannst du mir bitte das Wasser auf dem Glastisch reichen?«

Wortlos folgte sie seinem Wunsch. Er trank gierig das Glas aus, wischte sich mit einem Papiertaschentuch Tropfen von Lippen und Dreitagebart.

»Was hat Firner dir damals gesagt?«

»Er hat mir einen Namen genannt.« Er winkte Tammy näher zu sich und flüsterte ihr ins Ohr. »Klaus Ulander!«

»Und du hast dich nicht verhört?«

»Nein.«

»Hat er etwas über Ulander gesagt?«

»Dazu ist er nicht mehr gekommen. Da sind doch dann die Schüsse gefallen. Ich habe mich immer wieder gefragt, was Firner mir hat mitteilen wollen. Hat sich die Nennung von Ulander auf Firners Situation bezogen, auf den konkreten Fall oder auf etwas anderes? Ich habe mir keinen Reim machen können.«

»Klaus Ulander. Der steht doch als Kriminaldirektor in der Hierarchie im LKA ganz oben.«

»Und er ist stellvertretender Präsident des Landeskriminalamtes. Du musst mit Oberstaatsanwalt Stenglenz sprechen. Unbedingt!«

»Und die Kripochefin? Die will, dass wir sie über alles informieren, was wir unternehmen.«

»Ich weiß nicht so recht.«

»Warum nicht?«

»Die hat einen zu guten Kontakt zum Stellvertreter. Die kennen sich seit der Ausbildung. Ich habe mich schon früh um die Vita der beiden gekümmert.«

»Du misstraust ihr. Das merkt man dir bei jeder Begegnung mit der Kripochefin an.«

»Zu deiner Beruhigung: Auch wenn sie sich kennen, heißt das noch lange nicht, dass sie ihn deckt oder schützt. Eine Befangenheit kann man allerdings nicht ausschließen.«

»Du kennst ihn doch auch gut.«

»Er ist ja auch hier in Offenburg gewesen. Rund ein Jahr, glaube ich. Ich bin ihm nicht so oft über den Weg gelaufen. Ein aufstrebender Typ. Schon damals gut vernetzt. Ist ständig auf irgendeiner Fortbildung gewesen, was einigen auch aufgestoßen ist. Firner hat ihn unter seine Fittiche genommen. Er ist ganz begeistert von ihm gewesen. Ich nicht. Aalglatt. Arrogant. Ein Blender. Ich kann mich noch gut erinnern, dass er sich einen Spaß daraus gemacht hat, anderen lange in die Augen zu schauen. Eine Art Kräftemessen.«

»Hat er das auch mit dir gemacht?«

»Er hat es versucht. Es ist ihm aber nicht gelungen. Er hat es dann bleiben lassen. Ihr müsst prüfen, ob in den Akten ein Zusammenhang zwischen Firner und Ulander zu finden ist.«

»Du meinst die Akten, die wir in der Cold-Case-Abteilung bearbeiten?«

»Ja. Ich habe in letzter Zeit überlegt, ob Ulander geahnt oder mitbekommen hat, dass Firner Unterlagen manipuliert hat.«

»Vielleicht haben sie gemeinsam manipuliert.«

»Auch das muss geprüft werden. Ich mache mir schwere Vorwürfe, dass ich dir jetzt erst von Firners Flüsterbotschaft erzähle.«

»Das musst du nicht. Es kann ja sein, dass unsere Überlegungen unsinnig sind und Firner dich hat bitten wollen, sich an Ulander zu wenden. Aus welchem Grund auch immer.«

»Genau diese Überlegung ist ein Grund, warum ich mich zurückgehalten habe.«

»Der Fall wird immer beunruhigender – und undurchsichtiger. Klaus Ulander … Ob er einer von jenen ist, die laut Mela in der Hierarchie ganz oben stehen?«

»Von was redest du?«

»Davon weißt du ja noch gar nichts. Ich erzähl's dir. Hältst du noch durch? Oder ich komme ein anderes Mal wieder. Deiner Frau ist mein Besuch sicher nicht recht.«

»Erzähl schon!«

Tammy berichtete kurz von den jüngsten Ereignissen, den Befragungen vor allem von der echten Mela und der Haushälterin und was Sakura Landmann und Felix Manderscheid bei der Analyse des USB-Sticks aus der Kuckucksuhr herausgefunden hatten. »Wer aus dem Hintergrund die Fäden zieht, ist aus den Protokollen nicht ersichtlich. Die echte Mela hat davon gesprochen, dass die Gruppe bis in höchste Kreise reicht. Federlein hat jüngst durchblicken lassen, dass etwas an der Spitze des Landeskriminalamtes und im Innenministerium ins Rutschen geraten ist. Er steht wohl unter Druck. Bisher ist er nicht aus der Reserve zu locken. Ich weiß nicht, ob er Angst vor jemandem hat oder ob er sein Wissen erst preisgeben will, wenn er genug Beweise in der Hand hält. Kann auch sein, dass ihn jemand ins Abseits drängen will. Er gilt ja als kritischer Geist. Das haben wir selbst erlebt, als es um die Auseinandersetzung mit dem Verfassungsschutz gegangen ist.«

»Kann mich noch gut erinnern. Bei der Einordnung der Reichsbürger und der Prepper-Szene. Die Entwicklung gibt ihm recht.«

Berger drehte den Kopf hin und her. Tammy beobachtete ihn und hoffte, dass die Bewegungen nur der Entspannung dienten. Er schaute sie an, als wäre nichts gewesen.

»Was ist mit dem Nackten, den wir bei der Jagdhütte von Simon Lauder gefunden haben?«

»Der ist in Stuttgart in der Rechtsmedizin gelandet. Mehr wissen wir nicht.«

»Seine Identität könnte helfen, diesen mysteriösen Fall zu lösen.« Er sprach so, als wäre er im Dienst, als steckte er mitten in den Ermittlungen.

Sie traute ihm zu, demnächst wieder die Arbeit aufzunehmen. Aber jetzt sah er doch sehr erschöpft aus.

»Entschuldige, aber ich muss mich wieder hinlegen.«

»Habe ich dich zu sehr strapaziert?«

»Nein. Es ist alles in Ordnung. Die Rekonvaleszenz braucht eben Zeit.«

»Nimm sie dir. Wir haben nur ein Leben.« Sie stand mit einem unguten Gefühl auf. »Ich melde mich bald wieder. Und ich drücke dir die Daumen, dass du dich richtig erholst. Und sei bitte ehrlich, wenn ich dich zu sehr anstrenge.«

»Ja, danke für deinen Besuch.«

Sie ging die kleine Treppe hoch und drehte sich noch einmal um. Langsam ließ er sich auf das Sofa sinken. Sie winkte ihm zu und rief nach oben: »Tschüss!«

Keine Antwort. Wahrscheinlich war Albans Frau wütend auf sie. Bei der nächsten Bitte um einen Besuchstermin musste sie mit einer Absage rechnen.

47

Tammy hatte eine Weile gezögert. Aber jetzt folgte sie dem Rat von Alban Berger. »Stenglenz.« Der Oberstaatsanwalt verzichtete im Gegensatz zu vielen Akademikern auf die Nennung seines Doktortitels. Das baute Barrieren ab, fand sie.

»Hallo, hier ist Tammy Bieger.«

»Guten Tag, Frau Bieger. Wenn Sie anrufen, muss ich davon ausgehen, dass Sie ein wichtiges Anliegen haben.« Er hatte das erste Sie stark betont.

»Sie liegen nicht falsch. Es geht um den Schwedengrundhof.«

»Das habe ich mir fast gedacht.«

»Ist Ihnen der Name Klaus Ulander ein Begriff?«

»Ich weiß, dass er Kriminaldirektor ist und stellvertretender LKA-Chef. Aber ganz direkt habe ich mit ihm noch nicht zu tun gehabt. Wie kommen Sie im Zusammenhang mit dem Schwedengrundhof auf Klaus Ulander?«

»Ich persönlich nicht. Vor zwei Tagen habe ich Alban Berger besucht.«

»Wie geht es ihm?«

»Er macht Fortschritte, aber nicht so schnell wie prognostiziert.«

»Bei dieser Verletzung dürfte das kein Wunder sein. Aber Sie wollten mir ja etwas Bestimmtes sagen.«

»Alban Berger hat mir mitgeteilt, dass Hubert Firner ihm an jenem verhängnisvollen Tag auf dem Schwedengrundhof den Namen ›Klaus Ulander‹ zugeflüstert hat.

Mehr hat er von Firner nicht erfahren, weil der Hof zu diesem Zeitpunkt beschossen worden ist. Berger hat das lange für sich behalten, weil für ihn unklar gewesen ist, was das bedeutet. Jetzt befürchtet er, dass Ulander in den ganzen Fall verwickelt ist. Er hat mich dringend gebeten, mit Ihnen Kontakt aufzunehmen.«

»Haben Sie schon mit Ihrer Kripochefin gesprochen?«

»Nein, Berger hat mir davon abgeraten.«

»Und warum?«

»Er sagt, Ulander und Gallheimer würden sich von früher gut kennen. Er glaubt zwar nicht, dass sie ihn, falls Ulander tatsächlich in den Fall verstrickt ist, decken wird oder eine Aufklärung behindern wird. Aber von einer gewissen Befangenheit zu sprechen, ist sicher keine Unterstellung.«

»Sie erwarten jetzt von mir Unterstützung?«

»In gewisser Weise schon, weil Sie ja die Ermittlungen letztlich führen.«

»Sie sagen, dass Firner nur den Namen ›Klaus Ulander‹ geflüstert hat.«

»Ja.«

»Das kann natürlich auch bedeuten, dass Firner Alban Berger bitten wollte, sich an Ulander zu wenden.«

»Diese Möglichkeit sehen wir auch. Berger meint aber, es habe eher wie eine Warnung geklungen.«

»Der psychische Zustand von Firner scheint zu diesem Zeitpunkt nicht sehr stabil gewesen zu sein. Ich habe vor ein paar Tagen endlich den Obduktionsbericht aus Stuttgart einsehen können. Es sind deutliche Spuren von Beruhigungsmitteln und sonstigen Psychopharmaka festgestellt worden. So ganz handlungsfähig ist er wohl nicht mehr gewesen.«

»Ist der Obduktionsbericht ohne jeden Zweifel?«

»Er passt jedenfalls zur Stellungnahme des Landeskriminalamtes, die Sie ja auch kennen. Ich kann mir gut vorstellen, dass Sie Ihre Einwände haben.«

»So ist es. Aber ohne handfeste Beweise können wir nichts unternehmen.«

»Sie denken an Manipulation? Dass der Obduktionsbericht nicht der Wahrheit entspricht?«

»Es ist schwierig. Der Zustand von Firner ist an jenem Nachmittag katastrophal gewesen. Das steht fest. Insofern kann es sogar sein, dass der Obduktionsbericht nicht gefälscht ist. Das Landeskriminalamt zieht allerdings aus der Situation von damals ganz andere Schlüsse als wir. Für uns sind nach wie vor die meisten Fragen ungeklärt.«

»Nicht nur für Sie. Vergessen Sie das nicht. Ich werde genauso blockiert wie Sie.«

»Was mache ich jetzt? Gehe ich zu unserer Kripochefin oder nicht?«

»Sie fordern einen Rat von mir?«

»Ja.«

»Den kann ich Ihnen geben. Bei allen Vorbehalten, bei aller Vorsicht rate ich Ihnen, Frau Gallheimer einzuschalten. Das Gespräch hier bleibt unter uns.«

Tammy rief die Kripochefin an und bat um einen schnellen Termin. Gallheimer sagte, sie müsse ihr mindestens eine Stunde Zeit geben, und fragte, um was es denn gehe. Tammy sagte, es sei besser, das nicht am Telefon zu besprechen. Gallheimer machte einen gestressten Eindruck: »Da bin ich mal gespannt.«

Falco musste wieder einmal warten. Sie informierte ihn über die Verspätung. Er trug es mit Geduld, wie so oft.

Zum Glück hatte er ein Essen vorbereitet, das sie aufwärmen konnte.

Eine Stunde später kam Lydia Gallheimer zu Tammy ins Büro.

»Was ist so wichtig, dass Sie es mir nicht am Telefon sagen wollen?«

»Es geht um eine bestimmte Person.«

»Hier? In unserem Bereich?«

»Nein, in Stuttgart. Um Klaus Ulander.«

Lydia Gallheimer lief rot an. Diese Antwort hatte sie wohl nicht erwartet. Tammy fragte sich, ob die Kripochefin eine Beziehung zu Ulander hatte. Jetzt oder in der Vergangenheit?

»Wie kommen Sie auf Ulander?«

»Ich habe neulich Alban Berger besucht. Von ihm habe ich diesen Namen. Er hat mir gesagt, dass Hubert Firner ihm den Namen zugeflüstert habe, damals auf dem Schwedengrundhof, kurz bevor auf das Gebäude geschossen worden ist und Helen Dinger Firner getötet hat. Firner hat ihm nicht mehr sagen können, was der Name Ulander zu bedeuten hat. Ob er mit unserem Fall etwas zu tun hat oder ob Ulander uns unterstützen will oder wichtige Informationen hat.«

»Und das ist Berger erst jetzt eingefallen?«

»Erstens hat Berger eine lebensgefährliche Schussverletzung überstehen müssen.«

»Entschuldigung!«

»Und zweitens hat er es lange mit sich herumgetragen, weil er es nicht hat einschätzen können. Von einem Hörfehler geht er nicht aus. Dass Ulander und Firner sich gekannt haben, ist Fakt. Er ist rund ein Jahr hier in Offenburg gewesen und hat mit Firner zusammengearbeitet. So, wie Alban mir berichtet hat, ist Firner wohl von Ulander sehr beeindruckt gewesen.«

»Beeindrucken kann er«, sagte Gallheimer.

Irgendetwas arbeitete in ihr. Tammy wollte sie nicht bedrängen und wartete.

»Ich will ganz offen zu Ihnen sein, Tammy. Ich habe eine kurze Beziehung zu Ulander gehabt, eine sehr kurze, die ich am liebsten ungeschehen machen würde. Er ist ein Charakterschwein, der für seine Karriere alles tut, dem Menschen nicht viel bedeuten, wenn sie ihm nichts nützen.«

»Geht er auch über Leichen?«

»Weiß ich nicht. Es wird schwierig sein, überhaupt eine Verbindung zwischen dem Schwedengrundhof und Ulander zu finden. Ich muss das mit Oberstaatsanwalt Stenglenz besprechen.«

Es durchzuckte Tammy, aber sie blieb in Deckung und verriet nicht, dass sie mit Stenglenz Kontakt aufgenommen hatte.

»Jetzt ist Schluss«, sagte Gallheimer unvermittelt. »Wir müssen das Tempo der Ermittlungen verschärfen. Machen Sie eine Liste, wen wir uns noch einmal vorknöpfen müssen.«

»Die wichtigsten Personen haben wir bereits aufgelistet und einige auch schon vernommen. Die Protokolle der Vernehmungen müssten seit gestern auf Ihrem Tisch liegen«, warf Tammy ein.

»Ich lese sie nachher durch.«

»Haben wir jetzt wirklich freie Hand?«

»Ich habe dem Polizeipräsidenten deutlich gemacht, dass wir es satthaben, ständig ausgebremst zu werden. Er hat versprochen, Steine aus dem Weg zu räumen.«

»Alle?«

»Hoffentlich.«

48

Uma und Tammy saßen an ihren Schreibtischen und brachten sich gegenseitig auf den neuesten Stand.

Die wichtigste Info hatte Uma. »Die Haushälterin hat
sich gemeldet. Auf dem Schwedengrundhof tut sich etwas.
Sie muss wieder ein Treffen vorbereiten.«

»Wie bitte? Wer hat sie um die Vorbereitungen gebeten?«, fragte Tammy perplex.

»Sie hat eine Mail bekommen, will sie aber nicht an uns
weiterleiten.«

»Und wieso nicht?«

»Sie hat Angst, dass das nachverfolgt werden kann.
Angeblich kann sie den Absender nicht identifizieren.«

»Hat sie wenigstens gesagt, was in der Mail steht?«

»Ja. Sie muss alles für fünf Personen vorbereiten.«

»Bisher sind es in der Regel sieben gewesen.«

»Zwei sind ja raus aus dem Spiel: Roman Plenther und
Simon Lauder. Wenn unsere Vermutungen zutreffen.«

»Was muss sie genau vorbereiten?«

»Ein Kuchenbüffet mit Kaffee für den Nachmittag, ein Abendessen zum Aufwärmen, ein Frühstück, die Zimmer richten. Nach dem Treffen muss sie alles wegräumen, Spuren im ganzen Haus beseitigen, die Wäsche waschen, alles desinfizieren, sodass zum Beispiel nirgends Fingerabdrücke oder Haare und Hautpartikel zu entdecken sind. Das hat sie ja nach jedem Treffen machen müssen.«

»Und wann findet das neue Treffen statt?«

»In fünf Tagen. Sie sagt, das sei schon ungewöhnlich.«

»Wieso?«

»Es geht um die Vorlaufzeit. Roman Plenther hat sie meist zehn Tage vor dem Treffen angerufen. Sie hat also in Ruhe alles vorbereiten und auf die besonderen Wünsche der Teilnehmer eingehen können.«

»Was für besondere Wünsche?«

»Das habe ich sie auch gefragt. Sie hat nur gesagt, die seien sehr anspruchsvoll, vor allem beim Essen.«

»Fünf Tage sind eine kurze Zeit. Da müssen wir schnell was überlegen. Hast du die Kripochefin informiert?«

»Sie ist schon wieder in einer Besprechung beim Polizeipräsidenten.«

»Sie muss unbedingt beim Organisieren helfen. Die Gruppe ist jetzt wohl unter Druck und muss sich voraussichtlich Gedanken darüber machen, wie sie sich noch retten kann. Und das ist unsere große Chance.«

»Die uns hoffentlich niemand vermasselt.«

»Vor allem müssen wir darauf achten, dass wir nicht wieder in eine Falle tappen«, warnte Tammy.

»Und du gehst mit, wenn es zum Einsatz kommt?«, fragte Uma und schaute auf Tammys Bauch.

»Ja. Wenn wir umsichtig an die Sache rangehen, habe

ich keine Bedenken. Zunächst einmal brauchen wir eine schnelle Entscheidung.«

»Und genug Unterstützung. Zu zweit oder zu dritt können wir nicht auf dem Schwedengrundhof auftauchen.«

»Ich habe da so eine Idee.«

Uma sah Tammy mit einem fragenden Blick an.

»Hast du Bedenken?«

»Was ist, wenn die Haushälterin die Teilnehmer des Treffens informiert?«

»Das müssen wir in der großen Runde klären.«

Die Besprechung mit der Kripochefin endete mit einer klaren Entscheidung: Das Treffen auf dem Schwedengrundhof musste beobachtet werden. Für eine Festnahme der Teilnehmer hatten sie allerdings vorerst keine rechtliche Grundlage. Sie wussten auch nicht, wer auf den Hof kam und ob die Leute etwas mit ihrem Fall zu tun hatten. Es gab nur eine Gewissheit: Der Hof galt als mögliche Basis für die Vorbereitung von Verbrechen. Das musste reichen für einen Einsatz.

Lydia Gallheimer gab die Richtung vor: »Alle zuständigen Stellen werden eingebunden. Sie, Tammy und Uma, nehmen Kontakt mit der Haushälterin auf und weihen sie in unseren Plan ein. Wir überwachen sie, um Überraschungen auszuschließen. In den Speiseboxen verstecken wir hochempfindliche Abhörgeräte. Techniker werden die Haushälterin unauffällig zum Schwedengrundhof begleiten und in der großen Küche sowie im Wohnzimmer gegenüber weitere Abhörgeräte und Kameras einbauen. Ziel ist es, alle fünf Teilnehmer des Treffens zu identifizieren.«

In den nächsten Tagen machte sich eine nervöse Spannung während der Vorbereitungen breit. Uma gefiel es nicht, dass die schwangere Tammy unbedingt beim Einsatz dabei sein wollte.

Ein Team um Sakura analysierte ständig das Bewegungsprofil der Haushälterin und überwachte ihr Handy, ihren Computer und ihr Festnetztelefon. Es sah nicht danach aus, dass sie den Einsatz gefährdete.

Der Hof wurde rund um die Uhr observiert. In einem Umkreis von fünf Kilometern wurden alle Bewegungen verfolgt.

Uma beruhigte das Ganze dennoch nicht. Die beste Technik konnte versagen. Und bei aller Vorsicht konnten sie doch etwas übersehen. Sie dachte immer wieder an den fehlgeschlagenen Einsatz auf dem Hof, als Alban Berger beinahe durch einen Kopfschuss getötet worden wäre. So einen Fehlschlag wollte sie nicht mehr erleben. Sie zermarterte sich den Kopf und suchte nach Schwachstellen ihrer Strategie. Plötzlich quälte sie ein anderer Gedanke. »Wir müssen unbedingt den Bruder von Roman Plenther überwachen!«

Tammy schreckte hoch, so laut hatte Uma den Satz in den Raum geschleudert.

»Und was ich noch überlegt habe: Können wir denn sicher sein, dass die Runde uns nicht reinlegt? Die muss doch gewarnt sein. Es ist jetzt grundsätzlich ein Risiko für sie, zum Schwedengrundhof zu kommen. Es ist auch merkwürdig, dass die Haushälterin die E-Mail-Adresse nicht zurückverfolgen kann. Was sagt denn unsere Technik?«

»Ist möglich. Jetzt mal eine Frage an dich. Willst du, dass wir den Einsatz absagen?«

»Nein. Aber ich will alle Eventualitäten im Blick haben.«

»Das müsstest du inzwischen gelernt haben, dass das unmöglich ist. Wir müssen Risiken eingehen. Und wir müssen damit rechnen, dass der Einsatz nichts bringt. Und damit, dass wir reingelegt werden. Dass dieser Termin eine Finte ist.«

»Das heißt, du hast ähnliche Gedanken?«

»Na klar.«

49

Alle hatten ihre Positionen eingenommen, im Polizeipräsidium und auf dem Gelände um den Hof. Das Wetter machte ihnen keinen Strich durch die Rechnung. Wie vorhergesagt, war es trocken, der Himmel fast wolkenlos. Bis in die Abendstunden, hieß es, werde es mild bleiben. Auf das SEK hatten sie verzichtet. Das LKA war ebenfalls nicht eingebunden. Sie wollten verhindern, dass der Einsatz verraten wurde. Aber niemand konnte ihnen eine Garantie geben, dass alles glattging.

Roman Plenthers Bruder Silvester wurde nicht überwacht. Uma hatte den Kopf geschüttelt, als sie von der Entscheidung erfahren hatte.

Lydia Gallheimer, Tammy und Uma hatten sich um 14.30 Uhr im Wald so versteckt, dass sie vom Weg und vom Hof aus nicht entdeckt werden konnten. Unterstützung bekamen sie von Zanger und drei weiteren Kollegen. Unten an der Abzweigung zum Hofweg und oberhalb auf einer parallelen Waldstraße hatten sie Fahrzeuge stehen mit der Aufschrift »Forst BW«. Es sah alles unverdächtig aus.

Wenn die Haushälterin sie richtig informiert hatte, begann das Treffen um 16 Uhr. Sie warteten mit größter Anspannung auf die Teilnehmer des Treffens.

Gegen 15.15 Uhr hörten sie Geräusche eines Fahrzeugs. Ein Lieferwagen fuhr auf das Hofgelände. Zanger erfasste mit seiner Spezialkamera das Autokennzeichen, das mit LR begann. Auf dem Lieferwagen stand »HAGA – Haus und Garten«. Aufgesprüht war eine Telefonnummer. Die Kripochefin gab das Kennzeichen und die Telefonnummer zur Überprüfung durch.

»Das hat gerade noch gefehlt«, sagte Lydia Gallheimer. »Wir warten erst mal ab. Habt ihr erkennen können, ob außer dem Fahrer noch jemand drinsitzt?«

»Ich meine, es sind zwei«, flüsterte Zanger. »Die Gesichter sind schlecht zu erkennen. Was meinst du, Tammy?«

»Es ist schwierig. Der Fahrer hat eine Wollmütze auf, aber die hat er bis über die Augenbrauen gezogen. Sobald er aussteigt, kann ich mehr sagen.«

Sie warteten, wie es die Kripochefin empfohlen hatte. Aber Fahrer und Beifahrer machten keine Anstalten, auszusteigen. Nach ungefähr 15 Minuten startete der Fahrer den Motor, wendete und fuhr zurück. Jetzt konnten sie auch den Beifahrer sehen.

Tammy schüttelte den Kopf. »Die Gesichter sagen mir nichts.«

Lydia Gallheimer machte ein Zeichen, dass sie gerade einen Anruf bekam. »Danke für die schnelle Recherche.« Ihre Miene sprach Bände. »Da stimmt etwas nicht. Das Kennzeichen ist gefälscht. Und die Telefonnummer existiert nicht. Die Firma HAGA gibt es ebenfalls nicht.« Sie gab der Besatzung unten an der Abzweigung telefonisch den Befehl, den Lieferwagen zu stoppen.

»Der Befehl kommt zu spät, der Wagen ist gerade eben durchgefahren.«

»Wo können wir ihn noch abfangen?«, fragte sie Zanger.

»Ganz unten.«

Sie wiederholte, was Zanger gesagt hatte, und ordnete den Kollegen am Telefon an: »Gebt das durch. Ihr müsst die aus dem Verkehr ziehen. Und zwar so, dass niemand etwas bemerkt. Sonst können wir hier alles abblasen.«

Die Zeit verging quälend langsam. Zwischendurch bekamen sie die Nachricht, dass der Lieferwagen gestoppt worden sei und man die zwei Männer ins Präsidium bringe.

Bis 16 Uhr tat sich nichts.

»Ob da noch jemand kommt?«, fragte Uma.

»Wir bleiben bis 17.30 Uhr. Wenn sich bis dahin nichts gerührt hat, beenden wir die Aktion«, verkündete die Kripochefin an alle Einsatzkräfte.

Um 17.30 Uhr gab sie den Befehl zum Rückzug. Sie brauchten mehr als eine Stunde, bis alles wieder abgebaut war. Es begann zu dunkeln, als sie das Gelände verließen.

50

Am nächsten Morgen zitierte die Kripochefin Tammy, Uma und Zanger zu einem Krisengespräch in ihr Büro. Lydia Gallheimer betonte zu Beginn des Gesprächs, dass es nicht um Schuldzuweisungen gehe. Sie bat Uma um eine erste Einschätzung.

Uma fühlte sich geehrt. »Wir müssen die Haushälterin näher unter die Lupe nehmen. Am besten, wir veranlassen eine Hausdurchsuchung und überprüfen ihre Bankgeschäfte. Sie weiß vermutlich mehr, als sie zugibt. Mir drängt sich außerdem der Verdacht auf, dass sie jemanden schützen will. Ihre Verwandtschaftsbeziehungen haben wir noch nicht untersucht. Möglich, dass es eine Verbindung zu den Plenthers gibt. Außerdem sagt mir mein Bauchgefühl, dass mit dem Bruder von Roman Plenther, Silvester, etwas nicht stimmt. Er ist auffällig oft nicht erreichbar. Es ist auch seltsam, dass er als Erbe des Hofes das gesamte Areal an seinen Bruder verpachtet. Wenn er kein Interesse an dem Hof hat, warum sorgte er dann nicht von Anfang an für klare Verhältnisse? Ich frage mich, wer den Hof renovieren ließ. Er? Oder sein Bruder? Wie sieht es auf Silvesters Bankkonten aus? Hat er an den Treffen teilgenommen? Hat die Haushälterin ihn über das geplante Treffen informiert? Und was ist mit dem Bruder von Hubert Firner? Er lässt sich ständig verleugnen. Sein Berufsprofil passt zu dieser Gruppe, die sich regelmäßig auf dem Hof getroffen hat. Ich halte es für dringend geboten, sowohl den Bruder von Roman Plenther als auch den Bruder von

Hubert Firner in die Mangel zu nehmen. Ist es möglich, dass wir für beide Hausdurchsuchungsbefehle bekommen?«

»Ich habe mit Oberstaatsanwalt Stenglenz bereits darüber gesprochen. Er prüft diese Möglichkeiten, ist aber skeptisch«, antwortete Lydia Gallheimer. »Fassen wir zusammen: Der Einsatz auf dem Schwedengrundhof war ein absoluter Fehlschlag. Der einzige Erfolg ist die Festnahme der beiden Männer im Lieferwagen. Wie wir inzwischen wissen, sind sie Mitglieder einer osteuropäischen Bande, die als Kundschafter unterwegs waren. Der eine, ein Litauer, ist schon einmal erkennungsdienstlich erfasst worden. Über den anderen ist nichts bekannt. In ihrem Wagen ist eine Kamera gefunden worden mit Aufnahmen von acht abgelegenen Bauernhöfen im Ortenaukreis. Vermutlich haben sie Einbrüche vorbereitet. Mit dem Fall Schwedengrundhof haben sie nichts zu tun. Ihr Auftauchen ist reiner Zufall gewesen. Was steht nun an? Sie haben das sehr richtig vorgeschlagen, Uma. Checken Sie die Bankdaten der Haushälterin und von Silvester Plenther. Versuchen Sie weiterhin, Silvester und Firners Bruder zu erreichen. Sobald der Beschluss zur Hausdurchsuchung der Haushälterin vorliegt, kümmern Sie sich darum. Wer welche Aufgaben übernimmt, machen Sie unter sich aus. Uma, Sie wollen noch etwas sagen?«

»Ja. Sollten die Besitzer der Höfe, die die zwei Typen ausgekundschaftet haben, nicht gewarnt werden?«

»Das habe ich bereits veranlasst. Das Einbruchsdezernat kümmert sich darum.«

51

Sieben Höfe standen auf der Liste der beiden Kollegen vom Einbruchsdezernat. Den Schwedengrundhof könnten sie außen vor lassen, hatte man ihnen gesagt. Der werde gesondert untersucht.

Im Dezernat rechnete man schon lange damit, dass einsame Höfe zum Ziel von Einbrechern wurden, und verteilte immer wieder Broschüren. Viele Höfe hatten Schwachstellen, viele auch keinen Wachhund mehr. Das wussten sie aus Erfahrung.

Der erste Hof auf ihrer Liste schien wie verlassen. Als sie klingelten, öffnete niemand. Sie warteten etwas länger. Schließlich hörten sie schlurfende Schritte. Eine alte Frau machte die Tür auf und fragte: »Was wollen Sie?«

»Es geht darum, einen Einbruch zu verhindern.« Sie zeigten ihren Dienstausweis. »Wir sind von der Kriminalpolizei, vom Einbruchsdezernat. Wir haben Hinweise, dass Einbrecher Ihren Hof ausgekundschaftet haben.«

»Ich kann Ihnen nicht helfen. Sie müssen mit meinem Sohn reden.«

»Es geht nicht darum, dass Sie uns helfen. Wir wollen Ihnen helfen. Wann kommt denn Ihr Sohn?«

»Noch lange nicht.«

Die Frau machte einen leicht verwirrten Eindruck. Es hatte keinen Zweck, das Gespräch fortzuführen. Sie gaben der Frau eine schmale Broschüre mit dem Titel »Schütze dein Eigentum!«.

»Wir melden uns bei Ihrem Sohn«, sagten sie und verabschiedeten sich.

Auf dem zweiten Hof war niemand anwesend. Sie steckten die Sicherheitsbroschüre in den Briefkasten und gingen. Beim dritten Hof war immerhin eine junge Frau da, die allerdings nicht sehr gesprächig war. Sie hatte die Tür nur einen Spalt weit geöffnet, ein Zeichen für großes Misstrauen. Sie ließ sich auf nichts ein, nahm die Broschüre entgegen, schloss die Tür und verriegelte sie.

Beim vierten Hof hatten sie endlich Erfolg. Ein Paar im mittleren Alter bat sie ins Haus, servierte einen Kaffee und ließ sich in Ruhe informieren. Das Paar räumte ein, sich bisher keine großen Gedanken über Sicherheit gemacht zu haben. Man habe am Abend schon oft vergessen, die Tür abzuschließen. Es sei ja noch nie etwas passiert. Das, was sie jetzt gehört hätten, gebe ihnen aber zu denken. In Zukunft würden sie mehr auf Sicherheit achten. Sei denn in nächster Zeit mit einem Einbruch zu rechnen, fragten sie.

Wahrscheinlich nicht. Es sei davon auszugehen, dass die Tätergruppe sich andere Objekte aussuche. Zwei Bandenmitglieder seien festgenommen worden.

Dem Paar war bei der Verabschiedung anzumerken, dass es inzwischen ziemlich besorgt war.

Sie rieten ihm, sich sofort zu melden, wenn ihm etwas auffällig vorkomme.

Drei Höfe hatten sie noch auf der Liste. So, wie es zeitlich aussah, konnten sie die schaffen. Sie fuhren in ein Seitental, das immer länger wurde. Die Straße war recht schmal. Ab und zu passierten sie eine Ausweichbucht. Nach rund vier Kilometern stieg die Straße steil an. Sie führte durch dichten Wald. Nach zwei weiteren Kilometern endete das Waldstück. In der Ferne konnten sie einen

Hof sehen, zu dem eine Abzweigung führte. Er stand nicht auf ihrem Plan. Sie beschlossen, die Bewohner dennoch zu informieren.

Das Hofgebäude hatte die besten Zeiten hinter sich. Es sah zwar nicht ungepflegt, aber sanierungsbedürftig aus. Im Stall nebenan war offenbar Vieh gehalten worden. Der Hof wurde wohl nicht mehr bewirtschaftet. Sie stiegen die Holztreppe zur Haustür hoch. Auf ihr Läuten rührte sich niemand, obwohl im Raum links von der Haustür Licht brannte. Der Vorhang war bis auf einen kleinen Spalt zugezogen. Sie versuchten, einen Blick durch den Spalt zu werfen, und sahen einen Mann, der auf einem Stuhl saß und dessen Kopf herunterhing. Sie klopften ans Fenster, doch der Mann reagierte nicht. Am besten war es, die Kripochefin zu informieren und nichts auf eigene Faust zu unternehmen. Sie schilderten Lydia Gallheimer, was sie entdeckt hatten.

»Geht auf keinen Fall in das Haus. Seid ihr bewaffnet?«

»Unsere Dienstwaffen liegen im Handschuhfach.«

»Habt ihr den Wagen abgeschlossen?«

Das hatten sie vergessen.

»Zieht euch schnell zurück. Und schaut, dass ihr in entsprechender Entfernung vom Auto aus das Haus beobachten könnt. Wir kommen so schnell wie möglich. Keine eigenmächtigen Unternehmungen. Schickt mir die Koordinaten und die Fahrtroute. Wie lange dauert es, bis wir den Hof erreichen? Wie heißt der Hof?«

»Schwarzmathishof. Man muss von Offenburg aus mit mehr als einer Stunde rechnen, bis man hier oben ist.«

»Kann ein Hubschrauber bei dem Hof landen?«

»Hier ist alles eng. Eine Landung auf der Gemeindeverbindungsstraße ist nicht einfach.«

»Wir werden eine Lösung finden.«

Die zwei Kollegen aus dem Einbruchsdezernat gingen schnell zurück zu ihrem Auto, stiegen ein und riegelten ab. Als sie die Pistolen griffbereit in der Mittelkonsole und im Seitenfach abgelegt hatten, wendeten sie und fuhren ein Stück auf der Gemeindeverbindungsstraße weiter. Kurz bevor ein weiteres Waldstück begann, zweigte ein Weg nach rechts ab. Sie stellten den Wagen so ab, dass sie den Hof noch im Blick hatten.

Das Warten wurde zur Geduldsprobe. Nach etwa 20 Minuten sahen sie, wie ein Kombi, als käme er aus dem Nichts, den Hof verließ und schnell die Straße nach unten fuhr. Vorhin hatten sie das Auto nicht bemerkt. Es musste hinter dem Haus oder hinter dem Stall gestanden haben. Den Wagentyp und das Kennzeichen konnten sie aus der Entfernung nicht erfassen. Sie teilten ihre Beobachtung der Kripochefin mit.

Lydia Gallheimer beschwor sie noch einmal, kein Risiko einzugehen. Im Polizeipräsidium erinnerte man sich nur ungern an den Fall der beiden Kollegen, die von einer christlichen Terrorgruppe bei einer scheinbar harmlosen Befragung auf brutale Weise umgebracht worden waren.

52

»Silvester Plenther?«, fragte Uma fassungslos.

»Ja, damit hat niemand gerechnet. Du musst dir keine Vorwürfe machen.«

»Ich mache mir aber welche. Wir hätten hartnäckiger nach ihm suchen müssen. Wie, sagst du, heißt der Hof, auf dem er gefunden wurde?«

»Schwarzmathishof.«

»Den kennen wir doch. Hat da nicht der uneheliche Sohn der Magd eingeheiratet? Wir hätten die Konstellation der Höfe viel intensiver untersuchen müssen! Zwei benachbarte Höfe leben seit langer Zeit in Dauerfehde miteinander. Auf einem weiteren Hof gab es einen verbitterten Menschen, der sich um sein Erbe betrogen fühlte und daran zerbrach. Von Generation zu Generation wird das Unheil weitergetragen. Und der Schwedengrundhof ist die Wurzel allen Übels.«

»Uma, wir beide hätten wahrscheinlich trotzdem nicht verhindern können, dass Silvester Plenther umgebracht wird. Wir haben jetzt ein Rätsel mehr. Vielmehr zwei: Silvester Plenther, der mit einer Kugel aus einer Luger P 08 in der linken Schläfe gefunden wurde, und der Schwarzmathishof, der mit dem Schicksal der verfeindeten Höfe verbunden ist. Dabei fällt mir wieder die Geschichte vom Fluch ein, den uns der Lehrer aufgetischt hat. Stephan Linder. Ich habe das ja als Heimatroman abgetan. Inzwischen kann man aber schon sagen, dass sich der Fluch erfüllt hat und der Schwedengrundhof untergeht. Sowohl die Schwestern als auch die Brüder Plenther haben keine Kinder. Es gibt also keine direkten Erben.«

Tammys Handy vibrierte. Sie schaute auf das Display. Die Nummer kam ihr bekannt vor. Der Anruf kam aus dem Polizeipräsidium.

»Bieger.«

»Kessler vom Archiv. Mir ist etwas eingefallen.«

»Hängt das mit unseren Fällen zusammen?«

»Ja. Es geht um Hubert Firner. Er hat kurz vor seinem Abschied eine Akte gebracht.«

»Um welche Akte handelt es sich?«

»Ich weiß es nicht. Er ist einfach an mir vorbeigerauscht. Nach einer Weile ist er zurückgekommen. Ohne Akte. Ich habe ihn gefragt, ob ich ihm helfen könne. Er hat nur gesagt: ›Ja, indem Sie die Schnauze halten!‹ Und dann ist er gegangen.«

»Haben Sie nach der Akte gesucht?«

»Nein.«

»Warum nicht?«

»Ich habe zu viel Respekt vor Hubert Firner gehabt.«

»Wissen Sie noch, wie die Akte ausgesehen hat?«

»So genau nicht. Es ist alles viel zu schnell gegangen. Sie hat jedenfalls nicht wie die üblichen Akten ausgesehen.«

»Wir müssen die Akte finden. Morgen früh um 8 Uhr fangen wir an. Verstanden?«

»Ja.«

53

Die Schlagzeilen auf der ersten Seite der Landespresse waren nicht zu übersehen. »Hochrangiger Polizist vom Dienst suspendiert!« Alle Medien beriefen sich offenbar auf eine einzige Quelle, die Deutsche Presseagentur. Denn alle Artikel hatten einen gleichlautenden Tenor. Klarheit brachten sie nicht. Weder wurde der Grund der Suspendierung genannt, noch, um welchen Polizeibereich es sich handelte. Offenbar hatte sich jemand über die Sozialen Medien geäußert. Vermutlich ein Insider.

Fragen an die Landesregierung und an den Polizeipräsidenten des Landes blieben unbeantwortet. Vor allem das Innenministerium als allererste Adresse hüllte sich in Schweigen. Es ließ nur verlauten, man halte sich an Fakten, nicht an Gerüchte. Niemand konnte oder wollte die Spekulationen über Gründe und Namen zunächst stoppen. Und an Spekulationen mangelte es nicht: Übergriffe, Korruption, Bestechung, Vorteilsannahme, politische Verflechtung.

Uma fragte die Kripochefin, ob es sich bei dem Suspendierten um Klaus Ulander handele. Sie sagte, leider nicht. Mehr wisse sie nicht.

»Schau mal, Tammy, da ist uns jemand zuvorgekommen.«

»Bei was?«

»Beim Durchstechen. Hast du noch nicht mitbekommen, was heute in den Zeitungen steht und in den Regionalnachrichten gesendet wird?«

Tammy hängte ihre Jacke über ihren Stuhl. »Tut mir leid, ich habe bis jetzt Training und Therapie für meinen Bauchbewohner gehabt. Und was ist jetzt los?«

»Die Hölle. Hier ist der Artikel.« Uma reichte Tammy die Regionalzeitung mit der aufgeschlagenen Landesseite.

Mehr als die Hälfte der Seite war dem Thema gewidmet. Schon die Überschrift forderte Aufmerksamkeit: »Behindert das LKA Stuttgart Ermittlungen?« Der Untertitel lautete: »Es geht um Organisierte Kriminalität und einen einsamen Hof.«

Tammy blickte verwundert auf.

»Online berichten vor allem die Stuttgarter Zeitungen und der SWR«, sagte Uma.

»Lass mich den Artikel schnell zu Ende lesen.« Tammy konnte kaum glauben, was da stand.

Stuttgart/Offenburg. Wenn man die Informationen und Fakten aneinanderreiht, fühlt man sich in einen Politthriller versetzt. Eigentlich ist es politischer Sprengstoff, was da baden-württembergische Zeitungen und ein Netzwerk von freien Journalistinnen und Journalisten ausgegraben haben. Vorweg: Die Informationen speisen sich aus mehreren Quellen: Insidertipps, anonyme Hinweise, zugespielte Unterlagen, eigene Recherchen. Zwei Zentren haben die Rechercheure ausgemacht: einen einsamen Hof im Gebirgszug Moos im Ortenaukreis und ein Ermittlerteam aus BKA, LKA und französischer Polizei. Die Ereignisse laufen parallel und scheinen nichts miteinander zu tun zu haben. In den Recherchen und Analysen werden jedoch die Ereignisse so verknüpft, dass die Schlüsse, die daraus gezogen werden, durchaus glaubwürdig sind. Es sind allerdings, auch das muss man sagen, Lücken in den Analysen und Beweisketten zu finden.

Fakt eins ist, dass vor einiger Zeit auf dem Hof in der Moos, Schwedengrundhof genannt, der LKA-Ermittler Hubert Firner erschossen worden ist. Von einer Kollegin. Das LKA, das die Ermittlungen geführt hat, bezeichnet den Fall als abgeschlossen und geklärt. Der LKA-Beamte habe sich in einer psychischen Ausnahmesituation befunden und seine Kollegen gerufen. In der Küche des Hofes sei schließlich die Lage eskaliert, der LKA-Beamte habe seine Waffe gezogen und auf einen Kollegen gezielt. Der Kollegin sei nichts anderes geblieben, als auf Firner zu schießen. Die Obduktion und ärztliche Unterlagen hätten eindeutig ergeben, dass Firner im Zustand der Verwirrung gehandelt habe. Die Ermittlungen hätten zudem belegt, dass ausschließlich er für die Eskalation verantwortlich gewesen sei.

Diese Darstellung wird in den Recherchen bezweifelt. Zwar wird eingeräumt, dass Firner psychisch angeschlagen gewesen sei, aber es wird die Vermutung geäußert, dass er in eine Falle gelockt und kaltblütig erschossen worden ist.

Fakt zwei: Kurz nach dem Ereignis auf dem Schwedengrundhof geht in der Nähe des Offenburger Polizeipräsidiums eine Bombe hoch. Dabei wird ein Ermittler der Abteilung Cold Case getötet. Eine Kollegin des Getöteten wird seitdem vermisst. Dieser aufsehenerregende Fall wird unter absoluter Geheimhaltung behandelt. Die Rechercheure behaupten, die Explosion und das Ereignis auf dem Schwedengrundhof hingen zusammen. Der Anschlag, so definieren sie die Explosion, habe der Abteilung Cold Case gegolten, die in einigen Fällen ermittle, bei denen Hubert Firner eine wesentliche Rolle gespielt habe. Die verschwundene Kollegin habe sowohl mit dem tödlichen Ereignis als auch mit dem Anschlag zu tun. Auf welchen Erkenntnissen oder Belegen diese Behauptungen beruhen, lassen die Rechercheure offen.

Fakt drei: Ermittler aus Frankreich, Angehörige des Bundeskriminalamtes und des LKA Stuttgart werten analog zum Fall EncroChat in einem weiteren Komplex umfangreiche Daten aus. Zu den Ermittlern zählen auch Kripoleute des Polizeipräsidiums Offenburg. Dabei geht es um Erpressung im großen Stil, Steuerhinterziehung und Geldwäsche. Ermittelt wird unter anderem gegen eine Gruppe, die in Baden-Württemberg aktiv ist, also im Wirkungsbereich des LKA Stuttgart. Die Rechercheure schreiben, und das ist besonders bemerkenswert, dass die Gruppe ihre Verbrechen auf dem Schwedengrundhof vorgeplant habe. Wie im scheinbar abgeschotteten EncroChat habe sie mit Helfern die genaue Umsetzung besprochen. In diesem Fall bleiben die Rechercheure vage und nachvollziehbare Belege schuldig für die Einschätzung, dass die Fälle in Verbindung stehen.

Was den Plot noch brisanter macht, ist der Vorwurf, dass das LKA in allen Fällen Aufklärung behindert. Und dieser Vorwurf, betonen die Rechercheure ausdrücklich, komme aus dem Polizeipräsidium Offenburg, aus dem LKA, dem BKA, der Staatsanwalt-

schaft und der französischen Polizei. Sie verweisen darauf, dass sie entsprechende Aussagen haben, aber aus Gründen des Quellenschutzes keine Zeugen nennen können. Und sie versichern, dass sie zahlreiche Unterlagen geprüft haben und demnächst weitere Details veröffentlichen werden.

Warum sie gerade jetzt die Bombe platzen lassen, bleibt vorerst ein Geheimnis. Wollen sie mit ihrer Veröffentlichung Ermittlungen forcieren oder den Druck auf den Landesinnenminister erhöhen, der seit längerer Zeit massiv kritisiert wird? Die Rechercheure fühlen sich einem unabhängigen Journalismus verpflichtet, der gesellschaftliche Entwicklungen verfolgt und unter anderem gegen Korruption und Organisierte Kriminalität kämpft. Sie haben, das muss man unterstreichen, einen sehr guten Ruf zu verlieren, falls ihr Plot nicht mehr ist als ein weitmaschiges Netz aus Vermutungen oder gar Verschwörungstheorien. Man muss zum gegenwärtigen Zeitpunkt von einem sehr gewagten Unterfangen sprechen. Und deshalb ist die Frage wichtig und berechtigt, warum wir ebenfalls über diesen gesamten Komplex berichten.

Das hat mehrere Gründe: Zum einen wird seit gestern Abend über diesen Rechercheplot in zahlreichen Medien informiert. Zum anderen ist die Landespolitik in heller Aufregung, wie aus dem Anhang hervorgeht, den wir Ihnen zusammengestellt haben. Um das alles zu verstehen, müssen wir als große regionale Zeitung darauf reagieren und Ihnen als Leserinnen und Leser unserer Zeitung sowie als Nutzerinnen und Nutzer unseres Online-Angebotes diese ›Geschichte‹ in allen Facetten darstellen. Das sind wir

Ihnen im Zeitalter der Information schuldig. Und wir werden dieses Thema noch weiter aufarbeiten und eigene Recherchen anstellen.

Nach der Lektüre schaute Tammy Uma lange an. »Du hast hoffentlich nichts damit zu tun.«

Uma lief rot an. »Auch wenn meine Gesichtsfarbe jetzt wechselt und mir ziemlich heiß wird, ich habe wirklich nichts damit zu tun. Ich habe versucht, die Kripochefin zu erreichen. Aber die hat beim Polizeipräsidenten antanzen müssen.«

»Ich rufe Sakura an. Die weiß bestimmt etwas.«

Sie kam nicht dazu. Das Telefon klingelte, auf dem Display war die Nummer von Lydia Gallheimer zu lesen. Tammys Herz klopfte laut und hatte einen schnellen Gang. Sie ließ das Telefon ein paarmal klingen, atmete durch, hoffte, dass ihr die Aufregung nicht anzumerken war, nahm ab und schaltete auf laut. »Tammy Bieger.«

»Sie können sich denken, warum ich anrufe.«

»Klar, ich wollte Sie anrufen, aber Sie waren noch beim Polizeipräsidenten.«

»Er ist ziemlich aufgebracht und hat mich gefragt, ob die Abteilung Cold Case wichtige Informationen weitergegeben hat. Und genau das frage ich Sie auch.« Ihre Stimme wurde lauter und aggressiver. »Haben Sie Informationen an die Presse weitergegeben?«

Tammy musste sich zusammennehmen. »Das ist schon klassisch.«

»Was heißt hier klassisch?«

»Die Vermutung, dass Uma und ich die Whistleblower sein könnten. Das kann nicht Ihr Ernst sein! Es ist doch wohl klar, dass in bestimmten Kreisen zuerst unsere

Abteilung verdächtigt wird. Ich bitte Sie, sich vor uns zu stellen und nicht gegen uns. Es sind ganz viele mit dem Komplex Schwedengrundhof befasst, auch Sie, auch der Polizeipräsident. Ich muss Ihnen ja nicht aufzählen, wer noch Einzelheiten kennt. Natürlich haben wir uns hier überlegt, ob es in diesem schwierigen Fall nicht das Beste wäre, der Presse einiges zu stecken, um die Ermittlungen voranzubringen. Das hat Uma in Ihrem Beisein auch schon gesagt. Aber das ist nur so eine Überlegung gewesen. Aus dem Frust heraus. Wir haben keine Ahnung, wer dahintersteckt. Aber eines kann ich Ihnen sagen: Es ist besser, die Energie in die Suche nach den Tätern im Fall Schwedengrundhof zu investieren und nicht in die Suche nach den Whistleblowern.«

Uma hob den rechten Daumen nach oben und lächelte.

Von Lydia Gallheimer war zunächst kein Ton zu hören. Offenbar musste sie Tammys »Gegenrede« erst einmal verdauen. »Gut, sprechen wir später noch einmal darüber.« Sie legte auf.

54

»Innenstaatssekretär Joseph Beller vermisst!«

Uma hatte kurz nach ihrer Ankunft in der Cold-Case-Abteilung schnell auf swr.de nach dem Wetter schauen wollen. Die Meldung auf der Nachrichtenseite fesselte sie.

»Der Innenstaatssekretär hat gestern am frühen Abend sein Haus verlassen, um einen privaten Termin wahrzunehmen. Als er gegen Mitternacht nicht zurückgekehrt war, meldete ihn seine Frau als vermisst. Eine Suchaktion blieb bisher ohne Erfolg. Über den privaten Termin war nichts zu erfahren. Es hieß lediglich, am vereinbarten Treffpunkt sei er nicht angekommen.«

Uma und Tammy nahmen die Nachricht mit Spannung auf. »Was daraus wohl wird?«, fragte Uma.

»Wir müssen abwarten.«

Sie vertieften sich wieder in die Fragen zum Tod von Silvester Plenther. Die Kripochefin hatte ihnen mitgeteilt, dass die Durchsuchung seiner Wohnung, seiner Firma und seines Büros unmittelbar bevorstehe. Uma haderte wieder damit, dass sie ihn nicht früher schärfer unter die Lupe genommen hatten.

Ihre Aufmerksamkeit wurde von einer Pushnachricht auf ihrem Smartphone abgelenkt: »Staatssekretär Joseph Beller vom Innenministerium tot aufgefunden. Hintergründe unklar.«

Uma las Tammy die Pushnachricht vor. »Wie passt das jetzt zusammen? Ist der auch in den Fall Schwedengrundhof verwickelt?«

»Sei nicht so voreilig, Uma.«

»Erst wird ein hochrangiger Polizist suspendiert, dann erscheint ein Artikel mit vielen Einzelheiten zum Fall Schwedengrundhof, und jetzt wird Staatssekretär Beller vom Innenministerium tot aufgefunden. Das kann kein Zufall sein.«

»Aber es kann sein, dass man die Suspendierung des hochrangigen Polizisten zusammen mit dem Staatssekretär als einen Bereich sehen muss und den Bereich Schwedengrundhof davon getrennt als einen anderen. Zum Glück müssen wir nicht auf dieser Ebene ermitteln. Dann könnten wir uns gleich in ein Wespennest setzen.«

»In so einem sitzen wir doch schon. Was ich dich noch fragen wollte. Hat dieser Unbekannte aus dem Arboretum dir mal was gemailt?«

»Habe ich dir das nicht gesagt?«

»Nein.«

»Das habe ich ganz vergessen. Entschuldige. Ich muss es gelegentlich auch noch der Kripochefin mitteilen. Die Mail ist so seltsam wie der Unbekannte. Er hat geschrieben, dass er es sich anders überlegt habe. Es gehe in diesem Fall um Vertrauen. Und es gebe nur einen Menschen, dem er wirklich vertrauen könne.«

55

Die Oppositionsparteien im Landtag verlangten von der Regierung Antworten auf die Suspendierung des hochrangigen Polizisten und den Tod von Staatssekretär Beller. Sie erinnerten auch noch an den ungeklärten Fall Schwedengrundhof. Die Regierungsparteien warnten davor, alles zu verknüpfen. Sie forderten die Opposition auf, Rücksicht auf die Familie von Staatssekretär Beller zu nehmen. Die öffentliche Meinung unterstützte weitgehend das Vorhaben der Opposition, die bereits an einem Fragekatalog arbeitete. Es gab aber auch Stimmen, die vor großen Erwartungen warnten. Man könne nicht davon ausgehen, dass das Innenministerium besonders ambitioniert die Fragen beantworten werde.

Kurz nach der Ankündigung der Opposition veröffentlichte die Familie des Staatssekretärs eine Stellungnahme, in der sie sich über die öffentliche Debatte beklagte. Die Haltung der Opposition sei pietätlos. Joseph Beller, schrieb die Familie, sei seit längerer Zeit krank gewesen. Dennoch habe er ohne Rücksicht auf seine Gesundheit seine Pflicht erfüllt. Sein Tod sei plötzlich gekommen. Auf dem Weg zu einem Treffen habe er einen medizinischen Notfall gehabt und sei nicht mehr fähig gewesen, Hilfe zu holen. Weiter werde man sich dazu nicht äußern.

Die Regierungsparteien nutzten die Stellungnahme der Familie, um der Opposition würdeloses und schäbiges Handeln vorzuwerfen. Sie konnten allerdings nicht verhindern, dass öffentlich über mögliche Zusammenhänge zwischen der Suspendierung des hochrangigen Polizisten und dem Tod des Staatssekretärs spekuliert wurde. Die zeitliche Nähe zwischen den beiden Ereignissen sei doch sehr bezeichnend. Wer von Zufall spreche, versuche, Tatsachen zu verschleiern. Es wurde sogar der Verdacht geäußert, dass die Familie zu ihrer Stellungnahme mehr oder weniger gezwungen worden sei. Die Reaktionen in den Sozialen Medien waren noch verheerender.

Das Innenministerium verurteilte alle Spekulationen und mahnte die Presse, zurückhaltend zu sein und sich an Fakten zu halten und nicht an Fakes. In den Medien wurde zurückgekeilt. Es wäre besser, wenn das Innenministerium für Klarheit sorgen würde. Seine Stellungnahme sei ein Angriff auf die Pressefreiheit.

Das Innenministerium reagierte auf die anhaltende öffentliche Debatte mit einer Nachrichtensperre, die alle drei Fälle betraf: den Schwedengrundhof, die Suspendierung des hochrangigen Polizisten, den Tod des Staatssekretärs.

Auf die dürre Pressemitteilung des Ministeriums folgte ein Hagel voller Kritik in der Opposition und in den Medien. Die Opposition forderte den Innenminister auf, zurückzutreten. In den Medien war die Tonart der Kritik noch härter. Wolle sich das Ministerium vom Rechtsstaat verabschieden, dessen wesentliche Säule die Öffentlichkeit sei? Habe es etwas zu verbergen? Wie nahe ständen sich der suspendierte Polizist und der Innenminister? Warum werde der Name des suspendierten Polizisten nicht genannt? Wolle das Innenministerium die Aufdeckung von Fehlentscheidungen verhindern? Warum werde so ein Geheimnis um den Fall Schwedengrundhof gemacht? Habe der suspendierte Polizist damit zu tun? Oder sei

Staatssekretär Beller gar in den Fall verwickelt gewesen? Und wie sehe es mit der Verantwortung des LKA aus?

In der Opposition wurde der Ruf nach einem Machtwort des Ministerpräsidenten immer lauter. Er müsse jetzt konsequent für Aufklärung sorgen und reinen Tisch machen. Alle wussten, was mit »Machtwort« gemeint war. Und alle wussten, dass ein Machtwort nicht zu erwarten war. Der Ministerpräsident und der Innenminister waren aufeinander angewiesen. Ein Machtwort könnte das Koalitionsgefüge zusammenbrechen lassen. Das konnte und wollte der Regierungschef nicht riskieren. Er wusste aber auch, dass diese Situation zu einer Ohnmacht im demokratischen System führen konnte und zu großen Zweifeln an der Gewaltenteilung und der Unabhängigkeit der Justiz.

»Ich spreche ungern von Skandal«, betonte Oberstaatsanwalt Stenglenz, der mit Kripochefin Gallheimer, Tammy, Uma und Zanger die neue Lage beriet. »Aber in diesem Fall ist es ein handfester Skandal. Die Ermittlungen im Fall Schwedengrundhof werden erschwert. Es fehlt nur noch, dass das Innenministerium der Staatsanwaltschaft die Ermächtigung zu Ermittlungen verweigert.«

»Rechnen Sie damit?«

»Noch nicht. Aber ich kann mir vorstellen, dass das Innenministerium zu diesem Mittel greift, wenn die Debatte an Schärfe zunimmt und der Druck auf die Regierung noch größer wird.«

»Und wie sieht es jetzt mit unseren Ermittlungen aus?«, fragte Tammy.

»Wir machen weiter wie bisher. Erschwerte Bedingungen sind wir ja gewohnt. Ich habe morgen einen Termin mit der Stuttgarter Staatsanwaltschaft, um über die Konsequenzen der Nachrichtensperre zu reden. Vermutlich wird es keine Ergebnisse bei diesem Gespräch geben, die uns weiterhelfen.«

»Und wer ist jetzt überhaupt suspendiert worden?«

»Das werde ich morgen sicher erfahren, Frau Tharau. Eines will ich noch sagen: Wir haben das Böse draußen im Blick gehabt. Aber nicht das Böse im Inneren. Jetzt haben sich das Böse draußen und das Böse drinnen offenbar verbündet. Sie hören wieder von mir.« Stenglenz stand auf und ließ die anderen ratlos zurück.

56

Als Tammy die Tür zur Cold-Case-Abteilung aufschließen wollte, staunte sie nicht schlecht. Die Tür war gar nicht abgeschlossen. Hatte Uma das vergessen? Sie hatte gestern Abend unbedingt noch etwas nachschauen wollen.

Vorsichtig öffnete Tammy die Tür und sah des Rätsels Lösung. Auf dem Schreibtisch von Uma türmten sich links und rechts Aktenordner. Dazwischen lag der Kopf von Uma. Darunter war ein Schriftstück zu sehen.

Sie schnarchte leise. Die Zimmerluft roch abgestanden. Tammy machte das Fenster weit auf, ging zum Schreibtisch und versuchte, Uma aufzuwecken. Das war gar nicht so leicht. Erst als Tammy sie am Arm rüttelte, rührte sich Uma und schreckte hoch.

»Was ist los?«

»Nichts ist los«, sagte Tammy. »Du bist eingeschlafen. Seit wann bist du hier?«

Mit verschlafener Stimme antwortete Uma: »Seit gestern Abend.« Sie gähnte mehrmals.

»Es ist wohl besser, wenn du nach Hause gehst und dich ein paar Stunden ausruhst.«

»Wie viel Uhr haben wir denn?«

»8.40 Uhr. Wonach hast du die ganze Zeit gesucht?«

»Die ganze Zeit habe ich nicht gesucht. Irgendwann bin ich eingenickt.«

»Hast du etwas gefunden?«

»Ja.«

»Und?«

»Holz! Es geht eindeutig um Holz. Überall stößt man bei Ermittlungen auf Holz. Die Plenthers haben bis in die Gegenwart mit Holz gehandelt. Der Bruder von Firner, Albi, der, der angeblich Suizid begangen hat, hat mit Holz gehandelt. Im Fall Schwedengrundhof geht es um den Tod von zwei Sägewerkern. Und in den Protokollen aus dem USB-Stick zum Fall Schwedengrundhof taucht auch das Stichwort ›Holz‹ auf. In den Unterlagen von Waldo Kerkoff habe ich ebenfalls einen Hinweis auf Holz gefunden, auf illegalen Holzhandel im großen Stil.«

»In Waldos Unterlagen? Wie bist du an die gekommen?«

»Ich habe seine Dateien noch einmal geprüft. Der Zugang zu seinem Benutzerkonto auf dem PC wurde ja nicht gesperrt. Für jeden Fall gibt es einen Ordner. Darin hat er auch seine Ergebnisse und Anmerkungen abgespeichert. Die sind allerdings nicht so ergiebig gewesen. Neulich habe ich seinen Lebensgefährten in Heidelberg angerufen. Der hat Unterlagen geschickt. Und da ist einiges drin. Waldos Aufzeichnungen sind sehr interessant. In der Akte zum Tod der Sägewerker, die Firner bearbeitet hat, ist die letzte Seite ausgetauscht worden. Und zwar die mit den Unterschriften der Ermittler. Das hat Waldo festgestellt. Komm mal her, Tammy. Wenn man die Seiten ganz genau anschaut, sieht man es. Das letzte Blatt ist eine kleine Nuance heller. Man kann es fast nicht erkennen. Es ist noch etwas auffällig. Das o hat auf allen Seiten der Akte ein kleines Loch. Die Letter muss beschädigt gewesen sein. Auf der ausgetauschten Seite ist das o in Ordnung. Warum ist diese Seite ausgetauscht worden?«

»Hat Waldo eine Vermutung gehabt?«

»Waldo hat eine Theorie entwickelt. Er hat vermutet, dass es um einen Ermittler gegangen ist. Dass sein Name getilgt worden ist.«

»Aber wir wissen doch, dass drei Ermittler an dem Fall gearbeitet haben. Zunächst Erwin Kasper und Berwin Meyer. Dann ist Meyer abgezogen worden und Hubert Firner hat seine Arbeit übernommen.«

»Aber zu dem Zeitpunkt ist die Akte noch nicht abgeschlossen worden«, warf Uma ein.

»Warum hat Kasper in seinem Geständnis nichts davon erwähnt?«

»Es kann ja sein, dass sich ein zusätzlicher Ermittler noch einmal mit der Akte beschäftigt hat.«

»Kann sein. Wäre auch nicht so ungewöhnlich. Wie ist Waldo auf die Sache gekommen?«

»Auf der letzten Seite ist nicht mehr so viel Text, was die Ermittlungen betrifft. Zwei Ermittler haben unterschrieben, Firner und Kasper. Aber das Blatt mit den Unterschriften muss nach einiger Zeit ersetzt worden sein. Wenn man über die Innenseite des kartonierten Deckels streicht, hat man das Gefühl, dass tatsächlich drei Ermittler unterschrieben haben. Die Unterschriften haben sich etwas durchgedrückt. Leider kann man nichts entziffern. Ich habe ein Blatt darauf gelegt und mit einem Bleistift darübergestrichen. Es sind Konturen erkennbar. Mehr aber nicht. Eine Unterschrift sieht nach Firner aus. Er hat offenbar immer viel Kraft angewendet beim Unterschreiben. Sie ist etwa gleich lang wie die von Kasper. Die dritte ist länger.«

Tammy schaute auf ihren Tisch. »Und was liegt da auf meinem Schreibtisch? Was ist das für ein Schriftstück?«

»Das ist mit das Tollste. Es bringt uns möglicherweise die Lösung im Fall Schwedengrundhof.«

»Bist du dir sicher?«

»Du musst dir das Schriftstück anschauen.«

»Wo hast du das her?«

»Ich habe es in den Akten zum Schwedengrundhof gefunden, genauer in den Akten zum Tod der Sägewerker.«

»Inzwischen ist es ja der Fall Schwedengrundhof.«

»Das Schriftstück hat vor unserer Nase gesteckt. Im Aktendeckel, im Rücken. Das, was Firner ins Archiv gebracht hat und das wir trotz intensiver Suche nicht gefunden haben. Er hat den Aktendeckel aufgeschlitzt und das Schriftstück hineingeschoben und den Deckel mit Tesa zugeklebt. Ich vermute, dass er mit einem präparierten Aktendeckel ins Archiv gegangen ist.«

»Und wo ist dann der richtige Aktendeckel geblieben?«

»Den hat er vielleicht zusammengeknickt und eingesteckt.«

»Die Klebstellen haben wir gesehen. Aber wir haben gedacht, dass der Aktendeckel mal beschädigt worden ist oder aufgebrochen und wieder zusammengeklebt worden ist. Und wie hast du das Schriftstück entdeckt?«

»Ich habe die Klebestellen untersucht. Ich kann dir aber nicht erklären, warum. Dabei ist es mir so vorgekommen, als sei da ein Papier drin.« Uma gähnte wieder.

»Dann geh jetzt mal nach Hause. Wir sehen uns um 14 Uhr hier wieder. Bis dahin kann ich das Fundstück beurteilen.«

Uma stemmte sich hoch. »Kann ich dir meinen Sauladen so hinterlassen?«

»Kein Problem. Aufräumen kannst du später.«

»Danke.« Uma packte ihre Jacke, stakste gähnend zur Tür und drehte sich kurz um. »Bevor ich es vergesse: Da ist gestern Abend noch ein Anruf gekommen. Habe ihn leider verpasst. Aber die Nummer habe ich aufgeschrieben und dir einen Zettel auf den Schreibtisch gelegt.«

Tammy sah sich die Nummer an. Sie sagte ihr nichts. Auf ihrem Handy war sie nicht gespeichert, auch nicht auf ihrem PC. Sie konnte sich zunächst nicht entschließen, die Nummer anzurufen. Erst einmal Kamillentee trinken, dachte sie sich. Sie wollte Zeit gewinnen. Als die Tasse leer war, rief sie an.

»Hallo.«

»Hallo, mit wem spreche ich?«

»Federlein.«

»Entschuldigen Sie, Kollege, dass ich Ihre Stimme nicht gleich erkannt habe. Tammy Bieger hier. Sie haben gestern Abend bei uns angerufen?«

»Ja. Im Fall Schwedengrundhof gibt es eine Verbindung zum Landwirtschaftsministerium.«

»Sagen Sie jetzt bloß nicht, es geht um Holz.«

»Doch.«

»Wir brauchen Namen.«

»Ich weiß nur einen, und den kann ich nicht nennen.«

»Woher haben Sie die Information?«

»Von einem Insider.«

»Sind Sie der Insider?«

»Nein.«

»Kann man dem vertrauen?«

»Denken Sie an die Presseartikel, die für Furore gesorgt haben.«

»Hat er die Informationen durchgestochen?«

»Ja. Und er wird es demnächst wieder tun. Hat er jedenfalls angekündigt.«

»Warum?«

»Er hat mir gesagt, es sei Zeit zum Ausmisten.«

Federlein legte auf, bevor Tammy die nächste Frage stellen konnte. Das Landwirtschaftsministerium? Wenn das zutraf! Sie musste warten, bis Uma ausgeschlafen hatte. Erst einmal wollte sie sich in Ruhe das Schriftstück anschauen, das ihr Uma hingelegt hatte.

Es bestand aus zwei Blättern. Das erste Blatt war auf beiden Seiten eng beschrieben. Der Inhalt beschleunigte ihren Puls.

Sehr geehrter Alban Berger. Auf das Wort ›lieber‹ verzichte ich. Wir sind uns nie nahegestanden. Respektiert haben wir uns. Wobei ich bei Ihnen immer ein gewisses Misstrauen mir gegenüber gespürt habe. Es ›freut‹ mich, dass Sie mein Schreiben in den Händen haben. Sie werden sich in Ihren Ermittlungen und Einschätzungen bestätigt fühlen, wenn Sie das hier lesen, Zeile für Zeile.

Ohne Wenn und Aber: Ich habe mich schuldig gemacht. Zum jetzigen Zeitpunkt werden Sie bereits wissen, dass ich mit der großen Familie Plenther verwandt bin. Das habe ich erst erfahren, als mir eine Einladung zu einem Familientreffen zugeschickt worden ist. Sie hat mich neugierig gemacht. Das Treffen hat in einem großen Hotel in Oberkirch stattgefunden. Ich habe drei Generationen Plenther kennengelernt. Bei dem Treffen habe ich mich länger mit Hartmann Plenther unterhalten. Dabei sind wir auch auf meine finanziellen Nöte zu sprechen gekommen. Es ist der Beginn einer großen Verstrickung gewesen. Hartmann Plenther hat mir großzügige Unterstützung zugesagt und ich habe eingewilligt. Aus heutiger Sicht muss ich sagen, ich habe Mephisto die Hand gereicht. Mephisto will Gegenleistungen, viele Gegenleistungen. Das haben Sie wahrscheinlich schon entdeckt. Sie sind ja für Ihre Hartnäckigkeit und Spürnase bekannt.

Ich will nur mal auf eine besondere Gegenleistung eingehen. Davor habe ich bereits Akten manipuliert und meine finanzielle Lage dadurch verbessert. Ich habe die Fälle aufgelistet, in denen ich im Interesse von Beschuldigten tätig geworden bin. Die Liste ist nicht gerade kurz. Hartmann Plenther hat mich immer wieder um Hilfe gebeten, nicht nur für sich, sondern auch für Freunde und Bekannte. Eines Tages hat mich Hartmann Plenther aufgeregt angerufen. Es sei etwas Schreckliches passiert, er brauche meine

Hilfe, sonst drohe ihm der Untergang. Er werde sich entsprechend erkenntlich zeigen. Sie ahnen es schon: der Tod von Vater und Sohn in einem mittelgroßen Sägewerk im Kinzigtal, das kurz vor der Insolvenz gestanden hat. Plenther hat mir nicht alle Einzelheiten geschildert, aber es ist klar gewesen, dass er für den Tod der beiden mitverantwortlich ist. Ich habe den damaligen Kripochef gedrängt, mir die Ermittlungen zu übergeben. Er hat nicht gewusst, dass ich mit Plenther verwandt bin. Die Vernehmungsprotokolle und Zeugenaussagen habe ich so bearbeitet, dass gegen Hartmann Plenther nicht ermittelt worden ist. Ein willfähriger Kollege hat mich dabei unterstützt. Ich muss zugeben, dass ich ihn mit kleineren und größeren Beträgen so weit gebracht habe. Ich bin sein Mephisto gewesen. Der Fall ist als Unglück zu den geklärten Fällen gewandert. Dass die Akte eines Tages wieder bei den ungeklärten Fällen gelandet ist, habe ich gewusst. Ich habe aber nichts unternommen, weil ich davon ausgegangen bin, dass die ungeklärten Fälle bei unserer personellen Situation selten wieder aufgerollt werden. Hartmann Plenther hat erreichen wollen, dass die beiden Säger ihr Werk verkaufen, zu einem günstigen Preis. Es ist um Marktbereinigung gegangen. Er hat nicht von sich aus gehandelt, sondern im Auftrag eines Konsortiums. Nach dem Tod der beiden Säger ist ihr Werk verkauft und stillgelegt worden.

Ich muss noch einen Fall ansprechen, der mich mehr als betroffen gemacht hat: den ›Suizid‹ meines älteren Bruders, der mich überrascht hat. Mein Bruder Albi hat einen größeren, lukrativen Holzhandel aufgezogen und im Kehler Hafen ein Lager aufgebaut. Seine wachsende Firma und der Standort im Kehler Hafen haben Interesse bei jenem Konsortium gefunden, für das Hartmann Plenther gearbeitet hat. Mehrfach haben das Konsortium und Plenther versucht, meinen Bruder zum Verkauf zu überreden. Er ist auf die Angebote nicht eingegangen. In der Zeit ist es in der Beziehung meines Bruders nicht gut gelaufen. Seine Lebensgefährtin hat mich eines Tages um Hilfe gebeten. Sie wolle sich mit mir austauschen. Es ist für eine kurze Zeit mehr geworden als ein ›Austausch‹. Ob mein älterer Bruder von dieser Affäre etwas erfahren hat, weiß ich nicht. Und ob die Affäre der Grund für den ›erweiterten Suizid‹ gewesen ist, erschließt sich für mich nicht. Ich habe zu keiner Zeit den Eindruck gehabt, dass mein Bruder Albi an einer Depression gelitten hat. Nach und nach bin ich immer mehr zu der Überzeugung gelangt, dass es sich nicht um einen Suizid gehandelt haben kann. Ich habe mich immer wieder gefragt, ob dieses Konsortium und auch Hartmann Plenther eine wesentliche Rolle gespielt haben. Allerdings haben mir Beweise gefehlt. Die ungeklärten Umstände, die zum Tod meines Bruders und seiner Lebensgefährtin geführt haben, machen mir noch heute schwer zu schaffen. Seither kann ich nicht mehr ohne Psychopharmaka leben.

Zu schaffen macht mir auch die undurchsichtige Rolle meines jüngeren Bruders Toni – ein begnadeter Banker –, der offenbar mit diesem Konsortium von Anfang an zu tun gehabt hat. Er hat bei den Familientreffen des Plenther-Stammes immer wieder mit Leuten zusammengesessen, die mir suspekt gewesen sind.

Ein mephistophelischer Kreis! Ich habe ihn mehrmals darauf angesprochen und davor gewarnt, in irgendeinen Sumpf zu geraten. Ausgerechnet ich! Er hat gesagt, es sei besser für mich, still zu sein. Sie haben mich mundtot gemacht mit regelmäßigen Zahlungen. Ich habe noch mit einem anderen Mephisto paktiert: Klaus Ulander. Er zählt zu diesem mephistophelischen Kreis. Ich bin gespannt, wie lange Sie brauchen, um meinen Fall – im doppelten Wortsinn – aufzuklären. Betrachten Sie das Schreiben als Geständnis.
Hubert Firner

Tammy war erschüttert. Sie musste mit Alban Berger reden, der der Adressat des Schreibens war.

57

Hubert Firner schrie ihn immer wieder an. Schließlich wechselte er in einen Flüsterton. »Ulander, Ulander, Ulander.« Für kurze Zeit gab er Ruhe. Dann begann er wieder zu schreien. Die immer gleichen Sätze stieß er aus: »Lassen Sie die Finger von den Fällen! Sie reißen alte Wunden auf und noch viel mehr. Aus dieser Geschichte werden Sie als gebrochener Mann gehen!« Es folgte eine Pause, die nach wenigen Sekunden endete. Firner flüsterte erneut. Dieses Mal nannte er einen anderen Namen. Alban Berger wusste sich nicht zu wehren. Wie gelähmt nahm er das Geschrei und das Flüstern wahr. Der zweite Name, den Firner erwähnte, löste bei ihm ein Zucken aus. Plötzlich verschwand Firner. Berger wollte ihm nachlaufen, er schaffte es nur bis zur Tür und sank langsam in die Knie.

Als er aufwachte, lag er völlig verkrampft auf dem Sofa. Mühsam richtete er sich auf. Der Traum hatte seinen Grund. Tammy hatte ihn über Firners »Geständnis« informiert. Das hatte ihn aufgewühlt.

Im Haus war es still. Seine Frau war schon früh nach Freiburg gefahren, um im Verlag an einer wichtigen Besprechung teilzunehmen. Sie hatte ihn am Vortag gefragt, ob er allein zurechtkomme. Er hatte ihr gesagt, dass er wieder ins Leben zurückkehren müsse. Wenn sich sein Zustand verschlechtere, werde er sich zu helfen wissen.

Jetzt saß er verwirrt auf dem Sofa und erinnerte sich daran, dass Firner ihm damals auf dem Schwedengrundhof auch den anderen Namen zugeflüstert hatte, bevor er von der falschen Mela erschossen worden war. Warum hatte er den Namen ins Unterbewusstsein verdrängt? Und warum tauchte er gerade jetzt wieder auf? Was hatte der Träger dieses Namens, mit dem er früher zu tun gehabt hatte, mit dem er sogar befreundet gewesen war, mit dem Fall Schwedengrundhof zu tun? Er musste das herausfinden. Von zu Hause aus hatte er jedoch keinen Zugang zum Polizeicomputer. Er spekulierte darauf, dass um diese Zeit niemand mehr in der Abteilung Cold Case anwesend war und er unbemerkt prüfen könnte, ob über seinen ehemaligen Freund etwas zu erfahren, ob er schon einmal erfasst worden war. Falls Tammy und Uma doch anwesend waren, musste er sich etwas einfallen lassen und so tun, als wolle er etwas holen. Er machte sich im Badezimmer frisch, zog sich um, verließ das Haus und fuhr mit Arianes Wagen zum Präsidium.

An der Pforte wurde er freundlich begrüßt. Er winkte und verschwand so schnell wie möglich aus dem Blickfeld des Wachhabenden. Vorsichtig klopfte er an die Tür zu seinem Arbeitsplatz. Er hörte kein »Herein«. Die Tür war nicht abgeschlossen, aber weder Tammy noch Uma waren im Raum. Er fuhr seinen Computer hoch, gab sein Passwort ein und prüfte, ob der Freund aus alten Zeiten erkennungsdienstlich behandelt worden war. Die Suche ergab keinen Treffer. Zum Glück, dachte er. Er googelte nach Telefonnummer und Mailadresse und fand beide auf einer interessanten Homepage.

Berger schaltete den Computer aus und verließ das Büro. Sein Freund, das fiel ihm wieder ein, hatte am Anfang seines Berufslebens plötzlich eine andere Richtung eingeschlagen.

Er nickte dem Wachhabenden an der Pforte zu, die Eingangstür schloss sich hinter ihm. Dass er von der Überwachungskamera erfasst wurde, war kein Problem verglichen mit dem, was jetzt auf ihn zukam. Eigentlich kam eher er auf das Problem zu, das ein Renommee und möglicherweise großen Einfluss hatte. Die Homepage sprach dafür.

Zu Hause überlegte er, wie er sich verhalten sollte, wenn er ihn anrief. War der ehemalige Freund überhaupt ein Problem? Nur weil Hubert Firner ihm den Namen zugeflüstert hatte? Es konnte doch genauso gut sein, dass sein Freund ihn in dem Fall weiterbrachte.

Alle Grübelei half nichts, er musste es hinter sich bringen. Er tippte die Privatnummer, die er über einen fingierten Anruf ausfindig gemacht hatte, in sein Handy. Schon nach dem vierten Ton meldete sich das Problem mit Namen.

»Hier ist Alban Berger. Hallo.«

»Hallo, Alban. Ich habe auf deinen Anruf gewartet.«

Berger verschlug es fast die Sprache, er wollte sich aber nichts anmerken lassen. Mit ruhiger Stimme sagte er: »Es ist an der Zeit, dass wir miteinander reden.«

»Ich sehe das auch so.«

»Wo können wir uns treffen?«

»Dort, wo alles angefangen hat.«

»Wer macht uns auf?«

»Ich habe einen Schlüssel.«

»Du hast einen Schlüssel?« Berger konnte es kaum glauben.

»Ja. Ich gehöre schließlich zu diesem Clan.«

Die nächste Überraschung. »Wie muss ich das verstehen?«

»Das klären wir, wenn wir uns sehen.«

»Und wann treffen wir uns?«

»In drei Tagen. Um 15 Uhr.«

»Gut. Bis dann.«

58

Der Wetterbericht versprach nichts Gutes. Feuchte und kalte Luft aus dem Osten, Wolken, Nebel, Hochnebel, örtlich Nieselregen, Temperaturen zwischen 11 und 6 Grad.

Berger zog eine dicke Jacke an, nahm seine Dienstpistole, die ihm Tammy vor Tagen gebracht hatte, aus dem Waffenschrank, kontrollierte das Magazin, prüfte, ob alle Fenster geschlossen waren. Leise zog er die Haustür hinter sich zu und hoffte, auf dem Weg zur Garage niemanden zu treffen. Es war der erste Tag seit seiner Verletzung, dass er kein Kopfweh hatte und sich für einen längeren Ausflug aus dem Haus wagte. Hin und wieder hatte er schon im großen Edeka-Markt eingekauft. Ob er genug Kraft hatte, das Treffen durchzustehen, konnte er nicht einschätzen. Das nötige Medikament hatte er eingesteckt. Erst einmal musste er es bis dorthin schaffen, wo »alles angefangen« hatte. Er wusste, was sein ehemaliger Freund damit gemeint hatte. Es kam nur dieser eine Ort infrage.

Er tastete die Jackentasche ab. Sein Smartphone hatte er eingesteckt. Es war aufgeladen. Genauso wie das Handy, das Tammy ihm besorgt hatte. Er wollte bei dem Treffen das Gespräch heimlich aufzeichnen. Tammy hatte ihn vor den Risiken gewarnt, aber dann nachgegeben und versprochen, ihn zu unterstützen. Berger durfte den Mann nicht unterschätzen. War er auch bewaffnet?

Er stieg in sein Auto und betätigte den Zündschlüssel. Das Auto hatte er schon länger nicht mehr benutzt, doch es sprang zum Glück sofort an. Der Tank war noch fast voll. Für kurze Touren wie zum Präsidium oder zum Einkaufen nutzte er meist den kleinen Wagen von Ariane, die immer öfter mit Bus und Bahn nach Freiburg fuhr.

Mit leichtem Magendruck startete er seine Fahrt ins Ungewisse. In der Nacht, die wieder einmal unruhig verlaufen war, hatte er sich gefragt, ob das Treffen ihn nicht überforderte. Nicht die Dauer des Treffens, sondern der Inhalt. Bekam er Wahrheiten zu hören, für die seine Kraft nicht ausreichte? Es war ihm bewusst, dass er nicht alle Gefahren voraussehen konnte, die so eine Begegnung eventuell mit sich brachte. Er sagte sich immer wieder, dass er das durchstehen müsse. Zu viel stand auf dem Spiel. Seiner Frau hatte er nichts erzählt. Er hoffte, gegen Abend wieder zu Hause zu sein. Vor ihr.

Er kam eine Viertelstunde zu früh an. Ein viertüriger Porsche mit Stuttgarter Nummer stand in der Nähe der Haustreppe. Das konnte nur er sein. Berger präparierte seine beiden Handys und rief wie vereinbart Tammy an.

»Wo bist du?«, fragte sie.

»Ich kann nicht lange reden. Ich habe das versteckte Handy eingestellt. Das andere auch. Ich muss jetzt aufhören.«

Es war das dritte Mal, dass er hier oben zu tun hatte. Zweimal hatte er Tragisches erlebt. Endete das dritte Mal wieder in einer Katastrophe? Er stieg aus dem Wagen und ging die Treppe hoch.

Die Tür öffnete sich, bevor er klingelte. Er sah immer noch sehr gut aus, sein dichtes, dunkles Haar war leicht angegraut. Und er hatte seine gute Figur behalten. Und dieses Lächeln, bei dem man manchmal nicht wusste, war es mehr freundlich oder mehr ironisch.

»Hallo, Alban, schön, dich endlich mal wieder zu sehen. Wie lange ist das jetzt her, dass wir uns zuletzt getroffen haben?«

Auch das leichte Lispeln hatte er noch. Vor drei Tagen war das am Telefon nicht zu hören gewesen.

»Eine Ewigkeit, Fredo. Aber lass dich erst mal grüßen.«

Sie umarmten sich wie in alten Zeiten.

»Du klingst so ernst.«

»Ist das ein Wunder?«, fragte Berger.

»Du hast recht. Komm rein in die Küche. Ich habe Kaffee gemacht. Und es gibt Guglhupf. Ohne Rosinen!«

»Du erinnerst dich noch an meine Abneigung gegen Rosinen im Kuchen?«

»Klar. Lege deine Jacke ab. Ich kann sie dir auch abnehmen.«

»Ich würde sie gerne über den Korbstuhl hängen.«

»Kein Problem.«

Es machte einen kleinen Schlag, als Alban Berger sie an den Stuhl hängte.

»Du bist bewaffnet?«

»Ja. Es hätte ja sein können, dass jemand anderer auf mich wartet.«

»Keine Sorge, ich stelle dir keine Falle. Außerdem sind wir ganz allein.«

15 Uhr. Der Kuckuck in der Stube gegenüber verkündete die Zeit. Um 15 Uhr hatte damals Mela, die falsche Mela, Hubert Firner erschossen. Und einige Zeit später waren sie hier oben in eine Falle geraten, auch um diese Stunde. Da hatte der Kuckuck seltsam geklungen.

Sie setzten sich, der Freund schenkte den Kaffee ein. Auf dem Teller vor Berger lag bereits ein Stück Guglhupf, leicht mit Puderzucker überzogen.

»Wie lange haben wir uns nicht mehr gesehen?«, fragte der Freund noch einmal. Er gab sich mit dem Begriff »Ewigkeit« wohl nicht zufrieden.

»Seit du die Kripo in Offenburg verlassen hast. Wir haben uns damals zwar versprochen, dass wir uns regelmäßig treffen, aber daraus ist leider nichts geworden.«

»Du bedauerst das?«

»Ja.« Berger meinte das aufrichtig. Sie hatten sich gut verstanden, viel miteinander unternommen, oft über Literatur diskutiert. Er war ein feinsinniger und kultivierter Mensch. Was hatte er mit dem Fall Schwedengrundhof zu tun?

»Es entwickelte sich damals halt alles anders. Ich habe bei der Kripo mein großes Interesse am Strafrecht entdeckt. Das hat mich nicht mehr losgelassen, wie du sicher noch weißt.«

Berger nickte. »Der Guglhupf ist sehr luftig. Erinnert mich an den Guglhupf meiner Mutter.«

»Die hat ihn doch nach einem Rezept aus dem ›Karlsruher Kochbuch‹ gemacht.«

»Das weißt du auch noch? Ich bin erstaunt. Und wer hat diesen Guglhupf gebacken?«

»Auf dem Weg hierher habe ich ihn in einer Oberkircher Konditorei gekauft.«

»Du bist erst heute angekommen?«

»Ja. Ich habe noch in Stuttgart einen Termin gehabt.«

»Hat er mit unserem Fall zu tun gehabt?«

»In gewisser Weise. Willst du noch einen Kaffee?«

»Danke, ich habe noch etwas im Becher.«

»Es ist wirklich schade, dass wir uns aus den Augen verloren haben. Aber das Studium hat die Zeit geraubt. Und danach habe ich mir eine Existenz aufbauen müssen. Das ist nicht so leicht gewesen.«

»Aber jetzt bist du wohl gut im Geschäft?«

Statt auf die Anspielung einzugehen, lächelte er.

»Wollen wir mal zum Thema kommen?«, fragte Berger.

»Klar. Nicht dass der Akku deines Smartphones leer wird, bevor wir das Wesentliche besprechen.«

»Das hätte ich mir denken können, dass du das bemerkt hast.«

»Ich habe ja bei der Kripo gelernt und gearbeitet. Aber jetzt schenke ich dir noch einmal Kaffee ein, bevor wir in die tieferen Schichten des Falles eindringen.«

»Danke. Das reicht.« Berger trank einen Schluck Kaffee, der immer noch heiß war, zog sein privates Handy aus der Jackentasche und stellte es aus. »Vor der Vertiefung muss ich dir noch eine Frage stellen.«

»Nur zu.«

»Du hast mir am Telefon gesagt, dass du zum Clan gehörst. Wir haben einen Stammbaum von diesem Clan. Dein Name ist mir nicht aufgefallen.«

»Das ist kein Wunder. Ich stamme aus einem Seitensprung des Großvaters von Roman Plenther. Jetzt willst du sicher wissen, wie ich zum Clan gestoßen bin. Der Großvater hat aus seinen Seitensprüngen nie einen Hehl gemacht. Als meine Großmutter schwanger geworden ist, hat er sie finanziell unterstützt. Er hat sie und meine Mutter immer so behandelt, als würden sie zur offiziellen Familie gehören. Ab und zu hat er uns auf den Hof eingeladen. Hat sich immer gefreut. Roman und ich, wir haben oft miteinander gespielt. Und so hat es sich auch ergeben, dass ich später zum ersten Familientreffen eingeladen worden bin. Zusammen mit meiner Mutter und meinem Vater. Sehr zum Missfallen von Hartmann Plenther. Nach dem Tod des Großvaters sind wir nicht mehr eingeladen worden. Den Grund haben wir nie erfahren. Das hat meine Mutter sehr verletzt. Das erste Treffen fand vor mehr als 30 Jahren in einem großen Hotel in Oberkirch statt.«

Berger wusste das. Er wollte Fredo aber nicht unterbrechen.

»Damals wurde vereinbart, sich alle zwei oder drei Jahre zusammenzusetzen. Es wurde ein Koordinator bestimmt, der die Treffen organisierte und die Einladungen verschickte. Außerhalb dieser Treffen hat sich mit der Zeit eine kleine Gruppe gebildet. Seit ungefähr sieben Jahren hat sie sich regelmäßig auf den Schwedengrundhof zurückgezogen.«

»Bist du Teil dieser Gruppe?«

»Nein.«

»Von wem hast du die Informationen?«

»Von Roman Plenther.«

»Kennst du alle Gruppenmitglieder?«

»Nein. Kennt ihr alle?«

»Auch nicht. Sonst hätte ich dich nicht gefragt. Besteht zwischen dir und der Gruppe eine Verbindung?«

»Sagen wir einmal so. Ich bin das eine oder andere Mal um juristischen Rat gebeten worden. Sie haben mitbekommen, dass ich ein gefragter Strafverteidiger bin. Eigentlich bin ich mehr von Roman Plenther kontaktiert worden.«

»Und das, obwohl du ein Ausgeschlossener gewesen bist?«

»Roman hat offenbar nicht die Haltung seines Vaters geteilt.« Er trank Kaffee und schenkte sich noch einmal nach.

»Hast du einen offiziellen Auftrag bekommen?«

»Nein.«

»Einfach so?«

»Familienbande.«

»Familienbande kann man so und so verstehen.«

Fredo überging den kleinen Scherz. »Kannst du dich noch an die Mafiafilme Pate I und II erinnern?«

»Natürlich. Wir haben Pate I zusammen angeschaut.«

»Eine große Rolle hat dabei der Anwalt Tom Hagen gespielt.«

»Du willst jetzt hoffentlich nicht sagen, dass du so ein Anwalt geworden bist.«

»Ein bisschen bin ich so geworden. Allerdings lasse ich niemandem einen Pferdekopf aufs Bett legen.«

»Du musst mir mal genau schildern, warum du für den Clan so interessant bist.«

»Es ist natürlich nicht der ganze Clan, sondern diese Gruppe. Also, es ist so: Ich habe seit längerer Zeit einen Mandanten, der in kriminelle Machenschaften verwickelt ist. Er ist Opfer einer Erpressung geworden. Bei diesem Fall hat sich herausgestellt, dass es Verbindungen zwischen ihm, dem Clan und mir gibt. Ich bin dann als Vermittler aufgetreten, mit dem Ergebnis, dass gegen meinen Mandanten in dem einen Fall nicht mehr ermittelt worden ist und er Deals mit dem Clan gemacht hat.«

»Dass nicht mehr ermittelt wird? Wie ist das zu verstehen?«

»Das kannst du dir doch denken.«

»Das heißt, Ermittlungen sind verhindert worden.«

»So ist es.«

»Und du hast das unterstützt?«

»Also Alban, unterstützt habe ich überhaupt nichts. Ich habe beiden Seiten die Konsequenzen ihres Handelns klargemacht. Meine Empfehlung ist gewesen: Steigt aus diesem Geschäft aus, solange es noch möglich ist. Ich habe ihnen auch Wege gezeigt, einigermaßen straffrei davonzukommen. Ausgestiegen sind sie nicht, sondern haben einen Deal zum beiderseitigen Vorteil geschlossen. Ich habe meinem Mandanten später die Leviten gelesen. Vergeblich. Er ist ein Spieler. Er liebt das Risiko.«

»Und wer hat die Ermittlungen verhindert?«

»Na, wer schon. Du bist doch nicht im Stande des Unwissens.«

»Sage es mir.«

»Ulander.«

»Ulander? Gehört der eindeutig zum Clan?«

»Eindeutig. Wie weit bist du eigentlich informiert?«

»Ich bin nicht in jedem Punkt auf dem neuesten Stand. Ich bin noch krankgeschrieben. An dem Tag, als Roman Plenther hier in diesem Raum umgebracht worden ist, hat mir jemand in den Kopf geschossen.«

»Jetzt bin ich nicht ganz auf dem neuesten Stand. Da hast du ja ziemlich viel Glück gehabt. Nur wenige Menschen überleben so etwas. Spürst du noch Nebenwirkungen?«

»Nicht mehr so sehr. Die Kopfwehschübe zum Beispiel haben deutlich nachgelassen.«

»Musst du mit bleibenden Schäden rechnen?«

»Wahrscheinlich nicht. Die Ärzte sind auf jeden Fall sehr zuversichtlich. Aber du musst mir mehr über Ulander verraten.«

»Ulander! Wenn du den Stammbaum, den du erwähnt hast, genau studierst, wirst du auf den Namen Klaus Bergmaier stoßen. Ulander hat bei der Hochzeit den Familiennamen seiner Frau angenommen.«

»Wie tief ist eigentlich dein Stuttgarter Mandant in den Fall Schwedengrundhof verwickelt?«

»Man muss einiges sauber trennen.«

»Bevor du anfängst zu trennen: Wie tief bist du verstrickt?«

»Ich habe an keiner Straftat mitgewirkt. Du als mein alter Freund und als Kriminalist weißt ja, dass man sich als Strafverteidiger manchmal in Grauzonen bewegt. In so eine Grauzone bin ich bei meinem Mandanten und bei meinem Clan geraten. Das bereitet mir oft Probleme. Manchmal habe ich schon überlegt, aus dem Beruf auszusteigen und was anderes zu suchen. Aber Strafverteidigung ist halt mein Leben.«

»Reizt dich auch das Geld?«

»Spielst du jetzt auf meinen Porsche an?«

»So ein Auto kann sich nicht jeder leisten.«

»Steigen wir in eine Neiddebatte ein?«

»Nein.«

»Mein Einkommen, das mir die Anschaffung eines solchen Wagens erlaubt, betrachte ich als Äquivalent für harte Arbeit und psychische und physische Belastungen.«

»Und dein Einkommen stammt ausschließlich aus deiner anwaltlichen Tätigkeit?«

»Ausschließlich. Denkst du, ich bin an den Geschäften des Clans beteiligt?«

»Wenn du sagst, du gehörst auch zum Clan, kann ich das nicht ausschließen. Aber du musst noch meine Frage beantworten. Hat dein Mandant etwas mit dem Fall Schwedengrundhof zu tun?«

»Er hat mit dem Familienclan im engeren Sinn zu tun, aber nichts mit dem Schwedengrundhof. Er ist vom Opfer einer Erpressung zum Profiteur eines Deals geworden.«

»Kann man das überhaupt trennen?«

»Vergiss nicht, ich bin Anwalt für Strafsachen. Ich kann das trennen«, sagte er mit einem vieldeutigen Lächeln.

»Da bin ich gespannt.«

»Es ist eine Geschichte von Abhängigkeiten, gefährlichen Abhängigkeiten. Sich daraus zu lösen, ist schwierig, in unserem Fall fast schon unmöglich. Was am Ende stehen wird, wissen wir in diesem Augenblick nicht.«

»Dramatisierst du jetzt absichtlich?«

»Nein.«

»Wenn du von gefährlichen Abhängigkeiten sprichst, dann frage ich mich, wie du deinen Mandanten vor dem Gefängnis bewahren willst.«

»Gehen wir doch mal auf Anfang. Mein Mandant hat mehrere Projekte. So nennt er das. Unter anderem ist er eine Größe im Glücksspielbereich. Genau bei diesem Projekt ist er ins Stolpern geraten. Wegen Steuerhinterziehung und Bestechung. Eines Tages hat er einen Tipp bekommen, wie er aus der Geschichte wieder rauskomme. Wenn er von seinen Gewinnen etwas abgebe, werde man die Ermittlungen einstellen. Es ist natürlich keine einmalige Abgabe gewesen.«

»Wie bei der Mafia.«

»So ungefähr.«

»Wer ist da auf ihn zugekommen?«

»Ein Ermittler.«

»Von sich aus?«

»Nein. Er ist geschickt worden.«

»Von wem?«

»Das haben wir zunächst nicht gewusst. Später habe ich dann von Roman erfahren, dass Ulander das Ganze eingefädelt hat. Mein Mandant ist natürlich nicht glücklich gewesen über die Entwicklung. Deshalb hat er das

Gespräch gesucht. Und aus diesem Gespräch hat sich dann das Geschäftsmodell entwickelt.«

»Ich ahne schon, was noch kommt: Geldwäsche.«

»So ist es. Von diesem Zeitpunkt an sind beide Seiten voneinander abhängig gewesen. Mein Mandant hat fleißig gezahlt. Und die andere Seite hat dafür gesorgt, dass nicht gegen ihn ermittelt wird. Sie hat einen Schutzschirm für ihn aufgemacht. Und ihm geholfen, seine gesamten Gewinne möglichst steuerfrei anzulegen. Das hat sie mit ihren Abschöpfungen auch gemacht.«

»So etwas lässt sich nur mit gewieften Experten durchziehen.«

»Der Clan hat solche Experten. Ich muss einschränken, dass er zwei bereits verloren hat.«

»Du meinst Roman Plenther und Simon Lauder?«

»Ja. Wobei Simon Lauder eher mittelmäßig gewesen ist. Roman hat schon mehr Potenzial gehabt.«

»Das hört sich für mich so an, dass es jemanden gibt, der besonders clever ist.«

»Das ist richtig.«

»Und wer ist das?«

»Ihr wisst noch nicht Bescheid?«

»Ich persönlich nicht. Aus den bekannten Gründen.«

»Der jüngere Bruder von Hubert Firner, Toni Firner.«

»Das erstaunt mich jetzt. Der hat sich Fragen immer mit dem Hinweis auf die Trauer um seinen Bruder entzogen. Ein echtes Unschuldslamm.«

»Er ist ein absolut gerissener Banker. Und die zentrale Anlaufstelle für Verschiebung von Vermögen in steuergünstige Länder. Er ist der Protagonist. Er berät Banken, Fonds, Hedgefonds, Investoren und wirbt um vermögende Kunden. Er ist zwar nicht der Erfinder dieses Geschäftsmodells, aber er hat schnell gelernt. Man kann sagen, dass er der Spindoctor ist. Ankerpunkt ist seine Bank, ein relativ kleines Geldinstitut, das in gewissen Kreisen jedoch sehr begehrt ist.«

»Was für ein Geldinstitut? Kenne ich das?«

»Wahrscheinlich nicht. Es sei denn, du hast viel mit Wirtschaftskriminalität und mit dem Bankenwesen zu tun. In diesem Fall mit dem Bankenunwesen. Schon seit längerer Zeit steht die Bank unter Beobachtung. Frage mal bei euch in der Abteilung Wirtschaftskriminalität nach.«

»Und wie heißt die Bank?«

»Nigrasilva.«

»Nigrasilva für Schwarzwald? O, wie einfallsreich.«

»Sie wirbt bei ihren Kunden mit dem Spruch ›Wir optimieren Ihre Anlagen‹. Du wirst nicht viel über sie finden, wenn du im Netz recherchierst. Sie hat eine übersichtliche Homepage. Sie liebt es nicht, in der Öffentlichkeit zu stehen. Das ist auch kein Wunder. Ihre Kunden wünschen höchste Diskretion.«

»Hat Roman Plenther bei der Bank gearbeitet?«

»Er hat eigene Geschäfte gemacht und ist gleichzeitig die rechte Hand des Spindoctors gewesen. Die Bank hat übrigens ihren Ursprung in der Familie Plenther. Einer der Vorfahren ist Geldverleiher gewesen.«

Berger erinnerte sich an das, was Tammys Lebensgefährte Falco ausgegraben hatte.

»Ein Sohn, ein Enkel und ein Urenkel haben das Geschäft ausgeweitet. Aus unerklärlichen Gründen ist es aufgegeben worden. Die jetzige Plenthergeneration hat die Idee wieder aufgegriffen. Aber mit einem bestimmten Hintergedanken.«

»Geld waschen und verschieben.«

»Und viel verdienen. Und den Staat beziehungsweise die Staaten betrügen.«

»Auf was spielst du an?«

»Auf Cum-Ex.«

»Da laufen doch viele Prozesse.«

»Nicht alle werden für die Staatsanwaltschaft erfolgreich verlaufen. Es gibt zudem eine Gesetzeslücke, die Toni Firner geschickt ausgenutzt hat: Steuervergehen zulasten ausländischer Staaten sind in Deutschland nicht strafbar. Und scheiden damit als sogenannte Vortat zur Geldwäsche aus. Nach den Regeln des Strafgesetzbuches folgt Geldwäsche immer auf eine Straftat. Wenn diese Voraussetzung nicht gegeben ist, werden Strafrichter keine Verhandlung zulassen. Das deutet sich in mehreren Fällen schon an.«

»Das heißt, die kleine Bank geht in diesem Punkt möglicherweise straffrei aus.«

»Ja. Und in anderen Punkten.«

»Aber die hat doch vermutlich auch das Geld aus kriminellen Geschäften gewaschen und auf entsprechende Konten geleitet.«

»Davon ist auszugehen.«

»Bist du da genauer informiert?«

»Ich habe meine Kenntnisse im Wesentlichen von Roman. Seit seinem Tod bin ich von Informationen über die Nigrasilva-Bank abgeschnitten. Zu Toni Firner habe ich keinen Kontakt.«

»Ist es möglich, dass er den Mord an Roman Plenther in Auftrag gegeben hat?«

»Kann ich so nicht sagen.«

»Weil du keine Ahnung hast oder weil du Firners Bruder in diesem Punkt schützen willst?«

»Ich habe in der Tat keine Ahnung.«

»Und Roman hat sich zur Zusammenarbeit mit Firners Bruder nicht geäußert?«

»Nein.«

»Aber die sind doch enge Geschäftspartner gewesen.«

»Wahrscheinlich hat er genau aus diesem Grund zu ihm nicht Stellung bezogen.«

»Traust du Firners Bruder einen Mord zu?«

»Ich will dir mal eines sagen: Solche Leute lassen andere die Drecksarbeit machen. Das kennen wir beide doch: du als Kriminalist, ich als Strafverteidiger.«

»Wie kommt es eigentlich, dass du auf meinen Anruf gewartet hast? Ich hätte nie daran gedacht, dass du mit der Familie Plenther oder mit dem Schwedengrundhof etwas zu tun hast.«

»Hubert Firner hat mich gebeten, Kontakt mit dir aufzunehmen. Er hat die Verbindung herstellen wollen. Das ist kurz vor seinem Tod gewesen. Es ist ihm um seine Person gegangen. Er hat mir gesagt, er müsse einiges klarstellen.«

»Und warum hast du dich nach seinem Tod nicht bei mir gemeldet?«

»Ich bin ziemlich verunsichert gewesen, als ich erfahren habe, was auf diesem Hof passiert ist, und habe überlegt, dass es vielleicht besser ist, wenn ich mich zunächst zurückhalte.«

»Hat Roman Plenther dich informiert über Firners Tod?«

»Ja. Er ist ziemlich geschockt gewesen.«

»Hast du ihm das abgenommen? Es ist noch nicht geklärt, wer für seinen Tod verantwortlich ist. Ist Roman Plenther Mitwisser oder Mittäter gewesen? Hat er den Mord geplant? Weißt du, ob der Mord an Firner und der

Anschlag auf unsere Cold-Case-Abteilung zusammen-hängen?«

»Das liegt wahrscheinlich sehr nahe.«

»Der Anschlag ist dir also bekannt.«

»Ja. Roman und ich sind häufig in Kontakt gewesen.«

»Hat er Andeutungen zu den Fällen gemacht?«

»Er hat gesagt, dass einiges in Bewegung geraten sei, was ihm große Sorgen bereite. Er befürchte, dass alles zusam-menbreche. Ich habe den Eindruck gehabt, dass er sich überlegt hat, auszusteigen.«

»Wann ist das gewesen? Das mit dem Eindruck.«

»So rund eine Woche vor seinem Tod.«

»An seinem Todestag hat er uns angerufen und gesagt, er wolle mit uns reden. Und zwar sofort. Er hat sich expli-zit auf meine Kollegin Tammy Bieger und mich bezo-gen, beziehungsweise auf die Cold-Case-Abteilung. Dazu gehört auch unsere junge Kollegin Uma Tharau. Bis dahin hat er jede Befragung verweigert und erklärt, er habe alles schon dem LKA mitgeteilt. Seine Frau ist auch nicht gesprächsbereit gewesen. Spielt sie in dem Fall eine Rolle?«

»Das kann ich nicht einschätzen. Wenn wir uns gese-hen haben, ist Roman allein gewesen. Nur einmal bin ich ihr begegnet. Sie hat sich zurückgehalten und kaum etwas gesagt. Auffällig ist ihr Outfit gewesen.«

»Wie auffällig?«

»Sehr teure Kleidung, sehr teurer Schmuck. Gestylte Frisur. Sie hat gezeigt, dass sie in Geld schwimmt.«

»In gestohlenem Geld.«

Er sagte nichts dazu, lächelte nur wieder, dieses Mal mehr ironisch.

»Und wo seid ihr euch begegnet?«

»Hier. Sie schien nicht sehr glücklich zu sein. Entweder hat es an diesem Haus gelegen oder an Roman oder an bevorstehenden Änderungen.«

»Mir ist die Rolle von Roman Plenther noch nicht ganz klar. Zusammen mit dem Bruder von Hubert Firner hat er die Bankgeschäfte und die Geldverschiebungen organisiert. Auf seinem Hof hier hat er regelmäßige Treffen veranstaltet.«

»Moment! Ich muss dich an dieser Stelle unterbrechen und noch etwas Wichtiges erläutern oder besser: einschieben.« Es folgte eine kurze Pause. »Roman hat gänzlich aussteigen wollen. Und der Bruder von Firner auch. Er hat Roman beauftragt, den Ausstieg zu regeln. Und das hat zu ziemlichen Verwerfungen geführt.«

»Was heißt in diesem Punkt Verwerfungen? Sind die sich an den Kragen gegangen?«

»Willst du mal ein Wasser trinken?«

»Gern. Aber ich hätte außer dem Wasser auch noch ein Bedürfnis nach mehr Informationen über die Verwerfungen.«

»Lass mich erst einmal das Wasser servieren.« Sein Freund stand auf und holte zwei Gläser. »Willst du lieber medium?«

»Mir reicht Wasser aus dem Hahn.«

»Mir auch. Hier oben gibt es reinstes Quellwasser.« Er füllte eine Karaffe mit Wasser aus dem Hahn und stellte sie auf den Tisch.

»Fredo, übernachtest du hier gelegentlich?«

»In längeren Abständen. Aber kommen wir wieder zu den Verwerfungen. Sie sind sich im übertragenen Sinn fast an die Gurgel gegangen. Ich kann mich allerdings nur auf die Schilderungen von Roman berufen.«

»Und warum ist das so eskaliert?«

»Die haben natürlich die Felle davonschwimmen sehen. Und sie haben vermutet, dass Firners Bruder und Roman sie hintergehen wollen.«

»Und was hat die beiden veranlasst, auszusteigen?«

»Ermittlungen. Sie haben offenbar einen Tipp bekommen. Roman hat versucht, ihnen klarzumachen, was das bedeutet. Sie haben es nicht begreifen wollen in ihrer Gier.«

»Erklärt das den Mord an Roman?«

»Hört sich schlüssig an. Aber das Schlüssige muss nicht das Wahre sein.«

»Und von wem ist der Tipp gekommen?«

»Das habe ich Roman auch gefragt. Er hat nur mit der Achsel gezuckt.«

»Von Ulander?«

»Kann sein, aber auch nicht.«

»Ich habe in letzter Zeit gehört, dass es über der Gruppe, die immer hier zusammengekommen ist, noch jemanden gibt. Oder mehrere. Hat Roman Plenther zu diesem Gremium gehört?«

»Das kann ich mir so nicht vorstellen. Woher hast du die Informationen?«

»Kann ich dir nicht sagen. Erstens bin ich immer noch krankgeschrieben, also nicht ganz in der Materie drin. Zweitens habe ich die Informationen nicht offiziell bekommen. In dem Fall muss ich mich auf Quellenschutz berufen. Lassen wir es einfach mal so stehen. Warum kannst du dir nicht vorstellen, dass Roman Plenther zu diesem Gremium gehört hat?«

»Der ist viel zu weich gewesen. Und ihm ist ständig bewusst gewesen, dass er Taten begeht, die höchst kriminell sind. Das hat ihn mürbe gemacht. Vor allem der Tod von Firner. Sonst wäre er nie auf die Idee gekommen, sich an euch zu wenden. Ich traue es eher Ulander zu, dass er einer von denen ist, die von oben steuern.«

»Aber Roman Plenther hätte doch Firners Tod verhindern können. Zumindest hier auf dem Hof.«

»Das weiß ich nicht. Firner ist wohl für den Clan zur großen Belastung geworden seit seinem Weggang von Offenburg, wie mir Roman mal angedeutet hat.«

»Inwiefern?«

»Er ist sehr labil gewesen. Hat sich in Stuttgart beim LKA oft krankschreiben lassen und sich mehrmals tagelang, einmal sogar zwei Wochen, hierher zurückgezogen. Und er hat starke Psychopharmaka genommen.«

»Wenn er für die Gruppe eine Belastung war, bedeutet das doch, dass er über gefährliche Informationen verfügt hat.«

»Ist anzunehmen. Aber es kann durchaus sein, dass seine Tötung einen anderen Hintergrund hat.«

»Hast du auch mit Firner gesprochen?«

»Ja.«

»Und wo?«

»Hier.«

»Und was ist der Grund gewesen?«

»Seine Lage, seine Entwicklung. Er hat sich nicht mehr zurechtgefunden, hat keinen Ausweg mehr gesehen. Roman hat mich gebeten, mit Firner zu reden. Es ist Firners Wunsch gewesen. Er hat gehofft, dass ich ihm eine Perspektive zeigen kann. Zumindest mal juristisch.«

»Und?«

»Wenn er klug gewesen wäre, hätte er sich frühzeitig dienstunfähig schreiben lassen.«

»Hat er dir auch von seiner Tochter erzählt?«

»Ja. Er hat fast nicht mehr reden können. Hat lange geweint, bevor er sich einigermaßen gefasst hat. Seine ganzen Versäumnisse sind hochgekommen: dass er seinen Bruder betrogen hat, dass er seine Vaterschaft verleugnet hat, dass er sich vom alten Plenther abhängig gemacht hat, dass er Akten manipuliert hat, dass er Ermittlungen behindert hat.«

»Das alles hätte ihn voraussichtlich den Job gekostet. Mit bitteren Folgen.«

»Ganz sicher bin ich mir da nicht. Zumindest in Einzelfällen.«

»Du meinst, mit einem guten Anwalt, wie du einer bist, kann man einiges erreichen.«

»Du liegst nicht falsch.«

»Hat er auch etwas gesagt zum Tod seines Bruders und seiner Schwägerin beziehungsweise seiner Geliebten? Der Fall ist nicht hundertprozentig geklärt. Er gilt zwar als erweiterter Suizid, aber mit vielen Fragezeichen. Oder bist du darüber nicht informiert?«

»Doch. Er hat so etwas wie eine Beichte abgelegt. Und dabei hat er vehement bestritten, etwas damit zu tun zu haben. Es hat glaubwürdig geklungen.«

»Die Umstände lassen starke Zweifel aufkommen. Hat er dir alles dargelegt?«

»Kann ich nicht sagen. Er hat Vermutungen geäußert, dass sein Bruder Albi jemandem im Weg gestanden hat. Familiär scheint damals einiges falsch gelaufen zu sein. Habt ihr mal die Rolle von Firners jüngerem Bruder untersucht in dem Fall?«

»Über die Aktenlage sind wir nicht hinausgekommen. Wir sind ja immer noch im Aufbau der Cold-Case-Abteilung. Firners Bruder hat auf jeden Fall damals bereits die

Taktik angewendet, sich hinter einer Fassade der Trauer zu verstecken. Und wie du weißt, haben sich außerdem die Ereignisse bei uns plötzlich überschlagen. Alle Zusammenhänge im Komplex Schwedengrundhof haben wir bisher nicht durchdrungen. Es hat zu viele Störmanöver aus dem Landeskriminalamt gegeben. Zeitweise sind wir von den Ermittlungen ausgenommen worden, nach dem Tod von Hubert Firner und nach dem Sprengstoffanschlag. Und wir sind zu wenig. Hast du eigentlich Kontakt zu Roman Plenthers Bruder Silvester gehabt?«

»Nein.«

»Du weißt, dass er tot ist?«

»Was? Nein!«

»Erschossen. Auf dem Schwarzmathishof. Mit einer Luger P 08.«

»Das ist mir nicht bekannt. Aber meine Informationsquelle ist immer nur Roman gewesen.«

»Hat Roman Plenther mal etwas über seinen Bruder erzählt?«

»Nicht viel. In dem Punkt ist Roman nicht sehr gesprächig gewesen.«

»Du weißt also nicht, ob Silvester zu dem Kreis gehört hat, der sich hier getroffen hat?«

»Nein.«

»Haben Roman und Silvester sich verstanden?«

»Nicht so gut. Aber Silvester ist ein Profiteur gewesen.«

»Finanziell?«

»Ja, er ist von Roman unterstützt worden, sonst hätte er seine Firma nicht ausbauen können.«

»Ist das eine Art von Schweigegeld gewesen?«

»Nicht auszuschließen. Es haben allerdings viele von Roman profitiert. Er ist sehr hilfsbereit gewesen. Das hat eine Menge Ratten angelockt. Alle getrieben von Gier. Dazu zählen die engere Verwandtschaft und sogenannte Freunde.«

»Die engere Verwandtschaft?«

»Zum Beispiel der Vater.«

»Der sitzt immer noch auf Mallorca und verweigert über seinen Anwalt jede Aussage.«

»Aus dem werdet ihr nichts mehr herausholen können. Der ist todkrank. Der bekommt nichts mehr von der Welt mit, wie mir Roman gesagt hat. Und die Mutter von Roman will von allem nichts wissen. Ihr Bild von Familie ist zerstört.«

»Verlieren wir Hubert Firner nicht ganz aus dem Auge. Ich muss einfach noch einmal auf ihn zurückkommen. Habe ich dir gesagt, was er mir damals hier auf dem Hof, in dieser Küche, noch ins Ohr geflüstert hat?«

»Weitere Informationen?«

Berger schüttelte den Kopf.

»Einen bemerkenswerten Satz, den er mir schon am Anfang des Falles entgegengeschleudert hat, der mir wahrscheinlich ein ganzes Leben lang nicht mehr aus dem Kopf gehen wird: ›Lassen Sie die Finger von den Fällen! Sie reißen alte Wunden auf und noch viel mehr. Aus dieser Geschichte werden Sie als gebrochener Mann gehen!‹«

»Hat dir das Angst gemacht?«

»Zunächst nicht. Im Rückblick habe ich schon oft gedacht: Hätte ich doch die Finger von dem Fall gelassen. Ich habe von Anfang an das Gespür gehabt, dass der Fall uns überfordert.«

»Mir fällt die Vorstellung schwer, dass du von einem Fall die Finger lassen kannst, selbst wenn er so schwierig ist wie dieser.«

»Du hast wahrscheinlich recht. Aber was hat Firner denn mit dem Anschlag auf unsere Cold-Case-Abteilung zu tun? Zunächst sind wir ja davon ausgegangen, dass Mela von Erlenbach, die Tochter von Firner, den Anschlag begangen hat. In Wirklichkeit ist es Helen Dinger gewesen, eine ehemals enge Freundin von Mela. Und?«

»Ich glaube nicht, dass Firner den Anschlag mit geplant hat.«

»Aber es muss ihm doch klar gewesen sein, dass einiges ans Tageslicht kommt, wenn wir uns durch die alten Akten wühlen.«

»Das ist richtig. So muss man auch seine Warnung sehen. In dem Punkt ist etwas aufschlussreich. Er hat unbedingt mit dir über die alten Akten sprechen wollen. Es gebe da etwas, was er dir sagen müsse.«

»Hat er das Etwas näher erläutert?«

»Ich habe versucht, ihm etwas zu entlocken, aber er hat dieses ›Geheimnis‹ nur dir verraten wollen.«

Berger sagte seinem Freund auch an dieser Stelle nicht, dass er von Firners »Geständnis« wusste. »Was mich noch beschäftigt: Wozu haben sie ihn gebraucht?«

»Sie haben ihn gar nicht gebraucht. Im Prinzip ist er ihnen seit längerer Zeit im Weg gestanden. Für den alten Plenther und seine Umgebung ist er ein nützlicher Idiot gewesen. Aber für die neue Generation ist er nur eine Belastung gewesen.«

»Und warum haben sie ihn dann nicht schon früher beseitigt?«

»Sie haben zunächst den einfacheren Weg gewählt. Sie haben ihm einen ständigen Obolus gegeben, damit er den Mund hält. Er hat sich damit arrangiert und geschwiegen. Erst als die Gründung der Cold-Case-Abteilung anstand, geriet er in Panik. Denn in den alten Akten sind Beweise zu finden. Dummerweise hat er in seiner Panik die falschen Leute angesprochen, die vermeintlichen Beschützer. Da ist er zur Gefahr geworden, weil auch die die Ruhe verloren haben.«

»Weißt du, warum Mela ausgetauscht worden ist durch Helen Dinger?«

»Firner hat nur angedeutet, dass er seine Tochter habe schützen müssen. Er hat sie zunächst kurz in seiner Wohnung in Lahr untergebracht und dann nach einem geeigneten Versteck gesucht.«

»Hat er Angst um ihr Leben gehabt?«

»Ihm wurde gedroht. Wenn er Mela nicht zur Räson bringe, könne man nicht für ihr Leben garantieren.«

»Das heißt, sie muss bei Ermittlungen, vermutlich in eigener Sache, auf etwas gestoßen sein, das für den Clan bedrohlich ist. Wer genau hat Firner gedroht?«

»Keine Ahnung.«

»War es Ulander? Hat er Hubert Firner töten lassen? Hat er Helen Dinger beauftragt, mit einer Bombe die alten Akten in unserer Abteilung zu vernichten? Vordergründig hätte er mindestens ein Motiv: Verdeckung von Straftaten.«

»Mindestens eins, du sagst es. Ein weiteres kann Hass sein. Oder Rache.«

»Wie kommst du darauf? Vor allem im Zusammenhang mit Ulander?«

»Ich will nur, dass du dich nicht verrennst. Es ist ein großer Clan. Mit unterschiedlichen Einkommen. Mit unterschiedlichen Lebenswegen und Biografien. Das Glück ist unterschiedlich verteilt.«

»Du zählst zu den Glücklichen?«

»Bedingt. Wobei ich betonen muss, dass ich nicht zur

eigentlichen Linie des Clans zähle. Und noch ein Satz zum Glück. Mein Glück beruht einzig und allein auf meiner Arbeit. Ich könnte als Angehöriger einer Seitenlinie, einer aussätzigen Seitenlinie, neidisch auf manche blicken. Aber ich habe keinen Grund dazu. Davon abgesehen: Ich gehöre wirklich nicht zu diesem engen Kreis.«

»Aber du verkehrst mit ihm.«

»Ich habe überwiegend mit Roman zu tun gehabt.«

»Das Gespräch mit dir ist in vielem rätselhaft.«

Wieder lächelte Fredo. »Du warst früher doch ein Rätselspezialist!«

»An was du dich alles erinnern kannst. An Guglhupf, an Rosinen, jetzt an Rätsel. Ich löse immer noch gerne Rätsel. Vor allem solche, bei denen man um die Ecke denken muss.«

»Genau das solltest du auch in diesem Fall tun, um die Ecke denken.«

»Willst du damit sagen, dass Ulander und Firners Bruder nicht infrage kommen? Zu offensichtlich? Und was ist mit deinem Stuttgarter Mandanten? Der hat jetzt auch vieles zu verlieren.«

Fredo lächelte noch immer, unergründlich wie eine Sphinx. »Du bist der Ermittler, ich bin der Anwalt.«

»Du bist auf dem besten Weg, mich zu verwirren. Wenn du Hass und Rache als Motive ins Spiel bringst, dann frage ich dich, wer am meisten Grund dazu hatte?«

»Die, die betrogen werden oder betrogen worden sind. Die, die ausgeschlossen werden oder ausgeschlossen worden sind.«

»Schützt du jemanden?«

»Nein. Ich gehe nur umsichtig vor.«

59

Berger spürte plötzlich, dass die Kraft aus ihm wich. Er begann zu schwitzen. Das Gespräch hatte ihn zu sehr angestrengt. Die Ärzte hatten ihn vor Aufregung gewarnt. Doch es war richtig, das Risiko einzugehen. Nur so konnte er herausfinden, was sein alter Freund wusste.

»Alban, was ist mit dir?«

»Ich muss mal kurz auf die Toilette.« Berger versuchte aufzustehen, fiel jedoch zurück in den Korbstuhl. Beim zweiten Versuch kam er in die Höhe, musste sich aber am Tisch festhalten.

»Das sieht nicht gut aus. Du wirst mir doch nicht zusammenbrechen!« Fredo schien sich echte Sorgen zu machen.

»Entschuldigung. Die Nachwirkungen des Kopfschusses: rasende Kopfschmerzen oder, wie jetzt, Schwächeanfälle, Schwindel, Schweißausbrüche. Weißt du, wo die Toilette ist?«

»Durch den Gang hinten links. Wenn etwas ist, rufe, so laut du kannst.«

»Mache ich.«

Langsam lief Berger den Gang entlang, dabei musste er sich an der Wand abstützen. Vorsichtig öffnete er die Toilettentür, tastete nach dem Lichtschalter und setzte sich schnaufend auf den Klodeckel. Er nahm seine Tablette aus der kleinen Jeanstasche, zerbiss sie und schluckte sie. Mühsam rappelte er sich auf und trank einen Schluck Wasser aus dem Hahn des Waschbeckens. Er hielt sich mit beiden Händen am Waschbecken fest. Das Schwitzen ließ ein bisschen nach, die Unsicherheit wich allmählich, obwohl die Wirkung der Tablette noch nicht eingesetzt haben konnte.

Es war an der Zeit, in die Küche zurückzukehren. Aber vorher musste er sich noch erleichtern. Er hob den Klodeckel an, zog Hose und Unterhose herunter, setzte sich auf die Brille und ließ dem Harndrang freien Lauf. Das entspannte ihn. Als er fertig war, fühlte er sich, als hätte er keinen Schwächeanfall gehabt. Trotzdem war es richtig, dass er die Tablette genommen hatte. So wäre er bis zum Abend stabilisiert. Das Handy! Er musste das Handy kontrollieren.

»Hallo, Tammy, bist du noch dran? Hast du alles mitgehört?«, fragte er leise.

»Ja. Alles.« Sie fing an zu lachen.

»War es so laut?«

»Ja.«

»Der Akku wird vielleicht bald leer sein.«

»Das glaube ich nicht. Das ist ein starker Akku. Hast du ihn kontrolliert?«

»Nein. Wenn sich etwas tut oder du nichts mehr hörst, müsst ihr euch auf den Weg machen.«

»Keine Sorge, wir haben ein kleines Team vorausgeschickt. Es ist schon ganz in der Nähe des Hofes. Zanger, Uma und die fluchende Kripochefin sind unterwegs.«

Berger zog Unterhose und Hose hoch und schloss den Gürtel. Etwas irritierte ihn, als er die Hände wusch. Roch die Seife so intensiv? Nein, die war es nicht. Es war der Duft von Rosen, der in seine Nase zog. Zwar nur schwach ausgeprägt, aber es reichte, um bei ihm Alarm auszulösen.

Auf dem Weg zur Küche überlegte er sich, ob er Fredo davon erzählen sollte. Nein, vorerst nicht. Besser, er sprach mit ihm über seine Rolle in dem Ganzen. Er bezeichnete sich als Teil des Clans, gehöre aber nicht zu dieser kriminellen Gruppe. War das so? Oder wollte Fredo ihn nur aushorchen, um mehr über den Stand der Ermittlungen zu erfahren? Vielleicht verfolgte Fredo genau diese Strategie.

An der Küchentür angekommen, zögerte Berger einen Moment. Warum war die Tür geschlossen? Hatte er sie vorhin zugemacht? Er blieb kurz stehen, atmete tief ein und langsam aus. Die Prozedur wiederholte er mehrmals. Dann fühlte er sich bereit für die Fortsetzung des Gesprächs.

Als er die Küchentür öffnete, traute er seinen Augen nicht. Fredo stand mit seiner Dienstpistole in der Hand am Fenster.

»Da stimmt was nicht«, sagte Fredo. »Neben unseren Autos steht ein großer Lieferwagen. Bisher ist niemand ausgestiegen. Ist dir jemand gefolgt?«

»Mir ist nichts aufgefallen. Hast du mit jemandem über unser Treffen gesprochen?«

»Nein.«

»Gibst du mir bitte meine Dienstpistole?«

»Nein.«

»Warum nicht?«

»Du bist zu schwach. Setze dich erst einmal hin.«

»Kannst du damit überhaupt umgehen?«

»Ich habe das Schießen nicht verlernt. Setze dich endlich. Nicht dass du doch noch umkippst. Geht es dir besser?«

Berger folgte dem Rat seines Freundes und ließ sich in den Korbstuhl fallen. »Ja. Du warst ein guter Schütze, das stimmt.«

»Fast so gut wie du. Und das will was heißen. Ich habe einen Waffenschein und trainiere immer wieder an einem Schießstand in Stuttgart.«

»Wieso hast du einen Waffenschein?«

»Ich bin schon mehrfach bedroht worden.«

»Von wem?«

»Meist von Leuten aus dem Milieu. In letzter Zeit habe ich mehrere anonyme Drohungen bekommen. Meine Frau hat vor lauter Angst Zuflucht bei ihren Eltern gesucht.«

»Aus welcher Richtung sind die Drohungen gekommen?«

»Ich habe eine Vermutung.«

»Hängen die Drohungen mit dem Fall Schwedengrundhof zusammen?«

»Es geht in diese Richtung.«

»Und wer, glaubst du, steckt dahinter?«

»Diejenigen, die nicht wollen, dass der Fall aufgeklärt wird.«

»Diejenigen? Hast du Namen?«

»Vorhin sind wir doch in diese Richtung vorgestoßen.«

»Tut sich da überhaupt etwas in dem Lieferwagen?«

»Ich kann nichts erkennen.«

»Aus dieser kurzen Distanz musst du doch etwas sehen können. Oder bist du kurzsichtig?«

»Ein bisschen.«

»Und wo hast du deine Brille für die Entfernung?«

»Dummerweise im Auto.«

»Lass mich mal ans Fenster«, sagte Berger und stand auf. Sein Freund trat etwas zur Seite. »Was siehst du?«

»Eine Frau sitzt am Steuer. Das hättest du sehen müssen.«

»Die hat die Sonnenblende heruntergeklappt. Oder nicht?«

»Also das hast du entdeckt? Was hat die bloß vor?«

»Kannst du ihr Alter einschätzen?«

»Da muss ich passen. Sie lässt den Motor an. Jetzt fährt

sie rückwärts und dreht. Warum bleibt sie jetzt stehen? Sieht so aus, als ob sie telefoniere.«

»Ob wir jetzt Probleme bekommen?«

»Hast du eine Waffe hierher mitgenommen?«

»Die liegt im Auto. Ich habe sie im Handschuhfach verstaut.«

»Wenn die Frau wegfährt, holst du deine Waffe. Hast du genügend Munition dabei?«

»Das Magazin ist voll. Es würde für den ganzen Clan reichen.«

»Jetzt fährt sie weg. Los, geh zum Wagen. Und gib mir meine Dienstpistole. Ich begleite dich. Und vergiss deine Brille nicht!«

Fredo händigte ihm die Dienstpistole aus. Beide verließen die Küche, Berger machte vorsichtig die Haustür auf, schaute nach links und rechts und winkte Fredo zu, als niemand zu sehen war.

Sie eilten die Treppe hinunter, Fredo voraus. Berger hatte die Umgebung im Blick, um im Notfall schnell reagieren zu können. Fredo entriegelte mit einem Klick den Porsche, holte seine Waffe, eine Walther PPK, aus dem Handschuhfach und machte sie schussbereit.

Zum Glück hatte Fredo keine Luger P 08, dachte Berger. »Die Brille«, mahnte er.

Fredo hob den Daumen, holte die Brille und setzte sie gleich auf.

»Ab ins Haus. Dort sind wir sicherer.«

»Rechnest du mit einem Angriff?«

In diesem Moment schoss jemand auf sie. Der Schuss musste von der rechten Seite gekommen sein.

Berger schaute zu Fredo, der auf die Knie sank. »Wo hat es dich getroffen?«

Fredo stöhnte auf und ließ die Waffe fallen. »Am rechten Oberarm.«

»Steh auf! Wir müssen schnell zurück ins Haus.« Berger nahm die Waffe seines Freundes und steckte sie in den Hosenbund. »Auf!«

Gebückt liefen sie zur Treppe, schauten sich kurz um und zogen sich ins Haus zurück. Berger schloss die Haustür ab.

»Ist der Hinterausgang zu?«

»Ja. Ich kontrolliere immer alles, wenn ich herkomme.«

»Gibt es hier Verbandszeug?«

»Im hinteren Bereich ist ein Hängeschrank, in dem Medizin und Verbandmaterial aufbewahrt werden. Mach das Licht an.«

»In Ordnung, ich kümmere mich darum, geh du in die Küche.«

»Wir sitzen in der Falle, Alban.«

»Das fürchte ich auch. Als Erstes versorge ich dich, dann rufe ich Hilfe. Vielleicht ist sie auch schon unterwegs.«

Der Hängeschrank war Berger vorhin auf dem Weg zur Toilette gar nicht aufgefallen. Das durfte einem Polizisten nicht passieren, sagte er sich. Er hatte allerdings kein Licht gemacht. Er entnahm dem gut sortierten Hängeschrank nach Gefühl die nötigen Utensilien, ging zurück in die Küche und reinigte die Wunde am Oberarm seines Freundes. So sorgsam es ging. Fredo verzog keine Miene.

»Du hast Glück gehabt. Es sieht mehr nach einem Streifschuss aus. Allerdings nach einem ordentlichen. Das Projektil muss irgendwo da draußen liegen.«

»In meinen Wagen scheint es nicht eingeschlagen zu sein.«

»Hätte uns weitergeholfen.«

»Blödmann.«

»Es interessiert mich schon, aus welcher Waffe der Schuss abgefeuert worden ist.«

»Du machst das ja geradezu fachmännisch.«

»Was?«, fragte Berger in Gedanken.

»Das Säubern der Wunde und das Anlegen des Verbandes.«

»Gelernt ist gelernt. Aber du musst trotzdem bald von einem Arzt versorgt werden. So, jetzt fordere ich Hilfe an.«

Nach Bergers Anruf fragte Fredo: »Und?«

»Sie sind bereits unterwegs, wie ich gehofft habe.«

»Wie lange brauchen sie noch?«

»Nicht mehr lange. Eine kleine Vorhut ist ganz in der Nähe.«

»Hast du vorhin gedacht, dass ich deine Dienstpistole auf dich richte?«

»Ja.«

»Du traust mir nicht.«

»Nicht wirklich.«

»Und warum nicht?«

»Ich weiß nicht, wie tief du drinsteckst. Ob du jemanden decken willst. Ob du auch von dem Reichtum des Clans profitierst.«

»Das hört sich nach großen Vorbehalten an.«

»Ich kann dir nicht widersprechen.«

»Aber der Schuss, der mich getroffen hat, müsste deine Haltung ändern.«

»Du weißt, dass ich als Ermittler deiner Verteidigungslinie nicht ganz folgen kann.«

Sie horchten auf.

»Was ist das für ein Geräusch gewesen?«, fragte Fredo.

»Es kam vom Ende des Gangs. Bist du dir wirklich sicher, dass von der Hinterseite niemand ins Haus gelangen kann?«

»Bevor du hier eingetroffen bist, habe ich alle Türen, Fenster und Räume überprüft und verschlossen.«

»Wie viele Leute haben einen Schlüssel für den Hof?«

»Einige.«

»Wer genau? Die Mitglieder der Gruppe, die Verwandtschaft, die Haushälterin?«

»So ungefähr.«

»Kennst du die Haushälterin?«

»Nein. Vielleicht ist die Frau im Lieferwagen die Haushälterin gewesen.«

»Wenn ja, was wollte sie hier und warum ist sie nicht ausgestiegen? Was wird denn eigentlich aus dem Hof nach dem Tod der beiden Brüder?«

»Es hat mal geheißen, Hof und Wald sollen verkauft werden. Roman hatte sich schon länger mit diesem Gedanken beschäftigt.«

»Hatte er schon Interessenten?«

»Wenn ich ihn richtig verstanden habe, einige. Leute, die sich so etwas leisten können.«

»Millionäre? Stammen die aus dem Clan?«

»Auch, allerdings nur wenige.«

»Wie viel bringt der Hof?«

»Es geht um mehrere Millionen. Roman hat den Hof und den Wald schätzen lassen. Das Gutachten muss hier im Haus sein.«

»Mehrere Millionen?«

»Der Wald ist sehr gepflegt. Hat einen guten Bestand. Gesundes Holz ist begehrt. Interessant ist zudem das eigene Jagdrecht. Da sind etliche Leute verrückt danach.

Damit kann man prahlen. Und der Hof ist voll renoviert.«

»Ist der eine Geldwaschanlage gewesen?«

»Das liegt doch nahe.«

»Und die Namen der Interessenten?«

»Roman hat jüngst noch eine Liste der Interessenten angefertigt und sie auf ihre finanzielle Potenz geprüft. Vielleicht ist die Liste hier irgendwo. Da war wohl einer dabei, der ziemlich viel Geld geboten hat.«

»Kennst du seinen Namen?«

»Hat er nicht mitgeteilt. Er hat ein großes Geheimnis daraus gemacht.«

Wieder war ein Geräusch zu hören. Es war nicht mehr weit entfernt.

Berger stand auf.

»Was hast du vor?«

»Ich verriegele die Küchentür und die Tür zur Speisekammer, auch wenn uns das nicht lange Schutz bietet.«

Während er beide Türen abschloss, nahm er wieder den Rosenduft wahr. Sollte er Fredo seinen Verdacht mitteilen, auf wen sie sich gefasst machen mussten?

»Wann kommt endlich Verstärkung?«

Berger schaute auf seine Armbanduhr. »Es kann sich nur noch um Minuten handeln.«

»Gib mir meine Waffe.«

»Du bist eingeschränkt mit deiner Verletzung.«

»Notfalls schieße ich mit links. Habe ich geübt. Die Ergebnisse konnten sich sehen lassen.«

Berger streckte seinem Freund die Waffe entgegen. »Dann sind wir ja ein starkes Team. Kannst du aufstehen?«

»Ja.«

»Wir müssen uns positionieren. Für alle Fälle.«

Sie stellten sich so hin, dass sie alles gut im Blick hatten. »Hast du nicht damit gerechnet, dass wir in eine solche Situation geraten?«, fragte Berger seinen Freund.

»Nein, ich habe mich auf ein langes Gespräch mit dir eingestellt. In der Hoffnung, dass wir einiges klären können.«

»Das macht dich ja fast unverdächtig. Ich bin mit großer Skepsis hergefahren. Aber ich habe trotzdem gehofft, dass du mir sagst, wer hier das Drehbuch schreibt.«

»Wir sind zu früh unterbrochen worden.«

»Das heißt, es ist noch nicht alles gesagt?«

Fredo antwortete nicht.

»Wenn wir hier lebend rauskommen, sagst du alles, was du weißt. Ist das klar?«

Die Klinke der Küchentür wurde von außen langsam heruntergedrückt. Fredo hob die linke Hand und richtete seine Waffe auf die Tür. Berger zischte leise und schüttelte den Kopf. Sein Freund ließ die Hand sinken. Die Türklinke ging wieder in ihre Ausgangsposition zurück. Im Gang knarrte eine Diele, kaum hörbar.

War es nur eine Person, überlegte Berger. Und bewegte die sich gerade weg von der Küche auf die Eingangstür zu? Fredo wollte etwas sagen, doch Berger bedeutete ihm, still zu sein. Wenn die Person den Hof durch die Haustür verließ und die Treppe hinunter in den Hof lief, musste sie von der Küche aus zu sehen sein.

Berger hörte nichts mehr, sosehr er sich auch anstrengte. Aber der Rosenduft hing weiterhin in seiner Nase.

»Da kommt Hilfe«, sagte sein Freund.

Tatsächlich fuhren mehrere Fahrzeuge vor. Aus dem vorderen stiegen die Kripochefin, Uma und Zanger aus. Kaum hatten sie das Auto verlassen, fielen Schüsse.

»Das war hinter dem Haus. Wir müssen bleiben«, sagte Berger zu Fredo, der zur Küchentür gegangen war und sie aufschließen wollte. Berger schaute noch einmal vorsichtig aus dem Küchenfenster und sah, wie die Kripochefin Uma, Zanger und die anderen zur Rückseite des Hofes dirigierte.

60

»Mela, nehmen Sie die Waffe runter! Tun Sie das nicht!«, rief Uma. »Wir verstehen Sie. Wir wissen, was Sie durchgemacht haben. Es hilft Ihnen nicht weiter, wenn Sie ihn töten. Bitte, nehmen Sie die Waffe runter, sonst müssen wir schießen. Als Polizistin wissen Sie, was das bedeutet. Bitte.«

Uma stand Mela am nächsten, die ihr jedoch den Rücken zukehrte und eine Waffe auf einen Mann vor sich richtete. Er hielt die Hände nach oben, vor ihm am Boden lag eine Pistole.

Rechts hinter Uma sicherte die Kripochefin die Lage. Zanger und die anderen hielten die nahe Umgebung und den hinteren Eingang des Hofes im Blick. Melas Chancen standen schlecht. Wenn sie abdrückte, musste sie damit rechnen, dass sie erschossen wurde.

Endlich drehte sie sich langsam zu Uma um und deutete an, dass sie aufgeben wollte. Das nutzte der Mann aus, ließ sich zu Boden fallen und riss seine Waffe hoch. Aber er hatte nicht mit der Schnelligkeit und der Präzision von Uma und der Kripochefin gerechnet.

Lydia Gallheimer prüfte, ob er noch am Leben war. »Er ist tot. Wer ist das, Mela?«

Mela reichte Uma ihre Waffe und antwortete: »Sandro Wegemer. Er war Ausbilder beim Landeskriminalamt in München. Wir haben an seinem Schießtraining teilgenommen.«

»Wir?«

»Helen und ich.«

»Wo ist Helen? War die auch hier?«

Mela nickte. »Ja, aber jetzt ist sie verschwunden. Die hat hinterm Haus die zwei anderen Angreifer erledigt. Helen werden Sie nicht mehr finden. Sie hat mir aber etwas hinterlassen. Ich leite es an Sie weiter. Sie können mich jetzt festnehmen.«

»Erst mal will ich wissen: Sind Sie die echte Mela oder Helen Dinger?«

»Chefin, das wird uns ihr linkes Ohr sagen«, warf Uma ein.

»Warum ihr linkes Ohr?«

»Wegen der Form des Knorpels in der Ohrmuschel. Das haben Tammy und ich im Protokoll festgehalten. Haben Sie es nicht gelesen?«, fragte Uma und trat an Mela heran. »Vor uns steht die echte Mela.«

61

Oberstaatsanwalt Stenglenz hatte das Besprechungszimmer für einen halben Tag reservieren lassen. Kaffee- und Teekannen, Mineralwasser, Obstsäfte und ein Frühstücksbüffet waren gerichtet. Die Kripochefin, Tammy, Uma, Sakura, Felix Manderscheid und Zanger hatten sich bereits bedient und warteten kauend auf den Oberstaatsanwalt.

»Guten Morgen. Entschuldigen Sie die kleine Verspätung. Ich habe noch letzte Informationen eingeholt. Während Sie sich stärken, kann ich Ihnen schon mal mitteilen, dass die Suspendierung des hohen Polizeibeamten zurückgenommen wird.«

»Hat die Suspendierung mit unserem Fall zu tun gehabt?«, fragte Tammy.

»Am Rande. Es geht um einen längeren Konflikt, in dessen Mittelpunkt das LKA steht. Im Innenministerium wird seit einiger Zeit die Kritik an der Amtsführung lauter. Der Suspendierte, dessen Name immer noch vertraulich behandelt wird, ist in die Schusslinie geraten, weil er vehement für innere Reformen eingetreten ist. Daraufhin hat man ihm Verschiedenes angehängt, um ihn mundtot zu machen. Das ist auch gelungen. Aber in den letzten Tagen hat sich das Blatt zu seinen Gunsten gewendet. Es kann sein, dass es personelle Veränderungen gibt. Mehr will ich an dieser Stelle nicht sagen. Auch Staatssekretär Joseph Beller hat sich für Reformen eingesetzt. Er ist tatsächlich schwer herzkrank gewesen, hat sich aber immer dem Rat seiner Ärzte widersetzt, sein Amt aufzugeben. In Stuttgart heißt es, die internen Auseinandersetzungen hätten ihm in letzter Zeit ziemlich zugesetzt. Er habe sich mehrfach beklagt über mangelnde Unterstützung. Das vorab. Ich habe Sie aber eingeladen, um mit Ihnen den Komplex Schwedengrundhof zu besprechen, und Frau Tharau gebeten, das Ganze zu strukturieren.«

»Danke, Herr Oberstaatsanwalt. Ich habe mir Stichpunkte notiert und bitte um Ergänzungen. Der Kollege, der die ›Soko Schwedengrundhof‹ leitet, protokolliert unsere Besprechung als Grundlage für die weiteren Ermittlungen«, sagte Uma. »Stichwort Schwedengrundhof I: Ausgangspunkt für unseren jüngsten Einsatz auf dem Hof war das Treffen zwischen Alban Berger und seinem ehemaligen Freund Fredo Kanzler. Sie wussten nicht, dass sich fünf weitere Personen auf dem Hof aufhielten. Drei Männer, die es vermutlich auf Fredo Kanzler abgesehen hatten, sowie Helen Dinger und Mela von Erlenbach. Helen Dinger hat zwei der Angreifer erschossen. Den dritten, Sandro Wegemer, hat Mela in Schach gehalten. Wir kamen gerade noch rechtzeitig, um zu verhindern, dass sie ihn erschießt. Als sie ihre Waffe niederlegte, zog er seine. Lydia Gallheimer und mir blieb nichts anderes übrig, als ihn auszuschalten. Wie aus den Aufzeichnungen von Helen Dinger, die uns Mela übermittelt hat, hervorgeht, hat Sandro Wegemer sie letztlich zur Killerin gemacht. Er hat sie ursprünglich angeworben für Personenschutz. Sie hat zum Beispiel für den Glücksspielautomatenbetreiber in Stuttgart gearbeitet. Gegen den wird jetzt verstärkt in Stuttgart ermittelt, unter anderem wegen des Verdachts, den Mord an einem Konkurrenten in Auftrag gegeben zu haben.«

»Wobei es sein kann, dass dieser Vorwurf fallen gelassen

werden muss«, gab Tammy zu bedenken. »Denn Helen Dinger hat offenbar nur den Auftrag gehabt, den Konkurrenten einzuschüchtern. Dabei, so schreibt sie, sei etwas schiefgegangen. Sie räumt ein, dass sie den Mann getötet und seine Leiche entsorgt hat. Mehr erfährt man von ihr allerdings nicht. Der Freund von Alban, Fredo Kanzler, hat von Verbindungen zwischen dem Glücksspielautomatenbetreiber und Klaus Ulander gesprochen.«

»Das gehört zu einem anderen Stichwort, Tammy. Die Frage ist, was uns die jetzigen Erkenntnisse bringen. Das Problem ist, dass Sandro Wegemer als Zeuge ausfällt. Aus seiner Waffe, einer Luger P 08, wurde auf Simon Lauder, Roman Plenther, Alban Berger und Silvester Plenther geschossen. Seine Wohnung in Stuttgart und sein Hintergrund werden derzeit untersucht.«

»Wer ist da dran, Frau Gallheimer?«, fragte Sakura.

»Sie können es sich denken: das LKA.«

»In einem Punkt kann ich alle beruhigen, ohne zu viel zu verraten«, meldete sich Manderscheid zu Wort. »Gegen den Glücksspielautomatenbetreiber ermitteln auch wir. Wegen Geldwäsche und Manipulation von Geräten.«

»Damit kommen wir zum Stichwort Schwedengrundhof II: Alban Berger hat während des Gesprächs mit Fredo Kanzler eine telefonische Verbindung mit Tammy aufrechterhalten. Wir haben alles aufgezeichnet und mittlerweile ausgewertet. Festzuhalten ist, dass Bergers Freund der Anwalt des Glücksspielautomatenbetreibers ist. Und der Anwalt spricht von Verbindungen zwischen seinem Mandanten und Kriminaldirektor Klaus Ulander. Das hat Tammy vorhin schon erwähnt. Aus einem Erpressungsmodell wurde gegenseitige Abhängigkeit. Klaus Ulander ist vom Dienst suspendiert.«

»Bei vollen Bezügen«, schob Oberstaatsanwalt Stenglenz ein. »In dem Fall gibt es eine neue Entwicklung. Der Glücksspielautomatenbetreiber hat sich von seinem Anwalt Kanzler getrennt. Das Vertrauensverhältnis sei zerstört. Er hat dem Anwalt sogar Parteiverrat vorgeworfen. Das habe ich vorhin aus Stuttgart erfahren. Vermutlich hängt die Trennung mit dem zusammen, was der Anwalt Alban Berger erzählt hat. Das hat ja schon Ermittlungen ausgelöst. Ob die Trennung uns hilft, kann ich noch nicht einschätzen. Übrigens habe ich mit Kanzler wegen der Aufnahme des Gesprächs gesprochen. Weil die Aufnahme ohne sein Einverständnis geschah, ist sie nicht ohne Weiteres gerichtsverwertbar. Kanzler hat gelacht und gesagt, er habe so etwas schon geahnt. Aus seiner Sicht könne man die Aufzeichnung verwerten. Er werde gegebenenfalls schriftlich bestätigen, dass er einverstanden war. Er ist zu einer Vernehmung bereit und will aussagen. Ich mache mir allerdings Sorgen um seine Sicherheit. Höchstwahrscheinlich hatte Sandro Wegemer den Auftrag, Fredo Kanzler zu beseitigen. Einer der Angreifer hat auf jeden Fall auf Kanzler geschossen. Noch eine Bemerkung am Rand: Ich habe ihn gefragt, ob er es war, der mit Ihnen, Frau Bieger, im Arboretum gesprochen hat. Dazu hat er sich nicht geäußert. Aber es ist schon bezeichnend, dass Sie zum Familiengrab der Kanzlers gelotst worden sind.«

»Wissen Sie etwas über Klaus Ulander?«

»Der schweigt, Frau Tharau. Er hat sich natürlich gleich einen Anwalt genommen. Einen der teuren Sorte. An Geld scheint es ihm nicht zu mangeln, noch nicht, denn er muss damit rechnen, dass sein gesamtes Vermögen beschlagnahmt wird. In seinem Fall laufen die Ermittlungen über die Stuttgarter Staatsanwaltschaft.«

»Kommen wir zum Stichwort Schwedengrundhof III: Holz. Der Hof ist mit Holz groß geworden. Hartmann Plenther hat bis vor einigen Jahren noch gehandelt. Die Ermittlungen und das Schreiben von Hubert Firner an Alban Berger haben ergeben, dass Hartmann Plenther der Strohmann eines Holzkonsortiums war.«

»Darf ich dazu was sagen?«

»Bitte, Sakura.«

»Dieses Konsortium beobachten wir seit Längerem. Es ist allerdings äußerst schwierig, an schlüssige Beweise zu kommen. Das Konsortium ist europaweit aktiv und betreibt Lobbyarbeit in den Ländern, in denen der Holzhandel eine große Bedeutung hat, also auch in Deutschland. Vor allem versucht es gemeinsam mit anderen großen Firmen, die EU-Kommission in Brüssel zu beeinflussen. Es ist außerdem in großem Stil verstrickt in illegalen Holzhandel aus Osteuropa. Das deckt sich mit dem, was Waldo Kerkoff ermittelt hat.«

Tammy nickte und ergänzte: »Federlein gab uns den Hinweis, dass das Konsortium Kontakte ins baden-württembergische Landwirtschaftsministerium hat. Er deutete an, dass die Kontakte unseren Fall berühren. Mehr hat er allerdings nicht verraten.«

»Das ist für uns nicht verwertbar.«

»Das weiß ich natürlich, Herr Oberstaatsanwalt. Aber es ist ein Hinweis in die richtige Richtung. Was sagst du dazu, Sakura?«

»Den Hinweis haben wir auch bekommen. Und sogar einen Namen. Wir überprüfen das. Wir haben die Entwicklung des Konsortiums zurückverfolgt. Die Eigentümerschaft hat immer wieder gewechselt. Nach Albi Firners Tod hat das Konsortium sein Geschäft gekauft. Man kann jetzt auf den Gedanken kommen, dass es auch etwas mit Albi Firners Tod zu tun hatte.«

»Tammy, willst du dazu etwas sagen?«, fragte Uma, nachdem Sakura ihren Beitrag beendet hatte.

»Ja, das Schreiben von Hubert Firner lässt, unter Vorbehalt, den erweiterten Suizid seines älteren Bruders in einem neuen Licht erscheinen. Es kann durchaus sein, dass es sich um Mord beziehungsweise Doppelmord handelt. Vielleicht hat man, rein spekulativ, alles bewusst nach einem erweiterten Suizid aussehen lassen. Es stellt sich dann die Frage, ob es dem Konsortium nur um das Lager am Kehler Hafen gegangen ist oder ob es auch in den Komplex Schwedengrundhof verwickelt ist.« Tammy schaute in Sakuras Richtung.

»Ich drücke es mal vorsichtig aus«, sagte Sakura. »Beweisen können wir das bisher nicht, aber deine These ist nicht ganz abwegig.«

»Darf ich mit dem Stichwort Schwedengrundhof IV weitermachen?«

Alle nickten.

»Dabei geht es um die Treffen der Gruppe auf dem Hof. Laut der Haushälterin und den Protokollen auf dem USB-Stick waren es in der Regel sieben Personen. Wir wissen nicht mit Sicherheit, wer diese Personen waren. Auch die Haushälterin konnte hier nicht weiterhelfen, denn der Kontakt war ihr strengstens untersagt. Nur einmal hat sie auf dem Hof einen Wagen mit Stuttgarter Nummer gesehen. An das vollständige Kennzeichen kann sie sich nicht erinnern. Möglicherweise war das Klaus Ulander. Es kann aber auch Sandro Wegemer gewesen sein. Wir denken, dass die beiden auf jeden Fall zu der Gruppe gehörten, ebenso Roman Plenther und Simon Lauder. Auf dem

USB-Stick sind jedoch keine Namen vermerkt. Allerdings Themen.«

Sakura hob den Finger.

»Ich muss zum USB-Stick noch etwas sagen. Nach der Erstauswertung haben wir ihn noch einmal untersucht und einen Hinweis auf Sky-EEC-Handys gefunden. Dem sind wir gefolgt und auf die Kommunikation einer Gruppe gestoßen, an der wir schon länger dran sind. Ihre Themen sind identisch mit den Themen, die auf dem USB-Stick festgehalten sind. Vermutlich sind das die Leute, die über der Gruppe stehen, die sich im Schwedengrundhof getroffen hat. Die alles steuern. Die Kommunikation konnten wir zunächst nicht entschlüsseln und haben sie ans BKA in Wiesbaden geschickt. Der Vertreter des LKA hat dem Vorgehen zugestimmt. Als der entschlüsselte Datensatz zurückkam, legte das LKA ein Veto gegen die Verwertung ein. Wir haben in Stuttgart und im Innenministerium nachgefragt und die Antwort erhalten, man müsse die Richtlinien im Umgang mit V-Personen und die Vorschriften zur Geheimhaltung beachten. Ich darf also eigentlich nichts zu den Datensätzen sagen. Aber wir sind ja unter uns. Jedenfalls geht daraus hervor, dass die Tötung Firners und der Sprengstoffanschlag auf die Abteilung Cold Case von diesen Leuten besprochen und vorbereitet wurden. In einem Chat heißt es: ›Wir müssen das Feld endgültig bereinigen und uns neu aufstellen. Die unsicheren Kandidaten gefährden unsere Geschäfte. Sie müssen von der Bildfläche verschwinden.‹ Der Chat fand rund zwei Wochen vor Firners Tod statt.«

»Das heißt, Sie konnten die Datensätze einsehen?«

»So ist es«, antwortete Felix Manderscheid. »Der LKA-Vertreter war dabei, als wir die Daten erhielten und sichteten. Plötzlich ist er aus dem Raum gegangen, nach einer Viertelstunde zurückgekehrt und hat das Veto eingelegt. Intern haben wir überlegt, ob das Argument mit dem V-Mann vorgeschoben ist oder ob die Person, die den USB-Stick in der Kuckucksuhr versteckt hat, ein V-Mann ist.«

»Und was heißt das für uns?«, fragte Tammy.

»Dass die Ermittlungen in einem wichtigen Punkt schon wieder blockiert sind«, antwortete Oberstaatsanwalt Stenglenz kopfschüttelnd. »Die Verwendung von Daten aus Chats mit Kryptohandys ist vor deutschen Gerichten ohnehin umstritten. Bei EncroChat haben wir inzwischen keine Schwierigkeiten mehr. Bei Sky-EEC-Handys müssen wir mit starkem Widerstand rechnen. Fahren Sie fort.«

»Von unserer Seite aus war's das zu diesem Thema«, informierte Felix Manderscheid. »Uma, du kannst weitermachen.«

»Okay, dann komme ich zu Stichwort V: Sonstiges. Ich fasse mehrere Punkte zusammen: Nach Helen Dinger wird offiziell gefahndet. Bisher gibt es keine Hinweise, die zu ihr führen. Mela von Erlenbach ist auf freiem Fuß. Sie hält sich zurzeit in Ulm bei ihren Adoptiveltern auf. Sie hat den Wunsch geäußert, als Kriminalbeamtin weiterarbeiten zu dürfen. Wenn ich Sie richtig verstanden habe, Herr Oberstaatsanwalt, stehen die Chancen dafür nicht schlecht, sofern sie Helen Dinger nicht beim Untertauchen geholfen hat. Das gilt es noch zu klären. Der unbekannte nackte Tote, der bei der Jagdhütte oberhalb des Erzbergerdenkmals gefunden worden ist, bleibt ein Rätsel. Die Leiche ist in Stuttgart in der Rechtsmedizin obduziert worden. Aber wir kennen die Ergebnisse immer noch nicht. Auch in diesem Fall werden wir leider blockiert. Die Aufzeichnungen von Helen Dinger lassen den Schluss zu, dass der

Unbekannte den Auftrag bekommen hat, sie zu beseitigen. Das ist jedenfalls ihre Vermutung. Ob Helen Dinger ihn absichtlich getötet hat, ist unklar. Ihre Aufzeichnungen lassen auch in diesem Punkt alles offen. Es muss aber zu einem Kampf gekommen sein. Möglicherweise hat er sie vergewaltigen wollen. Der Arzt, der den Toten bei der Hütte untersucht hat, hat schwere Verletzungen im Genitalbereich und Genickbruch festgestellt. Helen Dinger ist Kampfsportlerin, kann ihm also die Verletzungen zugefügt und ihm das Genick gebrochen haben. Das, was in der Hütte mit Fesseln und Kamera abgelaufen ist, hat sich geklärt. Die Tochter von Lena Muckler hat mit ihrem Freund Sexclips gedreht. Außer Simon Lauder haben die anderen Miteigentümer der Jagdhütte nichts mit dem Fall Schwedengrundhof zu tun.«

»Jetzt fehlt noch ein wichtiger Punkt.«

»Sakura, ich weiß. Das Nigrasilva-Geldinstitut mit Firners jüngerem Bruder an der Spitze. Du hast das Wort.«

»Das Geldinstitut steht seit Längerem im Fokus der BaFin, der Bundesanstalt für Finanzdienstleistungsaufsicht. Sie wirft Nigrasilva riskante Großkredite, undurchschaubare Auslandsgeschäfte, mangelnde Geldwäscheprävention und Tricksereien bei Immobiliengeschäften vor. Roman Plenther hat mit der Nigrasilva eng zusammengearbeitet, vor allem im Immobiliensektor. Vorhin haben Felix und ich erfahren, dass die Vorstände der Bank untergetaucht sind. Auch Firners jüngerer Bruder. Fahndungen sind in Vorbereitung. Bankgeschäfte sind der Nigrasilva mit sofortiger Wirkung untersagt. Eine Razzia ist eingeleitet. Nigrasilva hat viele Kontakte in die Ministerien gehabt, unter anderem in das Bundesfinanzministerium. Gegen eine hohe Beamtin besteht der Verdacht, dass sie Nigrasilva mit Insidertipps bei der Vermeidung von Grunderwerbs-, Erbschafts- und Vermögenssteuer versorgt hat.«

»Danke, Sakura. Kommen wir zum Fazit.«

»Moment, Uma. Ich habe auch noch was«, unterbrach Tammy. »Federlein hat mir gesagt, dass demnächst wieder etwas an die Presse durchgestochen wird.«

»Wie bitte?« Die Kripochefin, die bisher schweigend zugehört hatte, war entrüstet. »Das geht so nicht weiter! Diese Durchstecherei muss ein Ende haben!«

»Frau Gallheimer, auf der einen Seite kann ich Sie verstehen. Auf der anderen Seite muss ich Ihnen deutlich widersprechen«, erwiderte Stenglenz. »Auch in meiner Eigenschaft als Oberstaatsanwalt. Der oder die Whistleblower sind nicht unser Problem. Im Gegenteil. Würden wir sie in unseren Bereichen achten und schützen, hätten wir keinen solchen Skandal. In unserer Arbeit sind wir immer wieder auf Whistleblower angewiesen. Mit ihrer Hilfe haben wir schon viele Fälle gelöst. Insofern müssen wir uns anders verhalten als bisher, wenn es um Whistleblower in unseren eigenen Reihen geht. Uns fehlt es an Offenheit und Demokratie im Inneren.«

Wer hatte Ähnliches gesagt, fragte sich Tammy. Alban! Auf der Fahrt von Ulm nach Offenburg, als sie sich über sein Buchprojekt unterhalten hatten.

Oberstaatsanwalt Stenglenz räusperte sich. »Also, es geht jetzt darum, die Namen der Hintermänner herauszufinden. Ich bin gespannt, ob wir da an jemanden herankommen. Jetzt geht's in die Politik, und da wird man sich zu verteidigen wissen. Ohne Rücksicht!« Stenglenz erhob sich, die Kripochefin tat es ihm nach.

Uma schnippte mit dem Finger. »Bevor wir auseinandergehen: Ich sehe gerade auf meiner Stichwortliste, dass ich etwas übersehen habe. Es geht um die Wertermittlung des Schwedengrundhofes und die Kaufinteressenten, über die der Anwalt Fredo Kanzler Alban Berger berichtet hat. In Roman Plenthers Büro haben wir nichts gefunden, dafür jedoch im Büro von Silvester Plenther. Tammy und ich haben uns gestern Abend alles angeschaut. Einer der Kaufinteressenten ist uns aufgefallen: Es ist der Geschäftsführer des Holzkonsortiums.«

»Und was bedeutet das, Uma?«, fragte Felix Manderscheid.

»Dass Silvester Plenther eine Schlüsselfigur gewesen ist. Die wir nicht durchschaut haben.«

62

»Ich werde verrückt, Tammy! Hast du heute schon Zeitung gelesen? Das, was da thematisiert wird, ist haargenau in unserer Sitzung mit dem Oberstaatsanwalt besprochen worden.«

»Ja, Uma. Beim Frühstück hat mir Falco einiges vorgelesen. Hast du einen bestimmten Verdacht?«

»Vermutungen. Zu dem ganzen Komplex hat der Chef-

redakteur einer großen Regionalzeitung noch einen defti-
gen Kommentar geschrieben.«

»Lies ihn mal vor, während ich hier alles hochfahre.«
»Die Überschrift lautet ›Finstergrund‹.«

*Was in diesen Tagen ans Licht der Öffentlichkeit
dringt, macht fassungslos. Wir blicken in einen
Abgrund. Nein, vielmehr in einen Finstergrund. In
einen Abgrund kann man noch blicken, in einen Finstergrund nicht. Vor allem nicht in diesen. Kann man
da noch etwas fordern? Die, die das zu verantworten
haben, werden alles tun, um Verantwortlichkeiten zu
vernebeln. Und wenn wir hören, dass der Innenminister Reformen vorantreiben will, damit so etwas
nie wieder vorkommt, dann brauchen wir nur in den
Terminkalender zu schauen: Die nächste Landtags-
wahl kommt so sicher wie die Verschiebung von drän-
genden Entscheidungen. An seinem Reformwillen
kann man schon lange zweifeln. Und der Ministerpräsident? Er ist wieder ganz der Abwägende und
warnt vor schnellen Verurteilungen. Dabei geht es
hier gar nicht um Verurteilung, sondern um vollständige Aufklärung sowie personelle und strukturelle
Konsequenzen.*

Tammy ließ sich auf ihren Bürostuhl fallen.
»Du siehst ziemlich geschafft aus«, sagte Uma besorgt.
»Ist ja auch kein Wunder. Erst diese langen anstrengenden
Ermittlungen und jetzt der Umzug. Nächste Woche wollen Falco und ich fertig sein, bevor der Bauch immer größer
wird und ich immer unbeweglicher werde. Grüße übrigens
von Alban. Ich habe gestern Abend mit ihm gesprochen.«

»Hat er sich von dem Treffen mit Fredo Kanzler auf dem Schwedengrundhof erholt?«

»So einigermaßen.«

»Kommt er zurück?«

»Ja, er wird nicht aufhören, will sich aber noch Zeit lassen. Gibt es etwas Neues?«

»Ja. Die Kripochefin hat angerufen. Sie haben den Banker gefunden.«

»Toni, den jüngeren Bruder von Hubert Firner?«

»Ja, in einem Hotel bei Frankfurt. Er hat sich unter falschem Namen dort eingemietet.«

»Was sagt er?«

»Nichts, er ist tot. Die Umstände sind unklar. Aber: Das Hotelzimmer hat nach Rosen gerochen!«

Alle Bücher von Willi Keller:

**Kommissar Berger und
Tamara Bieger ermitteln:**
1. Fall: Irrglaube
ISBN 978-3-8392-2222-5

2. Fall: Tannenruh
ISBN 978-3-8392-2759-6

3. Fall: Finstergrund
ISBN 978-3-8392-0590-7

GMEINER SPANNUNG

WWW.GMEINER-VERLAG.DE
Wir machen's spannend

LINDA GRAZE

Linda Graze
Tief unter der Alb
Thriller
384 Seiten, 12,5 x 20,5 cm,
Paperback
ISBN 978-3-8392-0647-8

Drama unter der Alb: Ein Auftrag führt die junge
Fotografin Laura Morgenstern in die Höhlenwelt der
Schwäbischen Alb. Euphorisch macht sie sich mit
dem Wissenschaftler Lasse Keyes für ein Fotoprojekt
auf in ein unbekanntes System. Doch ihr Begleiter
hat andere Pläne. Als er sie in dem unterirdischen
Labyrinth zurücklässt, gerät sie an ihre Grenzen.
Und darüber hinaus, denn die Dunkelheit lebt. Und
sie singt …

GMEINER SPANNUNG

WWW.GMEINER-VERLAG.DE
Wir machen's spannend